Tras el hielo

STEPHANIE ARCHER

Tras el hielo

CROSS BOOKS

Obra editada en colaboración con Editorial Planeta – España

Título original: *Behind the Net*

Bajo el sello editorial CROSSBOOKS M.R.
Avenida Presidente Masarik núm. 111,
Piso 2, Polanco V Sección, Miguel Hidalgo
C.P. 11560, Ciudad de México
www.planetadelibros.com.mx

Primera edición impresa en España: junio de 2024
ISBN: 978-84-08-28875-6

Primera edición impresa en México: enero de 2025
ISBN: 978-607-39-2219-7

Impreso en los talleres de Litográfica Ingramex, S.A. de C.V.
Centeno núm. 162-1, colonia Granjas Esmeralda, Ciudad de México
Impreso en México – *Printed in Mexico*

Para Bryan, Alanna, Sarah, Helen y Anthea, que son los que más fuerte aplauden cuando gano

Capítulo 1
Jamie

El lateral izquierdo patina hacia la red y me lanza el disco. Se oye el golpe seco que hace al chocar contra mi guante, y me hierve la sangre de competitividad y satisfacción.

—¡Streicher, vaya parada! —grita mi nuevo compañero de equipo al pasar por delante de mí, y yo suelto el disco en el hielo con un movimiento rápido. Antes, los fans de Nueva York cantaban eso durante los partidos. Cuando gané el trofeo Vezina el año pasado al mejor portero de la liga nacional de hockey (NHL), hicieron referencia al cántico en el discurso sobre mi destreza.

Cerca de la banca, los entrenadores observan, toman notas y hablan del rendimiento general del equipo. Se me escapa un disco y se me tensa el estómago. El primer entrenador me mira con una expresión que no sé descifrar.

Hace dos semanas, firmé como jugador independiente por debajo de mi valor para poder jugar en el Vancouver Storm. Después del ataque de pánico que le provocó el accidente de coche, mi madre insistió en que estaba bien, pero yo sabía que si me lo ocultaba era porque estaba empeorando. Ahora que el equipo me ha contratado por un valor menor, soy un activo. Podrían intercambiarme por dinero y yo no tendría ningún poder de decisión. Soy como una casa que acaban de comprar a muy buen precio y, si encuentran algo mejor, me venderán.

Estoy muy preocupado. Mi madre lleva años con depresión y ansiedad, desde que mi padre, borracho, murió en un accidente de coche provocado por él mismo cuando yo era un bebé. Pero con el tiempo, se convirtió en algo mucho peor.

Irme de Vancouver no es una opción, y no voy a renunciar al deporte que me gusta, así que esta temporada me tiene que ir bien. Tengo que darlo todo y mantener mi mejor condición para que no me vendan. Este año tengo que concentrarme.

Los jugadores simulan partidos durante los entrenamientos, y yo comento lo que sé de ellos de otros encuentros. He jugado otras veces contra el Vancouver Storm, y los reconozco, pero no los conozco como conocía a mi antiguo equipo. Estuve siete años jugando en Nueva York, desde que tenía diecinueve. No conozco a estos entrenadores, y no me siento en casa en esta ciudad desde que me fui para los juveniles, pero ahora mismo tengo que estar en Vancouver.

Algo me oprime el pecho. Es solo el primer día de entrenamiento, pero nunca he sentido tanta presión para dar lo mejor de mí.

Suena el silbato y patino hacia la banca con los demás jugadores.

—Muy bien jugado, chicos —dice el entrenador cuando nos acercamos a la banca.

Al final de la última temporada, una de las peores en la historia del Storm, Tate Ward ocupó los titulares tras anunciarse que sería el nuevo entrenador. Tiene treinta y bastantes años, no es mucho mayor que algunos de los jugadores del Vancouver, y tenía una carrera prometedora como delantero en la liga hasta que una lesión de rodilla la truncó. Entrenaba en la universidad hasta el año pasado y, por lo que he leído en las noticias sobre hockey, los aficionados son algo escépticos. Los primeros entrenadores suelen ser más mayores, con más experiencia entrenando a nivel profesional.

Ward me mira y, bajo la máscara de portero, se me tensa la mandíbula.

—Tenemos mucho trabajo para la próxima temporada

—dice, observando al grupo de jugadores—. El año pasado terminamos casi los últimos de la clasificación.

El ambiente está tenso mientras los jugadores se cambian los patines. Este es el momento en el que muchos entrenadores señalarían los defectos y debilidades. Lo que el equipo hizo mal el año pasado. Ahora es cuando nos dirá que perder no es una opción.

Como si no lo supiera.

—Solo podemos ir hacia arriba —dice Ward, sonriéndonos—. Ahora, a las regaderas y a descansar. Nos vemos mañana.

Los jugadores salen de la pista y yo me quito la máscara con el ceño fruncido. Estoy seguro de que esta fachada agradable y comprensiva de Ward se caerá en cuanto empiece la temporada en unas pocas semanas y la presión sea real.

—Streicher —me llama Ward cuando me dirijo hacia los vestidores. Se acerca a mí y espera a que los demás jugadores se vayan, asintiéndoles con aprobación—. ¿Qué tal te estás adaptando?

Yo asiento.

—Bien. —Mi departamento está lleno de cajas que no tengo tiempo de deshacer—. Gracias, eh, por buscarme el espacio. Y organizarme la mudanza.

Se me acumula la tensión en los músculos del hombro y me paso la mano por el cabello. Odio aceptar ayuda de los demás.

Ward hace un movimiento despreocupado.

—Nuestro trabajo es ayudar a que los jugadores se instalen. De hecho, muchos jugadores piden un asistente. Podría ayudarte a desempacar, arreglarte las comidas, llevar el coche al taller, pasear a tu perro..., lo que sea.

—No tengo perro.

Él se ríe.

—Ya me entiendes. Estamos aquí para ayudarte en todo lo posible y que puedas concentrarte en el hielo. Cualquier cosa que necesites, solo tienes que avisarnos.

No necesito ayuda para concentrarme en el hielo. He redefinido mi vida a las dos únicas cosas que me importan: el hockey y mi madre.

—Claro —digo, totalmente convencido de que no voy a pedir nada.

Siempre he sido esa clase de hombre que se las arregla bien solo. Y eso no va a cambiar.

Ward baja la voz.

—Si tu madre necesita cualquier ayuda, también podemos dársela.

Cuando pedí que me vendieran al Vancouver, fue él quien me llamó para preguntarme por qué. Se lo conté todo. Es el único que sabe lo de mi madre.

Ahora tengo más ansiedad, y por esto no debería haber dicho nada, carajo. La gente va a querer involucrarse. Se me retuerce el estómago y se me agarrotan los hombros.

Este año, mi horario va a ser agotador. Ochenta y dos partidos, la mitad en Vancouver y la otra mitad fuera, con los entrenamientos del equipo, los entrenamientos con el portero, y mis propias rutinas. Además de todo eso, tengo sesiones con la fisio, el masajista, la psicóloga deportiva y el entrenador personal.

Algo estalla en mi pecho, una mezcla de competitividad y expectativas. Llevo desde los cinco años compitiendo en el hockey y se me dan bien los retos. La presión me alimenta. Tantos años de entrenamiento me han convertido en una persona a la que le encanta llegar al límite y ganar.

¿Este año? ¿Entre lo necia que es mi madre y lo intenso que va a ser mi horario? Esto sí que va a ser un reto.

Pero nada que no pueda soportar, siempre y cuando no pierda la concentración.

—Estamos bien. —No digo mucho más—. Gracias.

Mi madre y yo siempre hemos estado solos. Lo tengo controlado. Como siempre.

Después de bañarme y cambiarme, salgo del estadio para comprar algo de comida e irme a casa a echarme una siesta antes de ir al gimnasio. Voy caminando por un callejón desde el estadio hasta la calle cuando oigo un ruido en el contenedor de basura y me paro.

El trasero peludo de una perra café sobresale de una caja. Cuando paso por su lado, la perra saca la cabeza y me mira. Tiene macarrones con queso por todo el hocico.

La perra me mira agitando la cola y yo me quedo observándola. Tiene los ojos café oscuro y le brillan de emoción. No sé de qué raza es. Pesará unos dieciocho o veinte kilos, puede que sea una mezcla de labrador y spaniel. Tiene una oreja más corta que la otra.

La perra da un paso adelante y yo doy un paso atrás.

—Ni lo sueñes —le digo.

Entonces se tira al suelo y se pone patas arriba para mostrarme la barriga. Se queda esperando, moviendo la cola de un lado a otro sobre la banqueta mientras me pide que la rasque.

¿Dónde está su dueño? Miró a un lado y a otro del callejón, pero estamos solos. Se me arruga la nariz cuando la observo con atención. No lleva collar y, además de los macarrones con queso del hocico, está sucia y grasienta. Tiene el pelo demasiado largo y le cae sobre los ojos, y, aunque necesita un buen corte de pelo, se ve que está muy delgada.

Siento algo en el pecho que no me gusta.

—No te comas eso —le digo, frunciendo el ceño, mientras le señalo la basura con la cabeza—. Te vas a poner enferma.

Saca la lengua rosa por un lado de la boca.

—Vete a casa.

Mis palabras suenan muy toscas, pero ella sigue esperando a que le rasque la barriga.

Se me encoge el corazón, pero ignoro esa sensación. No. No es mi problema. No quiero distracciones. No tengo ni novia, demonios, porque, por experiencia, sé que la gente quiere más de lo que puedo ofrecer.

Pero tampoco puedo dejarla aquí. Podría atropellarla un coche o atacarla un coyote. Podría comer algo que le sentara mal.

En la SPCA, la Sociedad para la Prevención de la Crueldad contra los Animales, se encargarán de ella. Saco el teléfono y, después de una búsqueda en Google, llamo a la ubicación más cercana.

—Hay una perra detrás del estadio, en el centro —le

digo a la mujer cuando me toma la llamada. En el centro de Vancouver solo hay un estadio, así que sabrá dónde estoy. Se oyen perros ladrando de fondo—. ¿Puede venir alguien a recogerla?

La mujer se ríe.

—Corazón, andamos muy cortos de personal. Vas a tener que llevarla a uno de nuestros centros.

Me enumera los centros que aceptan perros antes de colgar. Los que están más cerca están llenos, así que tendré que conducir un par de horas a las afueras de la ciudad para dejarla. Me quedo mirando el teléfono con el ceño fruncido, y luego miro a la perra.

Se pone en pie de un salto, sin apartar los ojos de mí y moviendo la cola. Es como si pensara que voy a darle un premio o algo. Siento un pinchazo muy incómodo en el corazón.

—¿Qué? —le pregunto, y mueve la cola con más fuerza.

Noto algo cálido en el pecho y trago saliva con fuerza.

No puedo dejarla aquí.

En mi mente, mi yo disciplinado y riguroso resopla. ¿Qué pasa con mi horario de locos? No puedo encargarme de una perra latosa. Ni siquiera puedo tener novia sin arruinarlo todo. Estoy segurísimo de que no puedo cuidar a una perra. Me voy a pasar media temporada viajando.

Pero no puedo dejarla aquí.

Está moviendo la cola otra vez, y me mira con sus ojos cafés. La llevaré a un refugio, pero no me la voy a quedar.

Esa noche, estoy sentado en el coche delante de la puerta del refugio, observando el edificio pequeño, pero bien mantenido. Oigo ladridos en el interior. Al lado hay un terreno cercado con juguetes para perros y materiales de plástico, como si fuera un parque.

En el asiento del copiloto, la perra mira curiosa por la ventana. Bajo la ventanilla y dejo que olfatee.

Después de pasarme un buen rato leyendo anuncios de perros perdidos en internet, encontré una granja con muy buena nota que se encarga de recoger a perros callejeros y a reubicarlos con nuevos dueños. Estudian detenidamente a las familias y los perros están muy bien cuidados.

Es el mejor refugio que he encontrado. He conducido tres horas para llegar hasta aquí.

Analizo el sitio con la mirada y me trago el bulto que tengo en la garganta. Me imagino dejándola aquí y se me encoge el estómago.

La perra me mira y jadea con la lengua fuera.

—No puedo quedarme contigo —le digo.

Ella se levanta e intenta subirse a mi regazo. Yo suspiro. No ha parado de intentarlo en todo el camino hasta aquí. Se me sube en el regazo y apoya la cabeza en el reposabrazos.

Maldición. Si llego a saber que iba a ser tan difícil, no la habría agarrado.

Mentira. Ni de broma iba a dejarla en un callejón de mala muerte.

Empiezo a repasar las razones por las que no puedo quedármela. Nunca he tenido un perro. No tengo ni idea de cómo cuidarlos. Mi madre tiene problemas graves de salud mental y me necesita, lo admita ella o no. Tengo que concentrarme en el hockey. Tras romper con mi ex, Erin, cuando teníamos diecinueve años, no me he vuelto a comprometer con nadie. Esta perra es una responsabilidad muy grande y tendría que organizar mi horario tan exigente en torno a ella.

Y, aun así, dudo. Observo el edificio en busca de algún desperfecto. Hay alguna que otra hierba en el jardín. Las molduras exteriores necesitan una mano de pintura. En el terreno hay un par de agujeros que seguramente hayan hecho los perros. No puedo encargarme de una perra, pero tampoco puedo dejarla aquí.

Este sitio no es lo mejor para ella.

Me aprieto la nariz a sabiendas de que ya lo he decidido. Carajo.

—Oye.

Levanta la cabeza y me mira con los ojos brillantes. Se me encoge el corazón.

—¿Quieres vivir conmigo? —le pregunto, y sigue mirándome con esos ojos preciosos—. Oh. Quieres un premio.

Se levanta, salta de mi regazo al asiento del copiloto y espera. Me giro al asiento de atrás y tomo la bolsa de premios que le he comprado, le doy unos cuantos y miro cómo se los come.

Estoy decidido e ignoro la vocecita de mi cabeza que me dice que no es una buena idea. Miro a la perra hacerse una bola en el asiento del copiloto y quedarse dormida. Tengo dinero para contratar a un asistente este año, y la perra estará bien cuidada.

Navego por los contactos de la agenda de mi teléfono hasta que encuentro el que busco.

—Streicher —responde Ward.

—Hola. —Me froto la mandíbula y una mala sensación me recorre por dentro de nuevo—. He cambiado de idea. En serio voy a necesitar un asistente.

Capítulo 2
Pippa

El corazón me late con fuerza mientras estoy de pie frente al edificio en el que vive Jamie Streicher.

La última vez que lo vi, acababa de tirarme un raspado de color azul encima de la camiseta blanca en la cafetería de la escuela. Todavía me acuerdo de su fría mirada de desinterés, con esos ojos verdes recorriéndome de arriba abajo antes de volver a su conversación con los demás deportistas populares y buenotes.

Ahora voy a ser su asistente.

Siempre fue un imbécil, pero demonios, era guapísimo incluso entonces. El pelo denso y oscuro, siempre un poco despeinado de jugar al hockey. Una mandíbula afilada y una nariz fuerte. Los hombros anchos, y alto. Muy alto. Unas pestañas indecentemente oscuras. Él nunca tuvo esa época rara de adolescente que a mí se me hizo eterna. Su vibra silenciosa, intimidante y cascarrabias me sacaba de quicio y me fascinaba, igual que a todas las demás chicas y a la mitad de los chicos de la escuela.

Carajo. Respiro hondo e introduzco el número en el interfón. Él me abre sin decir nada. En el ascensor, se me revuelve el estómago de camino al ático.

Ya no soy aquella chica tonta. Ahora soy una mujer adulta.

Han pasado ocho años. Ya no estoy perdida por él como cuando era adolescente.

Necesito este trabajo. No tengo ni un centavo y vivo en el sofá de mi hermana. Dimití de mi horrible trabajo en un Hot Dog Hut sin avisar después de una semana. Aunque quisiera volver —que no quiero, solo lo acepté como medida de emergencia para pagar las facturas y ayudar a Hazel con el alquiler—, no volverían a contratarme.

Además, seguro que ni siquiera se acuerda de mí. Nuestra escuela era enorme. Yo era la chica rara de música, solo estaba con la gente de la banda, y él jugaba al hockey. Soy dos años más joven que él, así que ni siquiera teníamos clases juntos, ni amigos en común. Es uno de los mejores porteros de la NHL y parece un maldito dios. Y el hecho de que sea conocido por no tener novias hace que la gente se vuelva aún más loca. El año pasado, alguien le lanzó unos calzones a la pista de hielo, salió en todos los titulares deportivos.

No se acordará de mí.

Observo cómo va subiendo el número del ascensor conforme me acerco a su planta.

Va a estar ocupado con los entrenamientos. Apenas lo veré.

Y necesito muchísimo este trabajo. Ya estoy harta de la industria de la música y de sus famosos idiotas. Estudié marketing en la universidad y ya va siendo hora de seguir ese camino. Las únicas ofertas de trabajo de mi especialidad en Vancouver exigen, al menos, cinco años de experiencia, así que ni siquiera me tendrían en cuenta. Según mi hermana Hazel, que es la fisioterapeuta del Vancouver Storm, pronto habrá un puesto de marketing en el equipo. Y dice que prefieren contratar a gente de dentro.

Este trabajo de asistente es mi forma de entrar. Es temporal. Si demuestro lo que valgo en este puesto, será mi puerta de entrada al empleo de marketing con el equipo.

El ascensor se abre en la última planta, me acerco a su puerta y respiro hondo para relajarme. No funciona, y el corazón me late contra el pecho.

Necesito este trabajo, me recuerdo a mí misma.

Llamo a la puerta, que se abre, y mi pulso se tambalea como si estuviera borracha de sidra barata.

De adulto está mucho más bueno. Es algo más alto que yo, e incluso debajo de la camiseta de manga larga, su cuerpo es perfecto. La fina tela se estira sobre sus hombros anchos. Apenas me doy cuenta de la perra que ladra y corre por detrás de él, porque mi mirada sigue sus movimientos cuando apoya una mano sobre el quicio de la puerta. Tiene las mangas subidas y le miro el antebrazo.

El antebrazo de Jamie Streicher podría dejar embarazada a una mujer.

Me quedo mirando. Luego lo miro a la cara.

Carajo. Se me hunde el estómago. Ese atractivo que tenía de adolescente vuelve a mí y prospera en mi interior. Sus ojos siguen siendo de un verde intenso y profundo, como los tonos de un bosque frondoso. Se me retuerce el estómago.

—Hola —digo con un hilo de voz antes de carraspear. Me arde la cara—. Hola. —Esta vez mi voz suena más fuerte, y finjo una amplia sonrisa—. Soy Pippa, tu nueva asistente. —Me paso una mano por la cola de caballo.

Durante un instante, su cara se mantiene impasible hasta que entorna los ojos y frunce el ceño.

Mis pensamientos se dispersan en el aire como confeti. ¿Palabras? No sé qué es eso. Ni siquiera podría decirte una. Tiene el pelo denso, corto y un poco ondulado. Húmedo, como si acabara de salir de la regadera, y quiero acariciarlo.

No aparta la mirada de mí, cada vez más hostil, hasta que suspira, como si le hubiera convencido. En la escuela era igual: hosco, gruñón, malhumorado. Aunque nunca interactuamos.

—Genial. —Lo dice como enojado, como si fuera la última persona a la que le gustaría ver. Se da la vuelta y entra al departamento.

Sabía que no se acordaría de mí.

Me aguanto una risa sosa de vergüenza e incredulidad. No sé por qué me sorprende su actitud. Si algo me enseñaron mi ex, Zach, y la gente que trabaja con él, es que los guapos y famosos pueden permitirse ser unos auténticos imbéciles. El mundo les deja salirse con la suya.

Jamie Streicher no es diferente.

Me tomo la puerta abierta como una señal para que lo siga. La perra viene corriendo a mis pies y salta sobre mí. Lleva un collar rosa y me enamoro de ella inmediatamente.

—Abajo —le ordena con un tono severo que hace que se me ericen los pelos de la nuca.

La perra lo ignora, saltando sobre mis piernas y moviendo la cola con fuerza.

—Hola, perrita. —Me agacho y me río cuando intenta darme besos.

Tiene muchísima energía y es muy boba. Da saltitos en el suelo mientras mueve la cola con tanta fuerza que parece que se le va a caer. Le acaricio el trasero por encima de la cola y lo agita de una forma adorable.

Estoy enamorada.

Jamie carraspea con desaprobación. Siento vergüenza en el pecho, pero la ignoro. Estoy aquí para ayudarlo con la perra, ¿qué le pasa? Cuando me pongo de pie, me noto la cara caliente.

Bueno, este lugar es uno de los sitios más increíbles en los que he estado. Uno de los sitios más increíbles que he visto. Tiene ventanales desde el suelo hasta el techo con vistas a las montañas North Shore, que llenan de luz la sala y la cocina americana. La cocina es grande y brillante, y aunque la estancia está llena de cajas y de juguetes de perro por todos lados, el gigantesco sofá parece muy cómodo y acogedor. Hay una escalera que supongo que debe de llevar a los dormitorios. Por las ventanas se divisa North Vancouver y la zona montañosa de alrededor. Incluso en un día lúgubre de lluvias torrenciales, las vistas serían espectaculares.

Seguro que tiene una bañera enorme.

—¿Cómo se llama? —le pregunto a Jamie mientras acaricio a la perra. Está apoyada en mí, claramente encantada por tanta atención.

Él aprieta la mandíbula y la forma en la que me mira hace que se me hunda el estómago. Sus ojos verdes son muy penetrantes y me pregunto si ha sonreído alguna vez.

—No lo sé.

En el suelo, cerca del sofá, hay una cama para perros grande y esponjosa, y unos cien juguetes coloridos esparcidos por la sala. En el suelo de la cocina hay un cuenco de agua y otro vacío de comida, y sobre la barra hay una bolsa enorme de premios medio vacía. La perra sale corriendo hacia uno de los juguetes y lo suelta a los pies de Jamie, mirándolo mientras agita la cola.

—Tengo que irme al estadio, así que vamos a darnos prisa —dice Jamie, como si le estuviera haciendo perder el tiempo. Pasa por mi lado y su olor me inunda la nariz.

Prácticamente me pongo bizca. Huele increíble. Es el típico olor a desodorante masculino aromático, atrevido, fresco y limpio, todo a la vez. Seguramente debe de llamarse Avalancha o Huracán, o algo con fuerza e imparable. Quiero aplastar la cara en su camiseta e inhalar. Probablemente me desmayaría.

Se pasea por la cocina para enseñarme donde está la comida de la perra y me quedo asombrada por la gracilidad con la que se mueve. Los músculos de la espalda se le estiran debajo de la camiseta. Tiene los hombros anchísimos. Es extraordinariamente alto.

Me doy cuenta de que todavía no se ha presentado. Era algo que hacían mucho los famosos en la gira de Zach cuando venían a los camerinos, como si esperaran que supieras quiénes son.

—Nos comunicaremos exclusivamente por email o mensajes de texto —dice Jamie—. Pasea a la perra, dale de comer y que no le pase nada. Ya la he llevado al veterinario y a la peluquería. —La vuelve a mirar.

Yo le sonrío.

—Puedo hacerme cargo.

—Bien. —Tiene un tono cortante.

Carajo con Míster Simpatía. Trago con fuerza. Es muy mandón. Siento un escalofrío y un hormigueo por la piel. Seguro que en la cama también le gusta mandar.

—Porque ese es tu trabajo —añade.

Siento cómo me sube una náusea por la garganta, pero trago para bajarla. Ya no tengo dieciséis años. Aspiro a más, y conozco a los hombres como él. Después de Zach, he aprendido a no obsesionarme por chicos así, famosos. Hombres con ego. Hombres que creen que pueden hacer lo que les dé la gana sin consecuencias.

Hombres que se cansarían de mí y me dejarían tirada.

—Los días que haya partido me echo una siesta después de comer —dice por encima del hombro mientras lo sigo a la planta de arriba—. Necesito silencio absoluto.

Tengo que hacer un esfuerzo sobrehumano para no decirle: «¡Señor, sí, señor!». Algo me dice que no le haría gracia.

—La sacaré a dar un paseo largo ese rato.

Él resopla. Seguramente sea su versión de llorar de alegría.

En el pasillo de arriba, se para ante una puerta abierta. La habitación está vacía, excepto por varias cajas grandes y un colchón envuelto en un plástico.

—¿Esta es mi habitación? —pregunto.

Él frunce el ceño y se me retuerce el estómago.

—Quiero decir, ¿esta es la habitación donde voy a dormir cuando no estés? —aclaro, para que no piense que pretendo mudarme para siempre o algo así—. Cuando venga a cuidar a la perra.

Él se cruza de brazos.

—Sí.

Me mira de tal forma que el estómago me da vuelcos como los pasitos de la perra en el suelo. Mi reacción nerviosa es volver a sonreír, y él frunce aún más el ceño.

—Genial. —Mi voz suena prácticamente como un pío.

Él señala con la barbilla el baño que hay al fondo del pasillo.

—Puedes usar ese baño. Yo tengo el mío en mi habitación.

Se me queda mirando y yo intento no moverme bajo el peso de sus ojos. A este tipo no le caigo bien, pero voy a darle la vuelta a la situación en cuanto se dé cuenta de cuánto puedo facilitarle la vida. Además, apenas me va a ver.

Perder este trabajo no es una opción.

Capítulo 3
Jamie

Pippa Hartley está en mi sala, jugando con la perra, y no puedo respirar. Cuando abrí la puerta, pensé que estaba alucinando.

Tiene el cabello más largo. La misma sonrisa tímida, los mismos ojos brillantes azul grisáceo que hacen que me olvide de mi nombre. La misma voz suave y musical que me esforzaba por escuchar en la escuela mientras ella hablaba y se reía con el resto de los chicos de la banda.

Y ahora, de adulta, es una maravilla. Sensacional. Tiene la nariz y las mejillas llenas de pecas por el sol del verano, y mechones dorados en el pelo color caramelo, que no es ni castaño ni rubio. Aunque ya fuese linda con el aparato de los dientes en la escuela, su sonrisa ahora casi hace que se me pare el corazón.

«Soy Pippa», ha dicho cuando he abierto la puerta, como si no se acordara de mí. No sé por qué me ha decepcionado tanto eso.

—¿Quieres que te ayude a deshacer las cajas? —me pregunta, jugando a un tira y afloja con la perra—. O puedo hacerte el mandado o prepararte la comida.

Miro la preciosa curva de su boca mientras habla. Los labios parecen suaves, con el tono perfecto de rosa. Siempre han sido así.

Demonios.

—No. —La palabra sale más tosca de lo que pretendo, pero estoy nervioso.

No soy capaz de pensar cuando estoy cerca de Pippa Hartley, carajo. Nunca he podido.

De pronto, mi cabeza vuelve al pasillo de la sala de música de la escuela y la oigo cantar. Tenía la voz más bonita, cautivadora y fascinante que había oído nunca: dulce, pero áspera en ciertas notas. Fuerte, pero suave en algunas partes. Siempre controlada. Pippa sabía exactamente cómo utilizar su voz. Aunque nunca cantó en público. Siempre cantaba el maldito Zach, y ella tocaba la guitarra y le hacía los coros.

Me pregunto si seguirá cantando.

Me pregunto si sigue con él, y aleteo la nariz. El verano pasado me encontré la cara estúpida y detestable de ese idiota en un anuncio y casi me salgo de la carretera. ¿Ese imbécil es telonero en una gira? Si apenas sabía tocar la guitarra. Y su voz era muy del montón.

No como la de Pippa. Ella sí que tiene talento.

Ocho años después, todavía pienso continuamente en aquel momento en el pasillo. No sé por qué; da igual.

La perra tira del juguete mientras Pippa lo sujeta, y se ríe.

Tengo que irme de aquí.

—Tengo que ir a entrenar. —Tomo las llaves de la barra y me cuelgo la mochila al hombro.

—¡Adiós! —grita cuando salgo por la puerta.

Esta tarde, después de entrenar, estoy a punto de abrir la puerta de casa cuando oigo un ruido cerca, en el edificio, que me detiene con la mano en la manija.

Alguien canta. Dentro suena Fleetwood Mac. Por encima de la música, resalta su voz clara, brillante y melódica. Afina todas las notas, pero hay algo especial en su forma de entonar. Algo único de Pippa.

No puedo moverme. Si entro, dejará de cantar.

Siento una señal de alerta por todo el cuerpo, porque

esto es precisamente lo que no debería estar haciendo. Se supone que tenía que irse antes de que yo llegara.

No puedo estar cerca de Pippa este año. Solo han pasado unas horas y ya se me ha metido en la cabeza.

Cuando abro la puerta, veo a mi nueva asistente deshaciendo las cajas de la cocina, colocando un juego de copas en la repisa, inclinándose hacia delante sobre la barra, ofreciéndome una vista panorámica de su increíble trasero.

Se me tensa el pecho. Esto es lo último que necesito.

Echo un vistazo por los alrededores. La mayoría de las cajas están vacías. Ha ordenado la sala, y la foto en la que salimos mi madre y yo está en la estantería. Ha colocado los muebles de la estancia de diferente modo de como los tenía en el departamento de Nueva York. La silla de Eames está mirando a las ventanas, con vistas a las luces de North Vancouver al otro lado del río. La perra está durmiendo en el sofá, hecha una bola.

Cruzo los brazos sobre el pecho, con una mezcla de alivio y confusión. El espacio está bonito. Parece un hogar. No tenía ganas de deshacer las cajas, y ahora ya está casi terminado.

Ni siquiera me importa que la perra esté en el sofá.

Deja de cantar y mira por encima del hombro.

—Vaya, hola. —Hace un aspaviento y mira de reojo su teléfono sobre la barra antes de mirarme—. Perdona. No me he dado cuenta de la hora. —Se sacude las manos y se va hacia la puerta—. ¿Qué tal ha ido el entrenamiento? —pregunta mientras se pone los zapatos.

La forma tan dulce y curiosa en la que me lo pregunta me provoca algo raro en el pecho. Cálido y líquido. No me gusta. Siento la extraña necesidad de contarle lo nervioso que estoy con esta temporada.

—Bien —digo, y abre mucho los ojos ante mi tono cortante. Maldición. ¿Ves? Por esto sé que no va a funcionar. Me importa demasiado lo que piense.

—Daisy y yo hemos dado un paseo de dos horas por el parque Stanley, y luego me he pasado gran parte de la tarde enseñándole trucos.

Junto las cejas.

—¿Daisy?

Ella se encoge de hombros, sonriendo y mirando a la perra en el sofá.

—Necesitaba un nombre. —Recoge su bolso—. La saqué hace una hora, así que no hace falta que lo hagas tú.

Intento decir algo como «gracias», pero suena como un ruido grave de reconocimiento.

Se pasa con delicadeza la mano por la cola de caballo, parpadea dos veces y me regala esa sonrisa tan brillante de antes, en la que no he parado de pensar durante todo el entrenamiento.

Se le sonrojan las mejillas y parece sentirse avergonzada.

—Bueno, te dejo tranquilo. —Se coloca la tira del bolso sobre el hombro y me vuelve a sonreír con timidez—. Vendré mañana por la mañana, antes de que te vayas a entrenar. Buenas noches, Jamie.

Se me van los ojos a sus preciosos labios y no soy capaz de decir nada. Seguramente debe de pensar que me han dado varios golpes con el disco en la cabeza.

Se va, y yo me quedó allí de pie, mirando la puerta.

A lo mejor no tengo que...

Pero aplasto ese pensamiento, como si matara a un mosquito que se me posa en el brazo. Pippa tiene que irse. Ya sé, por mi madre y por la única relación que intenté tener en mi primer año en la NHL, que si hago malabares con demasiadas pelotas, se me terminará cayendo alguna. Siempre pasa.

En cuanto se va, saco el teléfono y llamo a Ward.

—Streicher —responde.

—Entrenador. —Me paso la mano por el pelo—. Necesito otra asistente.

Capítulo 4
Pippa

—¿Me estás despidiendo? —repito al teléfono a la mañana siguiente, parpadeándole a la nada. Estoy en la puerta de Hazel, poniéndome los zapatos para salir a casa de Jamie. La cabeza me da vueltas y arrugo la frente, confundida—. No lo entiendo.

La mujer del despacho del equipo suspira.

—No te lo tomes como algo personal. Esta gente puede ser muy peculiar.

Se me hunde el estómago. Despedida después de un día. Esto no va a quedar bien cuando solicite el puesto de marketing del equipo.

Pensaba que el día de ayer había ido de maravilla. Saqué casi todas las cosas de las cajas, y Daisy estaba a gusto y cansada cuando él llegó a casa. Fue incluso divertido sacarla a pasear y escuchar música en el departamento mientras ella me seguía.

El pánico empieza a apoderarse de mis pensamientos. Carajo. Necesito dinero ya. Necesito irme del estudio diminuto de Hazel. No puedo volver al Hot Dog Hut; me dan arcadas solo con acordarme de la forma en la que me miraba el dueño. Por no hablar de cómo olía después de cada turno.

Despedida. Mis padres van a enloquecer. Después de malgastar mi vida siguiendo a Zach de gira durante dos años, me suplicaron que empezara mi carrera en marketing, que es para lo que estudié. Están obsesionados con que tenga un trabajo estable y constante. Un trabajo de oficina. Algo que me dé beneficios. Algo que no esté relacionado con la industria de la música. Se esforzaron mucho para pagarme los estudios. Mis padres no son ricos, ni mucho menos, y se han sacrificado mucho para que Hazel y yo tuviéramos lo que ellos no tuvieron.

Quiero que estén orgullosos de mí.

Le doy las gracias a la mujer, cuelgo y me quedo mirando al suelo. La realidad me golpea y se me hunden los hombros. Maldita sea.

A mi lado, la puerta se abre y me da un golpe. Me tambaleo para apartarme, pero tropiezo con una de mis cajas y termino cayendo de nalgas.

—¡Perdona! —Hazel me ayuda a levantarme—. ¿Estás bien?

Me froto el brazo con una mueca.

—Estoy bien. No debería haber estado detrás de la puerta.

Vive en un estudio diminuto porque Vancouver es caro en exceso. De ahí que yo necesite este trabajo si quiero irme de aquí.

—¿Qué tal ayer? —Se va a la esquina de la cocina y saca los ingredientes para hacerse un jugo.

Cuando llegué a casa anoche, ella estaba dando una clase de yoga. Aparte de trabajar como fisio para el equipo, dar clases de yoga es su auténtica pasión. Esta mañana tuvo una clase a primera hora, antes de ir al trabajo.

Le cuento la triste noticia que acabo de recibir y se queda boquiabierta.

—¿Y no te han dicho por qué?

—Claro que no. —Siento un cosquilleo de rabia entre las costillas y se me tensa el estómago—. Aunque se portó como un auténtico imbécil, la verdad. Apenas me dijo dos palabras en todo el rato. Se contentó con mirarme con esos ojos resentidos y el ceño fruncido. —Estrecho los ojos y gruño.

Hazel arquea las cejas oscuras. Tiene el cabello más oscuro que yo, de un tono castaño chocolate, mientras que yo lo tengo rubio cenizo.

—¿Crees que se acuerda de ti?

—No. Para nada. —Me quito los zapatos y los dejo en el armario de la entrada—. Ni siquiera se presentó.

Pone una mueca desde la zona de la cocina.

—Qué maleducado.

—¿Verdad? —Sacudo la cabeza mientras me vuelvo a tirar en el sofá—. Supermaleducado. No sé, vale que es un famoso rico y buenote, pero yo también soy una persona, ¿no?

—Totalmente. —Hazel asiente con vehemencia y se le mueve la cola de caballo—. Eres una persona. Te mereces respeto.

—¿Respeto? —Resoplo—. No conoce esa palabra. Me trató como si fuera una pulga cuyo sitio es la basura.

Hazel aprieta los dientes.

—Lo odio. Malditos jugadores de hockey. —Entorna los ojos—. Son lo peor.

Hazel estuvo saliendo con un jugador de hockey en la universidad, pero la engañó. Fue un auténtico drama. Nunca saco el tema.

—Lo peor —repito, cruzándome de brazos. Hago un ritmo *staccato* con los pies en el suelo y el estómago se me llena de nudos. Ayer lo hice genial y soy perfecta para este trabajo.

Después de lo de Zach, mi autoestima cayó en picada, ¿y ahora esto? Vaya forma de patear a una chica que ya está en la mierda.

Mi cabeza se va a hace un mes, en el aeropuerto, esperando el vuelo de vuelta a casa. La *tour manager* me había pedido un Uber que yo pensaba que me llevaría a la reunión con los del bus de la gira para que todos pudiéramos ir a todas las ciudades. Sin embargo, me llevó al aeropuerto, y cuando empecé a llamar a todo el mundo sin entender qué pasaba, nadie me tomó el teléfono.

Hasta que Zach me devolvió la llamada.

—Carajo, qué mierda —dijo—. ¿Te ha mandado ya al aeropuerto? Quería hablar contigo antes.

Me dejó por teléfono. Dijo que nos habíamos convertido en personas diferentes, que ya no éramos adolescentes, y que quería ver qué había además de mí. Habíamos estado ocho años juntos, desde los quince, y le había pedido a su empleada que me mandara a volar.

Cuando le ofrecieron la gira en el último año de universidad, lo organizó todo para que yo trabajara como asistente del coordinador, y así no tener que llevar la relación a distancia. Cuando se quedaba atascado con alguna canción, trabajábamos juntos, yo con la guitarra y ayudándole con la letra. Puse toda mi vida en pausa para seguirlo mientras él vivía sus sueños.

Me arde la cara al pensar en cuánto lloré en el baño del aeropuerto, sintiéndome sola y perdida. Muy poco querida, como una bolsa de basura en el drenaje.

¿Los tipos como Zach y Jamie? Se creen que el mundo gira a su alrededor. Piensan que pueden deshacerse de la gente una vez que pierden el interés. Se me acumula la vergüenza en el estómago, seguida inmediatamente de ira.

Estoy harta de ser esa chica a la que todo el mundo desecha.

Me incorporo en el sofá, muy enojada.

—Voy a ir a hablar con él.

—Em. —Hazel abre mucho los ojos, con la mano sobre la batidora—. No creo que sea una buena idea.

El pulso se me acelera con la idea de echarle pleito a Jamie Streicher. Estoy harta de que los hombres me pisoteen.

—Siempre me dices que tengo que decirle al universo lo que quiero —le digo a Hazel.

—Sí, al universo. No a él. Él seguramente llamará a la policía.

—No va a llamar a la policía. —Lo imagino sacándome de su casa, cargándome al hombro como un saco. Siento una punzada extraña entre las piernas. Oh. Me gusta esa idea.

Da igual. Esa no es la cuestión. Es el rey de los idiotas, pero necesito este trabajo.

Hazel suelta una carcajada.

—Así es como se termina en la portada de los periódicos. «Estrella local de hockey abordado por una acosadora desquiciada».

—No voy a acosarlo. Voy a recuperar mi trabajo.

Puede que tenga razón e ir con las armas cargadas no sea la mejor forma. Vuelve a centrarse en la batidora para hacerse su jugo y, cuando abre el armario, veo el molde para hacer panquecitos que usé la semana pasada.

Entonces se me ocurre una idea. Hazel tiene razón: si aparezco con las manos vacías exigiendo que me devuelva mi trabajo, pensará que estoy loca. Pero si aparezco con panquecitos recién hechos, simplemente estaré reafirmando lo buena asistente que podría ser. Nadie llama a la policía cuando alguien le lleva panquecitos.

Cuando le cuento a Hazel mi plan, se ríe.

—Dejaré el celular encendido por si tengo que ir a pagar tu fianza.

Dos horas después, los panquecitos están fríos y decorados. Por fuera están perfectos, con chispas de colores como toque final. Pero, por dentro, están rellenos de mi rabia. He batido con muchísima fuerza la masa, vertiendo toda mi frustración por Zach y Jamie y mi situación de porquería.

Por el horario que me dio Jamie, sé que estará en casa dentro de diez minutos, así que guardo los panquecitos y me preparo para salir.

Hazel me sonríe mientras me pongo los zapatos.

—Ve por ellos, tigre.

De camino a casa de Jamie empieza a llover. Se me había olvidado que el tiempo de Vancouver puede cambiar de un momento a otro, así que no llevo el abrigo con la capucha. En un semáforo, me muerdo el labio y me planteo volver por mi otra chamarra.

No. La duda me acecha. Si me doy la vuelta, no llevaré a cabo el plan.

Necesito ese trabajo. Necesito el dinero. Necesito darle espacio a Hazel en su casa, y necesito meter la cabeza en el equipo para poder conseguir la plaza de marketing y seguir con mi vida. Lo voy a hacer.

Voy a recuperar mi trabajo.

Capítulo 5
Jamie

Estoy intentando echarme una siesta, pero no puedo parar de pensar en mi preciosa asistente.

*Ex*asistente.

Carajo. Me quedo mirando por las ventanas de mi habitación. Fuera está lloviendo, para acompañarme en mi mal humor. Llevo todo el día pensando en ella. ¿Por qué me importa? La contratarán en otro sitio enseguida.

Siento algo desagradable en el pecho. Odio la idea de que le arregle la casa a otro hombre, que le sonría y que cante en su cocina.

Llaman al timbre y frunzo el ceño. No espero visita. Cuando llego a la puerta, Daisy ya está allí, olfateando y moviendo la cola.

Abro y me quedo congelado.

Pippa tiene la cara llena de rímel. ¿Ha estado llorando? Siento un pinchazo en el pecho, pero tiene los ojos claros y el cabello empapado, con el flequillo pegado a la frente, y los músculos de mi pecho se relajan. Al verme, se endereza y aletea la nariz. Pienso que es preciosa.

—Hola —dice, y se le mueve su larga garganta. Parpadea. Está nerviosa. Lleva un recipiente de plástico en las manos. Dentro hay panquecitos.

Vuelvo a fruncir el ceño.

—¿Cómo has subido? —Necesita una llave o llamar al interfono.

Me hace un gesto con la mano.

—Los chicos se acordaban de mí de ayer, y les he dado panquecitos.

Claro que la han dejado subir. Esta mujer podría convencer a un policía para que le entregara su pistola. Solo tendría que sonreír y mover la cola de caballo, y el policía le diría: «¿Quieres también las balas?». Algo extraño me presiona el pecho y, por primera vez en mucho tiempo, siento la necesidad de sonreír.

Me coloca el recipiente de plástico en las manos.

—Son para ti.

Arqueo las cejas, mirando los panquecitos a través del recipiente transparente.

—Hace más de diez años que no como panquecitos.

Los ojos casi se le salen de las cuencas.

—¿Cómo? Qué lástima. —Se fija en su reflejo en el espejo detrás de mí, que seguramente debió colgar ayer—. ¡Vaya! —Se pasa un dedo por debajo de los ojos para limpiarse el maquillaje—. ¿Estás fachas traigo? Dios mío.

Es consciente de que la he despedido, ¿verdad?

Vuelve a mirarme y toma aire.

—Ayer hice un buen trabajo.

Tiene razón.

—No. —Está sonrojada—. Un trabajo genial. Puedo con todo lo que me mandes, sin problema. Y tú ni siquiera te presentaste. —Aprieta la boca—. ¿Quién te crees que eres, Ryan Gosling? ¿Piensas que puedes despedirme así como así, imbécil?

Conozco a Ryan Gosling. Estuve con él en una fiesta de la NHL el año pasado a la que el equipo tenía que ir. Es un tipo agradable. Mucho más agradable que yo.

¿Ese es su tipo? Se me tensa la mandíbula. No me gusta esa idea.

—Imbécil —repito.

—Perdona. —Se estremece—. Soy humana, ¿sabes? Me merezco que me traten con respeto.

Junta las cejas y parpadea muy rápido, como un cachorrito

al que le acaban de dar una patada. Demonios. Se me hunde el corazón. Odio esta sensación. Odio que ella se sienta así y, sobre todo, odio haber hecho eso.

Tiene razón. Ayer me porté como un cretino. Pero no era mi intención. No sé ser normal cuando está ella. Apareció como una princesa Disney y apenas fui capaz de decirle dos palabras seguidas.

Señala a Daisy, que está esperando a sus pies, mirándola con adoración.

—Me llevo superbién con Daisy. Siento haber estado aquí cuando llegaste anoche, no tendrás que volver a verme. —Su voz suena vacilante—. Haré lo que haga falta para recuperar mi trabajo.

El ambiente se tensa y nos quedamos los dos mirándonos. ¿Está...? En mi mente, nos imagino a los dos enredados en mi cama. Ella está debajo de mí, con la cabeza hacia atrás, los ojos cerrados, con cara de placer mientras yo entro en ella.

En un rato pensaré en eso con la verga en la mano, y me odio por ello.

—No quería decir eso —se apresura a rectificar, con las mejillas aún más sonrojadas—. Ha quedado un poco raro. Quería decir que de verdad necesito este trabajo, así que no sé lo que hice para que pensaras que no encajo, pero me gustaría que me lo dijeras, por favor.

Ni de broma le voy a decir la verdad: que era la chica con la que estuve obsesionado durante dos años en la escuela. ¿Y todo lo que ha dicho? Tiene razón. Me gusta cómo arregló la casa. Cansó a Daisy más de lo que yo hubiera podido. Se nota que esta perra necesita mucha estimulación mental y ejercicio físico. En el fondo, confío en ella para cuidarla.

Debería dejar que el equipo me buscara otra asistente. Los problemas de Pippa no son mis problemas. Yo ya tengo suficiente con lo mío.

Pero igual que hice en el refugio con Daisy, ignoro esa duda. La forma en la que Pippa me está mirando ahora, con una mezcla de determinación y preocupación, con la cabeza alta... me llega hasta el centro del corazón.

Me quedo mirándola, analizando su cara. Aunque parece

una rata ahogada, le siguen brillando los ojos. Tiene las mejillas sonrojadas, llenas de vida y energía, y siento algo extraño en el pecho, como una quemadura en el corazón.

La miro con las cejas levantadas.

—¿Me llamas imbécil y luego me pides que te devuelva el trabajo?

Ella se mueve, incómoda, con una mueca en la cara.

—Así es. —Aprieta la boca, mirándome con culpa, y la determinación de su mirada se agarra a un músculo de mi pecho—. Perdona.

Me gusta esta chica. Le gusta pelear. Hace falta tener coraje para venir a mi casa y llamarme imbécil. Nadie me habla así.

No puedo arruinarla de esta forma. Encontraré la manera de centrarme este año. Siempre lo hago. He tenido tiempo de sobra para practicar la disciplina. Este año tendré que esforzarme un poco más.

No puedo despedirla, pero sí puedo mantener las distancias.

Me cruzo de brazos, cambiando el peso de un pie a otro bajo el quicio de la puerta. Siento calor en la nuca.

—Okey.

Se le ilumina la cara y, durante un instante, me aterra la idea de que se me vaya a lanzar al cuello.

—¿En serio?

Asustado o emocionado. No lo sé.

—Pero no dejes nada aquí —añado rápidamente.

Ella da una palmada y eso altera a Daisy. Empieza a correr como loca por el departamento. Pippa me sonríe, con una sonrisa de oreja a oreja, y tengo la sensación de que voy a vomitar.

—Gracias. —Junta las manos—. Te prometo que lo haré genial.

Ese no es el problema.

—Tengo que irme a entrenar —le digo. En realidad, empiezo dentro de una hora, pero no voy a quedarme aquí mirándola.

Ya se está quitando la chamarra.

—Tranquilo. Aquí está todo bajo control. ¿Necesitas que te compre algo?

Me pongo los zapatos y dudo un momento. De verdad necesito que compre.

No sé qué cara pongo, pero ella asiente.

—Haré el mandado. ¿Qué te gusta comer?

—Eh... —El nutriólogo del equipo tiene planes de comida detallados para todos los jugadores, pero no quiero depender de Pippa más de lo necesario—. No sé. Cosas.

Ella asiente, sonriente.

—Genial. Puedo comprarte cosas.

Abro la puerta. Tengo que salir de aquí.

—Espera —dice, dándome los panquecitos—. Llévatelos y los repartes con el equipo, o algo.

La miro de forma extraña. Si aparezco con panquecitos, se reirán de mí. Pero, aun así, me las llevo. No puedo soportar ver otra vez su cara de decepción.

Fuera, en la calle, abro el recipiente y me como todos los panquecitos. Pongo los ojos en blanco en cuanto el azúcar me roza la lengua y casi gimo en éxtasis.

Es lo más rico que he probado jamás.

Capítulo 6
Pippa

—No puedo creer que los panquecitos funcionaran —dice Hazel mientras subimos por el sendero de la montaña.

Han pasado dos semanas desde que me enfrenté a Jamie, pero entre mi trabajo y el trabajo de fisio y las clases de yoga de Hazel, apenas nos vemos. Hoy es la primera vez que hemos podido sacar tiempo para ponernos al día.

Daisy olfatea algo en los arbustos antes de dar un salto. Nos hemos pasado la mañana haciendo entrenamiento de memoria, hasta que Hazel y yo estábamos lo bastante seguras de poder soltarla de la correa en un sendero donde no es obligatoria en North Vancouver. A medida que nos adentramos en la montaña, cae la temperatura, pero el sol sigue brillando, el bosque está sereno y tranquilo, llevamos abrigos, y Daisy se la está pasando de maravilla.

Pienso en cuando me enfrenté a Jamie. Parecía que iba a echarme, o peor, llamar al equipo y arruinar mis posibilidades de un futuro trabajo.

Pero no lo hizo. Cuando le dije: «Me merezco que me traten con respeto», casi parecía... arrepentido.

—No creo que fueran los panquecitos —digo en voz baja.

No lo he visto desde que se fue aquel día a entrenar porque ha estado muy ocupado y, como la temporada empezó hace unos días, ha estado de viaje. Su casa parece sacada de una revista de diseño de interiores y, a veces, al mirar las montañas por los ventanales, tengo la sensación de estar en una casa de vacaciones, totalmente ajena a mi vida real. El departamento siempre tiene mucha luz, así que esta semana he comprado unas cuantas plantas para que sea más acogedor.

Es una casa impresionante, pero, aun así, es un poco solitaria al estar sola con Daisy. Nunca he vivido sola. En la universidad, siempre tenía, al menos, cuatro compañeras de departamento, y durante las giras de Zach, siempre estábamos con gente. Siempre había alguien con quien hablar y echarse unas risas.

Tengo que hacer más amigos en Vancouver. Todos mis amigos son de la industria de la música.

Se me hunde el estómago. Necesito hacer nuevos amigos porque ya no quiero saber nada de la música.

Una de las cosas que le dije a Jamie no ha parado de reproducirse en mi cabeza una y otra vez desde aquella conversación con él: «Haré lo que haga falta».

Siento un escalofrío.

—Creo que insinué sin querer que me acostaría con él para no perder el trabajo. —Hazel suelta una carcajada, y yo protesto—. Luego lo aclaré. Pero aun así... Fue muy raro.

—¿Sabe que fueron a la misma escuela? —Hazel es un año mayor que yo, un año más pequeña que él.

—No creo. ¿Has trabajado con él ya?

—No. —Me mira de reojo—. ¿Vas a sacar el tema?

—Ni de broma. Sería muy incómodo, ¿no? Querrá saber por qué no dije nada cuando lo vi la primera vez.

—Bueno, pronto dará igual. Emma ya tiene fecha para su baja de maternidad, así que están empezando con el papeleo para el puesto de trabajo interno.

Es verdad, el trabajo de marketing. Se me retuerce el estómago por los nervios y asiento con entusiasmo. Aunque parece un poco forzado.

—Genial.

—Seguramente empezarán a hacer las entrevistas en diciembre o a principios de año.

—Muy bien. Así tengo tiempo suficiente para demostrar lo que valgo.

—Sí. —Hazel arquea una ceja—. Y así las dos tendremos trabajos estables y responsables para el resto de nuestras vidas, por siempre jamás. —Lo dice con un tono falso y sarcástico.

Yo la miro. El sueño de Hazel es abrir su propio estudio de yoga y fisioterapia, un lugar en el que la gente con cuerpos de todas las formas y tamaños pueda sentirse cómoda, pero nuestros padres se ahogarían si se enteran.

Muy arriesgado, dirían.

Me quedo mirándome los pies mientras andamos.

—Bueno, razón no les falta. Tener un trabajo estable facilita mucho la vida.

Ella dice algo en voz baja que suena como un «carajo».

—Sí, pero están obsesionados con ese tema.

—Quieren lo mejor para nosotras.

Nuestros padres no eran pobres de pequeños, pero sí nacieron en familias humildes. Nuestro padre era mecánico, y nuestra madre, bailarina de *ballet*, hasta que no consiguió entrar en una compañía. Entonces montó su propia academia. Estuvo enseñando *ballet* hasta que se jubiló en un pueblito de la Columbia Británica hace unos años. A pesar de que era una profesora increíble, creo que dar clases le recordaba continuamente lo que no había conseguido. De pequeña, cuando hacía algún comentario sobre dedicarme a la música, se ponía siempre de ejemplo de por qué no debería hacerlo.

«El fracaso es muy duro», me decía siempre. «Es mejor prepararse para el éxito».

Quieren que tengamos una vida cómoda y feliz, y para mi padre eso significa tener un trabajo con sueldo quincenal y prestaciones. Para mi madre significa tener una ocupación con la que no nos decepcionemos demasiado si no sale bien. Como el trabajo de fisio de Hazel. O como el puesto de marketing. No algo en la industria de la música. Por eso estudié marketing en la universidad con asignaturas de libre elección de música. Quería tener una titulación en música, pero me convencieron para que no lo hiciera.

Y resulta que tenían razón. La industria de la música es brutal. Recuerdo estar tocando para Zach una canción que compuse, y él y su mánager se rieron cuando terminé. Zach me dijo que era «tierna».

Se me retuerce el estómago por la vergüenza. Pienso en ese momento y me duele el corazón. No soy lo suficientemente fuerte para soportar algo así.

Hazel me mira.

—¿Papá te sigue preguntando por Streicher?

Además de que nuestros padres quieren que tengamos trabajos estables, a nuestro padre le encanta el hockey, y es un seguidor del Vancouver Storm de toda la vida. Está superemocionado porque ahora las dos trabajemos para el equipo. Cuando se enteró de que un chico de mi escuela iba a jugar para el Vancouver, se volvió loco.

Hago un ruido gutural.

—Sí.

Nos reímos y Daisy sale corriendo para saludar a un labrador rubio que baja por el sendero.

—Es un encanto de perra —dice Hazel, enganchando su brazo al mío.

Yo sonrío mirando a Daisy.

—Sí. Me encanta esta parte de mi trabajo.

Caminamos mirando a los perros, saludando a los dueños al pasar y disfrutando del tiempo en la naturaleza. Un río serpentea entre los árboles, pasando por encima de las rocas. Hay claros en el sendero, con orillas, y Daisy entra y sale del agua a toda velocidad antes de volver con nosotras al camino.

—No has tocado la guitarra desde que volviste a casa.

Se me cierra la garganta y trago con dificultad.

—He estado ocupada.

Es mentira, y ella lo sabe. Las canciones han flotado en mi cabeza toda mi vida. Zach y yo salíamos, yo tonteaba con la guitarra y, cuando tocaba determinados acordes, se me aparecía una canción. Era como abrir una puerta. Como: «Anda, si estás ahí».

Desde que Zach me dejó, no hay nada. Silencio.

Nuestras botas crujen por el sendero de arena y me imagino mi guitarra abandonada en el departamento de Hazel, esperándome. Una extraña sensación de culpa se mueve en mi interior, como si la estuviera descuidando. Compré esa guitarra en la escuela. No es la mejor, ni la más cara —ni mucho menos—, pero me da igual, me encanta.

Y ahora la estoy evitando.

Cada vez que pienso en tocar la guitarra, pienso en Zach organizándolo todo para que me llevaran al aeropuerto. Pienso en las veces que he tocado la guitarra mientras Zach y yo trabajábamos en alguna letra. Pienso en él riéndose de esa canción que compuse.

Hazel tuerce la boca a un lado y arruga la frente.

—¿Tiene algo que ver con Herpes?

Me ahogo con una carcajada. Así es como llama a Zach.

—No podemos llamarlo así.

—Le he dicho a todo el mundo que lo tiene.

Se me agita todo el cuerpo con la risa.

—El herpes son para siempre.

Ella entorna los ojos y se lleva un dedo a la boca.

—Es verdad, y Zach ya se ha ido. Vamos a llamarle mejor Clamidia. —Relaja la cara—. Bueno, ¿tiene algo que ver con él?

Me agacho para acariciar a Daisy mientras trota a mi lado.

—Probablemente.

Hazel se queda callada, aunque seguramente quiera decirme cientos de cosas. Nunca le cayó bien Zach, ni siquiera en la escuela.

—Ojalá supieras que eres la mejor —dice, tranquila. Se le tensa un músculo en la mandíbula—. Ojalá supieras el talento que tienes. Serías imparable.

Cuando utiliza ese tono de voz tranquilo y serio, me dan ganas de llorar, y no sé por qué. Caminamos en silencio, solo con el rumor del río junto al sendero.

—Bueno. —Se encoge de hombros—. Tendrás que meditar para sacártelo de la cabeza.

—Herpes —digo con voz de anuncio, como si vendiera programas de *spa*—. ¡Medita para hacerlos desaparecer!

—Clamidia —me corrige, y nos reímos—. No, en serio. Medita para sacarte a ese imbécil de la cabeza.

Su forma de ver el bienestar, atrevida y sin tonterías, me hace sonreír.

Ella se ríe.

—Y si la meditación no funciona, tendrás que tener sexo.

Me sonrojo.

—La mejor forma de superar una ruptura es coger. Sobre todo —pone énfasis en la palabra y se gira hacia mí con una mirada severa— cuando solo te has acostado con un hombre en toda tu vida.

Me retuerzo de vergüenza y meto las manos en los bolsillos de la chamarra. Sí. Es verdad. Perdí la virginidad con Zach y nunca me he tirado a nadie más.

Otra vez la vergüenza me quema el estómago. Seguramente por eso él quería pasar página, porque no...

No puedo, eh... llegar. No puedo tener un orgasmo con un hombre. Le admití una vez a Hazel que, cada vez que Zach y yo nos acostábamos, fingía. Lo hice una vez y él se quedó muy contento y satisfecho. Y creo que pensaba que era culpa suya que yo no llegara. Así que seguí fingiendo. Seguí diciéndome: «Esta será la última vez», pero era mentira. En realidad, no le hacía daño a nadie, así que seguí haciéndolo. Si no me venía, él se estresaba, lo que me estresaba a mí también. Era más fácil fingir.

La idea de acostarme con otra persona me abruma. Nunca he tenido una cita formal, y nunca me he registrado en ninguna aplicación de ligoteo. Zach y yo éramos amigos desde que nos apuntamos a la banda con trece años y cada vez fuimos siendo más íntimos. Hasta que un día, con quince años, al final del año, me tomó la mano y yo no hice nada por evitarlo. Luego empezó a llamarme su novia. Nadie se sorprendió, así que tampoco le di demasiada importancia.

Con los años, me dejé arrastrar por su corriente, supongo. Frunzo el ceño, no estoy segura de cómo me siento al respecto. No me imagino tener con otra persona la intimidad que tenía con Zach.

Sobre todo con mi problemita. Tendré que empezar a fingir otra vez con alguien diferente.

Hazel me mira como si tuviera escritas mis preocupaciones en la cara.

—¿Qué?

—No puedo... —Hago un movimiento con la mano—. Ya sabes.

Ella suelta una carcajada e imita mi gesto, exagerándolo. A mí se me escapa una risa nerviosa.

—¿Tener un orgasmo? —apunta.

Hago un ruido gutural.

—Sí. Es mi cuerpo. Y sé que voy a tener que contárselo a otra persona.

Ella suspira y echa la cabeza hacia atrás.

—No es tu cuerpo. Tu *pussy* sabía que Zach era un imbécil.

—Deja de hablar de mi *pussy*.

—¡Tu *pussy* quiere un poco de acción! —grita en mitad del bosque, y empiezo a reírme, intentando taparle la boca—. ¡Dale a tu *pussy* lo que quiere!

Pasa una pareja por nuestro lado y les sonreímos. Tengo la cara roja como un tomate. Cuando se marchan, volvemos a reírnos.

Hazel le tira un palo a Daisy, que sale corriendo por él. Durante el resto del paseo, Hazel me habla de sus engreídas compañeras de trabajo en el estudio de yoga y, cuando volvemos a su coche, me duele la cara de tanto reírme. Daisy está cubierta de lodo por correr de un charco a otro, pero tiene esa mirada de perrita feliz y agotada.

—Vamos —le digo, señalándole el asiento cubierto con una toalla—. Sube.

Se me queda mirando antes de lanzarse a sacudirse todo el cuerpo, salpicándome de lodo y agua sucia. Levanto las manos, pero es demasiado tarde.

Al otro lado del coche, Hazel se parte de risa. Me hace una foto y sonríe ante el resultado.

Yo la miro con una sonrisa forzada.

—Tengo fango en el cabello, ¿verdad?

—Sí. —Y se echa a reír.

Una hora más tarde, Daisy ya está limpia y acurrucada en el sofá de la sala mientras yo me doy un baño para quitarme la tierra del cabello. Jamie llegará tarde hoy, así que estoy cantando un tema de Coldplay. La canto como la habría grabado: suave en algunas partes y más desgarrada en otras.

La acústica del baño es increíble, y hay algo en el agua caliente que me recorre la piel y en el olor del jabón que me hace sentirme como si estuviera en mi propia burbuja, donde nadie puede tocarme.

Termino la canción, cierro la llave y me seco el pelo con la toalla antes de cubrirme con ella, luego salgo de la regadera para ver cómo está Daisy.

Jamie Streicher está en su sala, mirándome, envuelta en la toalla.

Capítulo 7
Jamie

No me funciona el cerebro.

Pero esa no es la única explicación de por qué estoy aquí plantado, mirando a Pippa semidesnuda, envuelta en mi toalla. El pelo húmedo le cae por los hombros y, por encima de la toalla que se aprieta contra el pecho, mi mirada recae en su escote. Tiene pecas en las clavículas, igual que en la cara.

Estaba cantando en la regadera, y era el sonido más bonito que he escuchado nunca. No me podía mover.

Algo me recorre la sangre. Atracción. Unas chispas se escabullen por mi espalda cuando me fijo en sus piernas. Su piel parece muy suave.

Lo quiera o no, sigo sintiéndome atraído por esta chica.

Se le ha puesto la cara roja como un tomate. Tiene las uñas de los pies pintadas de verde menta. ¿Por qué me resulta eso tan adorable, demonios? Le miro el labio de abajo. ¿Siempre lo ha tenido tan suave? Se me va toda la sangre a la verga y me doy la vuelta.

—¿Qué haces? —pregunto. Suena más tosco de lo que quería.

—Daisy me ha llenado de lodo y no sabía que ibas a llegar tan pronto...

—No pasa nada. —Se supone que no iba a estar aquí cuando llegara de trabajar. Esto solo va a funcionar si no la veo nunca.

¿A quién carajos pretendo engañar? Esto no va a funcionar. Llevo dos semanas pensando en ella, preguntándome qué estarían haciendo ella y Daisy. Me ha estado enviando emails todos los días para ponerme al día y, aunque nunca le respondo, los espero con muchas ganas. Actualizo el correo mientras estoy en un avión o entre sesiones de entrenamiento.

Pensaba que si no la veía, no podría distraerme. Qué equivocado estaba. Hago un ruido de frustración con la garganta y me voy hacia la puerta.

—Puedo irme ya mismo —grita detrás de mí.

—Volveré a las cuatro. —Era la hora a la que se suponía que iba a llegar, pero uno de mis entrenadores me cambió el turno. Me calzo las botas y no miro atrás.

En el ascensor, cierro los ojos y expulso el aire en una respiración larga en un intento patético de concentrarme. Me vibra el teléfono en el bolsillo de atrás y, cuando lo saco, veo una foto mía con mi madre en la pantalla, con su llamada entrante.

Es el recuerdo que necesito. Apenas soy capaz de dedicarme al hockey y a cuidar de mi madre, de ningún modo puedo perder la cabeza por una chica. No vale la pena.

—Hola, mamá —respondo.

Capítulo 8
Pippa

Jamie se marcha y me quedo mirando la puerta, aturdida.

Tremendo idiota. Ha sido él el que ha llegado a casa antes. Yo solo estaba siguiendo el horario que me dio.

Me voy a la habitación en la que me quedo cuando él no está, para cambiarme y largarme de aquí. Ni siquiera me molesto en secarme el pelo. Me pongo la ropa, bajo para darle un beso a Daisy y cierro la puerta.

Hazel está dando una clase de yoga *online* desde casa hasta la noche, y yo estoy esforzándome por darle más espacio, así que me voy a la cafetería de abajo para escribir el email diario. Jamie nunca me los pide, pero quiero hacer un buen trabajo.

Tengo un mensaje de Hazel de esta tarde. Me llegó cuando estaba en la regadera.

«¿Qué demonios es esto?», pregunta, y abro el enlace que adjunta.

Se me cae el estómago al suelo cuando empieza el video. Conecto nerviosa los auriculares mientras Zach toca en un concierto reciente, sonriendo a la mujer que está con él en el escenario. Parece que tiene nuestra misma edad, el pelo color platino largo y ondulado. Lleva una ropa estilosa, como bohemia, y sonríe y canta junto a Zach mientras él le devuelve la sonrisa.

Ella se come el escenario. Está muy cómoda, es preciosa y carismática.

Los auriculares se conectan por fin y me quedo boquiabierta. Están cantando una canción que escribimos Zach y yo juntos. No me dieron los créditos de composición, porque yo simplemente tonteaba con el tema en los días libres, pero aun así...

No solo me dejó, sino que me remplazó. Por un modelo nuevo y más brillante. Me empiezan a escocer los ojos y parpadeo para soltar las lágrimas.

«No tienes lo que hay que tener», me dijo Zach una vez cuando le planteé la idea de intentar componer un disco propio. Siempre he querido hacerlo. «Es muy duro ser el centro de atención», me dijo, como si me estuviera protegiendo.

No siempre fue así. O a lo mejor sí, y simplemente se hizo más evidente los últimos meses. Cuando las cosas iban bien, cuando Zach activaba su carisma y su luz brillaba sobre mí, me hacía sentir especial y acogida. Cuando estábamos solos, nos reíamos a carcajadas. Él me conocía mejor que nadie. Su sonrisa me hacía sentir que valía un millón de dólares.

En el video, sonríe a la chica como solía sonreírme a mí, y me duele el pecho. Se me vuelven a empapar los ojos, cae una lágrima y me la seco rápidamente.

A mí nunca me pidió que saliera con él al escenario. Ni una sola vez.

Tremenda mierda.

Estoy sentada en una cafetería con ciento veintitrés dólares en la cuenta del banco, viviendo en el sofá de Hazel cuando Jamie está en la ciudad, y mi ex ha pasado página.

Por la ventana, mi mirada se encuentra con la de Jamie. ¿En serio? Es como si el universo no dejara de intentar buscar el peor momento posible para que me encuentre con él.

Agacho la cabeza, con la esperanza de que el reflejo del cristal me esconda. Si hago como que no lo he visto, puede que se vaya...

No. Lo miro de reojo. Está en la puerta de la cafetería. La está abriendo. Demonios. A lo mejor solo quiere un café.

No. Viene hacia mí.

Capítulo 9
Jamie

Está sentada en una mesa junto a la ventana, secándose los ojos, intentando ocultar las lágrimas. Dentro de mí se activa una alarma y sale a relucir mi instinto protector. En un abrir y cerrar de ojos estoy dentro, delante de ella.

La miro.

—¿Estás así porque te he visto con la toalla?

Ella se seca las lágrimas frenéticamente, parpadeando rápido.

—No. —Se ríe, pero suena falso—. Ni si quiera he metido eso en mi lista de experiencias vergonzosas. —Carraspea y fuerza una sonrisa—. Estoy bien.

Me duele el pecho de verla así. Lo odio.

—Dime por qué lloras. —Cruzo los brazos.

—Estoy bien —dice otra vez, sin mirarme a los ojos. Toma su teléfono y su bolso como si estuviera a punto de levantarse.

Me inclino sobre ella y apoyo las manos sobre la mesa. Estoy siendo un imbécil intimidante, pero tengo que saber por qué llora para poder solucionarlo.

—Dímelo. —Mi voz suena grave, y a ella se le corta la respiración.

Desliza el teléfono en la mesa antes de darle al *play*. En la pantalla, el maldito Zach Hanson, con el que estuvo saliendo en la escuela, está cantando en un escenario con una mujer.

Miro a Pippa con una ceja arqueada.

Sus ojos brillan con rabia.

—Me dejó el mes pasado y ya está en el escenario con otra tipa. —Vuelven a aparecerle las lágrimas. Me dan ganas de matar al tipo ese por hacer que se sienta así.

Vuelvo a mirar el video, la cara de ese imbécil. Así que seguían juntos hasta hace poco. Era un flacucho en la escuela, y ahora no le distingo la forma debajo de la chamarra, pero sigue pareciendo bastante pequeño. Seguro que yo soy más fuerte.

—Deja de llorar —le exijo.

—Eso intento. —Toma aire, temblorosa—. Ahora mismo toda mi vida es una basura. Él tiene a esta nueva musa despampanante y yo soy una fracasada que vive en el sofá de su hermana y que va por ahí rogando que le devuelvan un trabajo. —Le cae otra lágrima por la mejilla.

Levanto una mano y me detengo justo a tiempo. ¿Qué demonios? ¿Iba a secarle la lágrima? Me siento enfrente de ella. Muevo la rodilla mientras intento averiguar qué hacer con esta situación.

Odio a ese tipo. Lo odio con toda mi alma. Tiene la cara suave y blandita, perfecta para un puñetazo. Los porteros apenas se meten en peleas, pero si el tipo ese apareciera en el partido de mañana, no lo dudaría ni un segundo.

Y entonces caigo en lo que ha dicho de vivir en el sofá de su hermana.

—Alquílate algo para ti —le digo.

Me mira enojada. Bien. Al menos ha dejado de llorar. Enojada es mejor que triste. No puedo soportar a Pippa triste.

—Vancouver es caro. Quiero encontrar algo cerca de tu casa para poder venir rápido si me necesitas.

Me gusta la forma en la que dice «si me necesitas». Un cosquilleo extraño me recorre la piel y frunzo aún más el ceño.

—Deberías irte a casa.

—No puedo. —Se le arruga la cara y yo entro en pánico. Su hermana está dando una clase de yoga *online*, me cuenta—. ¿Por qué te estoy contando esto? Estoy bien. Solo necesito llorar un poco.

Odio todo esto. Se activan todos mis instintos protectores con la necesidad de solucionarle las cosas.

—Múdate conmigo.

Nos quedamos mirándonos. No sé de dónde carajos ha salido eso. Se supone que no debería pasar más tiempo con ella; se supone que tengo que evitarla.

Vivir con ella no es mantener las distancias.

Pero ha dejado de llorar. Eso es algo. Me mira confundida.

La idea de que viva en mi casa hace que algo se me relaje en el pecho.

—Será más fácil para Daisy. —No sé lo que digo.

La recuerdo cantando cuando llegué a casa y el corazón me late con más fuerza. Si vive conmigo, a lo mejor la vuelvo a escuchar cantar.

Al otro lado de la mesa, se está mordiendo el labio con una expresión incierta.

—No sé.

Se me está acelerando el pulso. La imagino en mi departamento, tumbada en el sofá, leyendo un libro con Daisy a sus pies. Tocando la guitarra como hacía con sus amigos en la escuela. Se me calienta el pecho. Me gusta esa imagen.

Me da igual que sea una mala idea. No puedo abandonarla. Además, estoy muy ocupado con el hockey y yendo a ver a mi madre a North Vancouver. Apenas la veré.

Y no me preocuparé por ella, así que eso es otra ventaja.

—No puedes llorar en público —le digo. Otra vez, mi voz suena cortante y severa. Idiota—. Es poco profesional. Te mudarás mañana.

La miro esperando cualquier señal que me diga que no quiere hacerlo, algún miedo o repulsión. Pero simplemente suelta una respiración larga y relaja la cara, como si estuviera aliviada.

Se me aligera el corazón.

Levanta las comisuras de los labios y se le calman los ojos.

—Está bien. —Asiente—. Gracias, Jamie.

Una chispa me recorre la espalda. Me gusta cómo dice mi nombre, tan dulce. Me gusta cómo me está mirando ahora mismo, como si le gustase.

Asiento con la cabeza y me levanto.

—Mañana —repito.

Ella asiente, limpiándose el rímel de la cara.

—Mañana.

Mientras subo, el pulso me va como si estuviera en pleno partido. Acabo de girar una llave inglesa en la máquina bien engrasada que es mi vida. Pippa es escandalosamente guapa, y a su lado mi mente se queda en blanco, pero siento un pinchazo de emoción y ansia que hacía mucho que no sentía.

Capítulo 10
Jamie

Esa tarde, justo antes de la puesta de sol, estaciono en el camino de una casa de un vecindario residencial en North Vancouver, con una bolsa de comida griega en el asiento del copiloto. Hoy se celebra una cena informal para los jugadores, la típica reunión para conocer al nuevo, pero he ignorado la invitación. En el asiento de atrás Daisy mueve la cola, curiosa y emocionada. Respiro hondo.

Demonios, no puedo creer que le dijera a Pippa que se viniera a vivir conmigo. Con ella encargándose de la perra, pensé, tendré mucho más tiempo para estar con mi madre.

Desde el asiento trasero, Daisy inclina la cabeza sobre mi hombro, olfateándome, y yo la miro de reojo. En mi pecho aumenta una sensación extraña.

¿Me está... empezando a gustar esta perra? Le frunzo el ceño, y ella jadea y mueve la cola. Resoplo.

—Vamos. —Salgo del coche, dejo que salga Daisy y voy hacia la pequeña casa.

Es una casa modesta, de una familia de clase media. Intenté comprarle algo más grande a mi madre cuando empecé a jugar profesionalmente, pero se negó. Dijo que no quería irse del vecindario en el que llevaba años viviendo. Que le caían bien los vecinos y no quería hacer amigos nuevos.

Conforme me acerco a la puerta percibo un movimiento en el tejado y se me para el corazón.

Es mi madre, con unos guantes de jardinería. Me saluda con una amplia sonrisa.

—Hola, tesoro.

Siento los latidos en los oídos. No puede estar ahí arriba. La cabeza me va a toda velocidad. Imagino que tiene un ataque de pánico en el techo, resbala y se cae, y se rompe la crisma contra la banqueta.

—¿Qué haces ahí arriba? —pregunto.

Daisy ladra a mi madre, moviendo la cola.

Mi madre me sonríe.

—Limpiar la tubería.

—Baja ahora mismo. —Pongo mi tono más firme—. Está oscureciendo.

—Veo bien. Ya estoy terminando. —Se ríe y me tira un montón de hojas. Planean hasta mis pies y Daisy intenta morder una.

—Jamie, cariño, ¿de quién es ese perro?

Levanto una ceja mirando a Daisy, que está sentada moviendo la cola de un lado a otro sobre la banqueta. Sonrío sin querer y ella abre mucho los ojos. Se cree que voy a darle un premio.

Puede que a una parte de mí le esté empezando a gustar esta perra.

—Mía —le digo a mi madre—. He adoptado a una perra.

A mi madre se le ilumina la cara y empieza a dar palmadas.

—¿En serio? Ay, Jamie, ¡qué bien! ¡Es justo lo que necesitas!

—¿Puedes bajar, por favor? —Estoy nervioso viéndola en el tejado, tan arriba—. Ya llamaré a alguien para que lo haga.

—Deja de tratarme como si fuera una niña. No estoy incapacitada para vivir mi vida.

Me aumenta la irritación en el estómago. Irritación y algo más, algo más enojado. Odio que finja estar bien cuando no lo está. Siempre ha sido igual. Nunca jamás hablamos de su depresión o su ansiedad cuando era pequeño. Todavía no hemos hablado del accidente de coche que tuvo el año pasado. Se me van los ojos al garaje abierto. El coche está arreglado y me pregunto si lo ha estado conduciendo. No puede hacerlo hasta que reciba ayuda.

Estaba llevando a unas amigas de un bar a casa cuando le dio un ataque de pánico y chocó por detrás con otro coche. Por el problema de mi difunto padre con el alcohol, siempre es ella la conductora asignada. Creo que una de sus amigas olía a alcohol y, combinado con conducir de noche, como cuando mi padre tuvo el accidente, la puso muy nerviosa.

No me acuerdo de él, yo era un bebé cuando condujo borracho y estampó su coche con un poste, pero le tengo rencor por dejar a mi madre con toda esta carga. Si no hubiera sido por él, a lo mejor ella no habría sufrido depresión cuando yo era pequeño. A lo mejor no tendría ataques de pánico.

—Ni siquiera estás sujeta. —Siento una presión en el pecho—. Podrías resbalar y caer.

Ella pone los ojos en blanco y va hacia la escalera.

—Podría caerme un meteorito en la cabeza y matarme. —Baja la escalera y el corazón se me va calmando lentamente—. Te preocupas demasiado.

Me desinflo por dentro. A veces me encantaría ser como ella, pero, entonces, ¿quién mantendría a nuestra familia unida? ¿Quién correría a responder las llamadas de mi madre cuando sufre un ataque de pánico?

Daisy la quiere de inmediato, por supuesto. Entramos y mi madre se mueve por la cocina, sacando la comida griega que he traído mientras yo agarro los platos. Daisy olfatea cada centímetro cuadrado de la casa.

—¿Qué tal tu departamento nuevo? —pregunta.

Siento la extraña necesidad de hablarle de Pippa. Pero ¿qué voy a decir? Mi asistente es un pajarillo, tan guapa que te caes muerto. La chica por la que estaba perdidamente enamorado en la escuela. Y, además, es increíble con mi perra. Me ha llenado la nevera con la comida que me gusta, aunque yo le ladrara «cosas» de malas maneras como la lista de la compra. Y ahora va a vivir conmigo, va a dormir al otro lado de mi pared.

Puede que haga otras cosas al otro lado de la pared. Ese pensamiento se me va directamente al miembro.

—Bien —digo—. Está bien.

Mi madre trae los platos a la mesa.

—Quiero ir a algún partido.

—No creo que sea buena idea.

Ella me mira y parpadea, como si le hubiera dado una bofetada, y me arrepiento de inmediato de mis palabras. Podría haberlo dicho de otra forma. Aunque no es una buena idea. El olor a alcohol es un desencadenante para ella, y en un partido de hockey todo el mundo bebe. Si pasa algo, llamará mi atención y no puedo perder la concentración en el hielo.

—Jamie. —Me mira con indulgencia, pero noto la irritación en el fondo—. Tuve un ataque de pánico y no fue para tanto.

Uno, que ella haya admitido.

No aparta la mirada de la musaka mientras la sirve.

—Me estás tratando como si fuera de cristal.

«Pues porque eres frágil y no tienes el mejor historial en guardar la compostura», pienso. Y, en mi mente, tengo diez años y me estoy preparando el almuerzo para el colegio durante uno de sus peores momentos de depresión.

—¿Necesitas que te ayude con la mudanza? —Se va a la cocina y me alivia que haya olvidado la idea de venir a un partido.

—No, ya está todo.

Me mira curiosa. Sabe lo exigente que es mi horario.

—Qué rápido.

Carraspeo.

—He contratado a una asistente para que me ayude con Daisy y alguna cosa más.

Mi madre parpadea. Se le dibuja una sonrisa en la cara.

—¿Tú? ¿Tú has contratado a alguien para que te ayude?

—No es para tanto. —La miro con severidad, pero no puedo evitar sonreír.

Ella se ríe.

—Si tú lo dices. —Pasa por mi lado y me da un golpecito con el codo—. Me parece genial, tesoro.

Siento calor en el pecho. Agacho la cabeza, avergonzado.

—Sí, bueno. —Me encojo de hombros—. Es muy linda, y

me ayuda con muchas cosas que me ahorran tiempo para poder centrarme en el hockey.

—¿Linda? —Inclina la cabeza y le brillan los ojos.

Se me hunde el estómago y miro a mi madre. Me vuelvo a encoger de hombros.

—Sí.

Se me calienta la nuca.

—¿Cómo se llama? —Los ojos de mi madre son como láseres, y sonríe ligeramente.

Yo mantengo una expresión neutra, porque no quiero que note nada, aunque se me acelere el pulso solo con pensar en mi preciosa asistente.

—Pippa.

«Por favor, no me preguntes de dónde es», ruego en silencio. Soltaré que íbamos en la misma escuela y luego saldrá todo lo demás.

Hace un sonido como de satisfacción.

—Qué nombre más bonito. ¿Cuántos años tiene?

Es capaz de oler la sangre en el agua.

Yo tengo veintiséis, lo que significa que Pippa tiene veinticuatro.

—No lo sé.

—¿Cuántos crees?

Siento un cosquilleo en la piel. Lo sabe. Es evidente que lo sabe, demonios.

—Algo menos que yo.

—Hmmm. —Sonríe y asiente mirándome—. Interesante.

Yo me quedo callado.

—¿Es guapa?

Me paso una mano por el pelo.

—No lo sé.

—Bueno, tienes ojos en la cara, ¿no? —pregunta muy inocente, como si no supiera la respuesta.

Suelto una bocanada de aire, frustrado con mi madre, pero también conmigo, porque no debería tener esta atracción tan poco conveniente.

Y estoy segurísimo de que no debería haberle pedido que se viniera a vivir conmigo.

—Sí, ¿está bien? —digo rápidamente—. Es muy guapa y canta como los ángeles, y Daisy la adora.

Mi madre aprieta los labios para ocultar una sonrisa, pero tiene los ojos brillantes.

—¿Qué? —pregunto.

Ella estalla en una carcajada.

Yo suspiro. Siempre consigue sacármelo todo.

Se sienta enfrente de mí, sonriéndome y con la cabeza inclinada.

—Hace mucho tiempo desde lo de Erin —dice tranquila, y siento una presión en los pulmones—. La vi en una nueva serie de la tele. Ella es la protagonista.

Aprieto la mandíbula tan fuerte que me rechinan los dientes, y pienso en hace siete años, en mi temporada de novato. Erin Davis, la supermodelo que iba de camino a lo más alto de la industria de la moda cuando se retiró de forma abrupta. En los últimos años se ha dedicado a la interpretación. La busco de vez en cuando para ver si sigue trabajando.

Mi madre cree que Erin y yo lo dejamos porque yo no podía llevar a la vez mi carrera en el hockey y una relación; técnicamente, es verdad. Pero no sabe que cuando Erin me contó que tenía un retraso de una semana, me asusté. Erin estaba muy emocionada, y yo tenía el pánico dibujado en la cara. Teníamos diecinueve años, por el amor de Dios. Era mi primer año y estaba trabajando en el hockey más que nunca. Cada vez que podía, venía a casa a ver a mi madre. Mi mejor amigo de la infancia, Rory Miller, ya no quería que fuéramos amigos porque jugábamos en diferentes equipos. Todo había cambiado y yo sobrevivía a duras penas. Añadir otro compromiso a mi vida me resultaba aterrador. Aunque lo habría hecho, por muy duro que hubiera sido.

Un día después le bajó la regla, pero el daño ya estaba hecho. Los dos supimos que la relación se había acabado, y, una semana después, me enteré de que dejaba la moda. Desapareció de la faz de la tierra durante casi cinco años.

La culpa me aprieta los pulmones. Por eso ya no tengo relaciones. Porque Erin quería mucho más de lo que yo podía darle. Porque para mí era algo informal y le rompí el corazón, y le arruiné la vida. Estaba tan traumatizada que abandonó una carrera muy prometedora.

Por mi culpa.

A lo mejor no estaba enamorado de ella, pero era buena persona y se merecía mucho más que la atención a medias que yo podía darle. Si hubiéramos terminado teniendo un bebé, se habría merecido mucho más que el tiempo limitado que yo hubiera podido dedicarle.

Jamás le haré a nadie tanto daño como el que le hice a Erin.

Cuando me retire del hockey tendré tiempo para ese tipo de cosas: relaciones, puede que casarme, incluso, a lo mejor, tener hijos. Si me mantengo en forma y con la cabeza en los partidos, podré jugar hasta los treinta y muchos. Hasta entonces, esas cosas no forman parte de mi plan.

—¿Jamie?

Mi mente vuelve a mi madre. Me está mirando con cara de curiosidad.

—En la vida hay muchas más cosas aparte del hockey, ¿sabes?

Asiento y hago un ruido de reconocimiento, pero ella no lo entiende. Después de ver a Pippa llorando el otro día, no va a pasar. Sé que no tengo tiempo para ella, y no puedo destrozarla como hizo su ex, y como yo destrocé a Erin.

—Y todavía sigo queriendo ir a algún partido. —Abre mucho los ojos, como diciendo: «Va muy en serio»—. Me sentaré al fondo del todo, si es necesario.

Capítulo 11
Pippa

Una semana después, coloco una foto enmarcada mía con Hazel en la estantería de mi habitación. Me pareció bien mudarme a una habitación que estaba básicamente vacía, excepto por la cama y una cajonera, pero durante la última semana no han dejado de llegar muebles nuevos. Ni siquiera estaba aquí cuando llegó la estantería, apareció de pronto, montada, esta mañana cuando volví del paseo con Daisy.

Siento algo en el estómago. Sé que la ha montado él.

Casi nunca está en casa. A veces, oigo la puerta cuando llega tarde. Daisy duerme en mi habitación todas las noches, pero le gusta ir a saludarlo cuando llega, así que le abro un poco la puerta y dejo que salga, pero yo no lo saludo porque quiero darle espacio.

En mi habitación, saco la funda de la guitarra de debajo de la cama para dejar hueco para una caja. Estoy a punto de volver a guardarla cuando dudo. Mis manos acarician la funda y, al final, la abro.

Mi guitarra me mira y se me retuerce el corazón. Adoro este trasto, y ahora la estoy apartando y dejando que agarre polvo. Tiro de una cuerda.

La última vez que toqué fue delante de Zach y su *tour manager*. Yo ni siquiera quería que el mánager estuviera allí, pero Zach lo hizo entrar y me escucharon mientras tocaba el esqueleto de una canción en la que había estado trabajando. Ya en la escuela me encantaba escribir música.

En el fondo, soñaba con tener una carrera como la de Zach.

Cuando me sonrieron al final de la canción, de esa forma tan condescendiente, me reí con ellos para esconder la vergüenza. La peor parte fue que, hasta aquel momento, yo pensaba que tenía lo que había que tener para conseguir vivir de la música. Sé cantar, sé tocar la guitarra y sé componer. Siempre he querido componer un disco, aunque solo sea para ver que soy capaz.

El trabajo de marketing va a ser mucho más fácil, en realidad. A nadie se le rompe el corazón en un trabajo de oficina.

Oigo un ruido en la puerta de mi habitación y tomo aire. Jamie está ahí, mirándome con el ceño fruncido.

—Maldición. —Cierro la funda de la guitarra y la guardo debajo de la cama—. Qué susto me has dado. No te he oído llegar.

Frunce aún más el ceño.

—Perdona.

—No pasa nada.

Se le va la mirada al borde de la funda de la guitarra que sobresale de debajo de la cama, y parece que quiere preguntarme algo, pero antes de que diga nada, me pongo de pie.

—Estaba a punto de sacar a Daisy. Estaré fuera un buen rato para darte espacio. —Paso a su lado y se me acelera el pulso.

Ojalá no reaccionara así con él. Seguramente, para él soy como un mosquito: diminuto, insignificante y ligeramente molesto. La forma en la que frunce el ceño cada vez que estoy cerca me dice todo lo que tengo que saber.

Voy abajo a preparar a Daisy y, mientras le pongo la correa y el arnés, Jamie entra en la sala, cruza los brazos y nos mira. Su presencia en el departamento es intensa. Es alto y tiene los hombros anchos, y sus ojos verdes hacen que se me ponga la piel de gallina, son muy mordaces. Nuestras miradas se cruzan y sonrío, nerviosa, intentando llamar a esa versión de mí que le exigió que le devolviera su trabajo y lo llamó imbécil.

—He estado llevándola al parque para perros que hay aquí cerca —le explico. Si me comporto como si su presencia no me afectara, puede que mi cuerpo capte la indirecta—. Hay un chico que tiene un perro que se parece a Daisy. Les gusta jugar juntos. Creo que se llama Andrew.

No paro de hablar mientras me pongo los zapatos. Parece que no soy capaz de controlar mis nervios cuando estoy cerca de él.

—Andrew —dice, como si la palabra supiera mal.

Lo miro a los ojos penetrantes, parpadeando confundida.

—Sí. Es joven. De mi edad, probablemente. Es entrenador personal.

La mirada de Jamie se vuelve fría y se va hacia la puerta.

—Voy contigo.

Se me abre un poco la boca, sorprendida, mientras él se pone los zapatos.

—No hace falta. Estarás cansado. —Normalmente se echa una siesta a esta hora porque llega agotado de entrenar.

—No estoy cansado. —Saca la chamarra del armario y se la pone antes de quitarme la correa de la mano—. Tengo contracturas, necesito moverme. Vamos.

Sin que me dé tiempo a protestar, abre la puerta y me hace un gesto para que salga al rellano.

Capítulo 12
Pippa

El paseo hasta el parque para perros es tenso y silencioso. Cuando llegamos, Jamie analiza la zona cercada antes de relajar los hombros y suavizar el ceño. Saludo y sonrío a algunas personas antes de soltar a Daisy para que vaya a jugar con otros perros.

¿Acaso no confía en mí con Daisy? Me muerdo el labio mientras pienso en todas las posibles razones por las que ha venido conmigo. Lleva una semana evitándome.

—El parque es muy seguro —le digo. Está apoyado en la cerca, con los brazos cruzados y la frente arrugada—. Nunca llevaría a Daisy a algún sitio inseguro.

Suaviza el ceño.

—Ya lo sé. Confío en ti. —Esboza una sonrisa y su mirada casi parece... ¿divertida?—. No te habría pedido que te vinieras a vivir a casa si no lo hiciera.

Yo pongo una cara escéptica.

—No me lo pediste.

Él tose y aparta la mirada. ¿Ha sido una risa? Con él, nunca se sabe.

—Deberíamos conocernos mejor. —Vuelve a mirarme y me resulta difícil apartar la mirada. Sus ojos son del color de los abetos. Del musgo verde del parque Stanley. De una roca profunda en el suelo de un río.

—Umm. —Parpadeo como una estúpida, sorprendida y con un poco de vergüenza—. Okey. ¿Cuál es tu comida favorita?

Él levanta las cejas.

—¿Esa es tu pregunta?

—No tenía ni idea de que hoy ibas a querer hablar conmigo, si no me habría preparado una lista de preguntas. —Mi sonrisa se vuelve coqueta.

Tuerce ligeramente la boca, y tiene una mirada que casi parece suave. Me gusta cómo le sienta.

Se me queda mirando un buen rato. La chica que le exigió que le devolviera su trabajo vuelve a aparecer, y le sostengo la mirada.

—La cena de Navidad —dice, todavía mirándome de esa forma enervante que hace que el estómago me dé vuelcos—. Pavo, puré de papas, salsa, guisado de brócoli.

—¿Salsa de arándanos?

Él asiente.

—Pero casera, no de bote.

—Por supuesto. —Sonrío—. ¿Te gusta mucho la Navidad?

—No mucho, pero a mi madre sí. —Mira a Daisy, que tiene un palo en la boca y está intentando hacer que otro perro la persiga—. Nos pasamos gran parte del tiempo cocinando juntos y viendo películas navideñas.

La forma en la que lo dice me hace pensar que simplemente le gusta ver a su madre feliz.

Desliza la mirada hacia mí y analiza mi cara.

—También me gustaron las enchiladas que hiciste.

Se me llena el pecho de orgullo por un trabajo bien hecho.

—Genial. Pues las volveré a hacer.

Daisy pasa corriendo a nuestro lado, la persigue un golden retriever, se lo están pasando de maravilla y sonrío a Jamie. Su boca se tuerce cuando se encuentran nuestras miradas.

Cada vez que sonrío, se le tuerce la boca. Cuando soy consciente de eso, se me calienta el estómago y es como si se volviera líquido. Entonces, le sonrío más.

Quizás no es tan idiota, al fin y al cabo.

—Siguiente pregunta. —Se me están enfriando las manos, así que me las meto en los bolsillos de la chamarra—. ¿Por qué el hockey?

Echa un vistazo por el parque con los ojos entornados mientras piensa en la respuesta.

—No sé ni por dónde empezar.

—Empieza desde el principio.

Suelta una risotada.

—Me regalaron el primer *stick* cuando tenía dos años.

—Vaya. —Levanto las cejas—. ¿A tu padre le gusta el hockey?

Le cambia la cara en una expresión apenas perceptible, luego frunce el ceño.

—Le gustaba. Murió.

—Oh. —Se me hunde el corazón y entonces me acuerdo de haberlo leído. Carajo. Debería haberme acordado—. Lo siento mucho.

Él sacude la cabeza.

—No pasa nada. No me acuerdo de él. Ocurrió cuando yo era muy pequeño. Era alcohólico y estrelló el coche contra un poste.

—Demonios —digo en voz baja. Qué trágico. Estudio a Jamie, pero no parece afectado por esto.

—En serio. —Se me queda mirando—. No me acuerdo de él. Siempre hemos estado mi madre y yo solos. Para mí es suficiente. —Aparta la mirada y se frota la mandíbula marcada—. El hockey es muy rápido, más que cualquier otro deporte, y la sensación de estar concentrado en el partido y de ignorar todo lo demás... —Hace una mueca, y su mirada vuelve a la mía—. En el hielo es como si no existiera nada más.

Siento un pellizco en el corazón. Así es como me siento yo cuando compongo canciones. O cuando componía. Como si todo lo demás desapareciera.

—Me gusta formar parte de un equipo —me dice, arqueando una ceja—. Pero también me gusta ser el único en la portería. —Encoge los hombros—. Me gusta la presión.

—¿Te gusta tu nuevo equipo?

—Ya me había enfrentado a ellos, pero no soy amigo de ningún jugador.

—¿Y los panquecitos?

Me mira confundido.

—El recipiente estaba vacío. Las repartiste con el equipo, ¿verdad? —Él se queda inmóvil, una mirada de culpabilidad le cruza esa preciosa cara y yo me quedo boquiabierta—. Vamos. Las tiraste.

Se mueve incómodo, echando un vistazo al parque. La mirada de culpabilidad se intensifica.

—Jamie. —Lo miro consternada, y cuando pronuncio su nombre, se gira y me presta toda su atención.

Es embriagador.

—¿Tiraste los panquecitos a la basura? —Me cruzo de brazos, pero puedo sentir una sonrisa torciéndome la boca—. Estaban asquerosos, ¿verdad?

Nos miramos fijamente y ni siquiera tiene levantada la comisura de los labios; se le está curvando la boca entera. Qué ojos más bonitos tiene. La forma en la que me mira, intenso y divertido, está haciendo que el estómago me dé volteretas.

¿Estamos coqueteando? No puedo apartar la mirada de él.

—Estaban increíbles. —Me mira la boca, y se me abren los ojos.

Estamos coqueteando muchísimo. ¿Perdona?

Parpadeo unas doce veces, memorizando este momento para poder analizarlo luego con Hazel.

—Entonces no las tiraste.

Él sacude la cabeza, todavía con esa media sonrisa fanfarrona.

—Me las comí todas.

Me derrito. Esa es la única explicación de lo que está pasando ahora mismo en mi interior.

—Oh.

—Sí. —Ya no está sonriendo, pero sus ojos siguen brillando divertidos, casi felices, me atrevería a decir.

—Si hago más, ¿llegará a probarlas el equipo?

—Seguramente no.

Me río y él tuerce la boca.

Demonios, cuántas ganas tengo de verlo sonreír del todo. Estoy segura de que me caería de nalgas y se me ondearía el pelo como si me golpeara una ráfaga de aire.

—Trajiste la guitarra —dice, cambiando de tema.

Se me hunde el estómago. No puedo decirle la verdad.

—No por nada. —Fuerzo una sonrisa y sacudo la cabeza. Luego pongo los ojos en blanco. Demasiado, me digo. Demasiado falsa—. Es simplemente que en casa de Hazel no cabía. Me la autorregalé después de graduarme. —Las sirenas de alarma suenan en mi cabeza al sacar el tema de la escuela. Pongo otra vez los ojos en blanco, intentando conseguir una sensación de «no es para tanto», que nunca he sido capaz de conseguir—. Ya ni siquiera toco.

Está haciendo otra vez eso de mirarme fijamente que hace que me sienta desnuda.

—¿Por qué no?

—Umm. —Lo único en lo que puedo pensar es en Zach encima del escenario con esa mujer y en lo fácilmente remplazable que era para él. Por un modelo mejor. Nuevo y actualizado.

—No sé. —Me miro los pies con el ceño fruncido—. Aprendí a tocar a los doce años, y luego conocí a Zach... —Lo miro—. Mi ex.

Él hace un ruido descontento de reconocimiento.

—Siempre estábamos tonteando con la música y eso. Yo tocaba una melodía y luego la cantábamos juntos. —Me pongo a toquetear el dobladillo de la chamarra—. Incluso cuando estábamos de gira, a veces tocaba si estábamos los dos solos. —Siento la vergüenza en el estómago, y me muerdo el labio inferior.

Odio ser la chica a la que han dejado. Odio que Zach me haya dejado una cicatriz. La ruptura es como un peso que no me deja levantarme.

Alzo la mirada hacia Jamie, y veo algo en su cara mientras me escucha hablar. Algo amable y punzante, algo que hace que me quiera quedar en este parque para perros todo el día, hablando.

—En fin... —digo, sonriendo para apartar los sentimientos incómodos sobre Zach—. Que es agua pasada.

Sus ojos se mueven sobre mi cara.

—Tienes una voz bonita.

Se me descompone la cara y la vergüenza me recorre todo el cuerpo.

—¿Me has oído cantar?

La nuez le sube y le baja cuando asiente.

—El día que...

Ah, ya. El día que casi me vio desnuda. Qué escalofrío. Se me calienta la cara.

—Todo el mundo suena bien en la regadera.

—No. —Me mira con severidad—. No es verdad.

Qué intenso. Siento un ligero escalofrío en la espalda al oír su tono firme. ¿Es tan firme también en la cama? Intento no morderme el labio por la excitación que me recorre el cuerpo. La idea de Jamie Streicher encima de mí, desnudo, sudando, y con una mirada de éxtasis agonizante me prende mucho.

—Tienes una voz preciosa —me repite—. Y lo sabes.

Cuando, a los diecisiete años, mi profesor de música me dijo eso, Zach me hizo pensar que simplemente estaba siendo amable. Como si el profesor sintiera pena por mí.

—Pero no voy a hacer nada con ella.

Jamie me mira fijamente.

—No sirvo para actuar —le digo, repitiendo las palabras que me dijo Zach hace años.

«No tienes lo que hay que tener», dijo. Uf. Me sigue dando vergüenza incluso haberlo intentado. Sobre todo cuando mi mente se desvía a la nueva chica de ensueño con cara de duende.

—No pasa nada —tranquilizo a Jamie.

—Tu ex es un idiota por haberte dejado escapar —suelta.

Se me corta la respiración. Tiene furia en los ojos. Inclino la cabeza para analizarlo. Él frunce más el ceño. Está a punto de seguir hablando, pero yo le interrumpo.

—Vámonos. —Mi voz suena intensa. No quiero ser la chica triste y herida ahora mismo. Solo quiero olvidarlo todo.

Su mirada planea sobre mí durante un instante antes de asentir y apartarla. De camino a casa, le pregunto por su horario y busco otras formas de ayudarlo. Pero es un terco y, además de aceptar ayuda con Daisy y hacer la compra, no pide mucho más.

Eso sí, hago una nota mental para comprar más ingredientes para panquecitos.

Estamos a una manzana del departamento cuando algo llama mi atención en el escaparate de una tienda de música, y me paro de golpe.

La guitarra de mis sueños está expuesta en el escaparate, brillante. Las fotos que vi hace un par de meses en la revista de guitarras no le hacían justicia. Viéndola en persona se nota la artesanía delicada, los detalles en el grano de la madera, la forma que casi puedo sentir sobre mi pierna mientras toco. Es increíblemente bonita. Recorro cada línea con la mirada, cada cuerda, cada traste, lo memorizo todo.

Está fabricada con una mezcla de madera de nogal, caoba y pícea. En el video que vi, la guitarra tenía un sonido cálido, rico y pleno. La empresa solo ha fabricado mil, y tengo una justo delante.

Estoy segura de que el interior de esa guitarra huele increíble. Creo que esto es a lo que se refieren con lo de «amor a primera vista».

La quiero. La necesito. Pero no me la puedo permitir. Si consigo ese puesto de marketing y me aplico muy muy bien con el dinero, igual puedo comprarme una en un año o dos.

Vuelvo a la realidad. ¿Por qué estoy anhelando la guitarra de mis sueños cuando ni siquiera soy capaz de tocar la que ya tengo? Siento un dolor punzante en el pecho.

Me doy cuenta de que Jamie me está mirando observar la guitarra, con una expresión de curiosidad.

—Lo siento —digo, apartándome del escaparate—. Vamos.

Por la noche, cuando se marcha para el partido, me dice adiós.

—¡Rómpete una pierna! —le digo, sentada en el suelo de la sala, entrenando a Daisy con la orden de «déjalo».

Él arquea una ceja, alarmado.

—Con «buena suerte» es suficiente.

Me imagino la brutalidad del hockey y pienso que no es tan poco realista lo de romperse una pierna.

—Perdona. Buena suerte.

Él asiente una vez y se marcha.

Esa noche, en la cama, pienso en la conversación que tuvimos en el parque de perros. Reproduzco las expresiones de Jamie, la chispa divertida de sus ojos mientras me escuchaba, el brillo penetrante cuando hablaba de hockey y de por qué le gusta tanto.

Ojalá pudiera verlo sonreír. Me lo imagino y se me retuerce el estómago.

Y ahí está: una retahíla de notas en mi cabeza. Me siento en la habitación a oscuras. Son solo unas cuantas notas, pero los mismos sentimientos que antes, cuando me sentaba con Zach en un sofá con mi guitarra y jugueteábamos. Es una presión chispeante en el pecho, como burbujas. Me pongo la mano sobre el esternón, sonriendo hacia la ventana, y me siento tan aliviada que podría llorar.

Zach no me había roto. La chica que era antes sigue ahí. Solo tengo que encontrar la forma de dejarla salir.

Pienso otra vez en Jamie y me pregunto si tiene algo que ver con él.

Capítulo 13
Jamie

—Streicher —me llama Ward cuando voy de camino al vestidor después de entrenar—. Ven a mi despacho cuando acabes.

Asiento con el estómago encogido, y voy a las regaderas. Que te llamen para ir al despacho del entrenador es como ir al despacho del director. En la regadera, repaso mis últimos partidos y entrenamientos. Si Ward va a sacar a relucir alguna de mis debilidades, tengo que estar preparado.

Cuando llego la puerta del despacho está abierta, y él levanta la mirada de la computadora.

—Hola. —Se pone de pie—. Vamos a comer algo. —Inclina la cabeza hacia la calle debajo de la ventana del despacho—. Conozco un sitio que está muy bien.

Siento un peso en el estómago. Si fuera algo fácil de hablar, lo haríamos en la oficina. Ir a comer significa que es una conversación más importante, y sea lo que sea, no quiero escucharlo.

Ward charla de cosas sin importancia mientras salimos del estadio y recorremos las calles del centro de Vancouver.

—Por aquí —dice, entrando en un callejón.

Arqueo una ceja y miro a la calle estrecha, pero él camina decidido, así que lo sigo hasta una puerta verde. Encima, hay un cartel gastado en el que se lee: «The Filthy Flamingo».

Ward empuja la puerta y del interior sale *rock* clásico a volumen bajo.

—Después de ti, Streicher.

Entro. Las paredes del bar están recubiertas de paneles de madera, pósteres *vintage*, fotos Polaroid detrás de la barra, entre las botellas de alcohol, y unos focos alargados por todo el techo. Hay gente sentada en las mesas, comiendo.

—¿Me has traído a un antro? —le pregunto a Ward mientras se cierra la puerta detrás de nosotros.

—Hola —dice una mujer detrás de la barra, con una bandeja de bebidas. Tiene veintimuchos, con el pelo largo y oscuro recogido en una cola de caballo. Lleva una camiseta de un grupo de música antiguo y frunce el ceño—. Esto no es un antro.

—Esto no es un antro, Streicher —dice Ward lo bastante fuerte para que ella se entere.

La mesera lo mira antes de llevar las bebidas a una mesa.

Ward se inclina hacia mí.

—Es un antro, pero no lo digas delante de Jordan. Este sitio es como su bebé.

Nos sentamos en la barra y yo echo un vistazo a mi alrededor. Hay tres opciones de comida escritas en una pizarra detrás de la barra, y me da la sensación de que son las únicas.

Me gusta este sitio, en realidad. Es raro. Cuando venía de visita a Vancouver estos últimos años, me quedaba en North Vancouver con mi madre, o en una habitación de hotel. Este bar de mierda me hace sentir una conexión con la ciudad que, con un poco de suerte, volverá a ser mi hogar durante un tiempo.

Me pregunto si Pippa conocerá este sitio.

—Jordan odia el hockey. —Ward baja la voz—. Así que nadie nos va a molestar aquí. —Me sonríe, sigue con la mirada a la mesera malhumorada y vuelve a prestarme atención—. ¿Te estás adaptando bien? Tuviste algún problemilla con tu asistente, ¿se ha solucionado?

—Sí —me apresuro a decir—. Todo va bien. Me ayuda mucho.

Ward sonríe, agradablemente sorprendido.

—Me alegro.

Jordan nos toma nota y, cuando se marcha, Ward me mira con curiosidad.

—No fuiste a la cena la otra noche.

Se refiere a la que me salté cuando fui a cenar con mi madre.

—Tenía que ir a ver a mi madre.

Él asiente, comprensivo, mirando las Polaroid que hay detrás de la barra. Hay una pausa.

—No pasas mucho tiempo con tus compañeros después de los partidos.

Me muevo incómodo en el taburete. Algunos jugadores de la NHL se hacen amigos de sus compañeros, pero otros no. Mi entrenador de Nueva York no tenía ningún problema con que me concentrara y evitara los problemas. Lo último que necesita una franquicia es que sus jugadores salgan en la prensa por salir de fiesta. No habría sido el mejor portero de la liga el año pasado si hubiera estado bebiendo con mis compañeros.

Empiezan a venírseme recuerdos a la cabeza y nos veo a Rory Miller y a mí jugando al hockey de adolescentes. Su padre, Rick Miller, que es miembro del Salón de la Fama de la NHL, reservaba la pista más tiempo en el estadio local y nos pasábamos horas practicando tiros directos, riéndonos y animándonos.

Era mi mejor amigo. Se me tensa la mandíbula y me cruzo de brazos. Ya no hago esas cosas.

—Me concentro en el hockey —le digo, encogiéndome de hombros—. Nunca antes me había supuesto un problema.

Tuerce la boca.

—Streicher, tu concentración es insuperable. —Hace una pausa—. Pero quiero que pases más tiempo con los chicos fuera de la pista. El compañerismo del equipo es igual de importante que el entrenamiento sobre el hielo.

Se me juntan las cejas.

—No tengo tiempo.

—Pues sácalo. —Tiene una sonrisa facilona, pero la determinación en su mirada no deja lugar para la incertidumbre.

Muevo la pierna, frustrado. Que el entrenador esté contento conmigo es fundamental para seguir en el equipo. He tenido entrenadores con más ego que han vendido a jugadores por lo más mínimo. Enojarlo podría arruinarlo todo.

Miro a Ward a los ojos. No parece ser ególatra, pero no quiero arriesgarme.

—Entendido —le digo.

Capítulo 14
Pippa

El estadio está vacío, excepto por los jugadores sobre la pista. La mitad llevan camisetas blancas, y la otra mitad, azules, y practican jugadas mientras Jamie y el segundo portero están ante sus respectivas porterías. El personal de entrenamiento está de pie en un lado de la pista, con carpetas, gritándoles comentarios a los jugadores.

Me siento en las gradas detrás de la banca, con las llaves que Jamie olvidó esta mañana en las manos.

Jamie está en la portería, bloqueando los discos que le disparan los jugadores. Es rápido como un rayo. Yo ni siquiera veo el disco cuando él ya lo ha agarrado. Entre jugada y jugada, se pone de rodillas y hace movimientos de cadera para estirar. En mi mente, escucho música de películas porno de los años setenta y escondo mi sonrisa con la mano.

Suena el silbato y los chicos se dirigen patinando fuera de la pista antes de encaminarse a los vestidores, quitándose los cascos y charlando entre sí. Algunos me miran con curiosidad.

Un chico rubio y muy grande, con una sonrisa encantadora y masculina, se apoya en la barandilla que nos separa. Tiene el cabello húmedo y muy corto, y los ojos muy azules.

—¿Te has perdido? —pregunta.

—No. —Se me ponen rojas las mejillas—. Soy Pippa, la asistente de Jamie.

Su sonrisa se ensancha.

—Streicher no nos había contado que tuviera una asistente tan guapa.

Se me escapa una risilla boba. A algunos hombres no les queda bien este tipo de comentarios, pero a él sí. A pesar de su tamaño, es como un golden retriever, juguetón y divertido.

—Hombre —bromeo, poniéndole una mueca—, ¿esa es tu frase para ligar?

Él se ríe, para nada avergonzado.

—¿Cómo es que no te he visto nunca en ningún partido?

—No me gusta el hockey. —Hago otra mueca y me encojo de hombros—. Lo siento.

—Pippa.

Cuando oigo la voz de Jamie, siento un cosquilleo en el estómago. Jamie viene hacia nosotros con una cara que parece una nube tormentosa. También tiene el pelo húmedo de sudor, que debería ser repugnante, pero a él le sienta extrañamente bien. Se detiene entre el chico rubio y yo, como si intentara protegerme.

Se me calienta aún más la cara. Espero que no piense que he venido a echar un vistazo a los jugadores ni nada por el estilo.

—Has dejado las llaves —le digo, enseñándoselas—. No quería que te quedaras fuera mientras saco a pasear a Daisy.

—Gracias. —Las agarra antes de mirar mal al chico rubio. Se le cae un mechón de pelo oscuro sobre los ojos, pero no se da cuenta.

El rubio me sonríe aún más. Para ser jugador de hockey, tiene unos dientes sorprendentemente bonitos.

—Soy Hayden Owens.

—Pippa.

—Hola, Pippa. —Hayden mira a Jamie—. ¿Por qué no la invitas a los partidos?

Jamie frunce el ceño y me mira.

—Por las noches suelo estar con la perra —digo rápidamente para no poner a Jamie en una situación incómoda.

Hayden se inclina sobre la barandilla y Jamie aprieta la mandíbula.

—Pippa, hazme un favor, ¿quieres? —Le hace un gesto con la cabeza a Jamie—. Obliga al tipo este a que venga con nosotros después de algún partido. La mitad del equipo le tiene miedo porque no habla.

Suelto una carcajada y Jamie desvía la mirada hacia mí.

—Es comprensible —le digo—. Siempre miras mal a todo el mundo.

Hayden se ríe.

Jamie tuerce la comisura de los labios y vuelvo a sentir ese burbujeo en el estómago. Sonrío aún más, no puedo evitarlo. Estoy acostumbrándome a pasar más tiempo con él, y esa sensación de deslumbramiento que tenía antes está desapareciendo poco a poco.

En la escuela estaba obsesionada por él. Pero eso fue hace años. He aprendido mucho desde entonces; sobre todo a no volver a salir con estos tipos que van de superestrellas que lo tienen todo sin mover un dedo. Jamás pasará nada con Jamie Streicher. Y ser consciente de ello me da un subidón de seguridad.

Hayden se va al vestidor, apuntándome con el dedo.

—Pippa, encantado de conocerte. —Señala a Jamie—. Acuérdate de lo que te he dicho.

Hayden se va y yo me levanto, metiéndome las manos en los bolsillos.

—Bueno, me voy.

—Espera un momento. —Jamie se frota la nuca, y me da curiosidad. Carraspea.

Es como si estuviera viendo una capa oculta, una en la que está nervioso.

—Me preguntaba —dice, y yo espero—. Mi madre. Me ha estado molestando para venir a algún partido.

—Qué bien. —Sonrío y pienso en cómo será su madre—. ¿Quieres que pida entradas?

—Eh, no. Yo me encargo de eso. —Me mira a los ojos—. Era simplemente por si tú podías venir con ella.

Dudo durante un instante.

—Sabes que no tengo ni idea de hockey, ¿verdad?

Se le relaja la cara y hace ese ruido que casi es una risa. Casi. Como un zumbido divertido.

—No pasa nada. A ella le da igual. Es solo para hacerle compañía.

—Me parece bien. ¿Es tan gruñona como tú?

Lo suelto sin pensar. Cuanto más tiempo pasamos Jamie y yo juntos, más fácil me resulta bromear con él así. Es muchísimo mejor que los silencios tensos e incómodos.

Arquea una ceja y algo burbujea en mi interior. Es una sensación muy agradable.

—No.

Aunque no está sonriendo, le brillan los ojos, y eso me anima. Pongo una expresión de alivio exagerada.

—Menos mal. Sería una noche muy larga, si no.

Él se me queda mirando y yo aprieto la boca para no reírme. Parece que quiere sonreír, y el corazón me da saltos en el pecho como una pelota de *ping-pong*. Si hubiera visto esta versión de Jamie en la escuela, me habría dedicado a acosarlo.

—Muy graciosa —dice.

Pongo los ojos en blanco.

—Lo sé, soy increíble. Bueno, me voy a casa.

—Gracias por traerme las llaves.

—No hay de qué. —Doy dos pasos, me paro y me giro hacia él. Sigue ahí de pie, viendo cómo me marcho—. ¿Jamie?

Él espera, mirándome atentamente.

—Deberías salir con el equipo. Seguro que lo pasas bien.

Me analiza la cara con la mirada y me da la sensación de que quiere decir algo, pero solo asiente una vez.

—Lo pensaré.

Capítulo 15
Pippa

Un jugador del San José empuja a Hayden contra la barandilla delante de nosotras y, a nuestro alrededor, los aficionados gritan y golpean el cristal con fuerza, haciéndolo vibrar. Se oye un rugido de abucheos desde nuestro lado del estadio.

—¡Eso es penalti! —le grita al árbitro un tipo detrás de nosotras.

La madre de Jamie, Donna, me mira con los ojos iluminados, del mismo verde profundo que los de Jamie.

—¡Qué emocionante! —dice sonriendo—. Es mucho más fácil decir eso cuando no es mi hijo al que están empujando contra la barandilla.

Juguetea con una pulsera de perlas en la muñeca, retorciéndola. No ha parado de hacerlo desde que llegó al estadio.

Yo le sonrío, y mis ojos descubren a Jamie en la portería cercana a nosotras. Ver a Jamie Streicher jugar un partido es una experiencia totalmente diferente a ver un entrenamiento. Cuando bloquea el disco, el público a nuestro alrededor lo anima, aunque no parece que él se dé cuenta ni que le importe. Igual que en los entrenamientos, es más rápido de lo que yo soy capaz de seguir, pero ahora hay cinco hombres intentando colarle el disco mientras otros cinco lo impiden.

El cuerpo de Jamie se dobla y se contorsiona en la portería con movimientos bruscos, pero él hace que parezca muy fácil. Es rápido, brutal, y está lleno de energía.

Me encanta.

Pensaba que el hockey era aburrido, pero a lo mejor es que nunca le había prestado atención hasta ahora. Mi padre estaría encantado, desde luego.

Desvío la mirada a los dedos de Donna mientras retuerce la pulsera.

—¿Quieres algo? Puedo ir por más bebida o algo de comer. Lo que gustes.

Ella sacude la cabeza con una sonrisa.

—No, gracias, guapa. Estoy bien. —Inclina la cabeza y me analiza—. ¿Eres de Vancouver?

—De North Vancouver —digo sin pensar.

—Vaya, yo vivo allí. —Se le ilumina la cara, y yo me quedo paralizada—. ¿De qué barrio?

No puedo mentirle, es demasiado simpática, y cuanto más tiempo tardo en pensar algo, más cosas se me vienen a la cabeza, así que digo la verdad y ya está.

—Berkley Creek.

—¡Vamos! ¡Ahí es donde creció Jamie!

—Qué casualidad. —Fuerzo una sonrisa y se me acelera el pulso.

Se le arrugan las cejas con curiosidad.

—¿A qué escuela fuiste? —Hay un par en la zona, y no es raro que los alumnos fueran a uno fuera de su vecindario para asistir a programas especiales.

—Umm. —Pues nada, qué remedio.

Alguien nos da un golpecito en el hombro y nos señala la pantalla sobre el hielo. Han parado el juego y están grabando a la madre de Jamie.

—Por favor, démosle una calurosa bienvenida a la mujer responsable del «bloqueo Streicher» —dicen por el altavoz—. ¡Donna Streicher!

El estadio estalla en vítores y Donna se ríe y saluda a la cámara, mirándonos en la pantalla. Ella señala a Jamie y le lanza besos. Se oyen un montón de «Ooooh» por el estadio.

Yo sonrío. La madre de Jamie es superagradable y encantadora, y está orgullosísima de él.

Y menos mal que nos han interrumpido.

—Jamie me ha dicho que tienes una voz muy bonita —dice Donna, unos minutos después, mientras los jugadores se reúnen para un saque.

¿Le ha dicho eso?

—¿También eres música?

Se me hunde el estómago.

—Ya no.

Tuerce la boca con una expresión irónica.

—Oh, qué pena, me habría gustado escucharte cantar alguna vez. Si Jamie dice que eres buena, es que debes de serlo. —Me da unos golpecitos en la rodilla—. No te preocupes, cielo.

Las dos nos callamos al ver que el San José patina hacia la portería del Vancouver. A nuestro alrededor aumenta la energía cuando disparan el disco hacia Jamie. El disco golpea el fondo de la red, y toda la afición gruñe.

—Eso le va a molestar. —Donna sigue toqueteando las perlas—. Es muy duro consigo mismo, pero así es como ha llegado hasta aquí. —Señala el hielo con la cabeza—. Desde que era pequeño, siempre se ha responsabilizado de todo. Me preocupa. —Sonríe ligeramente y me mira—. Me alegro de que le ayudes. Tiene demasiado encima.

Yo asiento.

—Sí, ya me he dado cuenta. Pero el otro día me acompañó en un paseo.

Ella arquea una ceja y se le iluminan los ojos.

—¿Sí?

—Dijo que moverse así después de entrenar le venía bien para los músculos adoloridos.

Sus ojos planean sobre mi cara, interesada y divertida, como si tuviera un secreto.

—Ah, claro. Tiene sentido. ¿Cómo llegaste a ser asistente?

Le hablo de mis estudios, de la gira de Zach —obviando los detalles de cómo me marché— y de que pretendía conseguir un puesto en marketing dentro del equipo.

Ella me sonríe, cariñosa.

—Qué bien, Pippa. Estoy segura de que conseguirás todo lo que quieras en la vida.

Yo le sonrío. El marketing no es mi sueño, pero es la mejor opción. Puedo oír las voces de mis padres en la cabeza: «No hay nada de malo en los trabajos estables, Pippa». Siento una ola de culpabilidad. Me pagaron la universidad cuando mucha otra gente tuvo que pedir préstamos o no ir a la universidad, directamente. ¿Qué más da que no sea mi sueño?

Ya he aprendido la lección con eso de perseguir los sueños. Miro a Jamie mientras observa con atención el disco en el otro extremo de la pista.

Hay personas que están destinadas a perseguir sus sueños, pero yo no soy una de ellas.

Mientras los jugadores se cambian y hablan con los periodistas después del partido, nosotras nos desplazamos a un palco reservado para amigos y familiares. Está lleno de gente —jugadores, entrenadores, mujeres, hijos y amigos—. Reconozco a algunos entrenadores y jugadores, entre ellos a Hayden, que me saluda.

Le enseño a Donna unas fotos de Daisy mientras esperamos a Jamie.

—¡Por favor! —Donna se cubre la boca con las manos mientras sonríe ante las fotos de la perra corriendo—. Qué linda es.

Detrás de Donna, pasa una mesera con una bandeja de bebidas.

—Me encantan en las que sale con la lengua afuera. —Deslizo las imágenes, sonriendo—. Le hago unas doce fotos al día.

Con el rabillo del ojo veo a un jugador que tropieza sin querer con la mesera. La chica abre mucho los ojos y se tambalea para enderezar la bandeja, pero es demasiado tarde. Las copas caen al suelo y todo el mundo se gira para mirar.

—Lo siento muchísimo —se disculpa ella.

A nuestro alrededor, la gente recoge los trozos de cristal, nos dan servilletas y limpian el líquido del suelo.

—Voy por más servilletas —nos dice la mesera—. No se muevan.

—Ups. —Le doy a Donna una toalla de manos con el logo del Vancouver Storm.

Donna se seca la manga, sin decir nada.

—¿Estás bien? —pregunto.

Ella carraspea antes de echar un vistazo por toda la sala. Se ha puesto blanca como la leche, y parece que no me ha oído. Parpadea mucho mirando a la puerta que da al pasillo.

—¿Donna?

—¿Hmm? —Se gira para mirarme. El pecho le sube y baja muy rápido.

Pasa algo. Tengo un presentimiento. Está diferente.

—¿Estás bien? —pregunto de nuevo, poniéndole la mano sobre el brazo—. ¿Te traigo algo?

Al sentir el contacto de mi mano, se gira hacia mí con una mirada desconcertada, como si se hubiera olvidado de que yo estaba ahí.

—Necesito tomar el aire. Tengo que salir. —El tono de su voz ha cambiado por completo.

La mujer cálida y feliz de hace unos instantes ha desaparecido, ahora parece petrificada. Fuerza una sonrisa, y sé que es forzada porque yo lo hago muy a menudo.

—Voy al baño —dice, casi sin respiración. Ya se está marchando—. Ahora vuelvo.

Tengo un mal presentimiento cuando la veo ir hacia la puerta. He oído que la gente que se ahoga suele irse rápido al baño para evitar montar una escena, cuando es el lugar más peligroso, porque nadie puede ayudarlos.

Donna no se está ahogando, pero es evidente que no está bien.

Salgo corriendo detrás de ella. Cuando abro la puerta del baño la veo delante del lavabo, echándose agua en las muñecas. Al tomar aire emite sibilancias, con la respiración acelerada y poco profunda. Y los ojos como platos.

La cabeza me va a toda velocidad, no sé qué hacer. No sé qué está pasando. No para de mirar a todas partes mientras intenta conseguir aire.

—¿Qué pasa? —pregunto, corriendo a su lado.

—Estoy bien. —Le tiembla la voz. Cierra la llave, emitiendo un sonido agudo al intentar respirar, agarrándose al borde del lavabo para apoyarse. Se inclina contra la pared y empieza a sonar una alarma en mi cabeza.

No puede respirar. Le está dando un ataque de pánico.

Capítulo 16
Pippa

—Donna. —Mi voz suena fuerte y firme cuando me pongo delante de ella—. Mírame.

Levanta la mirada, aterrada, mientras da bocanadas en busca de aire.

Me señalo los ojos.

—Aquí.

Ella asiente, frenética.

—Vamos a respirar juntas. —Me esfuerzo por recordar lo que hace Hazel en sus clases de yoga—. Toma aire, dos, tres, cuatro —digo despacio, manteniendo el contacto visual con ella—. Suéltalo, dos, tres, cuatro, cinco, seis. Genial. Muy bien. Toma aire, dos, tres, cuatro.

Está temblando, intentando arrastrar las respiraciones con mi ritmo lento. Está desplomada junto a la pared y me preocupa que se resbale, así que la ayudo para que se siente en el suelo y me pongo a su lado.

—Lo estás haciendo genial. —Empiezo otra respiración.

—Esto no me pasa nunca —dice, sacudiendo la cabeza.

Yo asiento, comprensiva.

—No pasa nada. Vamos a aliviarlo respirando.

Clava los ojos en los míos, llenos de miedo.

—Es el olor a *bourbon*. Me pone muy nerviosa.

—Tranquila. —Mi voz suena calmada y empiezo a contar otra respiración.

Se abre la puerta, una mujer nos mira sentadas en el suelo y vuelve a salir. Ayudo a Donna con más ejercicios de respiración. No tengo ni idea de lo que estoy haciendo, pero parece que la ayuda. Al cabo de cinco minutos, parece que está mejor. Temblorosa, pero capaz de respirar sola. Respiraciones profundas y fuertes.

—Estoy bien —dice, asintiendo con los ojos cerrados—. Lo siento muchísimo.

Abro mucho los ojos.

—Donna, no te disculpes. Por favor. Es... —Me encojo de hombros—. Es la vida.

Hace un gesto con los labios y me ofrece una sonrisa agradecida.

—Eres increíble, ¿lo sabes?

Sacudo la cabeza, riéndome.

—No tengo ni idea de lo que estoy haciendo.

Ella se ríe.

—Yo tampoco.

Nos quedamos en silencio un momento. Oigo a alguien hablar en el pasillo, despidiéndose. Empiezo a pensar en cuánto visita Jamie a su madre. Ha dicho: «Esto no me pasa nunca», pero ha venido al baño lo bastante rápido como para que piense lo contrario.

—¿Jamie sabe que te dan ataques de pánico?

Ella suspira.

—Sí. —Me mira con una mirada suplicante—. Por favor, no le digas nada. Ya tiene bastante de qué preocuparse con el hockey.

Yo hago una mueca, incómoda. Es mi jefe. No puedo ocultarle algo así. Luego pienso en Zach organizándolo todo para enviarme al aeropuerto. Sé qué es avergonzarse de algo que no es culpa tuya.

—Está bien. —Se me tuerce la boca—. Pero deberías decírselo tú.

Ella suelta una risotada.

—Intentará mudarse conmigo otra vez.

Se oye jaleo en el pasillo. Gritos.

—¿Dónde está? —resuena la voz de Jamie.

El pulso se me acelera y me pongo de pie de un salto, intercambiando una mirada con Donna antes de abrir la puerta. Jamie está en la puerta del palco, con los brazos cruzados y la mandíbula tensa, mientras la mujer que entró en el baño le señala el pasillo en dirección al lavabo. Jamie tiene la cara roja y le brillan los ojos, y yo siento un pellizco en el pecho. Es que es guapísimo, incluso cuando está enojado. Jamie me mira a los ojos y la ira desaparece de su mirada. Se le hunden los hombros.

—Hola —digo alegremente—. Teníamos que venir al baño —miento.

Viene hacia mí a pasos agigantados y mira a Donna, que aparece detrás de mí en el pasillo, ya fuera del baño.

—Alguien ha dicho que había una mujer con un ataque de pánico en el lavabo.

Donna resopla y pone los ojos en blanco.

—¡Qué exageración!

—Mamá. —Su tono es firme y tiene la preocupación escrita por toda la cara.

Ella le hace un gesto con la mano.

—Me he emocionado un poco.

—¿Qué ha pasado? —pregunta Jamie. Cuando su madre vuelve a resoplar, frustrada, él se gira hacia mí—. ¿Qué. Ha. Pasado?

—La mesera ha tirado sin querer una copa —admite Donna—. Pippa me ha ayudado a calmarme y ahora ya estoy lista para ir a casa a leer un rato. Voy a pedir un Uber.

Jamie ya está sacudiendo la cabeza.

—Yo te llevo.

Donna ha sacado el teléfono y está navegando por la aplicación.

—No.

Ahora veo de dónde saca él la terquedad.

—Sí.

Ella lo mira, sonriendo.

—No. Estoy perfectamente, gracias a Pippa. —Me lanza una mirada cálida y, esta vez, son sus ojos los que brillan.

Yo no sé qué decir. Me parece increíble que los ejercicios de respiración hayan funcionado.

—No ha sido nada.

Donna sacude la cabeza.

—Exacto. —Me guiña un ojo.

Después de que Donna prometa escribir en cuanto llegue a casa, Jamie cede y bajamos todos a esperar el coche. Cuando aparece, Donna me envuelve en un cálido abrazo.

—Nos vemos pronto —me dice y, por la forma en que lo hace, parece que seamos viejas amigas. Cuando abraza a Jamie, inclina la cabeza en mi dirección—. No la dejes escapar.

Se me calienta la cara. Sé que quiere decir como asistente, porque le hago la vida más fácil, pero no puedo evitar interpretarlo de la otra forma. De la forma romántica.

«No», me digo. No vamos a entrar ahí. Lo último en lo que está pensando Jamie Streicher es en salir con su asistente, y yo no voy hacerme ni la más mínima idea sobre volver a salir con un hombre famoso.

—Escríbeme cuando llegues a casa —le recuerda Jamie mientras ella se sube al coche y se despide de nosotros con la mano.

Observamos cómo se aleja antes de que sus ojos aterricen en mi cara. No tienen ese trasfondo tenso que suelen tener.

—Gracias. No sé qué habría pasado si no hubieras estado ahí. La última vez, le pasó mientras conducía y... —Baja mucho las cejas—. Estrelló el coche.

—Demonios. —Me quedo boquiabierta.

—No le pasó nada —se apresura a añadir, cruzándose de brazos. Le tiembla la mandíbula y siento un dolor punzante por él. Parece muy preocupado.

—Está bien —le digo con lo que espero que sea una sonrisa tranquilizadora.

—Sí. —Sus ojos me recorren la cara, el pelo, que llevo suelto sobre los hombros.

La forma en que me mira me está provocando un peso cálido en el estómago.

Señala el estacionamiento.

—Vámonos.

—Ah. Yo iba a ir caminando.

Él arquea las cejas.

—¿Por qué? Si vamos al mismo sitio. Además —dice, mirando a nuestro alrededor—, no es seguro que vuelvas andando sola a casa.

Suelto un resoplido divertido.

—Jamie, comparado con algunos de los lugares en los que he estado de gira, Vancouver es muuuy segura.

Me mira con la mandíbula apretada.

—No, Pippa.

La forma en la que dice mi nombre, tan firme y exigente, me envía un escalofrío por la espalda.

Antes de que me dé tiempo a responder, me pone una mano en la zona lumbar. Siento una pulsación de algo cálido y líquido en el vientre, y me cuesta respirar.

Cuando llegamos a su coche —un lujoso híbrido negro que seguro que vale mucho más que la casa de mis padres— me abre la puerta antes de subir al asiento del conductor.

El olor limpio y masculino me inunda la nariz y casi pongo los ojos en blanco. Huele increíble, y estar en un espacio cerrado con él ha sido un tremendo error. Se me van los ojos a sus manos sobre el volante mientras salimos del estacionamiento.

Tiene las manos grandes.

«Carajo, Pippa». Aparto la mirada y me pongo a observar por la ventana mientras conduce.

—Por eso he vuelto a casa —dice, tranquilo.

Junta las cejas y me da la sensación de que aún está preocupado por su madre. Recuerdo lo que me dijo Donna durante el partido, cómo asume Jamie los problemas de todo el mundo.

Nada de esto es justo. No es justo que Donna sufra ataques de pánico, y no es justo que Jamie sienta la necesidad de solucionarlo. Entiendo que las familias son así: cuidas a tus seres queridos. Pero, aun así, me encantaría que Jamie tuviera más espacio para sí mismo. ¿Quién lo cuida a él?

Está callado, pendiente de la carretera. Me fijo en lo bien que conduce: seguro pero precavido. Como si no tuviera nada que demostrar.

Su mirada se cruza con la mía antes de volver a mirar hacia delante.

—Gracias por venir al partido.

—Ha sido divertido. —Reproduzco en mi mente los movimientos de Jamie por el hielo—. Eres muy rápido. Estás destinado a jugar al hockey.

Hay algo extraño en su mirada y parece que quiere decir algo. De pronto, el coche parece muy pequeño y siento un tirón cálido en el corazón.

—Gracias, Pippa —dice en voz baja.

Cuando llegamos a casa, Daisy viene a recibirnos moviendo la cola. Le digo hola y tomo la correa para sacarla a dar un paseo antes de dormir, pero Jamie me quita la correa y nuestros dedos se rozan.

—Ya voy yo.

—No me importa —le digo.

—Tardo muchísimo en relajarme después de un partido. Voy a pasarme horas despierto.

Se me viene una imagen a la cabeza: él relajándose de otra forma. De pie en el baño, tarde, con una mano sobre los azulejos mientras el agua se desliza por su cuerpo cincelado, y con la otra mano agarrándose la verga. Estoy segura de que se le separan los labios y pone una expresión torturada cuando se viene.

—Bien. —Me estoy poniendo roja mientras aparto esa imagen de mi cabeza.

No puedo pensar en cosas así.

—Buenas noches. —Su mirada baja hacia mi boca, y se me acelera el pulso cuando frunce el ceño.

Yo estoy paralizada, inmóvil en el sitio, mientras me mira la boca como si le ofendiera. Daisy está esperando a nuestros pies, pero parece que él no se da cuenta. Le arde la mirada, y soy más consciente que nunca de lo grande y ancho que es.

Siento la excitación en el estómago.

—Buenas noches. —Mi voz suena como un chillido y me voy deprisa a mi habitación.

Más tarde, tumbada en la cama, me pierdo en mis pensamientos sobre Jamie cuidando a todo el mundo. Pero ¿quién cuida de él?

Un pensamiento obsceno se cuela en mi cabeza. Somos Jamie y yo, enredados entre las sábanas, él encima de mí, apoyándose sobre sus brazos anchos a ambos lados de mi cabeza, encerrándome. Está empujando dentro de mí. Se le abre la boca y se le ponen los ojos deliciosamente borrosos. Siento un pálpito cálido entre las piernas y se me acelera el pulso.

«Así» es como yo cuidaría a Jamie.

Está completamente fuera de mi alcance, y ya me han quemado tipos de su nivel en otras ocasiones. No debería querer cogerme a Jamie, pero quiero. Vaya si quiero.

Capítulo 17
Jamie

El domingo por la mañana me quedo tumbado en la cama, mirando por la ventana las montañas al otro lado del agua. Solo estamos en octubre, pero tras la última ola de frío, hay nieve en las cimas y un polvo blanco en los árboles.

También estoy pensando en Pippa y en la dulce curva de su boca. Llevo así toda la semana. No consigo sacarme de la cabeza un pensamiento en concreto.

Tengo muchas muchas ganas de cogerme a mi atractiva asistente.

Se me escapa un gruñido de frustración y cierro los ojos. Sé que no puedo hacerlo. De Pippa todo es peligroso: su boca exuberante, su sonrisa, su amabilidad. En la escuela solo era la chica que me fascinaba, pero conforme la voy conociendo se va convirtiendo en algo más. Lo noto.

Pero no voy a hacer nada al respecto. Coquetear con la mujer que trabaja como mi asistente es una forma fantástica de arruinarme la vida, a mí y a ella. Después de que Pippa ayudara a mi madre cuando le dio el ataque de pánico, confío más en ella. Cada vez me gusta más Daisy y siempre espero con ganas el momento de llegar a casa y que me reciba moviendo la cola, contenta de verme. Sin Pippa, tendría que buscarme otro asistente o buscarle a Daisy otro hogar.

No quiero ninguna de las dos cosas.

¿Y después de lo que pasó con Erin? He aprendido la lección. Tener una relación con alguien no es parte del plan. Mi cabeza recuerda a Erin y su cara devastada cuando se dio cuenta de que yo no estaba preparado para darle nada más. Le hice tanto daño que abandonó por completo su carrera. Se merecía mucho más de lo que yo podía ofrecerle.

Y Pippa también.

Mi madre y ella han planeado llevar a Daisy a pasear por North Vancouver el fin de semana que viene. La verdad es que me gusta que viva aquí. Oírla moverse por la cocina mientras se prepara el café por la mañana es la mejor forma de despertarse.

Me imagino la boca de Pippa alrededor de mi verga, mirándome a la cara con sus ojos gris azulado, midiendo mi reacción. Se me va toda la sangre a la verga y me empalmo.

«Casi» la mejor forma de despertarse.

Me vuelvo a imaginar sus labios suaves, el cabello sedoso que me encantaría enrollar alrededor de mi puño mientras meto la verga en su vagina apretada. La excitación se intensifica en mi entrepierna. Me quito los calzones y me acaricio la erección. Aparece una gota de líquido en la punta, y arrastro una respiración, dejando escapar un gemido.

No debería estar haciendo esto.

Solo estoy pensando en ella, dice la otra parte de mí. Mejor esto que hacer algo al respecto.

Mientras me toco, no paran de aparecer imágenes de Pippa en mi cabeza. Su pelo por mi almohada, su espalda arqueada mientras chupo entre sus piernas. La forma en la que los músculos de su abdomen se retorcerían cuando se viniera, moviendo fuerte las pestañas. Estoy seguro de que se mordería el labio mientras le metiera un dedo.

Se me pone dura la verga. Virgen santa. Muevo rápido la mano y agarro las sábanas con la otra. Pienso en lo cálida y suave que sería su boca, en lo guapísima que estaría con mi verga entre sus labios acolchados. La chispa traviesa de sus ojos al ir más despacio, manteniéndome al límite.

El placer y el calor en la base de mi espalda estallan y me vengo, salpicándome en los abdominales y el pecho con un gemido grave.

Respiro con dificultad, mirando al techo, deseando haberme venido encima de Pippa.

Después de un baño voy a la sala, a un asiento de primera fila para el trasero de Pippa con unas mallas de yoga.

Se me retuerce la verga cuando la miro, doblada por la cintura, recogiendo granos de café del suelo. Se gira y se endereza con una sonrisa.

—Buenos días. —Sus ojos planean por mi pelo húmedo y me señala una taza sobre la barra—. Te he preparado un café.

Se me juntan las cejas. Pippa hace esto —prepararme café—, y no sé cómo me siento. No estoy acostumbrado a que alguien haga este tipo de cosas por mí.

Se me extiende por el estómago un calor extraño y le asiento.

—Gracias.

Cuando paso a su lado, su olor me envuelve. Vainilla. ¿O quizás coco? Algo ligero y dulce, como ella. Se me ponen duras las bolas.

¿Cómo puedo estar cachondo otra vez? Me acabo de venir.

Pippa inclina la cabeza hacia mí con una mirada paciente.

—Vaya... Sí que debes de necesitar ese café.

Me doy cuenta de que la estoy mirando fijamente. Carraspeo y voy hacia la puerta, dándole sorbos al café.

Qué rico está.

—¡Daisy! —la llamo—. Vamos a dar un paseo.

Está hecha una bola en el sofá de la sala, durmiendo. Abre los ojos a medias y se vuelve a dormir.

—Ya la he sacado —dice Pippa, terminándose el café.

Frunzo el ceño.

—Es tu día libre.

Se encoge de hombros, sonriendo a Daisy.

—Me gusta sacarla a primera hora. Las calles están tranquilas y paseamos por el parque. Es muy agradable y no me importa. —Coloca la taza en el lavavajillas y se va hacia la puerta—. Bueno, me tengo que ir. Volveré a mediodía.

Mis ojos se desvían a la curva de sus muslos en las mallas de yoga y pienso en cómo sería que me rodearan la cabeza.

—¿Dónde vas?

—Hazel da hoy una clase de Bikram Yoga. —Se pone los tenis—. Las otras monitoras de su estudio son un poco estúpidas, así que me gusta ir a darle apoyo.

Tengo una sensación extraña en el pecho, como si no quisiera despedirme de ella. Sin pensarlo, dejo la taza sobre la mesa y asiento.

—Bien. Pues vámonos.

Ella se me queda mirando, confundida.

Me pongo los tenis, ignorando la señal de alarma en el fondo de mi consciencia. Solo es yoga, me digo. Ya estoy con ropa de hacer ejercicio, porque pensaba sacar a Daisy a correr esta mañana. Pero haré esto mejor.

—Tengo contracturas. El yoga me ayuda con la flexibilidad.

Ella se muerde el labio y le recorro la curva de la boca con la mirada.

—¿Seguro?

—Sí. —Abro la puerta—. Después de ti.

Cuando me sonríe, tímida, en el ascensor, la señal de alarma desaparece. A lo mejor ella también quiere pasar más tiempo conmigo.

Capítulo 18
Pippa

—Estamos respirando... —dice Hazel a la clase mientras se pasea despacio a nuestro alrededor para corregirnos las posturas. Me coloca la mano en la zona lumbar y profundizo el estiramiento del perro bocabajo.

Me gotea el sudor por la nariz y cae sobre la alfombra. Sé que esta clase se imparte en un ambiente caluroso, pero me había olvidado del calor que hace. Me he bebido dos botellas de agua en cuarenta minutos. Se acumula el sudor en mi top, y mientras me inclino realizando la postura, estirándome hacia el techo con la mano derecha, noto el sudor bajándome por la espalda. Tengo la ropa interior mojada, y no es nada divertido.

Miro a Jamie y nuestras miradas se encuentran. Tiene las mejillas rojas por el calor. Se quitó la camiseta al poco de empezar la clase, y no puedo concentrarme en las posturas ni en la voz de Hazel. Solo hay tres personas más en la sala, pero apenas me fijo en ellas.

El cuerpo de Jamie Streicher es perfecto. Las gotas de sudor se le deslizan por los abdominales marcados. Una sombra oscura de pelo rasurado se le expande por el pecho. Los brazos densos y musculados lo sujetan en las posturas. ¿Los pectorales y bíceps? Cincelados en mármol. En el vientre, un sendero de pelo lleva hasta los pantalones, y mi cabeza se queda ahí enganchada una y otra vez.

Cada vez que se mueve, sus músculos se tensan. Junto con sus ojos brillantes y su fuerza intimidante, es la imagen perfecta de la energía y la vitalidad.

Siento la excitación en el vientre y me lo imagino agarrándome y cargándome sobre su hombro.

A lo mejor he hablado demasiado pronto sobre la humedad en mi ropa interior.

Además, también es increíblemente flexible. Por la profundidad y equilibrio de sus movimientos, se nota que ya había hecho yoga antes.

—Postura del niño —dice Hazel detrás de mí con énfasis, como si no fuera la primera vez que lo dice. Me mira con los ojos muy abiertos, como preguntándome: «Mujer, ¿qué haces?», con la mirada. Y yo hago la postura.

Permitir que Jamie viniera ha sido una idea horrible. No puedo dejar de mirarlo. Es un olímpico impecable —mi padre me dijo que participó en las últimos Juegos Olímpicos de Invierno en el equipo de Canadá— y, ahora mismo, yo parezco una rata de cloaca.

Nos quedamos en la postura del niño durante un rato, y Hazel nos rellena las botellas de agua. Cuando miro a Jamie, los músculos de su espalda no están tan tensos como antes.

Tiene muchos músculos en la espalda. Cierro los ojos y agacho la cabeza, profundizando la postura. No tengo esa relación con Jamie y no puede salir nada bueno de comérmelo con los ojos.

Recuerdo el gemido grave que he oído esta mañana en su habitación. No paro de repetirme que solo se estaba estirando, despertándose. Dijo que tenía contracturas. Seguramente era eso.

Pero eso no me impide imaginar qué otra cosa podría haber sido ese gemido.

Hazel me da con el dedo en las costillas. El resto de la clase está en la postura de la silla y yo sigo en la del niño.

—Concéntrate —me susurra al pasar.

Ya estoy concentrada. Concentrada en el jugador de hockey sin camiseta que está totalmente fuera de mi alcance.

Cuando termina la clase, me doy un baño rápido en el vestidor y vuelvo a la recepción. Los alumnos se están haciendo una foto con Jamie. Las dos monitoras de yoga que estaban en la recepción cuando llegamos están esperando, sin quitarle el ojo de encima, y cuando les toca se ponen a su lado en un abrir y cerrar de ojos, agarrándolo por la cintura. Algo me da un pellizco entre las costillas.

Él no está sonriendo, pero tampoco parece molesto. Una de las mujeres se acerca más a él, y su mirada se desvía hacia mí.

Se me estira un músculo en el estómago y se me tensan los hombros. No tengo ningún motivo para estar enojada. No tengo ningún derecho sobre él. Es mi jefe y mi compañero de departamento, ya está. Pero... no me gusta que lo toquen así, ni que lo miren con chispas en los ojos.

—¿Qué carajos? —susurra Hazel a mi lado—. ¿Cómo se te ocurre traerlo?

No hemos tenido oportunidad de hablar antes de la clase.

—No me ha dejado elección.

Miramos a las otras monitoras hacerse ráfagas de fotos.

—Es muy flexible. —Me mira, coqueta.

—Para. —Escondo una risa.

Tiene una expresión muy inocente.

Jamie termina de hacerse fotos y viene hacia nosotras.

—Muy buena clase —le dice a Hazel, asintiendo—. Gracias. —Le extiende la mano—. Soy Jamie.

Ella la aprieta con cautela.

—Hazel.

—Trabajas con el equipo.

Ella pone cara de sorpresa.

—Sí. —Menciona a los fisioterapeutas más veteranos con los que trabaja, y Jamie asiente.

—A los otros jugadores les vendría bien algo así.

Hazel se encoge de hombros, pero noto que está esforzándose por no sonreír. Es capaz de ser precavida, sobre todo con los hombres, pero, en el fondo, quiere que la gente se vaya de sus clases sintiéndose bien, aunque sean jugadores profesionales de hockey.

—Ven a comer con nosotros —le dice Jamie a Hazel.

Yoga y, ahora, una comida. Se me retuerce el estómago, y le digo que se calle. Seguramente esté muerto de hambre y no sabe cómo deshacerse de mí, o no quiere ser maleducado. Me quedo mirando a Hazel y ella me mira a mí. En nuestro intercambio de miradas estamos teniendo toda una conversación.

—Le encantaría —digo, sonriendo a Jamie.

Jamie nos lleva a un bar un poco raro y sórdido en un callejón de Gastown.

—«The Filthy Flamingo» —leo en el cartel sobre la puerta.

—No digan que es un antro —nos dice mientras nos sujeta la puerta.

Hazel y yo hacemos una pausa en el quicio para que se nos ajusten los ojos. Están poniendo *Tangerine,* mi canción favorita de Led Zeppelin. El interior del bar es acogedor y cálido, y me enamoro inmediatamente del lugar: los pósteres *vintage,* las fotos detrás de la barra, las luces parpadeantes en el techo.

Detrás de la barra hay una mujer mezclando unas bebidas. Es preciosa, la verdad, con un aspecto *grunge* de los noventa que me encanta nada más verla.

Ella mira a Jamie.

—Otra vez tú.

Jamie hace un ruido con la garganta que suena a una risa reprimida. La mesera nos saluda a Hazel y a mí asintiendo con la cabeza.

—Siéntense donde quieran.

Se me van los ojos a un póster del disco *Quadrophenia,* de The Who.

—¡Hazel! —Lo señalo—. ¡Mira!

Hazel sonríe.

—Qué bien.

—¿Te gusta *Quadrophenia*? —me pregunta la mesera.

Nos sentamos en unos taburetes en la barra.

—Es el disco favorito de nuestro padre —le cuento—. Nos hemos criado escuchándolo.

Ella nos ofrece una sonrisa pequeña, pero agradable.

—Buen gusto. —Hace una pausa—. Soy Jordan.

—Pippa. —Me cae bien en seguida—. Esta es Hazel. Y Jamie.

Ella asiente a Hazel y, cuando se gira hacia Jamie, arquea una ceja.

—Aquí no se habla de hockey.

Él hace otro ruido que podría ser una risa. Pedimos la comida y, mientras comemos, Jamie empieza a hablar de yoga con Hazel.

—Me gustaría organizar una clase para jugadores lesionados —dice Hazel—. Algo que vaya a un ritmo más lento.

—Hazel quiere abrir su propio estudio de yoga algún día —le explico a Jamie—. Un espacio donde personas con cuerpos de todo tipo se sientan a gusto, en lugar de que haya solo gente delgada.

Jamie levanta las cejas y mira a Hazel con algo que parece respeto.

—Es una idea genial. El mundo necesita más gente como tú.

Ella se queda mirándolo.

—Pensaba que eras un idiota.

Jamie me mira y algo destella en sus ojos.

—¿Le has dicho tú eso?

—Umm. —Parpadeo—. ¿No? —Muy convincente, Pippa. Me estremezco, pero estoy sonriendo—. A ver, me despediste.

Nos miramos fijamente a los ojos y se me retuerce lentamente el estómago. Ahí está ese tirón fascinante en la comisura de sus labios. Siento la necesidad de pasar el dedo por encima de ellos. Hazel nos está mirando raro. Yo la miro, y ella sube y baja las cejas.

Está esforzándose por que no le caiga bien, pero entre sus preguntas consideradas, el interés en su profesión y lo poco ególatra que es, no tiene ninguna posibilidad.

Tampoco sé si yo la tengo. ¿Quién es esta versión de él? No es, para nada, el imbécil malhumorado que pensaba que era.

Jamie se termina su bocadillo y se inclina hacia atrás en la silla.

—¿Das clases privadas? —le pregunta.

Hazel parece preocupada.

—¿Sí?

Él asiente.

—Mi entrenador se pondrá en contacto contigo.

Más tarde, cuando Jamie se va al baño, sonrío a Hazel.

—Tienes razón. Todos los jugadores de hockey son pura maldad.

Ella pone los ojos en blanco, pero sonríe.

—Lo que tú digas. —Me mira con los ojos entrecerrados—. Le gustas.

Me sonrojo, con una sensación burbujeante.

—Apenas me soporta.

Ella se ahoga.

—Estás bromeando, ¿no?

—Hazel, me despidió. Solo volvió a contratarme porque le di pena. Y luego me vio llorar, y eso hizo que se sintiera diez veces peor. —Bajo la voz—. Me compadece. No soy más que la que pasea al perro. No le gusto.

Hazel me sostiene la mirada con reconocimiento en los ojos.

—Le gustas.

Odio el revuelo de las mariposas en mi estómago al escuchar sus palabras.

En la barra, el teléfono de Hazel empieza a vibrar.

—Tengo un montón de notificaciones —murmura, frunciendo el ceño a la pantalla—. Demonios —dice un momento después con un tono plano, deslizándose por los comentarios.

La han etiquetado en una de las fotos con Jamie que han publicado los otros alumnos. Se está haciendo viral en las redes sociales porque él apenas se hace fotos con gente. Aparece una notificación de un email en su teléfono y lo lee.

—La clase de la semana que viene ya está completa —dice, como aturdida.

Me quedo boquiabierta.

—Qué fuerte.

Ella sacude la cabeza y continúa leyendo.

—Todo el mes. Las clases de Bikram Yoga de los sábados de todo el mes están completas. El estudio quiere añadir otra clase más por la tarde.

Estoy sonriendo. Me mira con una sonrisa divertida y sorprendida, y la gratitud hacia Jamie me oprime el pecho. Me encanta ver a Hazel tan feliz y orgullosa.

Cuando vuelve, Jamie insiste en pagarnos la comida como agradecimiento a Hazel por la clase. Nos despedimos de ella y volvemos a casa.

Por el camino, se me ocurre algo y me giro hacia él con los ojos entornados.

—Sabías que, si ibas a la clase de Hazel, la ayudarías.

Se encoge de hombros, pero sonríe ligeramente. Se me hincha el corazón.

—Ooooooh. —Asiento, sonriéndole—. Okey. Ya entiendo.

—¿Qué? —Tiene cara de preocupación.

Yo sigo sonriéndole.

—Eres «bueno».

Me mira como si me hubiera salido otra cabeza.

Yo asiento.

—Sí. Lo eres. Cuidas a tu madre, adoptaste a una perra callejera que necesitaba un hogar y me dijiste que me mudara contigo. —Señalo con el pulgar hacia atrás en la dirección de donde venimos—. Nos has invitado a comer. Jamie, eres un buen tipo.

Pulsa la llave remota cuando llegamos a nuestro edificio y me abre la puerta, sin mirarme a los ojos.

—Tampoco es para tanto.

—Te dije que las compañeras de Hazel eran idiotas y has venido conmigo para ayudarla.

Apoya los ojos sobre mí mientras esperamos el ascensor, y hay algo cálido en su mirada.

—A lo mejor solo quería pasar un rato contigo.

Me río.

—Ajá. Sí, seguro. Seguro que tienes el número de varias supermodelos en marcación rápida, así que tiene todo el sentido del mundo que quieras pasar el día conmigo.

Entramos en el ascensor. Retuerce los labios, divertido.

—¿En marcación rápida?

—Eso es lo que he dicho. —Mi pecho se agita por la risa. Algo en la forma en la que me atraviesa con la mirada, y en que, quizás, se lo esté pasando bien conmigo, hace que el estómago me dé volteretas.

Nos sostenemos la mirada y siento una piedra en el estómago que voy a atribuir a la subida del ascensor. Le brillan los ojos, y me llega su olor fresco e intenso.

Oh, guau.

No está sonriendo, pero tiene la mirada cálida. Algo placentero me cosquillea en el pecho, y lucho contra la necesidad de acariciarme el esternón. Esta sensación es nueva.

—Te debo una por lo de hoy. —Mi voz suena casi como un susurro, y soy muy consciente de lo pequeño que es este ascensor y de cuánto espacio ocupa él.

Su garganta se mueve cuando traga saliva, aún sin apartar la mirada.

—¿Quieres compensármelo?

Se me separan los labios y siento un escalofrío por la espalda. Hay calor en sus ojos y yo parpadeo, aturdida.

Sus palabras suenan sugestivas. Un músculo íntimo me palpita entre las piernas. No puedo ponerme cachonda en un ascensor. No soy ese tipo de chica.

Las comisuras de sus labios se levantan en una sonrisa, y se me acelera el pulso.

Sí soy el tipo de chica que se pone cachonda en un ascensor. Es demasiado tarde. Ya ha pasado. Estamos en ese punto. Me pone cachonda mi jefe jugador de hockey en un ascensor.

No puedo hacer esto. Jamie está completamente prohibido. Está demasiado bueno, es demasiado amable y huele demasiado bien. Dejar que mi atracción por él crezca y se convierta en algo más terminará con mi corazón hecho trizas.

—Bien —digo, sosteniendo su mirada eléctrica.

—Cántame algo.

Me estremezco. Un peso muerto apaga mi excitación y se me congelan los pensamientos.

—Lo que sea —dice, y se me pone la piel de gallina por el tono tan grave de su voz. Se abre la puerta del ascensor—. Una de tus canciones favoritas. Me da igual.

Abro la boca para decirle que no puedo, pero él inclina la

cabeza para mirarme a los ojos y que estemos al mismo nivel. Mantiene la puerta del ascensor abierta con el brazo.

—Sí puedes —dice, en un tono firme y exigente. La comisura de sus labios se está curvando, y me pongo a pensar que, si le tocara una canción con la guitarra, ¿conseguiría que me sonriera de verdad?

Es tentador.

Estoy de pie, paralizada, pero él me agarra por la espalda y me guía amablemente para salir del ascensor. Su calor penetra por mis capas de ropa, y quiero inclinarme sobre su mano.

Cuando entramos en el departamento, Daisy viene corriendo y saltando para recibirnos, y él agarra la correa de la mesita de la entrada. Todavía no he dicho nada.

—Pues ya está decidido. —Le cierra el arnés antes de ponerse de pie—. Gracias por esta mañana tan divertida, Pippa —murmura.

¿Ya está «decidido»?

No sé qué cara tengo, pero su boca vuelve a torcerse con una media sonrisa sexi.

—Adiós —dice, saliendo.

Me quedo ahí un buen rato, reproduciendo su media sonrisa y el tacto de su mano en mi espalda.

Quiere una canción, pero cada vez que pienso en tomar la guitarra, se me retuerce el estómago con duda y preocupación.

«Sí puedes», me ha dicho, y parecía muy seguro. A lo mejor tiene razón. A lo mejor sí puedo. Me apoyo en la puerta y suelto una respiración larga.

Capítulo 19
Jamie

Unos días después estoy de pie en la cocina en calzones, mirando por la ventana. Es medianoche y la cocina está en penumbra, solo iluminada por las luces de la calle.

No puedo dormir.

Apenas la he visto en toda la semana. Cuando llego a casa, ella se va a su habitación o con Hazel. Me sirvo un vaso de agua y me bebo la mitad de un trago, pensando en la carga eléctrica que había entre los dos el sábado por la tarde. Qué ganas tenía de besarla.

Todavía las tengo.

—Carajo —murmuro, antes de vaciar el vaso.

El miedo en sus ojos cuando le pedí que me cantara una canción me puso enfermo. Su ex le comió la cabeza y ahora es incapaz de hacer las cosas que le gustan.

Quiero más de ella. No quiero que viva con este miedo. Quiero que se deshaga de él y que se sienta orgullosa. Pippa es fuerte; me di cuenta cuando ayudó a mi madre con el ataque de pánico.

Me aprieto la nariz. ¿Quiero «más» de ella? Para ella no soy nadie. Trabaja para mí. No se acuerda de mí. Una punzada de culpa me retuerce el estómago. A lo mejor me pasé un poco al decirle que tocara para mí.

Oigo un ruido detrás de mí y aparece Pippa en la cocina en penumbra, tan sorprendida como yo.

Está en pijama, un conjunto de pantalón corto de seda verde pastel. El pantalón corto es muy corto, y tiene unas piernas largas y suaves. Está despeinada, como si se hubiera estado revolcando, y no sé por qué me gusta tanto esa idea. Cuando me fijo en la camisa, me brota la lujuria en la sangre.

Tiene los pezones erectos. Demonios. Aprieto los dientes y tengo que tirar de toda mi fuerza de voluntad para apartar la mirada.

—No podía dormir —dice con una sonrisa nerviosa.

Asiento.

—Yo tampoco.

Pasa a mi lado y enciende el hervidor antes de sacar su té favorito del armario. Chai de vainilla sin teína. Siempre me encuentro bolsitas en la basura; debe de beber un montón.

—Esta semana me has estado evitando —digo, y sus manos titubean al abrir la bolsa de té.

—Umm. —Parpadea mirando a la barra—. Claro que no.

Yo me quedo mirándola y, por fin, me mira. Aparece una sonrisa en su cara y se ríe un poco.

—Está bien. —Suspira con una mueca de culpabilidad—. Es verdad.

—Mmm. —Me inclino sobre la barra y su mirada se va a mis abdominales.

¿Es apropiado que esté delante de ella en ropa interior? Probablemente no.

¿Me importa? Observo cómo se muerde el labio inferior, siguiendo mis abdominales con la mirada.

No. No me importa. La sangre me ruge de satisfacción mientras sus ojos siguen planeando sobre mi cuerpo.

—No pensaba que fueras del tipo de personas que no pagan sus deudas —le digo.

Ella resopla con una risa.

—No diría que es una «deuda».

—«Te debo una». Eso fue lo que dijiste.

—Jamie. —Pone los ojos en blanco, sonriendo. Me encanta cuando dice mi nombre así, coqueta.

Me cruzo de brazos, y se le va la mirada a mis bíceps.

—¿A qué viene el retraso en el pago?

Ella se da la vuelta, manteniéndose ocupada con el té.

—Has tenido partidos, y eso.

No más de lo normal.

Mi mente se va a hace un par de noches, cuando llegué a casa después de un partido. Cuando encendí el televisor, ya estaba puesto el canal de deportes. ¿Estaba viendo mi partido?

Siento orgullo en el pecho solo de pensarlo.

—Estás evitándolo.

Está mirando el té, y el olor que flota en el ambiente es el mismo que el de sus productos para el pelo: dulce, especiado y cálido. Reconfortante, pero sexi e interesante.

—La última vez que toqué delante de alguien, se rieron de mí. —Su voz suena tranquila.

La rabia me recorre las venas. Lo mataré.

—¿Quiénes? —pregunto en voz baja y letal—. Dímelo. Quiero nombres. Vamos.

Ella pone los ojos en blanco.

—Jamie.

—Dime.

—Fue Zach. —Se le está poniendo la cara roja, con un parche rosa en cada mejilla, y yo aprieto los puños con los brazos cruzados sobre el pecho—. Y su mánager. —Parpadea como si lo estuviera reviviendo, antes de parpadear otra vez y volver a la cocina conmigo.

Justo cuando pensaba que el tipo ese no podía ser peor, se supera.

Asiento una vez.

—Pues quiero que me toques esa canción.

Tremendo idiota estoy hecho.

Se le abren mucho los ojos.

—¿Qué? No.

—Sí. —Mi voz es firme y exigente. Soy un imbécil prepotente y arrogante, pero no me importa.

Retuerce las manos e intenta cubrir su nerviosismo con una sonrisa falsa. Está asustada, y eso hace que se me tense el pecho.

—Oye. —Me agacho para poner los ojos al nivel de los suyos, y le acaricio los antebrazos. Ahí está otra vez ese increíble olor a té chai—. Cuando tenía nueve años, me dieron un golpe con el disco.

Abre los ojos como platos.

—¿En serio?

Yo asiento y me señalo la muñeca.

—Aquí. El disco rebotó en el poste y se me habían olvidado los guantes, así que llevaba los que tenía de repuesto, que me quedaban grandes y se me movieron. Me dolió muchísimo.

Pone una cara compasiva.

—Ya me imagino.

Vuelvo a tocarle el brazo. Siento su calor a través de la tela sedosa. Muevo el pulgar de arriba abajo sobre la tela, y se le separan los labios.

—No quería volver al hielo. Me daba miedo que me volvieran a dar.

Junta las cejas y me mira de una forma que hace que quiera envolverla en un abrazo y no soltarla nunca. No la dejaría jamás. Su forma de mirarme hace que quiera protegerla del mundo y de los idiotas como su ex.

La boca se le tuerce en una sonrisa triste.

—Yo no quiero volver al hielo —susurra, arrugando la nariz. Incluso en la penumbra, sus pecas están preciosas—. Me da miedo que me vuelvan a dar.

Ahora mismo siento que estamos los dos solos en el planeta. En el fondo de mi mente suena una alarma, pero la ignoro. Ya me encargaré de eso en otro momento. Ahora mismo, Pippa me necesita.

Le aprieto los brazos.

—Puedes hacerlo. Yo volví al hielo y no pasó nada. ¿Te acuerdas del ataque de pánico de mi madre? Lo hiciste estupendo, pajarillo. Hiciste todo lo que había que hacer. En el fondo, eres más fuerte que el acero, lo sé.

Levanta una ceja.

—¿Pajarillo?

No era mi intención llamarla así, se me ha escapado. Pero es perfecto para ella, la verdad.

—Mmm.

Se muerde el labio de abajo. Quiere hacerlo. Sé que quiere.

—Vamos a hacer una cosa. —Le vuelvo a apretar los brazos mientras analizo el azul de sus ojos—. Media canción. Ya está.

La línea larga de su garganta se mueve cuando traga, con la mirada clavada en la mía, como si yo fuera un salvavidas. Es lo que quiero ser.

La suelto y me enderezo.

—Vamos. —Mi tono se ha vuelto autoritario—. Vamos.

—¿Ahora? —Tiene las cejas casi en el cuero cabelludo—. ¿Ahora ahora?

—Sí. —Me voy al sofá y me dejo caer en él, y coloco un brazo sobre el respaldo—. Ahora.

Su mirada planea sobre mí en el sofá, mis abdominales, mis pectorales, mis brazos y, durante un instante, mi entrepierna. Siento un pulso de algo caliente en el estómago.

Que mire todo lo que quiera.

—Deja de postergarlo.

—Qué mandón eres —dice, sacudiendo la cabeza mientras desaparece escalera arriba para ir por la guitarra. Lo dice con un tono de resignación, pero hay algo más en su voz. Algo que le hace gracia de mi autoritarismo.

Me inclino hacia atrás y entrelazo las manos en la nuca. Cuando vuelve con la guitarra, se para y suelta una carcajada al verme.

—¿Sí? —pregunto.

—¿Puedes ponerte una camiseta?

Se le desvía la mirada a mi barriga y me dan ganas de sonreír otra vez. Sé el aspecto que tengo.

—¿Por qué?

Sé por qué, pero me da igual. Es divertido ver a mi asistente ponerse nerviosa.

Me mira categóricamente y señala mi torso y mis brazos.

—Por todo eso.

Siento una presión en el pecho, cálida y chispeante, como una risa. Mi boca se tuerce en una sonrisa.

—No.

—También eres terco —murmura, y yo le sonrío.

Se queda inmóvil, mirándome la cara con una mirada extraña. Como asombrada, o algo por el estilo.

—¿Qué?

—Estás sonriendo. —Sus bonitos labios se curvan en una sonrisa. Su mirada me recorre toda la cara, y se me pone la piel de gallina.

De pronto, quiero que esté mucho más cerca. En mi regazo. Montándome, quizás. Con sus manos en mi cabello y las mías en el suyo.

Baja la barbilla con las mejillas sonrojadas de nuevo.

—Muy bien, Jamie Streicher. Tu sonrisa me da ganas de tocar. —Respira hondo y empieza a rasguear. Suenan las primeras notas.

Empieza a cantar y algo en mi pecho se queda paralizado.

Capítulo 20
Pippa

La sonrisa de Jamie Streicher me cautiva. Incluso cuando su boca vuelve a su posición normal y cruel, el brillo cálido aún persiste en sus ojos.

Rasgueo los acordes, punteo las cuerdas y canto esa canción que escribí hace meses sobre madurar y cambiar. De la que Zach se rio.

Tengo la voz ronca por el sueño. No he calentado, y algunas notas suenan como con un chirrido, pero me gusta. Todavía escucho sus risas, veo la mirada de Zach, desconcertada y avergonzada, pero entretenida, y aparto todos esos pensamientos a un lado.

«En el fondo, eres más fuerte que el acero, lo sé». Es lo que me ha dicho Jamie.

También me ha llamado «pajarillo».

Sus ojos están sobre mí todo el rato, cálidos y firmes, y me traen de vuelta al presente. A este momento, sentada en su sala en mitad de la noche mientras toco la guitarra por primera vez en meses. No me cuesta tanto como pensaba; de hecho, me resulta muy natural, como si no hubiera pasado el tiempo. A través de las ventanas, destellan las luces de la ciudad desde el otro lado del río, y la luna brilla con fuerza en el cielo.

Se me relajan los hombros al volver a entrar en el estribillo, y algo se despliega en mi interior. Esta canción es divertida. Como una de Fleetwood Mac con un toque moderno de Taylor Swift, y luego algo más que es completamente yo. Tiene un tempo rápido y una melodía pegadiza. Por eso no era capaz de quitármela de la cabeza una vez que se me ocurrió. Tenía que hacer algo con ella, tenía que convertirla en una canción.

Hago una pausa después de la segunda estrofa, mirando a Jamie con los ojos entrecerrados mientras intento recordar cómo sigue. Él arquea una ceja, intrigado.

Me viene la siguiente estrofa y me lanzo a ella. La esquina de la boca de Jamie se levanta con una sonrisa vaga.

Es increíblemente guapo. Se me van los ojos a su torso, que me distrae con tantas líneas profundas de músculos. ¿Y la forma en la que abre las piernas en ropa interior?

Levanto la mirada y sus ojos brillan con interés. Ay, mi madre. Me ha visto mirarle la entrepierna.

La canción está a punto de convertirse en una persona, y mi mente vuelve a irse con Zach mientras canto el último tercio, entrando de lleno en la música. Creía que Zach y yo estaríamos juntos para siempre. En el aeropuerto, esperé mi vuelo en la terminal sintiéndome completamente destrozada. La persona en la que más confiaba me había echado fuera de su vista, y me sentía como si no fuera a sentir esa intimidad que tenía con Zach con nadie más.

Ahora me pregunto si de verdad estábamos tan unidos, o si todo fue producto de mi imaginación.

Jamie sigue mirándome y escuchándome. Algo me brilla en el pecho, un pinchazo, leve, pero centelleante. Zach no era la persona para mí, pero la forma en la que Jamie hace que me sienta ahora mismo, tan segura y especial y apoyada..., a lo mejor vuelvo a encontrar esa sensación.

No con Jamie, claro. En el hipotético caso de que quisiera tener novia, buscaría a alguien a su altura. Nosotros siempre hemos estado en dos niveles diferentes, incluso en la escuela. No soy tonta. Ya he aprendido.

Pero eso no significa que no vaya a encontrar a nadie. Quizás. Algún día.

Termino la canción y siento un gran orgullo en el pecho. Se

me tuerce la boca intentando esconder una sonrisa. Me da vergüenza sentirme orgullosa de mí por algo tan tonto. Una sensación agradable me recorre la sangre, una explosión de emoción por tocar algo que me encanta. Pasión y desafío y orgullo, todo mezclado. Me embriaga. O a lo mejor es por estar tan cerca de Jamie estando medio desnudo.

Jamie se inclina hacia delante, mirándome.

—¿La has compuesto tú?

Yo asiento. El corazón me late fuerte en el pecho.

Él me analiza antes de refunfuñar y sacudir la cabeza, y dice casi para sí:

—El tipo ese nunca fue suficiente para ti. Ni en la escuela ni ahora. Espero que seas consciente de ello.

Sus palabras se derriten dentro de mí. Si lo que Zach hizo me rompió el corazón, las palabras de Jamie vierten algo frío sobre las grietas para rellenarlas. Como poner aloe vera en una quemadura. Sus palabras significan algo.

—Un momento. —Junto las cejas e inclino la cabeza, reproduciendo sus palabras en mi cabeza—. Yo no te he dicho que Zach y yo íbamos juntos en la escuela.

Jamie abre ligeramente los ojos y a mí se me separan los labios. ¿Es posible que me recuerde de la escuela? No. No puede ser.

La culpabilidad le inunda los ojos y a mí se me abre del todo la boca.

—Jamie. —Mi tono es acusatorio y se me dibuja una sonrisa curiosa.

—Demonios —murmura para sí, frotándose la nuca. Está avergonzado y es adorable—. Seguramente no te acuerdas, pero fuimos a la misma escuela.

Suelto una carcajada. ¿Que no «me acuerdo»? ¿Cómo iba alguien a no acordarse de él?

—Soy un par de años mayor que tú y faltaba mucho a clase por el hockey —continúa, y su cara avergonzada se pone grave inmediatamente.

Oh. Lo dice en serio. De verdad se cree que no me acuerdo de él.

—Siento no haber dicho nada antes —prosigue, y se le mueve la rodilla de una forma que me distrae—. Me agarraste de sorpresa cuando te vi la primera vez, y luego, pues... —Deja de hablar y me mira a los ojos—. No quería que fuera incómodo.

Podría seguir fingiendo, pero ¿para qué? Es agotador. Y el hecho de que él se acuerde de mí está haciendo que el corazón me dé saltitos como los de Daisy cuando está emocionada.

—Me acuerdo de ti —admito—. Claro que me acuerdo de ti.

Se le congela la cara.

—¿En serio?

No puedo evitar poner los ojos en blanco.

—Jamie. Vamos ya. Ibas de camino a jugar en la liga nacional de hockey. Eras uno de los populares. Todas las chicas besaban el suelo por donde pisabas. Desde entonces eras guapísimo...

Levanta las cejas y aparece de nuevo esa mirada. Divertida, concentrada y determinada.

—¿Crees que soy guapísimo?

Me empiezan a bailar unas chispas en la garganta y trago saliva. Me estoy sonrojando.

—Uh —digo como una estúpida.

Tuerce la boca hacia arriba.

—Has dicho «desde entonces». Eso significa que pensabas que era guapísimo entonces, y piensas que soy guapísimo ahora.

El pulso me late en los oídos y no puedo apartar la mirada. Sus ojos me sujetan como una mariposa bajo un cristal. Se me separan los labios y los cierro mientras encuentro las palabras.

Atrapada. Me ha descubierto, y ahora que es evidente que sabe que estaba enamoradísima de él desde siempre, va a ser muy incómodo.

Se inclina hacia delante con una sonrisa segura y bromista que hace que me lata aún más fuerte el corazón.

—Yo también pensaba que eras guapísima —murmura, y su forma de mirarme hace que crea que no puedo respirar—. Desde entonces.

No puede ser verdad. Analizo sus ojos en busca de la mentira, pero no encuentro nada. Nunca nadie me había llamado guapísima, excepto mi madre, y no es lo mismo.

En mi cabeza está pasando algo raro; estoy empezando a reconsiderar todo lo que creía que era verdad.

—Oh. —La palabra se me cae de los labios, y él sonríe—. Bien. —Parezco aturdida.

Nos miramos a los ojos y hay una chispa de tensión entre los dos. Se me retuerce el estómago y, durante un instante, quiero que Jamie sea ese chico, el que hace que me olvide de que Zach ha existido alguna vez.

Su mirada cae a mis labios y mis ojos brillan con deseo. Se me ponen los pezones duros, porque nunca nadie me ha mirado así, y mucho menos ningún hombre que se parezca lo más mínimo a Jamie.

Un brillo predatorio empieza a surgir en sus ojos y se me estremece la entrepierna.

Creo que estamos a punto de besarnos.

Una diminuta parte de mí está atemorizada, moviendo los brazos y chasqueando los dedos para llamar mi atención. Esto es una locura, y no es real. La energía en el ambiente está caliente, tensa y peligrosa, y no quiero tener nada que ver con eso. Ni siquiera quiero imaginar que le gusto a Jamie.

Me destrozará. Después de Zach, estoy llena de grietas. No puedo sentir nada por Jamie porque, si termina como terminó lo de Zach —que será así—, me quedaré hecha papilla.

Me miro los pies y sujeto la guitarra como escudo.

—Deberíamos irnos a dormir.

Él me observa con esa mirada que hace que se retuerza todo en mi interior.

—Buenas noches, Pippa.

Lo dejo en la sala, desparramado en el sofá. Subo corriendo la escalera y entro en mi habitación, guardo la guitarra en su funda y me meto en la cama.

El corazón me late con fuerza mientras contemplo el oscuro cielo por la ventana, pensando en cómo me miraba Jamie mientras tocaba.

Capítulo 21
Jamie

—Su primera línea de defensa es débil porque Hammond está lesionado —les dice Ward a nuestros defensas un par de noches después, en los vestidores. Hayden Owens y Alexei Volkov, un defensa más veterano, asienten.

Ward sigue contándonos la estrategia del partido. La energía en el vestidor es densa, chispea con tensión. Incluso aquí abajo se oyen los gritos de los aficionados en las gradas.

El Calgary Cougars es nuestro mayor rival, y esta noche es el primer partido de la temporada contra ellos.

Ward repasa las jugadas que hemos practicado esta semana, pero yo tengo la mente en otro sitio.

Tengo la mente en mi asistente, sentada con su diminuta pijama, con las piernas dobladas mientras toca la guitarra en mitad de la noche, como un ángel enviado desde el cielo.

O a lo mejor la enviaron desde el infierno, porque Pippa es exageradamente tentadora.

«Desde entonces eras guapísimo».

Una sensación agradable me inunda el pecho. Se acuerda de mí, y eso me parece sexi.

Llevo desde que me desperté esta mañana pensando en ella. Durante todo el entrenamiento mi mente estaba concentrada en su forma de cantar. En la regadera, me la imaginé conmigo, desnuda y húmeda, y sonriéndome con los ojos brillantes. Cuando fui a recoger la comida a The Filthy Flamingo, me acordé de cómo bailaban sus ojos, observando la hilera de luces que había por todo el techo. La forma en la que se le endurecieron los pezones debajo de la camisa lleva días atormentándome. No recuerdo la última vez que me sentí tan atraído por una mujer.

Estoy muy maldito.

Me recompongo; no estoy maldito. Estoy bien. He hecho terapia con los mejores psicólogos deportivos del mundo, y sé cómo bloquear las distracciones. Pippa no es una opción. No forma parte del plan y no hay espacio para ningún lapsus, porque si Pippa y yo empezamos a coquetear, tengo la desagradable sensación de que no podremos pararlo.

A una de las psicólogas deportivas de Nueva York le gustaba atraer mi naturaleza competitiva. «Rétate», me decía. Mantener la distancia con Pippa —mi crush de la escuela, la chica a la que parece que no soy capaz de decirle que no— está siendo un reto. Pero nada que no pueda controlar.

Recuerdo la sonrisa que apareció en su cara mientras tocaba y cantaba, como si estuviera orgullosa y sorprendida. Se me retuerce el corazón y me froto el esternón por encima de las almohadillas. Estaba preciosa, y saber el miedo que le daba hacerlo me hace estar muy orgulloso.

Espero que sepa que no está rota. Espero que se dé cuenta de aquello de lo que es capaz.

Esta noche ha vuelto a venir con mi madre. Me salta una chispa en el pecho ante la idea de Pippa viendo un partido mío. A lo mejor mordiéndose el labio en algún momento tenso.

—Streicher.

Salgo de mis pensamientos. Ward y todos los demás en el vestidor me están mirando.

—¿Estás bien? —Ward señala con la barbilla la zona en la que me estaba frotando el esternón.

Dejo caer la mano.

—Sí. —Asiento—. Estoy bien.

De camino a la pista, me aparta.

—¿Esta noche va a ser un problema? —me pregunta mientras los demás jugadores pasan a nuestro lado. La música resuena en el estadio a medida que los jugadores llegan al hielo para calentar.

Carajo. Tengo la distracción con Pippa escrita en la cara. «Concéntrate, Streicher». Sacudo la cabeza.

—No.

Ward me estudia la cara.

—No dejes que Miller se te meta en la cabeza. —Echa un vistazo alrededor y espera a que el último mánager salga del pasillo—. Sé que tienen historia.

Mis pensamientos se detienen de pronto. Hace poco que el Calgary compró a Rory Miller. Lo sabía y se me había olvidado por completo.

Así de grave es la situación con Pippa. Se me ha olvidado que el tipo con el que crecí, que era mi mejor amigo hasta que se convirtió en un completo imbécil, va a estar esta noche en la pista.

Miro a Ward con el ceño fruncido.

—¿Cómo lo sabes?

—Es mi trabajo.

Con una carrera de siete años, Miller tiene reputación de fiestero y mujeriego, y de ser un auténtico imbécil en la pista. A medida que mejoraba como extremo derecho increíble, le fue aumentando el ego. Los entrenadores lo sacan a jugar porque marca goles, pero no es, ni de lejos, el favorito de los aficionados.

Odio jugar contra él. Calgary es uno de los equipos más cercanos a Vancouver geográficamente, así que esta temporada nos enfrentaremos seis veces contra ellos.

Es uno de los mayores goleadores de la liga, y va a estar lanzándome discos toda la noche. Estas son las cosas en las que debería haber estado pensando toda la semana, preparándome y viendo grabaciones de partidos.

—Has jugado contra él —dice Ward—. ¿Conoces sus debilidades?

Miller es la estrella. Siempre lo ha sido, desde que éramos pequeños. Es la persona más competitiva que conozco. Nunca habríamos sido amigos si yo no fuera portero.

Pienso en los partidos anteriores. No escucha las indicaciones del entrenador. La primera línea creerá que están llevando a cabo una jugada en concreto, pero Miller se descarrilará ante la oportunidad de marcar un gol. Y, como a menudo le va bien, se sale con la suya.

Sé que tengo que estar muy pendiente de él, aunque sus compañeros de equipo se coloquen para una formación diferente. Sé que no puedo confiar en él.

Asiento a Ward.

—Sí. Lo conozco.

—Bien. —Me da una palmada en el hombro—. Sal ahí fuera y haz un partidazo.

Salgo a la pista y se me erizan los pelos de la nuca. En el otro extremo están calentando nuestros oponentes, disparando discos al portero. El estadio ya está lleno y vibrante de energía.

Ahí está Rory Miller, con una sonrisa linda y engreída que hace que quiera darle un puñetazo. Inclina la cabeza, se gira y patina hacia la portería, hundiendo el disco en la red antes de darse la vuelta. Su sonrisa aumenta de oreja a oreja y a mí se me tensa el estómago por la irritación.

Está intentando molestarme. Es lo que hace siempre.

Me dirijo a mi portería y me coloco en el centro. Delante de los postes de gol, me pongo a calentar, y mi mirada se encuentra con la de Pippa. Está sentada detrás de la portería con mi madre y una amiga suya.

Pippa lleva una gorra del Vancouver Storm. La miro parpadeando y vuelven a encenderse todas esas chispas en mi pecho.

Se le ilumina la cara, alza la mano y me saluda, tímida, y a mí se me levantan las comisuras de los labios. Le devuelvo el saludo, y la frustración que sentía hace un instante desaparece. Se señala la gorra, y yo asiento, permitiéndome sonreírle. Me gusta cómo le queda el logo de mi equipo.

A su lado, mi madre está charlando y sonriendo. Le dice algo a Pippa, que asiente y se ríe. A mi madre le cae bien Pippa y me pregunta por ella cada vez que la llamo, y eso también me gusta.

Me gusta que, después del partido, Pippa y Daisy vayan a estar en casa.

Suena el silbato y empieza el tercer tiempo. La sangre me ruge con fuerza cuando Calgary se hace con el disco.

La mirada de Pippa reposa sobre mi hombro como una manta, reclamándome, manteniéndome concentrado. He parado todos los disparos y los aficionados están cantando: «¡Streicher, tremenda parada!».

Su extremo izquierdo se lo pasa a Miller, que rodea a Owens. Está solo con el disco, patinando rápido, con los ojos clavados en mí. Y esa maldita sonrisa engreída en la cara. Su equipo se coloca en posición, pero los ignoro.

Está frustrado. Está forzando esa sonrisa engreída. Le estoy molestando. Ha venido esta noche aquí para marcarme goles, para demostrarme algo; que no me necesita, quizás, o que para él no soy más que otro jugador cualquiera.

Su mirada se desvía a algo detrás de mí, y abre los ojos, sorprendido.

Pippa. Se me para el corazón. Sabía que me gustaba en la escuela. Nunca se lo dije, pero lo sabía.

Para cuando me doy cuenta de lo que ha hecho, los aficionados están gruñendo decepcionados y el disco está en el fondo de la red.

Miller patina por mi lado con esa sonrisa elegante. Los aficionados lo abuchean y él se gira para sonreírles, cosa que los calienta aún más. Se me hunde el estómago y aprieto los dientes, pero aparto todos esos pensamientos en cuanto continúa el partido.

Estaba concentrado en su debilidad cuando la mía estaba justo detrás de mí.

Ganamos y, después de los comentarios del entrenador en los vestidores, me baño y voy al palco.

Se me para el corazón al ver a Rory Miller sonriendo a Pippa, mirándola con ojos predatorios. Le dice algo, ella se ríe y él sonríe aún más, acercándose a ella.

Una protección instintiva se apodera de mí. No es raro que los jugadores de otro equipo visiten el palco, sobre todo si tienen amigos o familiares en el equipo contrario. Evidentemente, yo no quiero que esté aquí, hablando con ella. Aprieto los dientes y voy delante de él, colocándome entre los dos, mirándolo fijamente.

Todavía tiene el pelo rubio oscuro húmedo, y tiene puesto el equipo. ¿Intenta impresionarla o algo?

Me mira con cara divertida.

—¡Aquí está!

—¿Qué carajos haces aquí? —escupo, mirándolo con furia.

Su sonrisa aumenta y me entran ganas de matarlo.

—Nada, ponerme al día con la encantadora Pippa —dice, antes de hacer un gesto por encima de su hombro a mi madre, su amiga y Ward, que están charlando—. Y quería saludar a Donna.

—Le estaba diciendo a Rory que ahora soy tu asistente. —Pippa le sonríe y la furia de mi mirada se intensifica.

No me gusta que le sonría.

—Y que viven juntos —añade Rory, entornando los ojos.

Se me eriza la piel. Me conoce muy bien.

—No hables con ella —suelto, y la gente a nuestro alrededor nos mira al oír mi tono.

Y tiene el atrevimiento de reírse.

—Hombre.

Cierro los puños con fuerza. El pulso me late en los oídos. En el hielo, todo esto es juego limpio, pero ¿aquí? ¿Con mi...?

Con mi asistente; me recuerdo, respirando profundamente.

—Tengo que irme —le dice a Pippa, sonriéndole como si hubiera encontrado un tesoro enterrado—. Mañana vuelo muy temprano. Me ha encantado volver a verte, Pippa. Quizás la próxima vez podrías enseñarme Vancouver.

Ella se ríe.

—Pero si tú eres de aquí.

A él le brillan los ojos.

—Seguro que la ciudad ha cambiado mucho en diez años. Y me encantaría seguir poniéndonos al día. —Desliza su mirada hacia la mía, y el tono sugerente hace que me ruja la sangre.

Y una porquería.

Él me mira y me sonríe.

—Puede que la próxima vez consigas tu «Streicher, menuda parada», ¿eh? —Miller se marcha antes de que me dé tiempo a responderle. Saluda a varias personas y desaparece por la puerta.

Antes de poder decir nada más, Owens está delante de nosotros, y me da una palmada en el hombro. Intento no estremecerme.

—Tremendo partidazo, hermano.

—Gracias. —Mi tono suena brusco.

Solo quiero irme a casa y salir de aquí. Quizás Pippa me tocará otra canción esta noche.

Pippa mira con compasión a Owens. Un disco le golpeó el tobillo en el segundo tiempo.

—¿Qué tal el tobillo, Hayden?

Por algún motivo, cuando le sonríe a él, no escuece tanto. Puede que sea porque mi intuición me dice que es un buen tipo y que es así de amable con todo el mundo.

Se agacha para levantarse el pantalón y nos enseña el tobillo rojo e inflamado.

—Bastante mal, pero sobreviviré. —Se golpea el pecho con exageración—. Soy un tipo duro, Pippa.

Ella se ríe.

—Está bien.

Hay un par de jugadores en la puerta. Uno de ellos saluda a Owen y él le hace un gesto de: «Un momento».

—Vamos a tomar algo —nos dice y, al contrario que Miller, no solo le habla a Pippa. Me señala—. El entrenador ha dicho que deberías salir con nosotros.

Pongo los ojos en blanco y resoplo, pero no puedo discutir. Ward menciona el hecho de llevarnos bien en todos los entrenamientos y se ha referido a mí específicamente en varias ocasiones. Aunque sigo acelerado después del partido y me pasaré horas despierto, no quiero salir.

Solo quiero irme a casa con Pippa. Podríamos ver una película.

A Pippa se le dibuja una sonrisa esperanzadora y le brillan los ojos.

—¿Qué te parece? ¿Quieres relajarte un rato?

Arqueo las cejas.

—¿En serio quieres ir? —Inclino la barbilla, señalando a los jugadores que nos esperan en la puerta—. ¿Con ellos?

Ella se encoge de hombros, con una sonrisa tímida preciosa.

—Pues sí.

Owen no es un imbécil como Miller, pero, aun así, no quiero que un montón de jugadores de hockey solteros empiecen a rodear a Pippa como tiburones.

—Vamos. —Owen me da un pequeño puñetazo en la barriga y yo resoplo. Este tipo es como la versión humana de Daisy, siempre emocionado y lleno de energía.

Cambio de opinión en un instante. Quiero ver a esta chica fuera de las paredes de mi casa. Quiero verla riéndose y pasándoselo bien.

Asiento.

—Bien.

A Pippa se le ilumina la cara y no puedo apartar la mirada de ella.

—Genial.

Capítulo 22
Pippa

Fuera del estadio, Donna le promete a Jamie que le escribirá cuando llegue a casa mientras ella y su amiga entran en el Uber, y nosotros seguimos al equipo hasta The Filthy Flamingo.

Jordan nos mira categóricamente cuando entramos.

—¿Estás bromeando? —le pregunta a Hayden.

—Hola, preciosa —dice él, riéndose y dándole un abrazo—. Hemos ganado.

Ella le clava el codo en la barriga y él hace como que le duele.

—Y a mí qué carajos me importa. —Me ve y me sonríe, asintiendo—. Hola.

—Hola. —Señalo a los jugadores de hockey mientras se hacen con toda la parte del fondo de la barra—. ¿Te importa?

Ella resopla.

—No. Estoy acostumbrada a estos idiotas.

Chirrían mesas y sillas cuando los chicos lo reorganizan todo para poder estar juntos. Al fondo del bar hay un chico delante de un micrófono, afinando una guitarra. Levanta la mirada y le guiña un ojo a Jordan.

—¿Has contratado música en vivo?

Ella pone los ojos en blanco.

—No. Es Chris.

Chris nos saluda.

—Soy su novio.

—No es mi novio —dice, lo bastante fuerte para que Chris y todos los demás lo oigan—. Solo cogemos.

Se me escapa una risa.

—Qué bien.

Igual yo consigo llegar a esa situación de coger sin compromiso con un tipo que me dé igual.

Jamie me apoya la mano en la espalda y me lleva hasta un asiento en una de las mesas, antes de sentarse a mi lado. Pasa el brazo por encima del respaldo y aprieta el muslo contra el mío. Su olor me envuelve. Su postura a mi alrededor es posesiva, como si fuera suya.

Pienso en la otra noche, en que me dijo que se acordaba de mí de la escuela. En que dijo que era guapísima. Se me cierra la garganta. No puedo parar de pensar en la intensidad con la que me miraba.

Una pequeña parte de mí se pregunta si Jamie se siente atraído por mí. Llevo tanto tiempo siendo la chica callada e invisible que algo así me resulta inconmensurable.

Hayden se sienta enfrente de nosotros, con Alexei, un defensa huraño de treinta y tantos que no habla mucho. Tiene la nariz torcida, como si se la hubiera roto, pero, como todos los demás, es guapo, aunque de una forma más ruda.

—Miller nos ha hecho sudar hoy, ¿eh? —dice Hayden, y Alexei gruñe como muestra de acuerdo.

Para mi sorpresa, Rory también se ha acordado de mí de la escuela. Me ha pedido que le enseñara fotos de Daisy, así que le enseñé una del día que Daisy, Hazel y yo fuimos a pasear a North Vancouver, y la analizó con interés. Se empezó a comportar como un imbécil cuando llegó Jamie.

Jordan nos trae las bebidas y me quedo mirando a Jamie, que me observa fijamente por encima de su cerveza.

Sé que a Rory no le intereso de «esa forma». Solo he sentido algo platónico durante nuestra conversación, pero estaba intentando molestar a Jamie.

La imagen de Jamie en el palco con la mandíbula tensa y los celos dibujados en la cara me hace sonreír. Quiero ver cómo se desarrolla esto con Jamie y Rory. Me pregunto si volverán a ser amigos algún día.

—¿Algo gracioso, pajarillo? —Su voz suena como un murmullo grave, y siento un escalofrío en la espalda.

Yo sonrío más.

—No.

Sus ojos bailan y, aunque su boca forma una línea recta, su mirada es cálida y divertida.

—Bien. Que siga así.

Me río. Mi teléfono vibra en el bolsillo de mi chamarra. Lo saco y leo un mensaje de mi amiga Alissa, con quien trabajé en la gira.

«Mujer, vamos a estar en Vancouver la semana que viene. ¡Es la última fecha de la gira antes del parón!».

Se me hunde el estómago. Empiezo a ver en mi cabeza las caras de todas las personas de la gira, y siento mucha vergüenza. En un grupo tan cerrado y que trabaja muchísimas horas, codo con codo, no hay secretos. Nadie de la gira me escribió después de desaparecer misteriosamente en la siguiente fecha, y no me cabe duda de que todos saben perfectamente lo que pasó.

Frunzo el ceño mirando el teléfono. Odio que me recuerden mi antigua vida.

El teléfono vuelve a sonar.

«Haremos una fiesta el martes por la noche, ¡y te hemos apuntado a la lista! Jenna dice que todavía no le has confirmado si vas o no».

Me quedo mirando el mensaje, incrédula. Ni de broma voy a ir a una fiesta de fin de gira con toda esa gente. Me moriría de vergüenza. No puedo. No iré.

Vuelvo a leer el mensaje con la frente arrugada. No he recibido ninguna invitación. Abro el email y deslizo los mensajes no leídos.

Ahí está. El email iba para todos los trabajadores de la gira, y a Jenna siempre se le olvida ocultar a la gente que mete en copia, así que todo el mundo ve mi email en la lista. Todo el mundo sabe que me han invitado.

Jamie me acaricia el brazo.

—¿Pasa algo?

—Nada. —Parpadeo y guardo el teléfono.

Él se me queda mirando de esa forma que hace que me dé vuelcos el estómago.

—Cuéntame.

—Mandón.

—Mmm. —Hace una mueca, y yo noto una incipiente sonrisa en mi cara.

En el pequeño escenario en el fondo del bar, el chico empieza a tocar la guitarra y a cantar. Los jugadores prácticamente lo ignoran, pero a él parece no importarle. Le doy un trago largo a mi bebida y hago un ruido de apreciación porque Jordan prepara un *whisky sour* riquísimo. Me chupo la espuma del labio de arriba y la mirada de Jamie se desliza hacia mi boca. Junta las cejas en una mirada fruncida muy concentrada.

—¿Me vas a contar por qué parece que has visto un fantasma? —me pregunta en voz baja. A nuestro alrededor, los jugadores están charlando, riéndose y haciendo el tonto, pero Jamie no se fija en ellos.

Me muerdo el labio, asimilando esa cara tan bonita. Todavía tiene los pómulos sonrojados del partido, y me observa con paciencia y curiosidad. Algo en sus profundos ojos grises hace que quiera contarle cosas.

—La semana que viene hay una fiesta de fin de gira.

Su mirada me atrapa y se le tensa la mandíbula.

—¿La gira de la que te despidieron?

Yo me río sin ganas.

—Dicho así, suena de maravilla.

—Pippa.

—Ya lo sé, ya. —Suspiro, le doy otro trago a la bebida y ahí están otra vez sus ojos en mi boca. Se me acumula el calor en el estómago. Vuelve a acariciarme el brazo y se me pone la piel de gallina.

Ojalá no tuviera esta reacción cuando estoy con él. Empieza a costarme ocultarlo.

—Todo el mundo ha visto que me han invitado —le digo, soltando una respiración muy larga—. Si no voy, será como...

—Una derrota.

Levanto la mirada hacia la suya.

—Exacto. Como si me estuviera escondiendo de ellos. —Se me estrecha la garganta y muevo la cabeza—. Una parte de mí quiere esconderse y olvidarlos a todos. Pero hay otra parte que cree que... —Trago saliva. Se me está acelerando el pulso—. Al carajo, ¿sabes? Al carajo por despedirme y elegir a otra persona. —Se me retuerce el estómago y pongo los ojos en blanco—. Lo siento.

—No. —Su tono es firme—. No te disculpes. —Le da un trago a su cerveza—. Deberías ir.

Resoplo y lo miro.

—Sí, seguro que va superbién. Si voy superbuenota, todos pensarán que pretendo recuperarlo, pero si aparezco hecha una basura, parecerá que estoy destrozada sin él. Además, seguramente se pasará toda la noche comiéndose la boca con su nueva musa.

Me bebo de un trago el resto de mi copa. Ya no sé qué pensar de todo esto.

En el escenario, el chico termina la tercera canción y suelta la guitarra.

—Voy a hacer un descansito.

Jamie me da un golpecito con el dedo y señala el escenario con la barbilla.

—Te toca.

Pongo una sonrisa indulgente.

—Claro. Muy gracioso.

—Lo digo en serio. —Me atraviesa con una mirada determinada—. ¿Qué te dije sobre volver al hielo?

La autoridad de su voz grave hace que se me caliente la cara.

—Jamie. —Se me está torciendo la boca en una sonrisa arrepentida—. Esto no es volver al hielo. Llevo desde la escuela sin tocar en público.

—Lo recuerdo.

La conciencia me atraviesa, junto con... algo que brilla en mi estómago. Me encantaría ver el interior de su cabeza.

Me clava la mirada.

—Sé que puedes hacerlo.

La forma en la que me mira y la seguridad de su voz me hacen sentir calor por dentro.

Hayden se gira hacia nosotros en el asiento de enfrente.

—Pippa, ¿eres cantante?

Pongo los ojos en blanco.

—Claro que no.

—Sí —interrumpe Jamie—. Canta y toca la guitarra, y es muy buena.

Hayden apoya la barbilla en el puño y me mira como si fuera Nochebuena, y yo, Santa Claus.

—Pippa.

—No. —Me quedo mirando a Jamie—. Muchas gracias.

Hayden llama la atención del resto de los jugadores.

—Pippa nos va a cantar algo. —Empieza a aplaudir.

Reaccionan todos a la vez, aplaudiendo y gritando, y apartando las sillas para que yo pueda pasar, pero no me muevo. Miro con odio a Hayden, pero es imposible enojarme con él. El corazón me late a mil por hora, pero me estoy riendo.

—Vamos a hacer una cosa, pajarillo. —La boca de Jamie me acaricia la oreja, y vuelvo a sentir ese tirón en el estómago—. Si cantas una canción ahí arriba, te acompaño a la fiesta de fin de gira. Le demostraremos al imbécil de tu ex quién salió ganando.

Lo miro a los ojos, y la electricidad se tensa entre nosotros como una cuerda. Me imagino yendo a la fiesta con Jamie rodeándome con el brazo, puede que susurrándome algo al oído como ha hecho hace un segundo.

Me imagino la cara de Zach: incredulidad, asombro y celos. Me gusta la idea.

—Trato hecho.

Capítulo 23
Pippa

Todo el mundo me está mirando. La guitarra está desafinada, pero no tengo tiempo de solucionarlo.

Tengo miedo. Se me va a salir el corazón del pecho. La cabeza me va a mil por hora y los pensamientos me sobrevuelan como abejas. Me reajusto la correa al hombro y rasgo un acorde suavemente. El movimiento me sale sin esfuerzo.

The Filthy Flamingo se queda en silencio, pero yo puedo oír mi pulso en los oídos. Jordan se inclina en la barra del bar y me observa. ¿Qué voy a tocar? Pienso una canción.

Si se ríen, me moriré de vergüenza. Jamás podría volver a un partido.

Miro a Jamie a los ojos y se me detienen los pensamientos. Tiene el mismo aspecto que la otra noche, cuando toqué para él. Su expresión observadora y paciente me atraviesa.

Podría tocar esa canción.

El sonido de las risas de Zach y su mánager resuena en mi cabeza, y se me encogen los pulmones. Tocar solo para Jamie es diferente que tocar para un bar lleno de gente.

Al otro lado del local, en la boca de Jamie se dibuja una sonrisa mientras me observa, y me guiña un ojo. Bien. Volver al hielo. Aunque no estoy preparada para tocar algo mío.

Todo el mundo está esperando. Le sostengo la mirada a Jamie, y escucho una canción en mi cabeza. Una canción de

Roxy Music que mi padre ponía mucho cuando Hazel y yo éramos pequeñas.

Toco las primeras notas y empiezo a cantar. El corazón todavía me late como un tambor, así que miro a Jamie mientras canto, porque hay algo en él que me hace sentir que todo va a ir bien.

Después de la segunda estrofa se me calman los nervios. Mientras toco recuerdo a mi padre tocando esta misma canción en la sala, y a Hazel y a mí bailándola. Nuestros pasos de baile le hacían reír.

En los estribillos, dejo que mi voz vuele alto, probando la respuesta. Me lanzo a la siguiente estrofa y siento el escenario más firme bajo mis pies. Los jugadores me escuchan con atención. Hayden me está mirando con su sonrisa aniñada, y yo le devuelvo la sonrisa. Desvío la mirada a Jamie, y sus ojos son tan cálidos que hacen que se me entrecorte la respiración en una de las notas.

Termino y el bar estalla ruidoso, en vítores y aplausos. Me arde la cara al dejar la guitarra en el soporte.

No puedo creer que acabe de hacer esto.

—¿Quieres tocar otra? —pregunta Jordan, arqueando una ceja, pero sonriendo.

Niego con la cabeza. Aunque creo que podría.

—Esta noche no, gracias.

Todo el mundo me mira sonriendo. No se están riendo, así que eso es bueno. Echo un vistazo alrededor, en busca de algo a lo que aferrarme, pero estoy rodeada de gente felicitándome. Es abrumador.

—Un momento —digo antes de ir al pasillo de los baños.

Necesito recuperar el aliento, dejar que se me asiente el corazón. Siento la pared sólida y fría cuando me apoyo en ella. Cierro los ojos y recuerdo las respiraciones de yoga de las que siempre habla Hazel.

Abro los ojos al oír unos pasos. Jamie se dirige a mí con una mirada furiosa.

—Qué... —empiezo a decir.

Le arden los ojos.

—Ha sido alucinante.

Me agarra de la nuca y se lleva mi boca hacia la suya.

Capítulo 24
Pippa

La boca de Jamie toma la mía con ganas, como si llevara años esperando este momento. Me agarra por la nuca y me lleva la cabeza hacia atrás, arrastrando su lengua con la mía, de una forma que hace que me tiemblen las piernas. Se mueve con urgencia, con hambre, insistente y exigente. Siento su olor embriagante y masculino en la nariz, y apenas puedo respirar. Ni siquiera quiero respirar si la otra opción es esta. Subo con las manos por la firme superficie de su pecho, y él gruñe dentro de mi boca.

Me lame la boca como si quisiera cogerme.

Jamás me habían besado así.

—Carajo —murmura entre besos, y siento mucho calor por todo el cuerpo.

Estoy húmeda. Ha hecho que me moje solo con un beso.

No sé si tengo los ojos abiertos o cerrados. No siento nada, excepto un placer demandante entre las piernas, la boca exigente de Jamie y cómo me tira suavemente del cabello. Me agarra como si me poseyera. Su otra mano reposa en mi nuca, grande y pesada. No presiona, pero solo el contacto de su mano sujetándome en una posición tan vulnerable hace que no quiera moverme nunca más. Esto me gusta demasiado.

Su barba incipiente me araña la boca y gimo dentro de él. Algo en ese sonido le gusta, porque presiona todo su cuerpo contra mí, clavándome en la pared.

Me empuja con la cadera y ahogo un grito entre sus labios. Está excitado. La gruesa barra, dura como el acero, me aprieta la barriga. Una presión cálida se retuerce entre mis piernas, y gimo. Jamie me está besando, tiene una erección brutal, y he perdido del todo la cabeza.

—Dios, Pippa —murmura, apartándose para mirarme con los ojos oscurecidos. Tiene la respiración acelerada y me mira con pasión desde su posición más alta. Me suelta el cuello y casi protesto, pero apoya la frente en la pared por encima de mi cabeza, y me observa con unos ojos que provocan un incendio en mi ropa interior.

Qué bueno está Jamie Streicher.

—¿Qué está pasando? —digo, jadeando.

Él parpadea y frunce el ceño. Luego se le calma la mirada.

—Carajo. —Se endereza y me entran ganas de gritar: «¡No!»—. Lo siento. —Se lleva una mano a la cara—. Me he vuelto loco. No lo he pensado.

Hay cientos de cosas que quiero decir. Se me vienen a la cabeza: «Me ha gustado» y «Hazlo otra vez».

Da un paso atrás. Sin el calor de su cuerpo, me entra frío. El hambre y la necesidad han desaparecido de su cara, dejando únicamente su mal humor característico. Pero, a diferencia de lo que haría normalmente, no me dan ganas de bromear con ello.

Me siento herida. Entonces, me doy cuenta de algo que no me gusta: así fue como me sentí en el aeropuerto.

¿Qué estoy haciendo? Está bueno, es protector y muy amable cuando no mira nadie. Besarlo ha sido algo que no había experimentado jamás. ¡Trata bien a su madre! Lo tiene todo. Si le dejo, acabará conmigo. Lo que me hizo Zach será un arañazo en comparación con lo que podría hacerme Jamie.

Es como si le hubiera tirado un balde de hielo a mis pensamientos, y se me aclara la mente.

La boca de Jamie es una línea recta y se pasa la mano por el pelo.

—Solo tengo relaciones de una noche, y si trabajamos juntos...

—Ya lo sé. —Jugueteo con las puntas del pelo mientras aparto la mirada, intentando recuperar el aliento—. No es una buena idea.

Lo miro a los ojos, y él me analiza, indeciso.

—Eres mi asistente —dice.

Siento un peso en el estómago, y estoy enojada conmigo misma porque tiene razón. Todo esto es una mala idea. Voy hacia el baño de mujeres y fuerzo una sonrisa, restándole importancia a lo que acaba de pasar.

—Enseguida salgo —le digo, empujando la puerta antes de que pueda decirme nada.

Me tomo mi tiempo para lavarme las manos, mojar un trozo de papel y pasármelo por la nuca. Todavía tengo la piel caliente por lo que acaba de pasar. Jamie prácticamente me ha cogido la boca con la lengua.

En contra de mi voluntad, me imagino a Jamie cogiéndome la boca con la barra de acero de su entrepierna. Cierro los ojos y suspiro.

«No es una buena idea», le he dicho.

No puedo imaginármelo, entonces.

Capítulo 25
Jamie

Tengo la mandíbula en tensión cuando vuelvo con el grupo. Algo en mi forma de caminar hace que los demás se aparten de mi camino.

Besar a Pippa ha sido alucinante. Es como si estuviera hecha para mí.

No debería haberlo hecho, pero Pippa tiene algo que me hace perder el control. No puedo darle nada más que algo sin compromiso, y sé que eso no es suficiente para ella. Y tampoco es suficiente para mí, si es con ella, y eso me entristece.

En la mesa, me bebo de un trago el resto de mi cerveza, observando la entrada al pasillo de los baños, recordando lo suave que era su boca bajo la mía, cómo se presionaban sus curvas en mi cuerpo y cómo gemía y se frotaba contra mi verga. Creo que ella ni siquiera se daba cuenta de que estaba haciendo eso. La mirada difusa y atontada de sus ojos hizo que me hirviera la sangre. Cada célula de mi cuerpo quería que me la cargara al hombro y la llevara a casa para cogérmlela en la cama.

Si Pippa y yo estuviéramos juntos, no la dejaría descansar. Ese pensamiento se me enrosca en la base de la espalda y me duele el miembro.

Me quedo mirando mi vaso de cerveza vacío. Todavía tengo el pulso acelerado. Todos los nervios de mi cuerpo están en alerta. Ni siquiera durante el partido de esta noche he estado tan espabilado.

No puedo creer que haya hecho eso. Cierro los ojos. Le he dicho: «Eres mi asistente», pero lo que quería decir era: «Eres especial y no quiero hacerte daño». Lo ha pasado muy mal. Si la destrozo como destrocé a Erin, no me lo perdonaría.

—Oye, hermano, ¿estás bien? —pregunta Owen, mirándome con una ceja levantada.

Asiento y respiro profundamente.

—Sí.

Detrás de él, Pippa esquiva a los jugadores hasta llegar a su asiento. La están felicitando por su actuación, y ella les sonríe. Se me tensa el pecho y de pronto el bar parece muy pequeño.

Owens nos mira a Pippa y a mí.

—Oh.

Yo lo miro, retándole a decir algo, pero se contenta con sonreír.

Pippa habla para toda la mesa.

—Me voy a ir. —Me mira, pero aparta la mirada enseguida.

Yo me levanto, saco la cartera y dejo unos billetes sobre la mesa.

—No te vayas por mí —me dice—. Voy a ir caminando.

—Está muy oscuro —digo, antes de poder evitarlo. La idea de que vaya sola por los callejones oscuros me tensa los hombros—. Y estoy cansado.

Nuestras miradas se cruzan, y me arrepiento de haber salido de ese pasillo hace unos minutos.

—Bien. —Sonríe alegremente a Owens—. Hayden, gracias por invitarme.

Él se levanta y le da un fuerte abrazo. La levanta del suelo y ella se ríe contra su pecho.

—Cuando quieras. Te volveremos a obligar a cantar.

Algo me pellizca el estómago al verlos, y aprieto los dientes. Sé que él es así con todo el mundo, pero no me gusta. No quiero que la toque de ese modo.

Cuando la suelta, está sonrojada.

—Ya veremos.

Todo el mundo abraza a Pippa mientras nos vamos, y cuando salimos, vuelve a tener su sonrisa normal.

—Me moría de miedo —me dice—. Pero me alegro de haberlo hecho.

—¿Tocar para todos?

Ella asiente y me mira.

—Gracias por animarme.

Se me cierra la garganta a medida que avanzamos. Cuando ha cantado esta noche parecía que se iba a comer el mundo. Sonreía y cantaba y tocaba como si el desgraciado de Zach nunca hubiera existido. Como si nadie le hubiera hecho daño, o como si se hubiera curado.

Es lo que quiero para ella. Lo quiero de verdad.

Por eso no podemos hacer más de lo que hemos hecho esta noche. Se merece a alguien mucho mejor que yo.

Nos paramos en un cruce y esperamos a que cambie el semáforo, y se frota los brazos, temblando. Junto las cejas.

—¿Tienes frío? —pregunto.

Estamos a principios de noviembre. No está lloviendo, pero han bajado las temperaturas. Lleva un impermeable fino sin aislamiento.

Ella asiente.

—Pero llegaremos pronto a casa.

Me quito la chamarra.

Ella pone los ojos en blanco.

—Estoy bien, Jamie.

—Póntela. Ya. —Mi voz es grave y veo cómo se le entrecorta la respiración.

—Mandón —susurra, poniéndose la chamarra. Le queda enorme. Las mangas son demasiado largas.

Está adorable, demonios.

Caminamos a casa en silencio, escuchando los sonidos de la ciudad: pitidos de coches, conversaciones de la gente que pasa a nuestro lado, ruido de restaurantes y bares. Una vez en casa, Pippa me sonríe rápidamente antes de desaparecer escalera arriba. Llevo a Daisy a dar un paseo largo en el que no paro de pensar en Pippa, y cuando me meto en la cama, asegurándome de que está dormida, me saco la verga erecta y me masturbo recordando sus gemidos contra mi boca.

Le rompí el corazón a Erin porque no tuve cuidado, y ya he aprendido la lección de no arriesgarme.

Esto es lo más cercano a coquetear con Pippa que haré.

Capítulo 26
Pippa

La noche de la fiesta de fin de gira, Jamie se queda boquiabierto cuando bajo la escalera.

Siento una punzada de satisfacción en el pecho e intento ocultar la sonrisa. Sé que estoy muy guapa. Me he soltado y ondulado el pelo. El vestido de terciopelo azul me abraza las curvas. La mirada de Jamie sobrevuela las finas tiras, el cuello que cae hasta el escote y los bordados que recorren todo el vestido hasta los muslos.

—¿Vas a ir así?

Sus palabras suenan cortas y firmes, como si no estuviera de acuerdo, pero el calor en sus ojos me dice otra cosa. Se me calienta la cara.

«No es una buena idea», le dije después de besarnos. «Eres mi asistente», me dijo él.

Esta última semana hemos hecho como que ese beso no había ocurrido. Ha venido conmigo a pasear a Daisy varias veces por el parque Stanley y por North Vancouver, y Donna vino con nosotros una vez a hacer senderismo por el monte Seymour. Creo que no percibió nada incómodo entre nosotros. Tengo la sensación de que nos diría algo o bromearía si fuera así.

—Tú estás muy guapo —le digo, observando atentamente su traje color carbón—. Todas las mujeres van a suspirar por ti.

Santo Dios, está guapísimo. El traje debe de ser hecho a medida, porque le queda como un guante. No lleva corbata y tiene los dos últimos botones de la camisa blanca abiertos.

Me sostiene la mirada y se le mueve un músculo en la mandíbula. Yo me muerdo el labio, intentando no recordar el sonido que oí la noche que nos besamos.

Pero no puedo evitarlo.

Aquella noche, en la cama, no paré de dar vueltas intentando dormirme, pero solo era capaz de pensar en los labios de Jamie sobre los míos, y en su lengua dentro de mi boca como si fuera suya.

Cuando Jamie se fue a su habitación, lo oí a través de la pared: un gemido grave. El mismo gemido que oí hace unas semanas. Estaba haciendo estiramientos, me había dicho a mí misma.

No estaba estirando.

En cuanto lo oí, me quedé alucinada de la sorpresa, y sentí un calor en lo alto de los muslos. Por primera vez en... no sé cuánto, me metí la mano en los calzones y me toqué: movimientos rápidos y ligeros. Me vine en menos de un minuto. Un nuevo récord. No lo podía creer.

De hecho, al mirar ahora a Jamie, con ese traje color carbón, sí lo puedo creer. Lo creo muchísimo.

Se me va la mirada a su boca, que forma una línea recta e infeliz, y recuerdo cómo me consumió su beso. Siento un escalofrío por la espalda.

—Vas a tener frío —murmura.

—Voy a ponerme un abrigo, mandón. —Pongo los ojos en blanco y vuelve a apretar la mandíbula. Paso por su lado hacia la puerta y, cuando me agacho para ponerme los tacones, me tropiezo con la correa de Daisy.

Jamie suspira y se acerca.

—Estoy bien —le digo, pero se agacha a mis pies y agarra el zapato.

—Apóyate en mis hombros.

—Estoy bien.

—Pippa.

Suspiro y apoyo las manos en sus hombros para que pueda ponerme el zapato y abrocharme la tira.

—Eres sorprendentemente ágil.

Le sonrío irónicamente y, cuando él levanta la mirada, algo caliente y engreído destella en su extraño humor de esta noche.

—Se me da muy bien mover los dedos.

Se me entrecorta la respiración. Está de rodillas delante de mí, con una mano rodeándome el tobillo, diciéndome lo bien que se le da mover los dedos, y me imagino esta situación tomando un rumbo muy subido de tono. Saltan chispas entre mis piernas y nuestras miradas se entrelazan.

Si fuera más valiente, le diría algo atrevido y sexi, como: «A ver» o «Demuéstramelo», pero simplemente me quedo callada, mirándolo con un pulso cálido entre las piernas.

Rompe el contacto visual él primero, y mira al suelo para ponerme el otro zapato. Cuando termina, se pone de pie y saca mi abrigo del armario, y lo sujeta para que meta los brazos. Me siento extrañamente tímida después de que me haya tocado los tobillos, pero lo ignoro y le sonrío.

—¿Listo? —pregunto.

Él asiente una vez.

—Adiós, Daisy —grita, y ella entreabre los ojos y se vuelve a dormir.

Bajamos en el ascensor hasta el estacionamiento en silencio. Me abre la puerta del coche y le doy las gracias, pero simplemente asiente con un gruñido. Lo miro rodear el coche hasta su puerta. Tiene otra vez la mandíbula apretada y el ceño fruncido a disgusto.

Se arrepiente de haber accedido a esto, soy consciente. Hizo el trato conmigo antes de que nos besáramos. Se me hunde el estómago. ¿Y si piensa que yo pienso que esto es una cita?

—Esto no es una cita —le digo cuando se sube al coche.

Se me queda mirando como si fuera un bicho en la banqueta.

—Ya lo sé.

Tiene un tono molesto y resentido.

Salimos del garaje hacia la calle. Está lloviendo y el mal humor de Jamie me está haciendo pensar que esto ha sido una mala idea.

—No hemos hablado nada de traer gente a casa —dice sin venir a cuento.

Lo miro extrañada.

—¿Cómo? —Me ahogo con una risa—. ¿A qué te refieres?

No puedo ni imaginarme llevando a un hombre a casa. ¿De dónde lo iba a sacar? Después de lo que pasó con Zach, la idea de desnudarme delante de un hombre, de dejar que me toque... Se me retuerce el estómago. Odio esa idea.

Se me va la cabeza al hombre que tengo al lado, con sus hombros anchos, el cabello denso y la mandíbula firme. Sus dedos delicados tocándome los tobillos. El gemido grave y demandante que oí al otro lado de la pared.

No me importaría que él me tocara.

Aletea la nariz, comprueba la carretera por encima del hombro y cambia de carril. Tiene los ojos dirigidos hacia delante y el ambiente en el coche es muy tenso.

—A Daisy no le gustaría.

No sé qué decir. No sé si reírme o darle un puñetazo.

—A Daisy le encantan las visitas —digo sin pensar.

La mirada que me dirige podría quemarme la piel.

No sé qué decirle ahora. Conducimos el resto del trayecto a la fiesta en un silencio incómodo y tenso, y cada vez me arrepiento más de esto. La fiesta va a ser muy incómoda. Encuentra estacionamiento delante del restaurante.

—Quédate aquí —ladra antes de bajarse y abrir la cajuela.

Me estoy empezando a enojar. Fue él el que aceptó acompañarme, y ahora se está comportando como un idiota. Y yo no quiero estar aquí, solo quiero irme a casa.

Abre mi puerta y, justo cuando estoy a punto de decirle que nos volvemos a casa, abre un paraguas y me hace un gesto para que salga. Lo sujeta con firmeza sobre mi cabeza, mirándome el pelo con el ceño fruncido.

—No quiero que te mojes el pelo.

Se me relaja algo en el pecho al verlo ahí de pie, esperándome. Soy una mujer adulta que sabe cuidarse sola, pero entre que me ha ayudado con los zapatos, me ha puesto el abrigo y ahora intenta evitar que se me moje el pelo, me estoy derritiendo cada vez más.

Odio compararlo con Zach, pero no puedo evitarlo; Zach esperaba que todo el mundo lo cuidara, y con el tiempo empeoró. Se me estrecha la garganta cuando recuerdo a Zach preguntándome dónde estaba su café, como si yo fuera su empleada. Supongo que lo era, porque trabajaba en la gira, pero mi trabajo no era llevarle el café.

—¿Qué te pasa? —pregunto mientras cae la lluvia en el paraguas.

Me mira y traga saliva. Estamos muy cerca y huele de maravilla.

—Lo siento. —Me atraviesa con la mirada, observándome el pelo, la cara, las clavículas—. Estás preciosa.

Algo en mí se relaja, y miro a Jamie con una sonrisa. Está muy guapo. Soy su empleada, literalmente y, aun así, es él el que me trata con cuidado y atención.

«Es así con todo el mundo», me recuerda una voz dentro de mí. Jamie Streicher cuida a todos los que forman parte de su vida, no soy especial.

—Vamos —dice, llevándome hasta la puerta del restaurante con la mano sobre mi espalda.

Se me hunde el estómago y entonces me doy cuenta. Zach está dentro, y tengo que fingir que lo que me hizo no me molestó.

Tengo ganas de vomitar.

—Oye. —Jamie me mira y analiza mi cara—. No permitas que te vea asustada, pajarillo.

Se me tensa la garganta cuando lo miro. Fuera cual fuese la incomodidad que había en el coche, ha desaparecido, y la forma en la que me mira es la misma con la que me animó a cantar en el escenario del bar. Como si creyera en mí.

Yo asiento.

—Sí. Está bien.

—Yo soy tu portero —dice—. Pararé todos los tiros que vengan hacia ti.

Se me escapa una risilla y le sonrío. La comisura de sus labios se levanta y se le llenan los ojos de cariño.

Durante una milésima de segundo desearía que volviera a besarme.

Capítulo 27
Pippa

Entramos a una sala llena de ruido, música a todo volumen y conversaciones. El tipo de la puerta comprueba nuestros nombres en una lista y una mujer se lleva mi abrigo.

Siento mucha curiosidad mientras me muevo por el espacio en penumbra y se me eriza la piel bajo el peso de las miradas interesadas. Siento el pulso en los oídos y echo un vistazo a mi alrededor, sonriendo ligeramente a algunas personas que reconozco. En la segunda planta hay aún más acción, y alguien al final de la escalera deja entrar y salir a la gente. Creo que es la zona VIP.

Un cabello rubio pálido llama mi atención y se me hiela el estómago. Con la poca luz, apenas puedo verla. Se ríe y se aparta el cabello de la cara. Zach estará cerca, seguro.

La mano cálida de Jamie se posa en mi espalda.

—¿Quieres una copa? —me murmura al oído, y asiento. Me lleva hasta la barra y pide un *whisky sour* para mí y una cerveza para él.

—Solo voy a tomarme una. —Me mira el pelo—. Podré conducir.

—Ya lo sé. —Me río, tranquila—. Eres Don Responsable.

Se le desvía la mirada a mi boca y se me carga de electricidad la sangre.

—No siempre —murmura, tomándole la cerveza a la mesera y dándole las gracias.

—¡Pippa! —grita Alissa, y me estremezco cuando me lanza los brazos al cuello—. ¡Has venido!

Se gira hacia Jamie, mirándolo como si fuera un trozo de tarta de queso que está a punto de devorar.

—Hola.

—Este es Jamie —le digo.

Él le da un apretón de manos y ella se pone prácticamente a babear. Siento un crujido de placer en el pecho, pero cuando ella bate las pestañas mientras lo mira, siento un escalofrío de irritación en la nuca.

—¿De dónde se conocen? —pregunta, sin apartar la mirada de él.

Jamie vuelve a colocarme la mano en la espalda.

—Soy su novio.

Mis pensamientos caen por un precipicio. Me sube la mano por la espalda hasta la nuca. Es un gesto posesivo que hace que el corazón me lata con más fuerza y se me tambalea cada célula del cerebro.

—Sí —digo como si fuera estúpida, mirándolo.

Él me guiña un ojo. Me «guiña» un ojo. Se le curva la boca por un lado y yo me quedo fascinada por ese movimiento.

—Carajo. —Alissa me mira con la cabeza inclinada, y parpadea—. Qué prisa te has dado. —Mira hacia la zona VIP y todos sabemos qué quiere decir.

La rabia me hierve la sangre, pero no dejo que se me note. Estoy segura de que nadie le dijo: «Carajo. Qué prisa te has dado» a Zach con su nueva amiguita.

Jamie me coloca un mechón de cabello detrás de la oreja. No puedo respirar. Me quedo mirándolo, incrédula y asombrada. Se le da genial esto.

—Cuando encuentras a la persona adecuada —dice, sosteniéndome la mirada—, lo sabes.

Podría besarlo ahora mismo. Con una sola frase, ha reforzado la impresión que voy a dar hoy y, además, ha implicado que Zach no era el chico para mí. Que le den un Oscar.

Nos saluda más gente de la gira, y Alissa presenta a Jamie

a todo el mundo como mi novio. Uno de los electricistas de la gira es aficionado al hockey y eso desencadena otra ronda de preguntas y de miradas curiosas pero impresionadas hacia mí.

—¿Me dejas que te invite a una copa? —pregunta el aficionado al hockey a Jamie.

Jamie desliza la mano hasta agarrar la mía.

—Gracias, pero conduzco yo esta noche.

Tiene una mano enorme, cálida y llena de callos. Yo me inclino para apoyarme en la barra. Esto es demasiado, fingir estar con él así, y empieza a gustarme más de lo que debería.

—Vivimos en Gastown. —Su mirada se encuentra con la mía y veo un destello de humor solo para mí.

—Viven juntos —repite una de las maquilladoras, y se queda mirando a una de las peluqueras.

Todas las mujeres reconocen esa mirada. Es la misma que le pongo yo a Hazel a veces, que significa: «Luego tenemos que chismear sobre esto». Se me aprieta el pecho y sonrío.

Unos minutos después, un miembro del equipo del evento aparece a mi lado.

—Los han invitado a subir —dice imperiosamente, como si nos hubiera convocado un rey.

Jamie tiene la boca junto a mi oreja otra vez.

—No tenemos que hacer nada que tú no quieras hacer —murmura, y su aliento me hace cosquillas en el cuello. Es difícil pensar cuando hace eso. Huelo el *aftershave*, y me están dando ganas de arrastrarlo a un callejón oscuro y revivir nuestro beso.

Se aparta para mirarme con un brillo malicioso en la mirada. Siento mucha intriga por esta versión del portero gruñón.

—O podemos divertirnos un rato —susurra mirándome la boca.

Se me entumece el cuerpo por pura excitación. Jamie Streicher va a acabar conmigo esta noche.

En mi boca aparece una sonrisa tímida mientras le asiento.

—Bien.

Si hubiera venido sola, esto habría sido horrible y aterrador. Pero con Jamie me da la sensación de que estamos en el mismo barco. Como si estuviéramos en una fiesta de disfraces y nuestro disfraz fuera tan bueno que nadie nos reconoce. Jugar a que somos pareja es como un escudo, una broma privada entre nosotros dos.

Con él a mi lado, estoy bien. Lo tengo controlado.

El trabajador nos lleva hasta la zona VIP y noto cómo están todos los ojos sobre nosotros durante todo el camino. Jamie me agarra del brazo, ayudándome a andar con estos tacones tan inestables. A mitad de camino, mis pasos flaquean a medida que la duda aumenta y trepa por mi garganta.

El pánico empieza a golpearme el pecho y no soy capaz de dar una respiración entera. Estoy otra vez en el aeropuerto, llorando en la terminal después de que me hayan tirado como una bolsa de basura.

—Oye. —Jamie me mira con cara de preocupación—. Acuérdate de lo que he dicho.

Es verdad. Antes de entrar. «Yo soy tu portero. Pararé todos los tiros que vengan hacia ti».

Lo miro y asiento. Mirarlo a los ojos me calma el pulso.

—¿No dejarás que se cuele en mi área? —susurro, sonriendo. Es una frase que escuché a uno de los comentaristas mientras veía uno de los partidos de Jamie. Significa marcar un gol, y suena muy obsceno. Estoy intentando hacerle reír.

Sus labios se enroscan como si le diera asco, y me río.

—En tu área —murmura—. Y no, no lo permitiré.

Lo dice con firmeza, con celos, aunque quizás solo sean las ganas que tengo de que sea así. Cuando llego al último escalón, apoyo todo mi peso en su brazo.

—¿Por qué te has puesto esos zapatos?

Me encojo de hombros.

—Porque me sientan bien.

Su mirada se desliza por mis piernas.

—Ya. —Es todo lo que dice.

El trabajador abre la cuerda de terciopelo y yo intento no poner los ojos en blanco. ¿Alguna vez me impresionó todo esto? Odio que la fiesta esté tan dividida. Zach ni siquiera tendría gira si no fuera por toda la gente que está en la planta de abajo, que se esfuerza cada noche arreglando problemas de último minuto a toda prisa o buscando equipamiento de repuesto. No tiene ni idea de en qué consisten la mitad de los trabajos.

—Pippa.

Zach está delante de mí y me abraza. Su olor se me mete por la nariz y el corazón se me atasca en la garganta. Se me eriza la piel cuando me agarra y se rozan nuestras orejas. Un escalofrío de repulsión me recorre la espalda. No se parece en nada a cuando toco a Jamie. Es frío y rígido, y en cuanto Zach me suelta, me aparto y me vuelvo con Jamie.

Me agarra por la cintura y me aprieta contra su costado. Yo respiro aliviada. Mucho mejor así.

Zach me mira con una sonrisa sorprendida, parpadeando con el ceño ligeramente fruncido, como si me conociera pero no supiera de dónde.

—Mírate.

—Hola. —Todavía sigo sin poder respirar bien, pero Jamie me aprieta la cintura antes de pasar las uñas por la tela aterciopelada. Me pregunto si a él le gusta esa sensación, porque a mí sí.

Pippa. Céntrate. Fuerzo una sonrisa para Zach.

Lleva una sudadera amarilla fluorescente con unas rayas reflectantes, como los chalecos que llevan los albañiles, y le sienta bastante mal. Hace unos meses, me dijo que tenía que empezar a vestir para crear tendencia, porque ahora era famoso. Intenta ir a la moda, pero parece impostado, como si se esforzara demasiado.

Traga saliva, sin apartar la mirada de mí, y señala mi vestido.

—Estás increíble.

No puedo ocultarlo, me siento halagada. ¿La mirada de Zach? Es increíblemente satisfactoria.

Como todo el mundo abajo, Zach mira a Jamie y retrocede.

—Jamie Streicher. —Jaime le extiende una mano. Es mucho más alto que Zach, y yo tengo que contener muchísimo las ganas de reírme—. El novio de Pippa.

A Zach se le queda inmóvil la mano a mitad de camino, pero se recupera y le da un apretón a Jamie.

—Ya, fuimos a la misma escuela —dice sin energía.

—Es verdad —asiento.

Cuando Zach vuelve a mirarme, tiene cuchillos en los ojos. Hace un gesto detrás de él y aparece una rubia platino deslizándose como si la hubieran convocado.

—¿Conocen a Layla?

Jamie me aprieta la cintura. No, no conocemos a Layla, y Zach lo sabe.

Odio fingir estar bien. Odio que todo el mundo esté interpretando un papel, incluidos Jamie y yo, y odio haber tenido la necesidad de demostrarles nada a estas personas.

Zach no me importa, y esta gente no es mi amiga. Me doy cuenta ahora. Ya lo sabía antes, pero hoy me está dando una bofetada en la cara.

—Hola. —Le sonrío y le doy un apretón de manos. Tiene una mano diminuta, como la de una niña, e intento no poner los ojos en blanco—. Pippa.

Ella asiente con los ojos muy abiertos.

—Layla.

Me sonríe, un poco tímida, así que hago una pequeña pausa. Pensaba que sería una Cruella, riéndose a carcajadas por la victoria de haberme robado a mi hombre, pero parece joven, pequeña y tranquila. Zach da un paso adelante, y ella mueve las pestañas mientras se retira.

Oh. Me da pena, o quizás es empatía por la forma en la que se marcha. Sé lo que se siente.

Zach nos hace un gesto para que vayamos con otro grupo. Reconozco a algunas personas de series de la tele o de películas, y a un par de chicos de un grupo que me gusta. Jamie se sienta y, antes de poder sentarme a su lado, tira de mí sobre su regazo.

Es muy cálido y fuerte, y sus manos reposan en mi cintura como si ese fuera su sitio. Sé que no es más que una pantomima, pero se me calienta la cara de vergüenza. Pienso en la primera vez que estuve ante el edificio de Jamie y en cómo tuve que armarme de valor para subir. Cuánto me intimidaba al principio. Lo guapo que me parecía; y me sigue pareciendo. Sentarme encima de sus piernas no era cómo me imaginaba que iría esto.

Pero no me quejo.

Zach me mira, pero yo aparto la mirada, como si me diera igual.

—Cuando haces un trato —le digo en voz baja a Jamie— lo cumples con creces.

Se le cae la mirada a mi boca y me pregunto hasta dónde llegará esta noche. Siento calor en la piel y, aunque llevo las piernas, los hombros y los brazos al aire, no tengo frío.

El mesero me trae otra copa y agua para Jamie, y a él lo arrastran a una conversación sobre hockey con los guitarristas de la gira de Zach. Yo hago como que escucho, pero en realidad toda mi atención está en Zach y Layla.

Ella está sentada a mi lado, escuchando hablar al grupo. Él no se dirige a ella ni una vez, y ella está forzando una sonrisa. Nadie le habla.

Me siento mal por ella.

Y también me pregunto: ¿yo era así? Me pongo a recordar las fiestas y lo afortunada que me sentía por estar ahí, por tener la atención de Zach. Layla me mira y sonríe, y siento la necesidad de abrazarla. Sería muy raro hacerlo, lo sé, pero creo que lo necesita. Esta noche venía dispuesta a odiarla, pero ahora solo quiero llevarla conmigo cuando nos vayamos.

El tipo con el que estaba hablando Jamie se levanta a saludar a alguien y Jamie pasa la mano de mi cintura a mi cadera. Está mirando a Zach.

—Así que ese es el tipo de hombres que te gusta. —Tiene un tono plano y descontento.

Miro a Zach, que está entreteniendo al grupo con una historia. Está encantado de ser el centro de atención, y cuando dice algo y todo el mundo se ríe, lo descubro mirando a su alrededor para ver las reacciones.

Está desesperado por caerles bien.

—Ya no —le digo a Jamie.

Nos miramos a los ojos y el frío de su mirada se desvanece ligeramente. ¿Está pensando en cuando le dije que estaba guapísimo o en el beso en la puerta de los baños?

—Y todo esto... —Me aprieta la cadera y me recorre la cara con los ojos, luego el cabello, el vestido—. ¿No es por él?

Me río, incrédula.

—¿Perdona? Jamie —murmuro—, claro que no es por él.

Aletea la nariz y siento la necesidad de pasar un dedo por su nariz robusta.

—¿Y qué demonios quieres que piense, Pippa? —Sus ojos verdes destellan y me sujeta aún más fuerte.

Oh. Me gusta esta sensación.

—Has hecho de todo por este tipo. —Se pasa la otra mano por el pelo y se despeina—. Es la venganza definitiva, ¿no? Hacer que quiera recuperarte. —Aprieta los dientes—. Hacerle rogar para cogerte.

Me he quedado sin palabras. Parpadeo, boquiabierta.

—Jamie... —digo, pero ya no sé cómo continuar. Intento moverme sobre sus piernas, pero sus manos me tienen anclada en el sitio.

—Deja de moverte —dice entre dientes, y un segundo después, lo noto; la dura presión de su erección contra mi trasero.

Me quedo muy sorprendida.

Sé que lo de hoy no es más que teatro, y que seguramente solo es la reacción de su cuerpo por estar sentada en su regazo. Aunque este lado incómodo y enojado de Jamie me está gustando y me calienta la sangre, y soy muy consciente de su palo rígido contra mí, de sus manos en mis caderas, de la forma en la que sus dedos acarician la tela, de cómo se tensan cuando me mira la boca.

Es agradable ser alguien más que la chica a la que pisotearon.

—Esa no es la venganza definitiva —digo suavemente.

Sus ojos oscuros se encuentran con los míos, y me atraviesan. Mueve la mandíbula.

Mi boca se curva en una sonrisa y ahora mismo ni siquiera me reconozco.

—La venganza definitiva sería cogerte.

Capítulo 28
Jamie

Nunca había estado tan a punto de colgarme a esta chica a los hombros, llevármela a casa y olvidar todas las reglas que he establecido.

Tuerce la boca y le brillan los ojos con provocación mientras yo reproduzco lo que acaba de decir.

«La venganza definitiva sería cogerte».

Qué más quisiera yo.

En el coche, le arrancaría el vestido, las medias y enterraría la cara entre sus piernas. Lo haría en el asiento delantero, me daría igual que nos vieran.

No; lo haría aquí, delante de Zach. La haría gritar mi nombre delante de toda esta gente. Tiraríamos las bebidas encima de todo el mundo, todos nos mirarían mientras yo la embisto y la hago mía. La chica a la que llevo toda la vida deseando se vendría en mi verga.

Mi erección se aprieta contra su trasero mientras yo le doy rienda suelta a mis pensamientos. Desde que la vi salir de su habitación con ese vestido, me debatí entre el deseo de querer arrancárselo y la irritación por saber que se lo había puesto para impresionar al imbécil cuya atención necesita tan desesperadamente.

Pippa tiene los ojos clavados en los míos, calibrando mi reacción, y aprieto los dientes. Tengo que centrarme. Hago uno de los ejercicios de concentración que uso en hockey: respiro hondo, enfocándome en la sensación de mis pulmones expandiéndose y no en el dolor de bolas, escucho la música que nos rodea, las conversaciones, e intento no inhalar el dulce olor de su pelo.

Acaricio con los pulgares el suave terciopelo del vestido, y dejo que eso se lleve toda mi atención.

Abro los ojos. Sigo duro como una piedra. Sigo queriendo cogérmlela.

—Pippa... —empiezo a decir, pero no sé cómo continuar. No puedo pensar cuando estoy con ella.

Ella sacude la cabeza, avergonzada.

—No sé por qué he dicho eso. —La larga línea de su garganta se mueve cuando traga, mirándose las manos—. Te debo una por todo esto. Muchas gracias.

—¿Por qué? —Mi tono suena tenso.

Ella hace un gesto a nuestro alrededor y entre ella y yo.

—Por esto. Por dejar que me siente sobre tus piernas. Por seguirme el rollo con esta pantomima.

¿Dejar que se siente en mis piernas? Me dan ganas de reírme. El trasero de Pippa sobre mí es lo más erótico que he vivido en años, y voy a pasarme semanas tocándome pensando en esto. Además, la mirada envenenada que me ha dedicado Zach cuando Pippa no estaba mirando ha hecho que valga la pena.

Se dé cuenta o no, Pippa ya no lo necesita. Zach sí que se ha dado cuenta. Un subidón de satisfacción masculina engreída me golpea el pecho cuando Zach y yo nos miramos, cada uno en un extremo de la sala. Hace una pausa en mitad de la conversación, y luego continúa; entonces sé que tengo razón.

Vaya imbécil. La necesidad de proteger a Pippa se multiplica por diez.

Ella me aprieta la rodilla y siento un chispazo por la pierna, directo a la verga. Tenerla así sobre el regazo es una dulce tortura.

El único motivo por el que no me la quito de encima para darle un respiro a mi verga es porque jamás volveré a tener esta oportunidad.

Le miro los ojos y la boca.

—Prométeme que no volverás a acostarte con Zach nunca más.

Ella se ahoga.

—¿Qué?

—Hazlo —exijo. Parezco idiota, pero me da igual—. Prométemelo, Pippa.

Ella sacude la cabeza, riéndose.

—Te lo prometo. Caray, ¿después de lo que ha pasado? No soy tan estúpida.

—No creo que seas estúpida.

—Bueno. —Se encoge de hombros y me mira con una sonrisa ladeada—. Es verdad que estuve con él demasiado tiempo —dice en voz baja, inclinándose hacia mí. Me hace cosquillas con el aliento—. Y cogía fatal.

—¿No me digas? —Me aletea la nariz al imaginármelos juntos; él encima de ella. No, seguramente él la obligaba a ponerse encima siempre porque es haragán en exceso.

Odio esa imagen.

—Ay —dice, moviéndose sobre mis piernas.

Le clavo los dedos en la cadera y aflojo rápidamente.

—Lo siento.

—No pasa nada. —Me sonríe.

—¿Por qué cogía mal? —La pregunta se me escapa antes de que pueda detenerla. No puedo evitarlo. Tengo que saberlo.

Ella me mira.

—No voy a contarte los detalles.

—Me he puesto un traje con saco para esto.

—Te pones trajes con saco varias veces a la semana —me reprocha, sonriendo, y siento una presión en el pecho, como si fuera una lata de refresco.

Me encanta que no me tenga miedo y que sea contestona.

Pongo una sonrisa a medias.

—Hace un rato que debería estar durmiendo.

Ella se ríe.

—Bien. Como quieras. —Mira a Zach y luego me mira de nuevo a mí—. Hacía una cosa con la mano —me susurra, y yo me inclino hacia delante, aunque la escucho perfectamente.

Extiende la mano y luego la mueve hacia delante y hacia atrás, como si fuera una DJ, mientras aprieta los dientes.

Se me escapa una risa ronca.

—¿Qué se supone que es eso?

Ella se ríe y, cuando sus ojos brillantes se encuentran con los míos, se me para el corazón.

—Eso es Zach acariciándome el clítoris.

Se me retuerce el estómago. No me gusta que use el nombre de ese idiota en la misma frase que «el clítoris».

—Era siempre muy apresurado, y me preocupaba tardar demasiado... —Se encoge de hombros con una mueca—. Y, al final, nunca llegaba a ningún sitio.

Conmigo no sería apresurado. Me tomaría mi tiempo. Toda la noche, si hiciera falta. Cuando saliera el sol, ella todavía estaría viniéndose, agotada por la infinidad de orgasmos en todas las posturas posibles.

—Los últimos meses, me daba la sensación de que era como una obligación. —Su mirada se desvía para encontrar la mía—. Perdona. Demasiada información.

Siento una necesidad en la sangre, eléctrica y determinada. Llevo toda mi vida compitiendo. Me va muy bien en la competencia. Lo llevo en el ADN y es la mejor forma de motivarme.

Oír que Zach no era capaz de hacer que Pippa terminara hace que me hierva la sangre.

Yo conseguiría que se viniera. Conseguiría que se viniera muchísimo.

Siento el pulso en las orejas y, ahora mismo, no hay nada más aquí aparte de nosotros. Le sostengo la mirada, tragando con dificultad mientras me imagino metiéndole la mano debajo del vestido y subiendo por su muslo en la oscuridad del restaurante, ciñendo los dedos sobre sus calzones húmedos. A lo mejor me apretaría la rodilla, o enterraría la cara en mi hombro mientras se agita sobre mi regazo, desarmada.

Tengo que hacer que se venga.

—No es demasiada información —consigo decir, pero tengo la voz ronca—. ¿Solo te pasaba con él? —pregunto por alguna razón estúpida—. Lo de no terminar.

Me gusta el dolor, supongo. Me gusta la tortura de escucharla hablar de sus problemas con los orgasmos, aunque no puedo hacer absolutamente nada al respecto.

Ella se muerde el labio y yo sigo su movimiento. Quiero mordérselo yo también.

Nuestras miradas vuelven a encontrarse.

—Es el único hombre con el que me he acostado —admite.

Arrastro una respiración profunda mientras las ganas de competir me corren por las venas. «Yo», grita mi subconsciente. «Yo soy el que puede hacerla cambiar de opinión».

Ella se mueve sobre mis piernas, y aprieto la mandíbula mientras se vuelve a rozar contra mi verga.

—A veces lo consigo... sola.

Incluso con las luces tenues del restaurante puedo verle las mejillas sonrojadas. Me pregunto si se sonroja de la misma forma cuando tiene la mano entre las piernas.

—¿Por qué te sonrojas, pajarillo? —digo en voz baja.

—No me sonrojo —dice sin aliento. No me mira, pero el pulso le late en el cuello.

El bonito pajarillo está pensando en alguna cochinada, y necesito saber qué es. Todavía tengo una mano en su cintura, pero levanto la otra y coloco los dedos contra su mejilla. Ella parpadea.

—Estás ardiendo. No tendrás fiebre, ¿verdad? —Arqueo una ceja, bromeando.

—Creo que no —susurra, atravesándome con la mirada.

—¿En qué piensas?

—En nada. —Tiene los ojos muy abiertos.

Ahora necesito saberlo. Le doy la vuelta sobre mis piernas para que no pueda evitar mi mirada.

—Dímelo.

Ella resopla, medio en broma, medio enojada.

—Jamie.

—Que me lo digas.

Ella refunfuña.

—Mandón. Bueno, Está bien. La semana pasada...

—Continúa.

—Qué vergüenza. Bueno, en fin. Da igual. Normalmente

también me cuesta llegar a mí sola, pero la semana pasada lo conseguí bastante rápido. —Está muerta de vergüenza—. Ay, Dios. ¿Por qué te estoy contando esto?

—Solo estás cumpliendo órdenes —digo, pero mi voz suena muy lejana porque en lo único que puedo pensar es en Pippa al otro lado de la pared que separa nuestros dormitorios, tocándose. Jadeando. Enroscando los dedos al venirse.

Demonios. Estoy muy erecto.

—La virgen —murmura mientras mi verga late contra ella.

—Deja de moverte —digo con los dientes apretados.

Ella me mira.

—Deja de apuñalarme con ese sable.

Ahogo una risa. Solo Pippa sería capaz de hacerme reír en un momento así. A lo mejor estoy algo mareado porque tengo toda la sangre en la verga.

—¿Y tú qué? —Pippa me mira—. Todo el mundo dice que no sales con nadie.

—Es verdad.

—¿Nunca?

Aparece la cara de Erin en mi mente, sonriendo, contenta, y la culpa me vuelve a inundar al recordar la noticia de que dejaba su carrera en la moda.

—Tuve una novia con diecinueve años.

Pippa inclina la cabeza mientras me escucha.

—Erin. —Me resulta raro decir su nombre en voz alta—. Era muy buena, pero... —Sacudo la cabeza sin saber qué decir—. Tengo un horario muy intenso, incluso fuera de temporada, y mi madre requiere demasiada atención.

Pippa asiente con una mirada compasiva. Mientras le analizo la cara, me doy cuenta de que es la única persona que lo sabe todo.

—No puedo estar pendiente de nada más.

Ella asiente otra vez.

—Ya.

La miro a los ojos y algo se me mueve en el pecho. Fingir así resulta demasiado fácil. Es diferente de salir con Erin, que siempre me pareció más una amiga, y al darme cuenta de eso siento algo afilado en el pecho. Muevo las manos de arriba abajo en el costado de Pippa, y sus párpados se entrecierran, como si estuviera consiguiendo que se relajara o poniéndola muy cachonda; o puede que las dos cosas.

Centro la atención en mi verga. Otra vez.

Erecto. Otra vez.

Me estoy permitiendo comportarme como quiero con Pippa, y no sé si podré parar cuando nos vayamos. Tocarla es algo mágico.

A espaldas de Pippa, Zach la mira mientras su amigo le habla.

Me palpita la verga y se me ocurre una idea. Soy un idiota muy cruel, y me estoy aprovechando de Pippa cuando se supone que debería ayudarla. Hay un millón de motivos por los que no debería hacer lo que estoy a punto de hacer, pero no me importa. En cuanto salgamos por la puerta, todo volverá a la normalidad. Los dos sabemos que esto no es real.

—¿De verdad quieres clavarle una estaca en el pecho? —murmuro, inclinándome hacia delante y acariciándole la oreja con la boca. Ella se estremece.

Espero hasta que me mira a los ojos. Qué ojos más bonitos tiene.

—Bésame —le digo.

Capítulo 29
Jamie

Pippa parpadea.

—Nos está mirando. —Arqueo una ceja y se me van los ojos a su boca. Sé lo suave que son sus labios. He reproducido mentalmente el beso cientos de veces—. Solo si tú quieres.

—Sí —dice ella en un suspiro, asintiendo, y cuando levanto la mirada a sus ojos, me está mirando la boca—. Si está mirando, deberíamos hacerlo.

—Mmm.

—Bien. Voy a besarte.

Llevo la mano detrás de su cabeza y la empujo hacia delante con suavidad.

Esta vez el beso es diferente. Menos urgente, menos frenético, aunque vuelvo a sentir todas esas cosas golpeándome en el pecho, insistiéndome para que me haga con su boca, pero no. Quiero saborear este beso, porque, al igual que tenerla sentada en el regazo, jamás tendremos otra oportunidad. Después de esta noche, no volverá a ver a ese fracasado y mis oportunidades de tocarla quedarán reducidas a cero.

Beso a Pippa como si lo hiciera de verdad. Como si ella fuera aire y yo estuviera a punto de asfixiarme. Me agarra por el cuello de la camisa y me acerca a ella. Yo le muerdo el labio de abajo antes de volver a saborearla.

La beso como si tuviéramos una eternidad. Sé que no es así. Puede que tengamos otros treinta segundos, con suerte.

Ella suspira dentro de mí como si también llevara toda la semana pensando en esto. Todo desaparece: la gente, la música, todo menos la sensación de su boca bajo la mía, de su cuerpo apretado contra el mío, mis manos en su pelo. Es muy dulce. Su lengua se desliza en mi boca y estoy mojando los calzones. Le absorbo la lengua y ella gime.

Podría hacer que se viniera rapidísimo. Lo haría una y otra vez hasta que me rogara parar.

—Pippa —susurro entre besos.

Ella asiente y su boca busca la mía otra vez. El deseo me inunda el pecho, ahogando todo lo demás. Todo lo malo que he visto o que me ha pasado se evapora en la atmósfera mientras la beso, como si ella me llenara de luz. Su pelo es suave como la seda, y me inclino más hacia ella, para poder llegar más al fondo. Necesito ir más al fondo. Necesito que sea mía por completo.

Sé que no es real, pero sigue siendo increíble.

Siento una presencia a nuestro alrededor y, cuando abro los ojos, veo una sudadera fluorescente a nuestro lado. Tengo la mandíbula de Pippa entre las manos, pero Zach estira el brazo y le acaricia un mechón de pelo.

Me aparto y lo miro enojado, con la mandíbula tensa.

—¿Qué hacen los dos escondidos en una esquina? —pregunta. Tiene una sonrisa irónica, forzada e incómoda—. Es una fiesta. Vengan con nosotros. —Señala la mesa donde están sus amigos. No nos lo está pidiendo.

Debajo de mi mano, los músculos de la espalda de Pippa se tensan. Incluso sin estar tocándola, sabría que duda por cómo se pone rígida.

—Tenemos que irnos. —Me quedo mirándolo—. Tenemos que madrugar y todavía no he terminado con ella. —Tengo un tono sugerente, y sus ojos brillan de sorpresa y excitación—. ¿Verdad, cariño? —pregunto, rodeándola por la cintura. Tiene los labios hinchados y parece algo aturdida cuando asiente.

Una sensación petulante me recorre todo el cuerpo. Zach tiene una expresión irritada, pero no parece impresionado.

Ella se levanta y, cuando me levanto yo, me acerco a Zach para evidenciar nuestra diferencia de altura. No suelo sacar ventaja de mi tamaño, pero esta noche aprovecho todas las oportunidades para dejar mal al tipo este.

—Gracias por invitarnos.

—Claro —dice, forzando una sonrisa. Parece que está a punto de vomitar—. Me alegro mucho de verte, Pippa.

Ella fuerza también una sonrisa.

—Lo mismo digo.

Agarro a Pippa de la mano; encaja perfectamente en la mía. Al bajar la escalera, prácticamente la llevo, sujetándola por los brazos. Ella se despide con la mano de varias personas y, en cuanto salimos, se desinfla. Le suelto el brazo, porque ahora que nos hemos ido de la fiesta se ha terminado el teatro.

Pero se me hunde algo en el interior. Ha sido todo demasiado fácil, y sé lo peligroso que es.

—Demonios —dice con los ojos cerrados—. Ha sido muy fuerte.

—Pippa. —Me cruzo de brazos para no hacer alguna estupidez como tocarle el pelo o la cintura de nuevo. Ya no estamos fingiendo—. Lo has hecho genial.

Ella resopla y pone los ojos en blanco.

—De verdad.

Me sonríe.

—Gracias a ti.

El corazón me late más fuerte.

—Un placer.

No puedo decirle la verdad: que lo de esta noche no ha sido un favor para ella, sino para mí.

Capítulo 30
Jamie

No puedo dejar de pensar en ella.

—Ponnos otra ronda —le dice Owens a la mesera, señalando a todo el grupo. Estamos todos los jugadores tomando algo en un bar después de haber perdido contra Houston.

Me bebo la cerveza, intranquilo. Cada vez que ha sonado el silbato esta noche, he sentido la necesidad de mirar hacia atrás. No podía parar de imaginármela ahí sentada, sonriendo y viéndome jugar. Llevo seis días fuera y es el momento de asumir una verdad que no me gusta.

Echo de menos a mi pajarillo.

La mesera me pone otra cerveza delante y me bebo lo que me quedaba de la otra de un trago, antes de devolverle el vaso vacío y darle las gracias.

—Estás de buen humor hoy —apunta Owens, sonriéndome.

Yo me quedo mirándolo.

—¿Cómo está tu chica?

Mi chica. Esas palabras me calientan el pecho.

—Es mi asistente —digo, pero no suena muy convincente.

—Ya. —Él sonríe—. A eso me refería.

Me bebo media cerveza.

—Y no es asunto tuyo.

Suelta una carcajada con la cabeza hacia atrás.

—Tranquilo, Streicher. No quiero ligarme a Pippa.

Se me relajan los hombros y doy otro trago a la cerveza.

Recuerdo la conversación que tuvimos Pippa y yo en el coche, cuando le dije que no llevara a ningún hombre a casa. Vaya estupidez. ¿Podía haber sido más evidente? Seguro que piensa que soy un imbécil tóxico.

Y luego está la fiesta. Besarla, tocarla, subírmela al regazo. Llevo toda la semana reproduciendo aquella noche.

—Seguramente me arrancarás la cabeza por decir esto —empieza a decir Owens.

—Pues no lo digas.

Sonríe.

—Nah, voy a decirlo igualmente. Juegas mejor cuando Pippa está en el público.

Me cruzo de brazos. Noto cómo me aletea la nariz. Siento una presión extraña en el pecho.

—Porque cuando va a los partidos, mi madre está con ella —le digo con un tono cortante—. Me preocupo por mi madre.

Él sacude la cabeza con los ojos brillantes.

—No creo que sea por eso.

—Estás borracho.

Se vuelve a reír.

—Sí, es verdad, pero eso no significa que no tenga razón.

Pongo los ojos en blanco. Los novatos se creen que lo saben todo. En la mesa, Alexei Volkov lo llama y, cuando Owens se levanta y se va, me imagino a Pippa sentada detrás de la red. Se me calman de inmediato los nervios.

Demonios.

Me froto la nariz. No estoy preparado para enfrentarme a este problema. Es muy cobarde por mi parte, y va en contra de todo lo que he aprendido sobre la determinación y la fortaleza mental en el hockey, pero...

No puedo hacer esto de verdad con Pippa. No puedo arruinarla y quedar en la misma categoría que Zach el cabronazo. Después de escucharla tocar la guitarra y cantar para mí, sé que tiene probabilidades de ganarse la vida con la música.

Lo que pasa es que ella todavía no es consciente de ello.

Me vibra el teléfono en el bolsillo trasero del pantalón. Es una foto de Pippa y Daisy de paseo esta tarde. Se ve el sol entre los árboles y a Pippa le brillan muchísimo los ojos. Los analizo, recorriendo las líneas de su cara y de su pelo color caramelo con la mirada. Lleva una chamarra muy fina y frunzo el ceño.

«Abrígate más», le escribo. En la montaña hace frío.

Estoy completamente concentrado en el teléfono, observando los tres puntos. Siento excitación en el pecho, como cuando un jugador está a punto de lanzar a mi portería.

«Mandón», me responde.

Resoplo, apoyando la barbilla en la mano, deslizando hacia arriba para volver a ver la foto. La cerveza me está atontando y me pregunto si me diría eso en la cama.

Se me llena la cabeza de imágenes nuestras, desnudos, con la respiración entrecortada. A lo mejor la tengo agarrada por las muñecas, inmovilizada, mientras empujo dentro de ella, observando cómo se le nubla la vista.

Se me pone dura y cierro los ojos, frotándome la cara. Carajo, Streicher. Céntrate.

El problema de Pippa con los orgasmos me ha perseguido toda la semana.

Me quedo mirando nuestros mensajes, con ganas de decir muchas cosas. «¿Cómo estás?», o «¿También has estado pensando en mí?», o «Sé cientos de formas para conseguir que te vengas».

«¿Qué tal la semana por casa?», escribo finalmente, porque es menos personal.

«Tranquila —responde—. Daisy te echa de menos».

Se me acelera el pulso. Me inclino hacia delante con los codos sobre las rodillas, mirando la pantalla.

«Llegaré a casa antes de lo que se espera».

La respuesta de Pippa llega enseguida. «Se muere de ganas».

Se me curva la boca hacia arriba.

—Carajo —dice Owens desde el otro lado de la mesa—. ¡Sabe sonreír!

Lo miro sacudiendo la cabeza. Creo que todavía estoy sonriendo.

—Vete a la mierda, Owens —le grito, pero sin maldad.

Él me sonríe.

«Háblame de los paseos que han dado esta semana», le escribo a Pippa.

«¿Quieres un horario detallado?».

«Sí. Hora a hora».

«Qué exigente».

Sonrío al teléfono, moviendo la pierna mientras la sangre me fluye con energía.

Media hora después, seguimos escribiéndonos. He perdido la cuenta de cuántas cervezas llevo. No suelo beber mucho; a mi madre siempre le ha preocupado que herede el alcoholismo de mi padre, pero me digo a mí mismo que beber con el equipo es parte de lo de crear una buena amistad que le gusta a Ward. Estoy en esa zona burbujeante donde todo parece más divertido.

«Gracias de nuevo por venir a la fiesta de fin de gira», dice ella.

Me marché para los partidos de fuera la mañana después de la fiesta, así que todavía no hemos podido hablar del tema.

«No hay de qué».

«Quiero pedirte disculpas por lo que hablamos».

Se me tensa el estómago. «Explícate».

La respuesta no llega enseguida, y me la imagino mordiéndose el labio en el otro lado del continente. «Las cosas que te conté sobre Zach y yo... Fue poco profesional».

Me froto el dolor que siento detrás del esternón, imaginándomela ahora con la frente arrugada por la preocupación. ¿Se arrepiente de habérmelo dicho? «Te obligué a que me lo dijeras».

«Da igual. No es problema tuyo y me da vergüenza».

No sé qué es esta sensación que tengo en el pecho. Es una mezcla de querer darle un abrazo que dure horas y la feroz necesidad de demostrarle que se equivoca con este «problema» que cree que tiene.

«No hay nada de lo que avergonzarse, pajarillo». Pulso enviar antes de que me dé tiempo a pensarme dos veces llamarla así. Pero parece que no puedo evitarlo.

«Bien, bueno... —responde—. Gracias por escucharme».

«Puedes hablar conmigo de esas cosas siempre que quieras», le digo, como si fuera su fastidioso novio o algo así. Se me tensa el pecho al pensar eso.

Me viene a la cabeza una imagen que no me gusta. Me imagino a Pippa y a mí sentados en el sofá de casa, ella me habla de sus problemas sexuales con un tipo con el que está saliendo. Me inunda la rabia. Odio esa imagen.

«Me voy a dormir ya —escribe—. Buenas noches, Jamie».

«Buenas noches, Pippa».

Mucho después de su último mensaje, me quedo mirando el teléfono, deslizando por la conversación.

Zach no conseguía que se viniera, y yo estoy deseando hacerlo. No solo por mi naturaleza competitiva, sino porque Pippa es encantadora y se merece todo lo bueno. Vi la cara de angustia que tenía cuando me lo contó. Es algo que le molesta.

Tengo que solucionarlo. Tengo que cuidarla.

Entierro la cara en las manos. Hay un millón de buenos motivos para olvidar que me contó eso. Trabaja para mí, y confío en ella con mi casa, con mi perra y con mi madre. Me gusta, y no quiero arruinar las cosas con ella como hice con Erin. Y sé que, desde el año pasado, mi madre necesita que la vigile de cerca, aunque ella aún no esté preparada para admitirlo.

—Streicher, cuando te dije que tenías que pasar más tiempo con el equipo —dice Ward con una sonrisa torcida, señalando mi teléfono—, no me refería a esto.

Miro la mesa. Todos están inmersos en conversaciones, charlando, bebiendo y riéndose, pero mi cabeza está en Vancouver con la mujer con la que se supone que tengo que mantener las distancias.

Me guardo el teléfono en el bolsillo y Owens me pide otra cerveza.

Cuando llego a la habitación del hotel, ya es tarde. Estoy un poco torpe y me cuesta abrir la puerta. Cuando guardé el teléfono, nos echamos unas risas con Owens y las historias de su viaje a Europa en verano. Me recuerda a Miller antes de convertirse en un imbécil integral. Ward incluso nos habló un poco de su época de antes de lesionarse, cuando jugaba para el Toronto.

Pero mi mente estuvo todo el tiempo dándole vueltas al problema de Pippa.

Me quito la camiseta y los pantalones y me tiro en la cama. Saco el teléfono y sonrío mientras vuelvo a leer la conversación con Pippa.

Es cuestión de tiempo que conozca a otro hombre que también quiera ayudarla.

Dejo caer la cabeza sobre la almohada y gruño. La idea de compartirla me hace apretar la mandíbula. Me gusta Pippa, y no solo para cogérmlela. Me gusta hablar con ella, me gusta estar con ella y me gusta vivir con ella. Me hace panquecitos. Es divertida, cariñosa y preciosa.

Somos amigos, creo. No quiero que le haga panquecitos a otro hombre, o que cante en la regadera mientras otro la escucha en la puerta.

Me da vueltas la cabeza y me doy cuenta de que estoy borracho. Hace años que no estoy borracho.

Dejo que mi mente vuelva a Pippa, y aparece una idea entre mis pensamientos. Busco en el teléfono un juguete sexual del que he oído hablar. Me late el pulso en las orejas y estoy duro como una piedra mientras meto el juguete en el carrito, pongo los datos de Pippa y lo pago.

Capítulo 31
Jamie

Tres días después, estoy sentado en el avión privado con el resto del equipo, esperando a que despegue, cuando le envío a Pippa un mensaje pare decirle que voy de camino.

«¡Daisy está deseando verte!», responde, y yo sonrío. Hemos estado escribiéndonos durante todo mi viaje, enviándonos fotos de nuestros días. Me dedico a estudiar sus fotos, a memorizarlas deseando que llegue la próxima.

En la pantalla, aparece una notificación de email. «Se ha enviado tu pedido».

Entrecierro los ojos, porque no recuerdo haber pedido nada para casa. Pippa es la que suele encargarse de esas cosas con la tarjeta de crédito que le di.

«¡Buenas noticias! Tu pedido ya está en reparto y debería llegar a lo largo del día de hoy: (1) *Satisfyer*: juguete personal con succión de clítoris para el placer más absoluto».

Se me para el corazón.

Se me había olvidado.

Carajo. Recupero el pulso a toda velocidad a medida que voy recordando; tumbado en la cama en calzones, con la verga dura como el acero, comprándole a Pippa un juguete sexual.

Carajo, carajo, carajo. No. No puedo creer que hiciera algo así. Esto no está bien. Trabaja para mí. Jamás ha pedido nada así. Quiere que nuestra relación sea profesional. Y yo también. Se me cierra la garganta.

—¿Estás bien, Streicher? —pregunta Volkov a mi lado, y yo asiento.

—Sí —murmuro con el corazón a punto de salírseme del pecho.

Carajo.

El enlace de seguimiento dice que debería llegar media hora después de que yo ya esté en casa. Me arde la piel y estoy sudando. Si me doy prisa, puede que llegue a casa a tiempo para interceptar el paquete.

Me imagino a Pippa recibiéndolo con cara de asco y muerta de vergüenza. Todas las conversaciones que hemos tenido esta semana, las sonrisas que me pone, los paseos que damos... todo a la mierda.

Sea lo que sea Pippa para mí, acabo de mandarlo a la mierda.

—Tripulación de cabina —dice el piloto por megafonía—, preparados para despegue.

Los auxiliares de vuelo se aseguran de que todo el mundo tenga el cinturón puesto y se cierra la puerta del avión. Se me acelera el pulso. Voy a estar encerrado cinco horas en este avión, rezando para que Pippa no reciba el paquete antes de que yo llegue.

Nada más aterrizar, me levanto del asiento y agarro la maleta del compartimento superior. Los chicos me miran extrañados.

—Perdonen —digo con un tono cortante mientras me voy hacia la puerta. El avión todavía está en movimiento y una de las auxiliares de vuelo pone los ojos en blanco ante mi comportamiento.

Me da igual ser maleducado. Tengo que ser el primero en salir de este avión. Si no llego a tiempo, estoy perdido, y ya no se trata simplemente del hecho de tener que buscar nueva asistente. Si ve que le he comprado un juguete erótico, habré perdido a la única persona que me cae bien de verdad en esta ciudad.

Se me hace un nudo en el estómago y siento muchas náuseas.

Estoy justo detrás de los auxiliares de vuelo mientras abren la puerta. Si fuera un vuelo comercial en lugar de un avión privado, o si yo no fuera conocido en esta ciudad, seguramente me arrestarían por cómo me estoy comportando. Sin embargo, no parecen muy impresionados, y una azafata me hace un gesto para que pase.

—Lo siento —le digo a toda prisa mientras salgo—. Es una emergencia.

Corro a toda velocidad por el aeropuerto. Con mi altura y mi envergadura, en esta ciudad es muy fácil reconocerme. La gente abre la boca cuando me ve pasar, y me hacen fotos y videos. Debo de parecer Terminator corriendo de esta forma. Le doy un golpe a alguien con la mochila y se tambalea.

—Lo siento —grito por encima del hombro, sin dejar de correr.

Hay una salida especial del aeropuerto para vuelos privados, menos mal. Espero a que salga la persona que está delante de mí, con la respiración entrecortada y la frente bañada en sudor.

No hay ninguna actualización en la ubicación del paquete. Todavía sigue en reparto. Trago saliva y unos cuchillos me atraviesan la garganta. Estoy de los nervios, nunca me había sentido así. Ni antes de un partido ni cuando me enteré de que mi madre sufría ataques de pánico, jamás.

No sé qué significa eso, y no voy a ponerme a lidiar con ello ahora.

La persona de la salida me mira largo y tendido mientras analiza mi pasaporte. Veo en sus ojos el momento justo en el que me reconoce. Se me acumula más culpa en el estómago; si no fuera un jugador profesional de hockey con un traje que cuesta más que el sueldo de cualquier persona, empezarían a hacerme preguntas por el aspecto tan turbio que tengo.

—Que tenga un buen día, señor Streicher —dice, haciéndome un gesto para que pase—. ¡Espero que nos regale más paradas de las suyas!

—Lo haré —grito mientras atravieso corriendo las puertas.

El Uber me está esperando fuera, y entro. Dejé mi coche en el departamento por si Pippa lo necesitaba.

—Te daré quinientos dólares si me llevas a casa lo más rápido que puedas —le digo al conductor, sacándome los billetes de la cartera.

Los siguientes veinte minutos son insoportables. El conductor va dando frenazos y conduciendo tan por encima del límite que no quiero ni mirar, le han pitado un montón de veces. Muevo la rodilla mientras aprieto los dientes, alternando entre mirar por la ventana y actualizar el enlace de seguimiento del paquete.

Cuando paramos delante de mi edificio, le tiro los billetes y salgo a toda prisa del coche. El ascensor tarda una eternidad en llegar, y otra eternidad en subir hasta la última planta. Una señora vieja y bajita se baja en la décima planta y tengo que aguantarme las ganas de empujarla del ascensor para que salga más rápido. Estoy que me salgo de mí por la impaciencia.

El ascensor por fin llega a la última planta y en un abrir y cerrar de ojos estoy delante de mi puerta.

No hay ningún paquete en el suelo. Me late el pulso en las orejas. Todavía no me he librado; el paquete podría estar dentro o abajo con el conserje.

Dentro del departamento no se escucha nada. Daisy trota hacia la puerta, moviendo la cola, y la agarro sin prestarle atención, acariciándole la cabeza mientras echo un vistazo por la casa y abro el armario debajo del fregadero para comprobar la basura.

No está Pippa. Ni el paquete. Ni la caja vacía. Llamo rápidamente al conserje y me confirma que tampoco tiene ningún paquete. Siento un gran alivio y se me deshacen uno a uno los nudos del estómago.

Todavía no ha llegado. Suspiro y me apoyo contra la puerta para recuperar el aliento. He envejecido diez años. Acaricio a Daisy una vez más antes de dejarla en el suelo, y vuelve al sofá a dormir. Mientras se me calma el pulso, me paso una mano por la cara.

Ha faltado muy poco. Demasiado poco.

En el pasillo de arriba, voy hacia mi habitación para quitarme el traje cuando un ruido detiene mis pasos. Un grito ahogado. Miro a la puerta de Pippa.

Un golpeteo rápido y rítmico, como un zumbido, seguido por un gemido susurrante.

Toda la sangre de mi cuerpo se me va hacia la verga. No lo he conseguido. El paquete ha llegado antes y mi preciosa asistente lo está usando ahora mismo en su habitación.

Capítulo 32
Pippa

Ola tras ola de placer intenso irradian de mí cuando aprieto el juguete contra mi clítoris. Estoy temblando, con la espalda arqueada sobre la cama, los músculos tensos, la boca abierta y los ojos cerrados mientras tengo el orgasmo más intenso de mi vida.

Cuando ya no puedo más, apago el juguete y me derrumbo entre los cojines, recuperando el aliento.

Ha sido... una locura. Levanto la cabeza y me quedo mirando el juguete que me ha enviado Hazel. Me ha estallado la cabeza. Unas sensaciones ligeras y relajadas recorren todo mi cuerpo, y yo resoplo y me río.

La cosa esta ha funcionado, y muy rápido. A lo mejor no estoy rota, al fin y al cabo. Me muerdo el labio, sonriendo para mí. Pensar en Jamie mientras lo usaba lo ha hecho todo aún más intenso.

Estoy un poco obsesionada por él. Siempre lo he estado. No voy a hacer nada al respecto. Tomo aire y me visto antes de bajar.

Jamie está en la cocina, vaciando el lavavajillas, increíblemente comestible con unos pantalones de pants y una camiseta de manga larga gris. Hay algo en la forma en la que la tela se le aferra al pecho y a los hombros que hace que quiera volver a subir y seguir usando el juguete.

Pongo una sonrisa de oreja a oreja.

—Ya has vuelto.

Esta semana he estado escribiéndole que Daisy le echaba de menos, pero la realidad es que la que le echaba de menos era yo.

Me mira con una cara que no logro descifrar mientras me acerco y le doy un abrazo. No es hasta que aprieto la cara contra su pecho y se me cierran los ojos cuando me doy cuenta de que, quizás, las asistentes no saludan así a sus jefes.

Pero no puedo encontrar la energía para que me importe. Usar ese juguete ha sido mi ruina.

—¿Qué tal el vuelo?

Cuando me aparto, Jamie no me mira a los ojos y tiene las mejillas sonrojadas. Se mueve para apartarse de mí con los brazos cruzados.

—Bien. Normal.

Me siento muy relajada. Seguro que Hazel está encantada por su hazaña, así que voy a ir a comprarle flores para agradecérselo. No, la florería entera. Todas las flores que tengan.

Observo cómo se le mueve la nuez a Jamie. Su mirada se encuentra con la mía antes de cerrar los ojos con el ceño fruncido.

—¿Estás bien? —pregunto.

—Sí —dice, antes de apresurarse al departamento de arriba.

Levanto una ceja, mirando cómo su cuerpo alto y fuerte desaparece.

—Gruñón —grito.

Su puerta se cierra de un portazo y, cuando voy a mi habitación unos minutos después para tomar algo, oigo el agua de la regadera. Estará cansado del viaje, o algo.

Abro el cajón de la mesita de noche, donde he guardado el juguete, y sonrío para mí. Esta noche pienso volver a usarlo.

Capítulo 33
Pippa

A la mañana siguiente, Daisy y yo estamos volviendo a casa después de nuestro paseo mañanero, y nos encontramos con Jamie en el descansillo.

—¿Ya te vas?

Apenas es capaz de mirarme a los ojos cuando se cuelga la bolsa del gimnasio sobre el hombro.

—Sí.

—Que vaya muy bien el entrenamiento.

—Gracias. —Levanta la mirada hacia mis ojos, y me da la sensación de que va a salir corriendo para el ascensor, pero no se mueve. Carraspea.

—¿Tú qué planes tienes hoy?

No puedo decir lo primero que se me viene a la cabeza: «Jugar con mi nuevo juguete mientras pienso en estar sentada sobre tu regazo, apretándome contra tu enorme erección».

Definitivamente, no puedo decir eso. Se me calienta la cara y se me tensa el cuerpo solo con pensarlo.

No he parado de usar el juguete.

Nunca había tenido uno, así que no sabía lo impresionantes que son. En la gira no había intimidad, así que tampoco es que pudiera haberlo usado. Y, aunque lo hubiera tenido, seguro que se me hubiera caído de la mochila en el peor momento posible, delante de todo el mundo.

—Vamos a ir a hacer una ruta con Hazel. —Dudo un momento—. Y a lo mejor toco un rato la guitarra.

Su mirada se vuelve cálida y suave, y noto una sensación extraña. Me gusta cómo le queda esa mirada con la cara tensa y preciosa. Me gusta que me mire así.

—Qué bien, pajarillo —dice, y sonríe ligeramente.

Me da un vuelco el corazón. Haría lo que fuera por volver a ver esa sonrisa. Me sostiene la mirada y los vuelcos de mi corazón se intensifican.

—Mándame una foto.

Asiento con una sonrisa. Solo quiere saber cómo está Daisy durante el día, me digo.

Después de despedirnos, me voy a mi habitación y saco la guitarra. Me paso una hora tocando, rasgueando y planeando con la pluma sobre una libreta en blanco, lista para escribir algunas letras, pero no se me ocurre nada. Así es cómo componía; escribía algunas partes de la canción, un verso, quizás, el estribillo o simplemente una primera frase, y luego rellenaba el resto, pero hoy nada me parece decente. No tengo nada sobre lo que merezca la pena escribir una canción. No puedo dejar de imaginarme a Zach y a su mánager.

Suelto un suspiro de frustración. Vaya música sería, si ni siquiera soy capaz de hacer esto como afición sin ahogarme en dudas.

—La semana que viene sacarán el puesto de marketing para solicitantes internos —me dice Hazel en nuestro paseo esa tarde.

—Qué bien.

Me imagino a mí misma en las reuniones, hablando de colaboraciones de marca, estrategias de campaña o rediseño del logo. Comparado con la locura de horas de la gira, un trabajo de oficina me permitirá tener una vida normal.

Quizás hasta hago amigos. ¿Y si alguien se mete conmigo o se ríe de mis ideas? No pasará nada, porque una idea de marketing no es un trozo de mi corazón, como lo son las canciones.

Algo hace que me pare. Si trabajo para el departamento de marketing, no veré más a Jamie ni a Daisy.

Se me desinfla el humor como un globo.

Pero es lo mejor. Pienso en esta mañana, intentando escribir una canción, y en lo paralizada que me he sentido por la idea de una crítica negativa. Yo no soy como Zach, que siempre ha sido capaz de ignorar lo malo.

—No estás obligada a solicitarlo —dice Hazel tranquila—. Solo porque sea lo que mamá y papá quieren...

—Yo también quiero —interrumpo—. Es para lo que he estudiado.

Hazel me mira, recelosa. No se lo cree. Hazel siempre ha sido capaz de leerme como un libro.

Ya puedo escuchar lo decepcionados que estarán mis padres si ni siquiera lo solicito. Me lo han estado pidiendo sin parar.

Además, estoy empezando a tocar de nuevo. No quiero presionarme para que todo en mi vida sea diferente. Simplemente quiero que vuelva a gustarme.

—Ah, por cierto, gracias por el regalo —le digo a Hazel, cambiando de tema y sonriéndole avergonzada—. ¿Te pasaste de verdad? Ya te digo. ¿Me importa? La verdad es que no.

Ella inclina la cabeza con el ceño fruncido.

—¿Cómo?

—El juguete.

—¿Qué juguete?

Estrecho los ojos.

—El que me has enviado.

Se me queda mirando.

—Yo no te he enviado nada.

Parpadeo.

—Claro que sí. El *satisfyer*.

Hazel estalla en una carcajada.

—¡Yo no te he enviado eso! Aunque es un buen regalo. Todo el mundo se decanta siempre por un vibrador, pero son como muy: «¡Bzzzzzzz!» —Hace un ruido como de una sierra eléctrica—. A veces es demasiado.

Dejo de caminar.

—Me lo has enviado.

—No —dice despacio—. Yo no he sido.

Entonces...

No puede ser. Me quedo boquiabierta. Él es la única persona que sabe mi dirección. En la oficina del equipo todavía aparece la dirección de Hazel como mía, aunque saben que vivo con Jamie.

—¿Y esa cara? —pregunta Hazel.

Estoy mirando a la nada. Tengo la cara a la temperatura del sol, y estoy a punto de morir de vergüenza, de excitación o de *shock*.

Jamie Streicher me ha enviado un juguete erótico y lo he estado usando sin parar pensando en él.

En mi cabeza aparecen las imágenes de él en la cocina, mirándome incómodo mientras yo entraba con un brillo postorgásmico. Me aprieto las manos en las mejillas. Me voy a morir. En cualquier momento, todo mi ser hará «¡puf!» y desaparecerá.

—Ay, Dios —susurro.

—¿Qué?

—Creo que me lo envió Jamie.

Hazel se parte de risa.

—Alucinas.

—No —protesto—. Nada de alucinar.

Tiene los ojos brillantes de emoción.

—¡Le guuuuuuuustas!

—¡Que no! —Tengo la voz rara otra vez—. No le gusto.

Ella me mira con unos ojos que dicen lo contrario.

No puede ser. «Eres mi asistente», me dijo. Miro a Hazel con el ceño fruncido. Se me acelera el pulso.

—Fingió ser mi novio en una fiesta en la que estaba Zach y se le puso dura cuando me senté en su regazo —suelto.

Hazel abre tanto la boca que casi toca el suelo con la mandíbula, pero sonríe con los ojos.

—Cuéntamelo todo.

Cuando termino de contarle aquella noche, ella sacude la cabeza.

—Quiere cogerte.

Se me eriza la piel y no soy capaz de dar una respiración completa.

—No sé qué hacer.

—¿Te lo quieres coger?

«La venganza definitiva sería cogerte». No puedo creer que le dijera eso.

—¡Sí! —grito, roja como un tomate—. ¡Pero no podemos!

Ella suspira.

—Ya sabes lo que pienso de los jugadores de hockey, pero si tú quieres y él quiere... —Me mira con aprobación—. ¿Por qué no?

Porque ya me gusta más que como un simple amigo. ¿Y si me obsesiono por él y resulta que me voy de casa en unos meses y no vuelve a hablarme? ¿Y si empieza a gustarme demasiado y me hace lo mismo que me hizo Zach?

Ya me han destrozado una vez este año. No puedo volver a pasar por eso. Jamie está buenísimo, y muy fuera de mi alcance, no hay ni una sola posibilidad de que no me rompa el corazón.

—Pippa —dice Hazel—. Sé informal con él. Los hombres solo son fieles según las opciones que tengan, sobre todo este tipo de hombres. —Se encoge de hombros—. No te olvides de quién es. Y deja tus sentimientos al margen.

Qué fácil es decirlo. Hazel siempre tiene relaciones esporádicas y sin complicaciones, pero yo no sé hacer eso.

Vivo con Jamie. Trabajo para Jamie. Nos escribimos y nos contamos qué tal nuestro día. Su perra es básicamente mi mejor amiga. Salgo con su madre.

Nada de esto es sencillo. Mis sentimientos ya están muy involucrados y, si dejo que vaya más allá, va a doler bastante.

Esa tarde llego a casa antes de lo esperado y los zapatos de Jamie están en el armario de la entrada, pero la casa está silenciosa. Daisy está cansada por la caminata, así que se va directa al sofá a echarse una siesta, y yo subo a mi habitación para cargar el teléfono.

Al pasar por la puerta de Jamie, le escucho decir mi nombre en voz baja, apenas en un susurro.

Se me para el corazón. ¿Está hablando de mí por teléfono? Frunzo el ceño y me inclino hacia la puerta para escuchar mejor. Esto no está nada bien, pero si está hablando de mí, tengo que saber qué está diciendo. Se me pone la piel de gallina cuando pongo la oreja sobre la puerta.

—Carajo —murmura en el mismo que tono que cuando nos besamos. Y suena un gemido grave y desesperado.

Se me abren los ojos como platos. Se me calienta la piel al imaginarme su aspecto al otro lado de la puerta, agarrándose la verga y retorciéndose de placer.

—Pippa. —Escucho su gemido grave a través de la puerta y siento humedad entre las piernas.

Mi jefe, el jugador de hockey buenote, se está masturbando mientras gime mi nombre. Siento la excitación por todo el cuerpo y nos imagino a los dos juntos, todos sus músculos duros mientras me toca, deseándome.

Jamie sería completamente diferente de Zach en la cama. «Puedes hacerlo», dijo Jamie cuando yo no sabía si actuar en el bar.

Estoy segura de que también me lo diría en la cama.

Capítulo 34
Jamie

Al día siguiente, por la tarde, Pippa llega a casa con Daisy y se pasa rápidamente por la cocina, inclinando la cabeza con una sonrisa de sorpresa.

—¿Y esto? —pregunta, señalando el desastre que he dejado.

Me froto la nuca sintiéndome estúpido. No puedo creer que esto me pareciera una buena idea.

—La cena —consigo decir, mirándola a los ojos antes de apartar la mirada—. He preparado la cena para los dos.

Soy un desastre. No puedo parar de pensar en ella teniendo orgasmos en su habitación con el juguete, y no consigo dejar de lado la preocupación porque se entere de que se lo regalé yo. No lo debe saber todavía; es la única explicación de que no se haya ido ni haya llamado a Recursos Humanos. Cuando pienso en la posibilidad de que se mude, me dan nauseas. Cuando imagino su mirada cuando se entere que se lo compré yo, me dan ganas de arrancarme el pelo.

He intentado compartimentar a Pippa. He intentado meterla en una caja diferente en mi cabeza y guardarme los pensamientos sobre su boca lujuriosa, sus pechos perfectos y su trasero redondo y prieto para cuando me meto en la cama todas las noches.

Pero nada funciona. Está constantemente en mi cabeza, y

haberle comprado el juguete es como un hacha que planea sobre cualquiera que sea la naturaleza de nuestra relación.

Me estoy desmoronando, así que he preparado la cena. No sé por qué. Parece que ya no entiendo la lógica. No cuando Pippa está en la ecuación.

Ella parpadea.

—No era consciente de que supieras cocinar.

Me encojo de hombros, como si no tuviera importancia.

—No tienes que comértelo si no quieres.

—Claro que quiero —dice rápidamente—. Es solo que me ha sorprendido. —Me sonríe y se me calman los nervios un instante—. Una sorpresa agradable. —¿Se está sonrojando? Se acerca al horno y mira dentro—. ¿Enchiladas?

Asiento.

—De frijoles, camote y espinacas. Estarán en veinte minutos.

Ella sube a dejar sus cosas y yo exhalo un largo suspiro, inclinando hacia atrás la cabeza. Cinco minutos después, estoy cargando el lavavajillas cuando ella vuelve a la cocina. Me pasa un tazón y nuestros dedos se rozan. Saltan chispas entre nosotros y me echo hacia atrás.

—¿Qué te pasa? —Me mira con curiosidad—. Estás muy asustadizo.

Se me tensan los hombros.

—No me pasa nada.

Ella resopla.

—Jamie, tienes los hombros en las orejas. ¿Necesitas un masaje o algo?

Se me tensa la verga al pensar en sus manos suaves masajeándome el cuello.

—No necesito un masaje —suelto.

Ella levanta las manos.

—No he dicho que fuera a dártelo yo. Tranquilo.

Lo estoy arruinando todo. Respiro hondo. Pippa se va al fregadero para lavar un cuchillo y, sin pensármelo, coloco las manos sobre sus hombros para apartarla.

—Ya lavo yo. No la he arruinado tanto para que lo laves tú.

—Ya lo sé. —Se encoge de hombros bajo mis manos—. Pero no me importa ayudar. Yo también vivo aquí.

—Pippa. Siéntate.

Deja el cuchillo limpio en el escurridor y me mira, preocupada.

—¿He hecho algo que te haya molestado?

—No. —Me odio—. Lo siento. Estoy un poco estresado.

Se le retuerce la boca.

—¿Puedo hacer algo para ayudarte?

Ya estoy otra vez: me la imagino arrodillándose y tomándome con sus deliciosos labios. Estoy a punto de decir que no, pero aparece otra imagen en mi mente. Los dos sentados en la sala, en mitad de la noche, mientras ella toca la guitarra.

—Música. —Me cruzo de brazos y me apoyo en la barra—. Eso me vendría bien.

Le aparece una sonrisa en la cara y saca su teléfono.

—Puedo hacer de DJ, no te preocupes.

—No.

Me mira a los ojos con una ceja arqueada.

—Tú.

Tuerce de nuevo la boca, pero me sostiene la mirada.

—Eso solo fue cosa de una vez. —Sonríe como si estuviera bromeando, pero veo la vulnerabilidad en sus ojos y me duele el pecho.

La miro con las cejas levantadas.

—He preparado la cena. —Estoy bromeando, como ella, pero en realidad no.

Nos quedamos mirándonos y noto cómo se debilita su decisión.

—Vamos, pajarillo —murmuro—. ¿Me vas a hacer rogar?

Ella resopla, poniendo los ojos en blanco.

—De acuerdo. Pero solo porque es evidente que tienes un mal día. —Se le forma una pequeña sonrisa en la boca y sus ojos pierden la vacilación que tenían hace un momento. Se va hacia la escalera.

Vuelve con la guitarra y se sienta en el sofá. Yo me quedo de pie en la cocina desordenada, observando cómo se coloca la guitarra sobre las piernas, pasándose la correa por la cabeza.

Parece casi demasiado bonito para ser real.

—He estado tonteando con algunos acordes —admite con una sonrisa graciosa y casi vergonzosa que hace que quiera volver a besarla—. Pero no me ha salido nada demasiado bueno.

Resoplo vaciando todo el aire de mis pulmones.

—Deja que lo juzgue yo.

—Bien. —Sonríe para sí y empieza a tocar.

Su música llena la casa, y en mi pecho surge una presión cálida e intensa. La canción que está cantando es esperanzadora, dulce y divertida. Las letras hablan de volver a subirse al caballo tras una caída. La voz de Pippa es suave pero fuerte, y controla las notas como una profesional. Hace que parezca fácil y sin esfuerzo.

Mientras canta sobre dejar atrás los malos momentos, me pregunto si yo tengo algo que ver en esto, si la charla que le di antes de la fiesta de fin de gira, sobre volver al hielo, le provocó algo.

Espero de verdad que así fuera.

Canta un verso sobre encontrar a alguien mejor, y me golpea un pensamiento negativo. ¿Y si está pensando en pasar página con otra persona? La imagino deslizándose por una aplicación de citas y me dan náuseas. Me imagino a los tipos llamando a nuestra puerta para recogerla, y me duele la mandíbula de tanto apretarla.

Termina la canción y me sonríe, avergonzada.

—No veo que hayas limpiado mucho —bromea.

Yo parpadeo y salgo de mis pensamientos.

—¿La has compuesto tú?

Ella asiente.

—Sé que tengo que pulirla.

—¿Por qué siempre haces lo mismo? —pregunto sin pensar—. Hacerte de menos de esa forma.

De pronto está incómoda y mueve los pies en el suelo.

—Umm. —Parpadea rápido—. Supongo que lo digo yo primero para que no lo hagan otros. —Me mira y siento una necesidad imperiosa de besarla de nuevo, aunque solo sea para distraerla del imbécil que le hizo sentir que no era lo bastante buena.

—Yo jamás haría eso, pajarillo.

Me sostiene la mirada antes de asentir levemente.

—Ya lo sé.

Estoy obsesionado por esta mujer.

—¿Cómo va a decirte alguien que sí si tú eres la primera que te dices que no? —pregunto. Ella se muerde el labio, mirándome, y en lugar de seguir con el tema, muevo el dedo en el aire—. Siguiente.

Ella se ríe y la tensión se disipa.

—Exigente.

Mientras limpio, Pippa sigue tocando. Daisy está durmiendo en el sofá y, cuando suena el temporizador, le hago un gesto a Pippa para que se siente a la mesa.

En el ambiente se respira emoción. Parece una cita. No. No es una cita. Es más bien... algo más. Algo natural, fácil y necesario. Como si fuéramos una pareja, o algo así. Daisy está cenando en el comedero interactivo que le compré, y Pippa mira divertida cómo agita la cola.

Parecemos una familia.

Se me tensa el estómago. No lo somos, y lo sé perfectamente. Simplemente estoy intentando suavizar las cosas con ella para no perder a alguien a quien necesito de verdad este año.

Pippa da un bocado y hace un ruidito de apreciación.

—Jamie, esto está riquísimo.

Yo sonrío mirando a mi plato.

—Gracias. Se lo preparaba mucho a mi madre cuando era pequeño.

Ella me sonríe, medio confundida, medio divertida.

—¿Cocinabas cuando eras pequeño?

Asiento, tomando el vaso de agua. Empiezan a venirme los recuerdos: la habitación con luces tenues de mi madre en pleno día, las cortinas cerradas, ella bajo el edredón, completamente dormida. Hubo un tiempo en el que lo único que hacía era dormir durante semanas, hasta que salió del agujero en el que estaba. Así es como los llamaba ella: agujeros.

—Bien —dice Pippa, dejando el tema.

Pero su reacción me hace querer contarle más cosas. La forma en la que me da espacio me dice que todo esto quedará entre nosotros. Jamás se lo contaría a la prensa ni a sus amigos.

—Mi madre tenía depresión cuando yo era pequeño. A veces, tenía que prepararme yo la comida.

Su mirada preocupada se encuentra con la mía, pero no es de pena.

—Vaya. Lo siento.

—No pasa nada. Me las arreglé.

Pone una cara comprensiva y tuerce la boca en una pequeña sonrisa.

—Por eso cuidas tanto a todo el mundo.

Yo me encojo de hombros.

—No me queda otra.

Ella estira los brazos, me cubre una mano con la suya y aprieta cálidamente. Tiene la piel suave, y se me tensa la mano bajo su tacto en un esfuerzo de no tirar de ella y subirla a mi regazo, como en la fiesta.

—Lo siento —susurra, apartando la mano al ver la mueca en mi cara.

Esto no va bien. Comemos en un silencio incómodo y tenso y, cuando terminamos, se levanta para lavar los platos, pero le digo que pare.

—Lo hago yo. —Mi voz suena con un tono más cortante de lo que me gustaría.

Se sienta en el sofá y vuelve a agarrar la guitarra. Toca otra canción mientras limpio la cocina, más concienzudamente que nunca. Si paro, ella dejará de tocar, y estoy desesperado por escuchar su voz. Su música en el sofá hace que esta casa sea un hogar.

Termina la canción y me mira con una pequeña sonrisa.

—Creo que ya está bien limpio.

Miro la zona impecable de la barra que estoy limpiando.

Se muerde el labio, con cara nerviosa.

—¿Te sientas conmigo?

Mis pies ya están de camino a la sala. Parece que no soy capaz de decirle que no. Me dejo caer en una silla enfrente de ella.

Ella hace una pausa y me mira con ojos dubitativos.

—¿Estamos bien?

Yo asiento.

—Estamos bien, Pippa.

Me analiza, mordiéndose el labio inferior, y no puedo parar de pensar en cómo se sintió entre mis dientes al besarla en la fiesta.

Haría lo que fuera por volver a vivir ese beso.

El silencio se tensa entre nosotros antes de ponerme de pie. Estoy al límite, y voy a terminar cometiendo alguna estupidez si me quedo aquí sentado con ella.

Voy hasta el rellano de mi habitación cuando su voz me detiene.

—¿Es por el juguete que me compraste? —Sube el último escalón y se cruza de brazos.

Se me cae el alma a los pies. Claro que lo ha averiguado.

—Pippa. —Arrastro una respiración—. Lo siento muchísimo.

Ella se me queda mirando. No soy capaz de leer su expresión.

—¿Por qué?

Yo sacudo la cabeza. Estoy tan nervioso que tengo náuseas.

—Se me fue de control. Me contaste aquello en confianza y... —Dejo de hablar, frustrado—. No quiero incomodarte. Había bebido demasiado y llevaba todo el día pensando en ti. —Carajo. No quería decir eso—. Porque nos habíamos estado escribiendo. Y no podía parar de pensar en lo que me contaste en la fiesta. —La miro a los ojos y se me calienta la sangre—. Me gusta que estés aquí. Me gusta que toques la guitarra y cantes en casa, y me gusta que vengas a los partidos.

Esboza una sonrisa.

—A mí me gusta ir a dar paseos contigo y que hagas la cena.

Me duele el corazón. Solo puedo asentir. No puedo creer que casi arruino todo esto por estar cachondo.

Se esconde las manos en las mangas del jersey.

—Y me gusta ir a los partidos y estar con tu madre.

Ahora simplemente estamos enumerando más motivos por los que no debería haber hecho lo que hice.

Saca la lengua para humedecerse los labios.

—Lo he usado.

Suelto un gruñido al recordar oírla venirse con el juguete. Solo puedo imaginarme cómo fue. No puedo parar de imaginarme cómo fue.

No puedo mentir.

—Ya lo sé.

—¿Sí? —Abre mucho los ojos.

—La casa no está insonorizada. —Me froto la nariz. Ahora que lo sabe, igual tiene más cuidado y así no voy por ahí todo el día erecto.

Ella se mueve incómoda, apretando los muslos.

—El otro día te oí decir mi nombre en tu habitación —susurra, sonrojándose.

Me quedo paralizado. Ayer se me escapó su nombre mientras pensaba en ella masturbándome. Solo con recordarlo se me va toda la sangre a la verga.

—No te oí llegar a casa.

Nos quedamos mirándonos un buen rato, y saltan chispas entre nosotros. Ella se muerde el labio inferior y yo la observo, fascinado. Me pregunto si haría eso con mis dedos enterrados en su interior.

Cierro los ojos. Da igual cuánto lo intente, no puedo sacarme esas ideas de la cabeza. Noto cómo me erecto.

—Jamie —dice en un susurro, y la miro.

La mirada en sus ojos me dice que está a punto de ocurrir algo peligroso. Está a punto de decir algo en lo que no podré dejar de pensar. Estoy seguro.

—¿Qué? —digo en voz baja.

—¿Por qué me compraste ese juguete? —Mueve las pestañas—. La respuesta de verdad.

Doy un paso hacia ella. El hilo que sujeta mi fuerza de voluntad está a punto de romperse.

—Porque quería darte algo que él no pudo.

Sus ojos caen a mi erección, que es cada vez más grande.

—Porque —continúo, porque parece que no soy capaz de

guardar un secreto con ella— quería que te vinieras más fuerte que nunca, y esa era la única forma de hacerlo. Y no quería que lo hiciera nadie más.

Traga saliva y se sonroja de nuevo, pero no aparta la mirada de mis ojos. El aire entre nosotros es tenso y eléctrico cuando doy otro paso hacia ella.

—¿Funciona? —pregunto, porque no puedo evitarlo.

Tiene la respiración acelerada cuando asiente, y se me tensan los testículos. Debería irme a mi habitación. Voy a explotar si no deja de mirarme así.

Pierdo el control y voy hacia ella hasta que tiene la espalda contra la pared. Mi pecho se roza con el suyo, y siento su respiración en el cuello mientras inclina la cabeza para mirarme a los ojos.

—Tienes que dejar de mirarme así, pajarillo —le digo, apoyando la frente en la pared sobre su cabeza.

—¿O qué? —dice susurrando.

—O voy a perder la cabeza. —Lo digo como si todavía no hubiera ocurrido—. No puedo parar de pensar en ti usando ese juguete.

Aparece una pequeña sonrisa en su boca. Coqueta, seductora y astuta, como si fuera perfectamente consciente de lo que me está haciendo.

«Mantén las distancias», me digo. Pero la voz suena cada vez más baja y lejana.

—¿Me lo enseñas? —Las palabras se escapan de mi boca antes de que pueda evitarlo. Mi voz suena grave y densa.

Hay un instante entre nosotros en el que esa voz cada vez más débil en mi cabeza busca mi atención, pero yo le cierro una puerta imaginaria. Esto no es una relación. Pippa no tiene experiencia en la cama, y yo sí. ¿Quién mejor para enseñarle lo que vale que yo, un hombre que la tiene en un pedestal?

Le brillan las pupilas bajo las tenues luces del descansillo.

—Bien.

Pierdo el control y mi mano la agarra por la nuca, empujando su boca contra la mía.

Capítulo 35
Pippa

Jamie me besa como si estuviera enojado conmigo. Su boca se mueve con urgencia, exigente y áspera y desesperada, como si estuviera vertiendo toda su frustración sobre mí.

Me encanta.

Suspiro de alivio dentro de él, porque su boca vuelve a estar sobre la mía como si bebiera agua después de una maratón. Tan necesaria, tan necesitada, tan buena.

Me agarra del pelo, inclinándome la cabeza hacia atrás y entrando en mi boca. Unas chispas de placer me recorren toda la piel y su beso me está drogando. Le succiono ligeramente la lengua, y gruñe.

—Me estás matando —dice entre besos. Está furioso, y siento en el estómago un cosquilleo de placer y deseo que me calienta. Frota la barba incipiente contra mi piel, se me empiezan a irritar los labios, pero me da igual. Necesito más.

Él vuelve a gruñir como si le doliera algo, apoyando la frente contra la mía. Mis manos se pasean por su camiseta, de arriba abajo, por los fuertes músculos de su pecho. Qué ganas tengo de volver a verlo sin camiseta, como aquella noche en la cocina.

—Carajo —dice, con los ojos brillantes—. Necesito verlo. Necesito ver cómo te vienes con el juguete que te compré.

Sus labios buscan los míos, y siento una presión muy fuerte entre las piernas cuando me muerde el labio inferior. Se me escapa un suave gemido. El aire abandona mis pulmones cuando sus caderas me clavan contra la pared y siento su erección contra mi cuerpo.

Besar a Jamie es más sexi que cualquier cosa que hiciera con Zach.

Sus labios se mueven apresurados por mi cuello y me quedo paralizada, con el corazón a mil, como si esto fuera un sueño. Estoy flotando, y eso que ni siquiera hemos hecho nada todavía. Se aparta y siento de inmediato su ausencia.

Abre la puerta de mi habitación, me mira intensamente y señala dentro.

—Entra ahí —me exige.

Siento un escalofrío. Jamie dándome órdenes hace que me sienta desatada, como si fuera otra persona, y no me importa lo más mínimo.

Con el pulso acelerado, paso frente a él y entro en mi habitación. Cuando llego a la cama, me paro y me doy la vuelta. Él me sigue y se cruza de brazos.

—¿Y bien? —pregunta.

Se me hunde el estómago y la excitación que sentía hace un instante flaquea. Seguramente se haya acostado con cientos de mujeres, y yo no tengo ni puta idea de qué hacer.

Se va a reír de mí. Como hicieron Zach y su mánager. Parpadeo rápidamente, mirándolo a los ojos, y le cambia la cara.

—Pajarillo —dice, sosteniéndome la mirada—. ¿Quieres que paremos?

—No. Es solo que... —Me interrumpo, mirando a la mesita de noche—. No sé cómo hacer esto.

Su mirada se vuelve suave. Da un paso adelante y vuelve a acariciarme el pelo.

Dios, qué agradable es. Cierro los ojos cuando aprieta sus labios con los míos. Los nervios desaparecen.

—Quítate la ropa y métete en la cama.

Se aparta y me observa. Algo en sus órdenes hace que sienta calor por todo el cuerpo.

—¿Lo entiendes?

Yo asiento, aturdida.

—Bien. —Me suelta el pelo, da un paso hacia atrás y se cruza de brazos.

Se me acelera el pulso de nuevo mientras me quito el jersey. Agarro el dobladillo de mi camiseta y lo levanto. Jamie arquea las cejas.

—Más despacio.

Otro chispazo de calor entre mis piernas. Me gusta este lado suyo: primario, mandón, exigente, deseoso de mí. Me quito la camiseta muy despacio, mirando cómo se le tensa la mandíbula. Los ojos le brillan con deseo y tiene los puños cerrados, metidos entre los brazos cruzados.

Sus ojos caen a mi brasier, de encaje rosa pálido. Se pasa la lengua por el labio superior mientras su mirada planea sobre mi pecho, y se me erizan los pezones. Me imagino esa lengua recorriéndome la piel sobre el brasier, y siento un líquido entre las piernas.

¿La forma en la que me mira? Me encanta.

Nuestras miradas se encuentran.

—Toda —dice, señalando con la barbilla mis pantalones. Siento otro escalofrío por la espalda.

Cuando me he quitado los pantalones, se queda mirando la tanga de encaje como si le ofendiera, pero yo sé la verdad. Le sube y baja la nuez al soltar una respiración larga, con la mirada fija entre mis piernas.

—¿Tienes los calzones mojados?

Yo asiento.

—Bien. —Cierra los ojos, con la mandíbula apretada mientras toma aire—. Sigue.

La sangre me late en las orejas cuando me llevo las manos hacia atrás para desabrocharme el brasier. No puedo creer que esté haciendo esto. Tengo ganas de reírme por los nervios y la excitación, como cuando estoy en una montaña rusa. Cuando me quito el brasier, los ojos de Jamie se quedan fijos en mis pechos. Aletea la nariz, y siento una oleada de excitación por todo el cuerpo.

—Dios —murmura, apartando la mirada antes de volver a mirarme el pecho—. Los calzones también, Pippa.

Me los bajo. Se me eriza la piel por su mirada entre mis

piernas, y él gruñe y se pasa la mano por el pelo antes de señalar con la barbilla detrás de mí.

—A la cama.

Él sigue totalmente vestido, y yo estoy completamente desnuda. Esto es lo más intimidatorio que he vivido, o lo más excitante. O las dos cosas. Siento el latir de mi corazón en los oídos mientras me coloco sobre el edredón, apoyándome sobre los cojines. Aprieto los muslos y siento una ligera presión entre ellos. Los pezones se me ponen duros, se me eriza la piel y, de pronto, se me viene a la cabeza un pensamiento.

¿Y si no me vengo?

La preocupación aumenta en mi mente. Sería muy incómodo. Se me forma una tensión en el pecho y me muerdo el labio, mirando a Jamie mientras se acerca a mí, todavía con los brazos cruzados.

Abre el cajón de la mesita de noche y, cuando ve el juguete, hace una pausa antes de tomarlo. Tiene la mirada oscura, iluminada únicamente por la lámpara de la mesita, y vuelvo a sentir una ola de excitación que termina entre mis piernas.

Me da el juguete antes de erguirse, paciente. Es tan alto y tan ancho que casi parece demasiado grande para mi habitación.

—¿Así? —digo susurrando, con el corazón a mil. ¿Se va a quedar ahí mirándome?

Él asiente.

—Mmm. Justo así, pajarillo.

Estoy nerviosa, pero no quiero parar. Él observándome de esta forma, sin tocarme, aunque sé que lo está deseando... Voy a pensar en este momento durante muchísimo tiempo.

Tengo la mirada clavada en él cuando enciendo el juguete. Su zumbido llena el silencio de la habitación y sus ojos se vuelven más oscuros.

—¿Qué esperas?

—Mandón —susurro, y él hace una mueca.

Me llevo el juguete al clítoris y se me cierran los ojos.

Madre mía.

Se me tensan los músculos de los muslos. La succión del clítoris es perfecta, mejor que cualquier otra cosa que haya sentido. Bueno... Recuerdo el beso con Jamie hace un momento. La competencia está bastante reñida.

Jamie besándome entre las piernas sí que debe de ser lo mejor que haya sentido, si se parece en algo a esto.

Suspiro, con la cabeza hacia atrás, y siento sus ojos sobre mí. Que él esté ahí de pie, mirándome fijamente con esos ojos furiosos es increíblemente sexi. Jamás pensé que podría gustarme algo así.

Lo miro de reojo. Sí. Furioso. Completamente furioso. Siento calor en la base de la espalda y gimo, volviendo a cerrar los ojos.

—Abre los ojos —exige.

Obedezco y lo miro. Parece muy enojado, pero cuando se me van los ojos a sus pantalones, tiene una erección comprimida contra la tela.

Me duele el clítoris, siento una palpitación de calor y placer, y gimoteo.

—¿Te falta poco? —pregunta, y yo asiento.

Arquea una ceja, mirándome como si me odiara, pero con una afección suave en los ojos.

—¿Vas a decir mi nombre cuando te vengas?

Otro pulso de calor entre mis piernas. Estoy empapada.

—No lo sé. A lo mejor.

—Incorrecto. —Aprieta la mandíbula—. Lo vas a decir. Sin duda.

Su seguridad me hace resoplar en una risa tranquila. Se me curvan los dedos de los pies con la ola de placer que irradia desde mi clítoris con la succión del juguete, y me imagino la boca de Jamie ahí, mirándome con fuego en los ojos.

Oh. Qué gusto. Se pasa la mano por el pelo y se despeina. Está buenísimo. Tengo muchísimas ganas de tocarle el pelo.

—Carajo —vuelve a murmurar, apretando los dientes—. Qué buena estás, Pippa. Estoy deseando ver cómo te vienes para mí.

Asiento desesperada, agarrando el edredón con la mano que tengo libre. Aumentan el calor y la presión, y siento placer en cada centímetro de mi cuerpo.

Aparece Zach en mi mente. Me estremezco, apartando la

imagen, pero no puedo. Nos imagino en la cama, él impacientándose conmigo.

Siento escalofríos por todo el cuerpo y el pulso entre mis piernas desaparece.

No. No, no, no. Ahora no. Estaba a punto. Cierro los ojos, persiguiendo esa sensación de hace un segundo.

La voz de Jamie suena grave y tiene el ceño fruncido.

—¿Qué pasa?

Sacudo la cabeza.

—No lo sé.

En mi interior aparece un remolino de vergüenza, remordimiento y arrepentimiento. Esto ha sido un tremendo error. No puedo creer que pensara que podía pasar de estar sexualmente rota a tener un orgasmo con público.

¿Quién demonios me creo que soy?

Se me está poniendo la cara roja y, de pronto, estoy demasiado desnuda, demasiado expuesta. Aparto el juguete; no me está haciendo nada, de todos modos. Cierro las piernas.

—No funciona. —Me tiembla la voz. Cierro los ojos y encojo las piernas. Me quiero esconder. Dios. ¿Cómo voy a volver a mirarlo a la cara?—. Lo siento. Me está costando mucho y tengo frío y... —Sacudo la cabeza—. Perdón.

Me siento humillada. Esto va a complicar las cosas entre nosotros.

Jamie se sienta a mi lado en la cama y me mira a la cara. Sigue con la mandíbula tensa, pero tiene una mirada atenta, puede que incluso un poco preocupada.

—Lo siento —repito.

—Deja de pedir disculpas. —Me coloca un mechón de pelo detrás de la oreja y se me ensancha el corazón por la intimidad del gesto.

De verdad que quería hacer esto. Me parecía divertido y sexi y peligroso.

—Piensas demasiado. —Sus ojos buscan los míos.

—No sé cómo dejar de hacerlo —admito.

Su mirada cae a mi boca, y sus ojos vuelven a oscurecerse. Toma aire y lo suelta despacio.

—Tengo una idea.

Capítulo 36
Pippa

Jamie se quita la camiseta y me asalta una vista fantástica de su torso fornido. Músculos sobre músculos. Unos hombros redondos y tonificados. Pectorales definidos. Abdominales marcadísimos. Bailan y saltan mientras se quita los pantalones, y vuelven a aparecer la sensación cálida y la presión entre mis piernas.

Oh. Ahí está.

—¿Qué estás...? —empiezo a decir.

—Vamos a probar algo diferente. Ponte de pie.

Salgo de la cama y él aparta el edredón y se coloca donde yo estaba. Abre mucho las piernas y me hace un gesto para que me siente entre ellas. Hay algo muy atractivo en sus bóxeres negros ceñidos. A lo mejor es la silueta de su verga oprimida contra la tela.

—Ven aquí, Pippa.

Me estremezco con su voz, cargada de tensión y excitación, pero hago lo que me dice y me coloco entre sus piernas. Su erección me presiona la espalda y siento una chispa de calor entre las piernas.

En cuanto me apoyo contra él, suspiro de placer. Está muy caliente. Coloca el edredón sobre nosotros, cubriéndome.

—¿Mejor? —murmura contra mi oído, y yo asiento.

—Mucho mejor.

—Muy bien. —Me inhala, con la nariz contra mi cuello, y suelta un suspiro—. Ahora me toca a mí, ¿está bien?

Yo asiento, dejando caer la cabeza contra él. Me besa en la mejilla, la mandíbula, el cuello, y la tensión abandona mi cuerpo.

Sus manos me acarician los muslos, clavando los dedos fuertes en los músculos, masajeándome. Cuando se acercan a mi entrepierna, se para.

—Pon las manos en mis muslos, pajarillo.

Coloco las manos sobre su piel cálida y él se estremece.

—Estás fría. —Resopla, riéndose en voz baja.

—Lo siento —digo.

—No pasa nada. —Me da otro beso en la mejilla. Este lado de Jamie es el más peligroso. La versión amable—. Coloca los pies sobre los míos.

Lo hago, y gruñe como si le doliera.

—Parecen de hielo —dice, y me río. Una pequeña ráfaga de aire contra mi cuello me dice que él también se está riendo.

Cada vez estoy más relajada. Sus manos me acarician los muslos de arriba abajo, acercándose cada vez más al centro, y yo me voy derritiendo sobre él a medida que el calor aumenta dentro de mí.

—¿Qué tal? —Su boca se mueve contra mi hombro.

—Bien —susurro.

Sus manos se mueven hacia mis pechos, y cuando me roza los pezones con los dedos, suspiro de nuevo. Pellizca y retuerce las puntas, primero con cuidado, pero cada vez con más presión, sacándome más aspavientos y suspiros hasta que me retuerzo sobre él. Su miembro palpita contra mi espalda al arquearme sobre sus manos. Se me acumula el calor en el estómago y noto lo mojada que estoy.

—Voy a intentarlo otra vez con el juguete —me dice en voz baja al oído—. ¿Crees que podrás?

Yo asiento, abriéndome de piernas y apretándolas contra sus muslos.

—Ajá.

Él se mueve debajo de mí para tomarlo, y lo desliza bajo el edredón, colocándomelo sobre el clítoris antes de encenderlo.

La succión intensa del juguete contra mi clítoris hace que se me tense cada músculo del cuerpo.

—Dios.

—¿Has jugado con las velocidades?

Me retuerzo sobre él.

—No.

Dios. Qué gusto. Es perfecto, justo lo que necesito. Lo siento tan cálido y robusto debajo de mí, rodeándome, y le clavo las uñas en los muslos densos y musculosos. Le vuelve a palpitar la verga cuando lo hago.

Baja la intensidad del juguete y esa presión desesperada desaparece; no del todo, pero ya no estoy a punto de venirme.

—Oye —protesto, pero es más como un ruego.

Me rasga el hombro con los dientes.

—Aquí no mandas tú. —Su mano me acaricia el vientre, deslizándose por debajo del pecho. Quiero que vuelva a tocarme el pezón, que lo retuerza, que lo pellizque, lo que sea; pero no lo hace, simplemente sigue acariciándome la piel, rodeando la zona más erógena.

—Dime qué estás sintiendo ahora mismo —me susurra al oído, bajando la intensidad del juguete con otro clic.

La suave succión del juguete me lleva a una zona cómoda y ligera. Así no puedo venirme, pero no quiero que pare.

—Pajarillo. Presta atención.

Tomo aire. Eso. Concéntrate.

—Está bien. Umm... Siento el juguete entre las piernas.

—Bien. —El placer me recorre todo el cuerpo, calentándome—. ¿Qué más?

Cierro los ojos.

—Te siento a ti en la espalda. Estás muy caliente.

—Mhm.

—Tus piernas debajo de mis manos.

—Muy bien. Lo estás haciendo genial. —Su tono grave es agradable, y el clítoris me palpita ante el halago.

Tengo la piel caliente. Necesito más, pero no puedo llegar con la velocidad tan baja. Arqueo la espalda.

—Jamie, necesito más.

—Todavía no. —Por fin, levanta el pulgar y juega con mi pezón, y vuelvo a inclinar hacia atrás la cabeza.

—Dios.

—Dime qué más sientes.

—Umm. —Se me va la cabeza a la forma en la que me pellizca. El juguete zumba entre mis piernas, y el pecho me sube y me baja a medida que se me acelera la respiración—. Tu mano en mi pezón.

—Mhm. —Vuelve a tener la boca sobre mi hombro, y me roza con la barba—. Tienes unos pechos perfectos, Pippa. Tu imagen con ese brasier rosa va hacer que me venga durante años.

Me palpita la vulva, inundado de un calor líquido.

—Carajo.

—¿Qué más?

Mis pensamientos flotan en el aire y los intento agarrar.

—Umm. El edredón contra mi piel.

—Ajá.

—Tu erección apretándome el trasero.

Resopla una risa.

—Lo siento.

—No —digo con la respiración entrecortada—. Me gusta. Es muy sexi.

Él gruñe.

—¿Qué más, preciosa?

Se me tensa el cuerpo, apretándose. Me gusta que me llame así.

—Siento tus muslos contra los míos —digo, con una voz muy débil.

Le sube una velocidad al juguete y, cuando gimo, me aprieta más fuerte el pezón. Encoge las rodillas bajo las mías, y me sujeta las piernas abiertas con sus muslos. La forma en la que me tiene, inmovilizada, hace que la vulva me palpite de placer.

—Dios —digo.

—¿Qué tal?

—Bien. Muy bien. —Vuelvo a arquear la espalda y aprieto los labios para aguantar el gemido—. Más.

—¿Más? —Su tono me provoca.

—Por favor.

Suena un rumor en su pecho, como si le gustase que se lo pida con educación. Vuelve a subir la velocidad.

—Estás preciosa —me dice al oído mientras me retuerzo en su regazo—. Maravillosa, sentada sobre mis piernas mientras te pongo el juguete en la vulva.

Vuelve a subir la velocidad y pongo los ojos en blanco. Me lo imagino doblándome sobre la cama, empujando esa enorme verga dentro de mí. Me palpita la vulva. Dios mío. Ya llega. Esto está funcionando. No lo puedo creer.

—Maldición, qué gusto —digo casi sin aliento. La presión vuelve a aumentar, retorciéndose entre mis muslos. Siento a Jamie muy caliente contra mi piel, contra mis piernas, contra mi espalda. Me agarra el pecho con la mano y lo amasa, y el placer aumenta en mi interior.

—Dios mío. No pares.

Me acaricia el cuello con los dientes.

—¿Qué pasa si paro? —Baja la velocidad, y la presión entre mis piernas se desvanece.

—¡No! —grito, clavándole las uñas en los muslos—. Más.

—Ruégamelo —me exige con una voz tan grave que hace que me estremezca—. Ruégame que deje que te vengas, pajarillo.

—Por favor. —Me cuesta respirar—. Por favor, deja que me venga.

—Muy bien. —Aumenta la velocidad del juguete varias veces, y gimo—. Sigue hablando. ¿En qué estás pensando?

—En tu verga. —Se me quiebra la voz cuando vuelve a aumentar la velocidad—. Tu verga dentro de mí.

—¿Es lo que quieres?

Asiento con urgencia.

—Sí.

—¿Crees que podrías soportarlo? —Vuelve a subir la velocidad y me retuerzo sobre sus piernas.

Mi cuerpo no es mío, es suyo. Lo posee. Lo está amoldando como quiere, y yo simplemente lo acompaño.

—No lo sé —admito.

Su grueso brazo me rodea el torso, anclándome a él, y yo lo agarro.

—Yo creo que sí. —Su voz es como un chirrido cálido en mi oído—. Creo que podrías soportar mi verga. Estaría apretada dentro de esta maravillosa vagina, pero conseguiríamos que encajara.

Yo solo asiento, con los ojos cerrados mientras el juguete hace que sienta que estoy a punto de estallar de placer. Empiezan las primeras palpitaciones.

—Tengo que venirme —le digo, agarrándole el brazo.

—Pues vente, preciosa. Vente con el juguete que te he comprado. Demuéstrame lo bueno que es.

Me acaricia la oreja con los dientes, y la presión se derrama.

Capítulo 37
Pippa

Olas de placer laten entre mis piernas. No puedo pensar, no puedo hablar, ni siquiera puedo respirar: estoy aferrándome a la nada, temblando sobre su regazo mientras él me sujeta contra su cuerpo.

—Buena chica —dice Jamie—. Eres espectacular, te has venido a lo bestia.

De mí sale un ruido que no me he oído hacer jamás: medio gemido, medio llanto, y él sigue presionando el juguete contra mi clítoris a medida que un intenso placer me irradia por todo el cuerpo.

—¡Carajo! —grito—. Jamie.

Él gruñe y le baja la velocidad al juguete.

—Lo estás haciendo de maravilla, Pippa. Sigue así. Siéntelo, preciosa.

Vuelve a bajarle la velocidad un clic más, y sigo ahí, flotando y totalmente paralizada por la euforia. Nunca me había venido durante tanto tiempo. Nunca me había venido tan fuerte. Tengo la sensación de que le están dando la vuelta a mi piel. El calor se dispara desde mi entrepierna y lo siento «todo»; su pecho robusto contra mi espalda, sus grandes brazos sujetándome contra él, la caricia de sus muslos contra los míos, sus labios en mi cuello, urgiéndome.

Por fin, ya no puedo más. Le agarro la mano. Él aparta el juguete y me derrumbo contra su cuerpo.

Todavía estoy temblando, con las caderas inclinadas sobre su erección.

—¡Para! —me dice, y me río, aturdida.

—¿O qué? —Vuelvo a apretarme contra él y, esta vez, tira las caderas hacia delante para acompañarme en el movimiento, con la verga contra mi trasero.

Algo se estira en mi interior al saber cuánto me desea.

Me suelto de sus brazos, me giro y me pongo de rodillas entre sus piernas. Nuestros ojos se encuentran mientras él se sienta y se apoya en el cabecero, y noto otro pinchazo de calor donde antes estaba el juguete. Veo la forma de su miembro, deformando la parte delantera de los bóxeres negros, y se me calienta la entrepierna.

Cuando arrastro la mirada hasta la de Jamie, tiene una expresión incómoda.

—No me mires así —me ruega, aleteando la nariz—. Se supone que esto era solo para ti.

Mis ojos vuelven a su verga, salta ante mi mirada y sonrío.

Deslizo mis ojos por su torso, recorriendo los músculos de su suave pecho y las líneas de sus abdominales, estoy abrumada por la necesidad de atenderlo, de darle algo que nadie más pueda darle. Es demasiado controlador, cuidadoso, demasiado exigente con todo, pero ahora mismo solo quiero que sienta el placer abrumador que acabo de sentir yo hace unos instantes.

Le acaricio la erección por encima de la tela del bóxer.

—Carajo —murmura, con la cabeza hacia atrás sobre el cabecero. Tiene los ojos medio cerrados.

Su reacción me incita a continuar, y le vuelvo a pasar la mano despacio por la verga. La tiene muy dura, muy gruesa, y cuando pienso en qué sentiría si la tuviera dentro de mí, se me aprietan los muslos.

Ya sé que sería maravilloso. Puede que incluso doliera un poco, pero eso me pone cachonda, no sé por qué.

Con la siguiente caricia, dejo los dedos rozando la cabeza, pasando el pulgar por encima. La tela está húmeda, y él deja escapar un gruñido con la mandíbula tensa.

—Me lleva el diablo, Pippa.

Vuelve a apretar la mandíbula y me siento embriagada de poder. Apenas lo estoy tocando, y ya está haciendo todos estos ruidos que recordaré la próxima vez que use el juguete. Una sensación de atrevimiento me atraviesa el cuerpo, y tiro de la cintura del bóxer hacia abajo, liberando su miembro.

La verga de Jamie es preciosa: gruesa, larga y dura. Es la más bonita que he visto nunca. No me extraña que le preste tanta atención en su dormitorio. Le gotea líquido por la punta, y cuando paso el pulgar por encima él toma aire con intensidad.

—¿Te gusta? —pregunto suavemente.

Él asiente. Me llevo el pulgar a los labios y chupo el líquido salado. Se le mueve la nuez de arriba abajo.

—Dios bendito —murmura con la voz ronca. Me clava la mirada, tan intensa y brillante que me estremezco—. ¿Te ha gustado?

Yo asiento, sonriéndole antes de volver a acariciarlo.

—Es divertido jugar contigo.

Con la siguiente caricia, gime.

—Es divertido jugar conmigo —repite, observando cómo trabajo su verga. Está muy erecto. Se acumula más líquido en la punta, y cuando deslizo la otra mano por las bolas se le tensan los muslos—. Mierda —dice, casi sin aliento—. Si no paras, me voy a venir encima de tus pechos.

El calor me invade la vagina y se me separan los labios, excitada y sorprendida. Quiero que lo haga. Lo deseo. Sigo acariciándole la verga. Fascinada por su reacción, le aprieto las bolas. Él frunce el ceño, con los labios separados, y tengo la sensación de que lo tengo bajo mi control absoluto.

Me encanta.

—Quítate el bóxer.

En cuanto lo hace, mis manos vuelven a estar sobre él. Lo acaricio más rápido, y él vuelve a maldecir.

—Pippa. —Me advierte. Aprieta las manos y cierra los ojos, como si estuviera a punto de desmayarse. Tiene el abdomen tenso, y se mueve.

Estoy empapada mientras masturbo a Jamie Streicher. Se le tensan los hombros y se lleva las manos al pelo. Tiene una expresión tensa, la respiración acelerada, y no puede apartar los ojos de mí. No tengo que esforzarme por memorizar este momento; sé que jamás voy a olvidarlo.

En mi mano su verga palpita, y él asiente, soltando un fuerte gemido.

—Me voy a venir, preciosa. Me voy a venir encima de esos pechos maravillosos.

Tengo los ojos muy abiertos.

—Hazlo.

Él se inclina hacia delante, gruñendo. El semen sale disparado de su verga y me cubre todo el pecho, mientras sigo acariciándolo. Y, cuando creo que ha terminado, no es así. Sigue viniéndose, mirándome con esa cara agonizante que tanto me gusta mientras me rocía de líquido los pechos. Me cubre las manos, los pechos, y se derrama hacia la barriga.

—Dios mío, Pippa —murmura, recuperando el aliento, observándome con una mirada de asombro—. Has conseguido que me venga muchísimo. —Se le van los ojos a mi pecho y la comisura de sus labios se levanta en una sonrisa de satisfacción. Pasa un dedo por el semen y me mira la boca.

—Abre.

Hago lo que me dice. Me arde la cara, pero también me arde la zona más alta de las piernas; me encanta que me diga qué hacer. Me mete el dedo en la boca y gimo al saborearlo, chupándolo y rodeándolo con la lengua.

Él vuelve a gruñir mientras retira la mano.

—Carajo.

A mí se me ilumina la cara con una sonrisa. Él pone los ojos en blanco, pero se le tuerce la boca en una sonrisa de satisfacción. Se inclina hacia delante para darme un beso suave en la boca.

—Sabía que lo conseguirías —susurra. Me lleva la mano a la nuca. Está cálida y es reconfortante y muy agradable. No pienso salir jamás de esta cama.

Me besa, pero en lugar de ser urgente y exigente como antes, es suave, dulce, amable, como si me apreciara. Mis pensamientos flotan en el aire, se me eriza la piel y suspiro en su boca.

Dios mío. ¿El sexo es así para el resto del mundo? ¿Qué he estado haciendo con Zach todos estos años?

—¿Estás bien? —murmura, apartándose para buscar mis ojos.

—Sí —afirmo, sin aliento.

Estoy más que bien. Estoy mil veces mejor que cuando entramos en la habitación.

Me da otro beso antes de levantarse.

—Espérate aquí.

Vuelve unos minutos después con unas toallitas para limpiarme, y me tiembla el pulso ante estas dos caras suyas: exigente y mandón; amable y cariñoso. Le miro el trasero tonificado y los muslos fuertes mientras se marcha. Cuando vuelve, con un bóxer limpio y un vaso de agua en la mano, sigue con esa expresión satisfecha, esa sonrisa al recorrerme el cuerpo con la mirada, y no puedo evitar sonreír de oreja a oreja.

—¿Qué hora es? Debería sacar a Daisy otra vez.

—La saco yo —dice, buscando su teléfono en los bolsillos del pantalón—. Tú quédate aquí. —Saca el teléfono y le cambia la cara—. Maldición —murmura, con el ceño fruncido.

—¿Qué pasa?

Ya tiene el teléfono en la oreja.

—Tengo seis llamadas perdidas de mi madre.

Capítulo 38
Pippa

Me incorporo en la cama, muy preocupada. Él sujeta el teléfono contra la oreja con el hombro mientras se pone los pantalones.

—¿Qué pasa? —pregunta cuando Donna responde. Tiene cara de preocupación, con lo relajado que estaba hace un segundo.

Hace una pausa y escucha mientras se tambalea poniéndose los calcetines. Se le abren mucho los ojos. Yo ya me he levantado de la cama y me estoy vistiendo.

—Bien —dice, antes de seguir escuchando—. Voy a ir por su casa para comprobar que esté bien. —Me mira—. ¿Puedes intentar hacer alguno de los ejercicios de respiración que hiciste con Pippa?

Jamie escucha, pero tiene la mirada clavada en mí, con las cejas juntas mientras me pongo el jersey, con la piel de los brazos erizada.

Después de prometerle que la volverá a llamar, cuelga y busca un contacto en la agenda.

—¿Qué pasa?

—Ha invitado a su amiga Claire a cenar a casa y le pidió que le escribiera al llegar, pero no lo ha hecho, y ahora no la localiza. —Se le tensa la mandíbula—. Y la preocupación se ha convertido en un ataque de pánico. Le preocupa constantemente que algún borracho atropelle a alguien.

Claire vino hace poco a un partido de hockey con nosotros. Vive en el sur de la ciudad. Jamie tardará una hora y media en ir a su casa y luego a North Vancouver.

Me estoy abrochando los pantalones.

—Voy a casa de tu madre.

Él sacude la cabeza.

—No, voy yo luego.

—Jamie, voy a pedir un Uber para ir a casa de tu madre, y luego nos recoges allí; o tomo otro Uber de vuelta a casa si está bien.

Él se me queda mirando y algo le atraviesa los ojos.

—Está bien. Gracias, Pippa. De verdad.

—No hay de qué. —Agarro mi teléfono y pido un Uber que acepta mascotas antes de sacar los auriculares y llamar a Donna.

—¿Pippa? —Tiene un tono agudo.

—Hola. —Sonrío a Jamie. Mi tono es cálido y tranquilizador—. Voy a hacerte una visita mientras Jamie va a casa de Claire, y me llevo a Daisy. Podríamos llevarla a dar un paseo por el vecindario.

—Bien. —Parece dubitativa, y respira muy lentamente—. Me vendría bien.

—Voy a quedarme hablando contigo por teléfono hasta que llegue —le digo, poniéndome la sudadera.

He estado leyendo artículos sobre ataques de pánico. Mucha gente que los padece recomienda distraerse para calmarlos.

—Sería todo un detalle. —Suena algo más aliviada—. Lo siento mucho, cielo. Me he puesto muy nerviosa y... —Deja de hablar—. No sé qué ha pasado.

—No pasa nada. Cuéntame qué has hecho hoy.

Mientras Donna habla, Jamie se me queda mirando como si no supiera qué hacer conmigo, y le hago un gesto para que se marche. Él asiente y sale de la habitación, y unos instantes después, escucho que cierra la puerta.

—¿Eso es Orión? —le pregunto a Donna, señalando las estrellas mientras Daisy olfatea un rosal.

Donna inclina la cabeza.

—Pensaba que era la Osa Mayor.

Hemos estado hablando por teléfono todo el trayecto hasta aquí, y cuando llegué, su respiración había vuelto casi a la normalidad. Jamie llamó para explicarnos que el teléfono de Claire se había quedado sin batería y no encontraba el cargador. Mientras Donna y yo paseamos por su barrio, no parece que acabara de tener un ataque de pánico hace apenas unas horas.

—Vaya. —Señalo hacia el este—. Yo pensaba que la Osa Mayor era eso.

Donna se ríe.

—No tengo ni idea de astronomía, así que a mí no me preguntes.

—Yo tampoco.

Nos reímos las dos y me aprieta el hombro con cariño.

—Muchas gracias por venir con tan poco aviso, cielo. —Pone los ojos blancos, avergonzada—. Siento mucho haberte fastidiado la noche.

—No te preocupes. —Sacudo la cabeza, sonriendo—. De verdad. No nos gusta que estés aquí sola.

—No le digas eso a Jamie o intentará volver a mudarse conmigo.

Yo resoplo.

—Puede ser muy terco cuando quiere.

Se me viene una imagen de él a la cabeza: los brazos cruzados sobre el pecho, con la camiseta aferrada a los hombros mientras me mira usando el juguete. Se me calienta la piel y me giro para que Donna no me vea la cara.

—Me la estaba imaginando en un accidente de coche, como Paul —dice Donna tranquila—. El padre de Jamie. Y luego no era capaz de sacarme esa imagen de la cabeza. Ha sido como si mis pensamientos se apoderaran de mí y no pudiera controlar nada. Normalmente los desencadena el olor a alcohol. —Sus ojos y los míos se encuentran, y busca algo en mi cara. Un juicio, quizás—. O conducir, a veces. Pero nunca aparecen de la nada, como hoy.

Hago un ruido de reconocimiento.

—Hay mucha gente que sufre ataques de pánico. Hay doctores especializados.

Ella sacude la cabeza.

—No, ni hablar. No quiero ni doctores, ni medicación. —Deja escapar una risa amarga—. Ya lo he vivido y no pienso repetirlo.

Pienso en lo que me ha dicho Jamie hoy durante la cena, que su madre tenía depresión cuando él era pequeño y que por eso sabe cocinar. Siento pena por ellos. Entiendo que Donna no esté interesada en volver a su pasado, y ni siquiera sé toda la historia.

—Eso parece Escorpio —dice Donna, señalando a un grupo de estrellas.

Yo las miro con los ojos entrecerrados.

—Sí, creo que sí.

Nos reímos las dos, porque no tenemos ni idea.

Mientras caminamos, hablamos despreocupadas, pero mi cabeza sigue volviendo a Jamie y a lo que hemos hecho en mi cama. No puedo creer lo fáciles que han sido las cosas para mí en cuanto me ha sentado sobre su regazo. Ha sido la primera vez que me vengo con un hombre. No sé si ha sido por sentir su cuerpo contra el mío, o porque él sabía lo que estaba haciendo, o quizás ha sido por preguntarme qué sentía yo. O puede que una combinación de todo.

Jamie no es solo el jugador de hockey buenote del que estaba enamoradísima en la escuela. Es mucho más. Debajo de ese exterior malhumorado y cincelado, es amable y cariñoso y protector. Se preocupa más por la gente en su vida que por sí mismo. Me anima con la música como nadie lo ha hecho nunca. Me estoy haciendo amiga de su madre y me encanta cuidar a su perra.

Siento que la duda crece en el estómago, y se me tuerce la boca a un lado. Zach solía pensar que yo era especial, pero el brillo terminó desgastándose. No soporto la idea de que Jamie pierda interés en mí como le pasó a Zach.

Solo con pensarlo, me dan ganas de vomitar. No puedo volver a pasar por eso.

Cuando volvemos a casa de Donna, Jamie ya está allí. Le escribí antes para decirle que estábamos dando un paseo.

—Hola, cariño —le dice Donna cuando él se acerca, analizándole la cara.

La escanea con preocupación, y a mí se me retuerce el corazón. Todo esto es demasiado para una sola persona, y debe ser muy duro ver a su madre sufrir así. Le da un abrazo fuerte y ella suspira, exasperada.

—Estoy perfectamente —dice—. Pregúntale a Pippa.

Los ojos de Jamie encuentran los míos sobre el hombro de Donna, y me mira con gratitud. Yo sonrío y asiento.

Durante la siguiente media hora, Jamie merodea por la casa mientras Donna prepara un té y yo me siento en la mesa de la cocina, dándole conversación. Por fin logramos convencer a Jamie de que su madre va a estar bien sola y ella nos echa de su casa.

El trayecto a casa es incómodo y tenso, y yo lo miro de reojo de vez en cuando. Tiene la mandíbula tensa. Nos miramos a los ojos.

—Gracias por lo de esta noche, Pippa —dice con un tono grave y serio.

—No ha sido nada.

Él vuelve a mirar a la carretera, frustrado.

—Estaría perdido sin ti.

—Ya lo sé.

Él resopla, divertido.

—Qué humilde.

Lo miro con las cejas arqueadas, sonriendo.

—No ha sido nada. En serio.

Él asiente y vuelve la vista a la carretera, pero la tensión sigue presente en su cara. Cuando llegamos a casa, Daisy apenas aguanta con los ojos abiertos mientras sube la escalera. Duerme en la habitación de Jamie cuando él está en casa.

Jamie y yo nos miramos. Ahora que volvemos a estar solos, estoy pensando en lo que hicimos antes, en lo sexi que fue, en que quiero volver a hacerlo.

Pero no podemos. Lo sé. No soy capaz de no involucrar mis emociones, como me sugirió Hazel.

—Sobre lo de esta noche... —empieza a decir. Se le mueve la garganta y se frota la nuca.

—Creo que no deberíamos volver a hacerlo —suelto, y sus ojos se clavan en los míos. ¿Es decepción o alivio? No lo sé—. Tú tienes lo de tu madre y yo... —Me interrumpo, sacudiendo la cabeza. No puedo contarle la verdad.

Yo tengo un corazón muy sensible y estoy enamoradísima de él.

—Ya. —Su mirada intensa me recorre la cara, analizándome, y vuelve a apretar la mandíbula—. Lo lamento si te he hecho sentir incómoda.

—No. —Sacudo la cabeza—. No lo has hecho. Ha sido genial. En serio, brutal. —Bien, me estoy sonrojando—. Pero trabajo para ti y creo que tenemos algo estupendo.

Él asiente, sin apartar la vista de mí.

—Sí, es verdad.

Me cuesta tragar.

—Genial. —Miro la escalera. A través de la enorme ventana de la sala, parpadean las luces de la ciudad, y sé que estaré horas mirándolas, reviviendo toda la noche de hoy—. Bueno, me voy a la cama.

—Buenas noches, Pippa. —Su voz es grave, y algo en su mirada hace que quiera abrazarlo.

—Buenas noches.

En mi habitación, me apoyo en la puerta e intento ordenar mis pensamientos. Jamie no tiene espacio en su vida para mí; lo de esta noche ha servido para recordármelo. No ha sido culpa de Jamie; simplemente ha sido un mal momento, pero sé que él está abajo, culpándose. Esto va a seguir pasando, y jamás va a elegirme a mí por encima de su madre. No puede. Ella lo necesita demasiado.

Toda esta situación tiene una advertencia en luces de neón que dice «PELIGRO», parpadeando, con una flecha enorme señalándola. Si dejo que esto siga así, sé perfectamente cómo va a terminar para mí.

Capítulo 39
Jamie

Unas cuantas noches después, volvemos a jugar contra Calgary. Alexei Volkov tiene el disco, pero después de lanzar Miller se cruza por delante de él. El disco golpea el poste y los aficionados al otro lado del estadio se ponen de pie de un salto, pidiendo a gritos penalti. El partido continúa, y empiezan los abucheos.

Cuando el portero de los Cougars para el siguiente lanzamiento, suena el silbato y los árbitros y linieres se toman un momento para debatir antes de separarse.

—No hay penalti —anuncian por megafonía, y todo el estadio abuchea.

Miller sonríe a los aficionados, con los brazos completamente abiertos mientras patina por la pista. Están furiosos, dando golpes contra los cristales, y él lo disfruta. Se quita un guante, les hace una seña obscena, y los abucheos aumentan.

Ahora vuelve a sonar el silbato y le pitan penalti.

Casi no lo reconozco. Antes era muy disciplinado y estaba muy centrado, como yo. Le encantaba el hockey, aunque su padre vigilara cada movimiento y respiración que hacía, y le echara el pleito después de los partidos sobre lo que había hecho mal.

Tomo mi botella de agua y miro a Pippa a los ojos. Ella me sonríe y yo asiento. Esta noche ha venido con ella Hazel, que se está tomando una cerveza con cara de aburrimiento. Las pocas veces que alguna partida ha terminado cerca de mi portería, la mirada de Rory se ha ido directamente a ella.

Pippa se está riendo de algo que ha dicho Hazel. Me guiña un ojo con una sonrisa preciosa, y me palpita la verga. Pensaba que la mañana siguiente sería incómoda, pero Pippa ha estado completamente normal. Casi como si no hubiera pasado nada.

Debería estar aliviado de que no esté enojada. Debería sacármelo de la cabeza y pasar página. Sin embargo, no puedo dejar de pensar en la otra noche.

Ella tenía razón, no deberíamos hacer el tonto. Lo que pasó con mi madre fue un aviso, un recordatorio de lo que puede ir mal si yo no estoy disponible para ella.

No significa que me guste.

Estoy desesperado por hacer que Pippa vuelva a venirse, pero si empezamos así, no podremos parar. La haré mía, una y otra vez, todas las mañanas, tardes y noches. Seguramente también en plena madrugada. Es demasiado bonita, demasiado suave, demasiado especial, no me sacio de mi preciosa asistente. Es mucho más que la chica guapa de la escuela, y cuanto más íntimos somos, más se tambalea mi determinación junto a ella.

De todos modos, se merece mucho más que a mí. Alguien que pueda darle el cien por cien de su atención, que pueda darle todo. Odio la idea de que aparezca otro hombre en su vida, pero quiero que sea feliz.

El partido continúa, aparto la mirada y me centro en el juego.

Tras el partido, me subo al palco. Pippa me ve enseguida y me saluda mientras me acerco.

—Hola. —Carraspeo, mirando a mi alrededor—. ¿Y Hazel?

—Ha ido al baño, ahora viene. —Me sonríe—. El partido ha estado muy bien.

—Gracias.

Nuestros ojos se encuentran y mi mirada se desvía a sus

labios. Todavía estoy acelerado por el partido, la adrenalina me corre por las venas, y lo único que quiero hacer ahora mismo es llevármela a casa para hacer más de lo que hicimos la otra noche.

—¡Pero bueno! —grita Miller mientras se acerca a Pippa. Le da un abrazo muy fuerte, levantándola del suelo, y se ríe.

Me aletea la nariz y me cruzo de brazos, mirándolos.

—¿Qué haces aquí?

Él la suelta y le acaricia la punta de la cola de caballo. Aprieto los puños y siento la necesidad de pegarle.

—Estoy saludando a mi amiga Pippa.

Ella le sonríe.

—Hola.

Él la mira y mueve las cejas.

—Hola —responde, y se ríen los dos.

Odio todo esto.

—Los jugadores del otro equipo no pueden estar aquí. —Mi tono es firme y siento una presión en el pecho. No deberían sonreírse así. Es mía, no suya.

Él pone los ojos en blanco y señala con la barbilla al otro lado de la sala, donde el portero del Calgary está hablando con nuestro delantero.

—Thurston está prácticamente intercambiando partidas con tu compañero. A nadie le importa. —Él vuelve a sonreír a Pippa y le pasa un brazo por el hombro, y me aumenta la rabia en la sangre—. ¿Cómo te va, pequeña?

Ella resopla.

—Eres dos años mayor que yo.

—Sí, pero eres muy bajita.

—Soy normal.

Odio que esté pegada a él. Debería estar pegada a mí. No a él. A él, nunca.

—Tú eres ridículamente alto —le dice ella.

Me duele la mandíbula de tanto apretarla. Trago por los cuchillos que hay en mi garganta mientras me late el pulso en las orejas. ¿Por qué estoy tan alterado?

Aparece Hazel al lado de Pippa, y me saluda.

—Hola.

—Hazel. —Le asiento.

Mira a Miller, con su estúpido brazo rodeando a Pippa, y pone cara de asco.

Sabía que Hazel me caería bien.

—Hola, Hartley —dice él. Está mirando a Hazel con una sonrisa segura, pero hay algo predatorio en su mirada—. ¿Te acuerdas de mí?

Vamos, hombre, no friegues.

La expresión de asco de Hazel se intensifica.

—No.

—Claro que sí.

Pippa mira entre ellos.

—¿Se conocen? Estaban en cursos diferentes.

Miller está mirando a Hazel como si fuera un postre.

—Teníamos un par de clases juntos. Hartley es una cerebrito.

—Ya. —Pippa asiente a Hazel—. No me acordaba de que diste clases en verano para adelantar curso.

Miller suelta a Pippa y da un paso hacia Hazel, todavía con esa sonrisa fanfarrona en la cara que quiero borrarle de un puñetazo. Al menos ya no la dirige a Pippa.

—¿Qué es de tu vida, Hartley? Pippa me ha dicho que trabajas para el equipo.

Hazel lo mira por encima del borde de su vaso mientras le da un sorbo a la cerveza.

—Sí.

—Siempre te han gustado los jugadores de hockey.

Pippa me mira con una mueca. Yo arqueo la ceja y ella vocaliza: «Luego te cuento».

Hazel se queda mirándolo como si fuera un bicho aplastado en el suelo, y como si no hubiera estado coqueteándole a Pippa hace dos segundos. Las mujeres no suelen mirarlo como lo está haciendo Hazel.

Aunque, por el brillo en sus ojos, a él no parece importarle.

—Has madurado muy bien —le dice.

Ella se queda mirándolo y él se señala el cuerpo.

—¿No me vas a decir que yo también he madurado bien? —Le brillan los ojos.

—Felicidades. Pareces esa clase de hombre que tiene una muñeca inflable muy cara.

—Se llama Diane. —Le sonríe ampliamente y es evidente que le encanta todo esto.

Pippa y Hazel fingen una arcada a la vez.

—No deberías ponerle nombre, Rory —dice Pippa, y él se agita con una carcajada.

—¿Tu muñeca inflable tiene cabeza? —pregunta Hazel.

Él no aparta los ojos de su cara.

—Tenía, pero se la arranqué. —Se pasa la lengua por el labio de arriba.

—Eso es peor.

Él simplemente sonríe a Hazel como si quisiera quedársela. Pippa me sonríe. Es una sonrisa íntima, y se me aprieta el pecho.

Hazel le dice algo a Pippa y ella vuelve la cabeza para escuchar bien. Su cola de caballo me acaricia el brazo y la cabeza se me va a hace unos días, cuando estaba sentada entre mis piernas, temblando contra mi cuerpo mientras se venía bajo mis brazos. Todavía siento su pelo en mi pecho mientras se estremecía. No puedo dejar de sentirlo.

—Deberías venirte con Pippa y conmigo cuando me enseñe la ciudad —le dice a Hazel.

Ella se queda mirando a Pippa.

—¿Qué dice?

Pippa pone los ojos en blanco.

—Rory necesita que alguien le enseñe Vancouver, aunque sea su ciudad, porque ya no vive aquí.

Rory intenta empujar a Pippa detrás de él, y ella se ríe.

—No le hagas caso, nena. —Vuelve a sonreír a Hazel—. Deberías venir con nosotros.

—Tengo compromiso. —Frunce el ceño—. Y no me llames nena.

—Perdona. —Se lleva una mano al corazón con remordimiento—. Cariño.

Ella se queda mirándolo antes de mirar a Pippa.

—Sabes que va a intentar convencerte para hacer un trío, ¿verdad?

Pippa se ríe.

—Nunca he hecho un trío.

—No vas a hacer un trío —suelto, y los tres me miran como si me hubiera salido una segunda cabeza—. Y no vas a acostarte con Miller.

Me estoy oyendo, pero no puedo parar.

Pippa me da un golpe con el codo.

—Solo estamos bromeando —me dice antes de mirar a Miller—. ¿Cuándo vuelves por aquí?

—Pues, mira, me quedo un par de días ahora. Estoy libre mañana, si te parece.

Le destellan los ojos cuando la mira. Rory Miller está mirando a mi Pippa con ojos brillantes. Toda esta situación es horrible, y una rabia posesiva me recorre todo el cuerpo.

La idea de que intente algo con ella me da ganas de vomitar. Yo me quedo mirándola con furia, deseando poder sacarla de aquí para que estemos solos.

—Mañana me queda perfecto —le dice Pippa.

Miller me mira como si hubiera ganado algo. Me está retando, pero no puedo hacer nada. Ya tracé una línea con Pippa y la he cruzado varias veces.

Me lleva el carajo. Odio que Miller juegue a este juego de mierda conmigo. Y me odio a mí por ponerme tan celoso por una mujer a la que no puedo tener.

—Genial. —Me mira con una sonrisa de oreja a oreja—. Es una cita.

Capítulo 40
Pippa

Cuando salgo de mi habitación a la noche siguiente, Jamie está paseando por el departamento con una expresión tormentosa. Voy a la sala y él se detiene, mirando mi ropa.

Siento un chispazo en el estómago y empiezo a preguntarme si esto es una buena idea.

Sé que Rory no tiene ningún interés en mí. Aunque bromeara sobre tríos, solo vamos a salir como amigos. Aunque es verdad que he estado con el mismo hombre desde los quince años, y después de que Jamie hiciera que me estallara la cabeza con el juguete, me di cuenta de todo lo que me estaba perdiendo.

Quiero salir y pasármelo bien. Quiero hacer nuevos amigos y tener nuevas experiencias. He seguido a Zach en su gira y me he matado a trabajar durante dos años, y antes, fui con él a la universidad. Todos mis amigos eran, en realidad, sus amigos.

Además, detrás de esa arrogancia, Rory quiere volver a ser amigo de Jamie. Lo que pasa es que no sabe cómo hacerlo sin sacarle de quicio.

—¿Vas a ir así? —Aletea la nariz y le centellean los ojos verdes.

Yo miro mi minifalda de lana y la camiseta de un grupo que vimos Hazel y yo hace unos cuantos veranos. Encima de la camiseta, llevo un cárdigan abierto que casi me llega al borde de la falda.

—¿Qué pasa?

Él me mira las piernas con los brazos cruzados.

—Vas a pasar frío.

Siento un escalofrío por la espalda por su tono mandón y aparto la mirada para mirar la hora en mi teléfono y ocultar que me he sonrojado. Rory llegará en cualquier momento.

—Me voy a poner las botas. —Las saco del armario y me las pongo.

Me encantan estas botas y no me las pongo mucho. Me llegan hasta los muslos y me hacen unas piernas increíbles.

Cuando me doy la vuelta, los ojos de Jamie están fijos en el trozo de piel que queda entre la falda y las botas, y su mandíbula se aprieta con tensión.

—Jamie —suspiro, riéndome un poco—. Rory y yo somos amigos. Solo estás enojado porque te marcó un gol la otra noche.

Le salen dagas de los ojos, y prácticamente puedo sentir el cosquilleo de su mirada en mis muslos.

—Cuando vea esa falda, no va a querer que sean amigos. —Levanta la mirada y le brillan los ojos de frustración—. ¿Y si hay fotógrafos? —dice—. Le dijimos a todo el mundo en la fiesta de fin de gira que estábamos juntos.

—Nadie va a hacernos fotos. Vamos a un bar muy discreto en Main Street que tiene unos cócteles muy ricos. La gente de ese barrio es demasiado buena como para hacerle fotos a un jugador de hockey.

Mi teléfono vibra sobre la mesa, y la pantalla se ilumina con la palabra «Puerta». Abro a Rory y suelto el teléfono.

Me doy la vuelta y me choco con Jamie, apoyando las manos en su pecho para sujetarme. Cuando le miro a los ojos, se me dispara el pulso.

Tiene una mirada salvaje.

—¿Qué pasa? —pregunto, buscando sus ojos oscuros mientras él mira a la puerta y luego a mí.

Su boca se estampa contra la mía. Gimo contra él mientras su lengua se desliza entre mis labios, acariciándome. Me hace andar hacia atrás hasta que me choco con la pared, y sus caderas se clavan en las mías.

Abro mucho los ojos, pero no veo nada. Solo puedo sentirlo presionándome el estómago, completamente erecto. Me palpita la vulva, y dejo escapar un suave gemido.

—Dijimos que no lo haríamos. —Mis palabras suenan como un susurro arrepentido contra sus labios, y él deja de besarme, apoyando la frente sobre la mía y respirando con dificultad.

—Me da igual.

¿Sinceramente? A mí también. Ni siquiera recuerdo por qué decidimos no hacer esto. Está demasiado bien.

Su boca vuelve a caer sobre la mía y me besa con tanta fuerza que me duele. Me pierdo en su beso, en la sensación de su boca haciéndose con la mía, sus manos sobre mí y mis manos en su pelo. Cuando le tiro suavemente del pelo, el gruñido que sale de su garganta me hace sentir excitación entre las piernas, y noto cómo la humedad se acumula en mis calzones.

Dios. La boca de Jamie me está cogiendo instantes antes de que aparezca Rory, y me da exactamente igual. No puedo parar.

—No puedo dejar de pensar en esto —dice Jamie, igual de enojado que antes, pero con un calor en la mirada que hace que el estómago se me estremezca de necesidad.

Me desea muchísimo. Y yo solo puedo asentir.

—Dime que pare, Pippa —dice contra mi boca.

Yo gimo mientras él me chupa la lengua. Ni de broma.

Llaman a la puerta detrás de nosotros y me sobresalto, pero él apoya el brazo en la pared, a mi lado, encerrándome. Tengo los nervios a flor de piel.

—Es Rory —susurro.

Jamie me agarra el cuello con la mano libre, sujetándome suavemente.

—Quédate aquí —murmura, y vuelvo a estremecerme.

Lleva la otra mano a mis muslos, y pasa los nudillos sobre la piel entre la falda y la bota. No puedo respirar y el corazón me va a mil. Noto los pechos hinchados y tensos, y cuando la mano de Jamie agarra el dobladillo de la falda, levantándolo, inclino la cadera involuntariamente.

Él deja escapar una risilla entre dientes y, cuando Rory vuelve a llamar a la puerta, Jamie se inclina hacia mí hasta que me roza la oreja con la boca.

—Dile que enseguida abres.

No estará insinuando...

El pulso me late entre las piernas.

Me mira impaciente y exigente. Su cara lo dice todo.

Su cara lo dice todo.

«Hazlo. ¡Ya!».

—¡Un momento! —grito, con la voz temblorosa mientras tengo la mirada clavada en los ojos de Jamie.

Su mano sube más arriba. El aire se quiebra entre nosotros, pero no puedo apartar la mirada. Dibuja una suave línea por la parte interior de mi muslo y, con la otra mano, aprieta ligeramente los dedos contra mi nuca.

Cierro los ojos mientras me acaricia por encima de la ropa interior, y un placer me sacude todo el cuerpo cuando me aprieta el clítoris. Se me abre la boca y ahogo un grito.

—Demonios —susurro.

—Shh. —Sonríe ligeramente, pero sus ojos están oscuros, como si disfrutara torturándome de esta manera—. ¿Te gusta?

Asiento.

—¿Quieres que te meta los dedos?

Vuelvo a asentir, con las manos sobre su pecho. Más que nada.

Él levanta una ceja.

—Pídemelo por favor.

—Por favor —susurro.

—Buena chica. —Se me queda mirando, buscando mi cara mientras me aparta los calzones a un lado y me acaricia con los dedos largos, rodeándome el clítoris. Aprieto los labios para no gemir mientras se desliza por mis nervios sensibles. Respiro con fuerza, estremeciéndome, y él me mete un dedo.

—Demonios —murmura, y vuelvo a cerrar los ojos de placer—. Estás empapadísima por mí, Pippa.

Yo asiento y apoyo la cabeza sobre su pecho.

—No, no, no —susurra—. Mírame a la cara.

Me trago otro gemido, mordiéndome el labio mientras levanto la cabeza para mirarlo. Se le ha caído un mechón de pelo sobre los ojos pero, incluso con la vista nublada y cachonda, lo encuentro adorable. Me mete otro dedo, y los mueve a un ritmo lento para volverme loca. Yo me aferro a su cuello, prácticamente colgando de él.

Rory vuelve a llamar a la puerta, y me sobresalto, agarrando los dedos de Jamie. Se me había olvidado que estaba ahí. Jamie me mira complacido.

—Pippa —llama Rory a través de la puerta—. Me aburro. Vámonos.

Jamie se inclina hacia mí.

—Eres mía —me murmura al oído, llevando los dedos hasta el fondo para acariciarme el punto G.

Se me escapa un ligero gemido.

—Un segundo —le respondo, y se me rompe la voz cuando Jamie me pasa el pulgar por el clítoris. La presión y el calor se me acumulan en el estómago, y me siento como la otra noche cuando Jamie me presionaba el juguete en el clítoris.

Me voy a venir.

—¿Te quieres venir? —pregunta con esa sonrisa satisfecha y poderosa.

Yo asiento frenética, con los ojos en blanco mientras él sigue acariciándome la vagina, mordiéndome los labios para no gemir de placer.

—Estoy a punto —digo con la respiración entrecortada, mirándolo asombrada. ¿Cómo es posible que se le dé tan bien?

—Ya lo sé.

Su voz suena con un tono engreído y determinado, y eso hace que se acumule más calor alrededor de sus dedos. Tengo la respiración acelerada y me aferro a su mirada a medida que aumenta la presión en mi entrepierna.

—Ya está —vocaliza, mirándome intensamente, y su mano se mueve más rápido. Me acaricia el clítoris con el pulgar y una ola crece en mi interior—. Calla —me susurra cuando empiezo a temblar.

Aprieto la boca con una mueca mientras me aferro a sus

dedos. Una luz intensa e increíble me inunda el cuerpo, retorciéndose, hinchándose, fluyendo por cada centímetro de mí, expandiéndose desde donde me acarician los dedos de Jamie. Puedo escuchar lo mojada que estoy mientras unas chispas me recorren los nervios. Mientras cabalgo la última ola del orgasmo, dejo caer la cabeza sobre su pecho.

—Perfecta —me susurra al oído—. Eres tan perfecta.

Todavía estoy recuperando el aliento cuando se lleva los dedos a la boca y lame mi líquido de sus dedos. Otra ola de calor se mueve por mi cuerpo y me palpita el clítoris. Se inclina hacia delante y me da un beso en la boca. Puedo saborearme en sus labios.

Llaman otra vez a la puerta, y Jamie lleva la mano a la manija. Me tambaleo para colocarme la falda mientras él abre la puerta.

—Menos mal... —Rory deja de hablar cuando ve a Jamie y pone una sonrisa engreída—. ¿Vas a fastidiarnos la cita, Streicher?

—Correcto.

Capítulo 41
Pippa

La cena ha sido incomodísima.

Estamos sentados en un bar de Main Street, a unos pocos metros del departamento. Es un tugurio con una entrada secreta camuflada como un despacho de contabilidad de los años setenta, pero por dentro está todo decorado con terciopelo granate, cuadros extraños y fascinantes, y un mural hedonista de gente paseándose desnuda por la naturaleza.

Le doy un sorbo a mi *whisky sour* y miro hacia el pasillo de los baños. Seguro que hay una puerta trasera por la que me puedo escaquear.

Todavía estoy vibrando por lo que hemos hecho Jamie y yo en casa y, cada vez que lo pienso, se me calienta la cara. A mi lado, Jamie ha vuelto a su estado malhumorado natural. Sé que no deberíamos haber vuelto a jugar con fuego, pero es que, en cuanto me toca, pierdo la cabeza. Hay demasiada electricidad entre nosotros. Es demasiado intenso. Demasiado bueno.

Demonios, sus dedos dentro de mí... Siento un escalofrío por todo el cuerpo.

—Pippa. —Rory se inclina hacia atrás en la silla—. Me han contado que el otro día tocaste la guitarra delante de todo el mundo.

Pongo los ojos en blanco.

—Fue solo por pasar el rato.

A mi lado, Jamie hace un ruido gutural de desaprobación.

—Es verdad —le digo con una sonrisa indulgente, y él me mira con el ceño fruncido.

—Es muy buena —le dice a Rory. Son las primeras palabras que le dice desde que hemos llegado—. Si quisiera, podría dedicarse a la música.

Siento un bloque de hielo en el estómago.

—No es solo cuestión de talento.

—No lo es, no. —Jamie me mira con severidad—. Es cuestión de trabajo duro y de creer en ti. Y a ti te falta esto último.

Noto en mi interior una sensación que no me gusta, y muevo las manos incómoda sobre las piernas. Estoy a punto de cambiar de tema, pero Rory interviene.

—Parece que tienes un admirador —dice, sonriendo a Jamie.

Sin provocación. Sin superioridad. Una sonrisa, sin más.

—Soy su mayor admirador. —Las palabras de Jamie no tienen el tono cortante que suelen tener siempre que habla con Rory.

Se miran durante un buen rato, evaluándose.

Bueno, se acabó.

—¿Por qué dejaron de ser amigos? —suelto.

Jamie se queda mirando fijamente a Rory, que se mueve en su asiento. Veo un destello de vulnerabilidad en sus ojos, pero parpadea y desaparece.

—Tengo que marcarle goles. —La sonrisa de Rory es sarcástica—. ¿Por qué iba a ser amigo de un tipo así?

Jamie se cruza de brazos.

—Parece una lección de la escuela de hockey de Rick Miller.

—Sí. —Rory sube y baja las cejas, y curva los labios sin gracia mientras echa un vistazo por el bar.

Durante unos minutos, tengo la sensación de que los dos quieren añadir algo más.

—¿Rick Miller es tu padre? —le pregunto a Rory, levantando las cejas.

Rick Miller es uno de los grandes del hockey en Canadá.

Habría sido uno de los jugadores favoritos de mi padre si no hubiera tenido fama de ser un idiota con la prensa y con los aficionados.

Rory me mira fríamente.

—El único e inigualable.

—Qué fuerte.

Él se encoge de hombros.

—No te dejes impresionar, Pippa. Es un tipo normal.

Pienso en Jamie y en cuánto me intimidaba en la escuela, e incluso hace tan solo unos meses, y en lo amable, cariñoso y protector que es detrás de esa fachada de cascarrabias.

Pero algo me dice que Rick Miller no es amable y cariñoso.

—Deberíamos irnos ya. —Jamie me mira—. Tengo entrenamiento muy temprano y tú tienes una entrevista.

Se me hace un nudo en el estómago. Es verdad, la entrevista para el puesto de marketing. Llevo dos semanas preparándola, repasando todos mis apuntes de la carrera, ensayando con Hazel y evitando las llamadas entusiasmadas de mis padres para preguntarme si estoy preparada.

—Pajarillo. —Jamie está usando el tono que solo usa cuando estamos solos, como si se hubiera olvidado de que Rory está al otro lado de la mesa—. Lo vas a hacer excelente, si es lo que quieres.

No es eso lo que me preocupa, pero no veo otro camino. Cualquier otra opción es...

No. Ya está.

Fuerzo una sonrisa rápida y, enfrente, Rory nos mira con curiosidad. La mesera pasa por detrás de él y Jamie levanta la mano para llamarla.

—¿Nos traes la cuenta, por favor? —le pregunta.

Ella sonríe.

—Ya está pagado. Pasen buena noche. —Se marcha y nos quedamos mirando a Rory, que me guiña un ojo.

—Gracias —le digo—. No tenías por qué pagar nuestra cena.

Él se encoge de hombros, levantándose.

—Es lo mínimo que podía hacer.

No sé a qué se refiere exactamente con eso, y me pregunto

si tiene algo que ver con cómo acabaron las cosas entre Jamie y él.

Jamie carraspea, claramente incómodo con que Rory le haya invitado a algo.

—Gracias —murmura, y yo escondo una sonrisa cuando nos marchamos.

Fuera del bar, Rory inclina la cabeza hacia un lado.

—Mi hotel está por aquí.

—Bien. —Le sonrío—. Lo he pasado muy bien, gracias.

Él me da un abrazo y un beso rápido en la mejilla. No tengo hermanos, pero estoy segura de que sería algo parecido a esto.

—Tenemos que repetir, ¿de acuerdo? —Se aparta de mí y me sonríe.

Yo asiento.

—No lo dudes.

Se gira hacia Jamie, que nos está mirando enojado.

—Y Streicher, contigo también, supongo.

Jamie aletea la nariz. Yo pongo los ojos en blanco, le doy las buenas noches a Rory y tiro de Jamie. Caminamos en silencio hasta casa, hasta que me mira.

—Gracias por dejar que viniera a tu salida —dice.

Pongo una sonrisa provocadora.

—Como si hubiera tenido otra opción.

Él resopla y sé que está pensando en cuando me dijo que me fuera a vivir con él.

—Y no era una salida. Era una cita. —Me aparto con una sonrisa mientras él hace un ruido gutural.

—No. Era. Una. Cita.

Yo me río. Me encanta hacerlo rabiar.

Pasamos por delante de la tienda de guitarras y se me escapa un suspiro cuando veo la guitarra de mis sueños. Me paro delante para admirarla.

Jamie se para a mi lado, con los brazos cruzados, analizándola a través del escaparate.

—Te encanta esta guitarra.

—Sí. —Me quedo mirándola, memorizando los detalles de la madera. Puedo sentir cómo sería tocar esas cuerdas.

—La próxima vez que pasemos, deberías entrar y tocarla.

Sacudo la cabeza con una sonrisa.

—Si la toco, la querré todavía más —admito.

—¿Y eso sería malo?

Sí, porque entonces querré todavía más otras cosas. Empezaré a imaginarme situaciones. Empezaré a soñar de nuevo y, la última vez que hice eso, no terminó bien.

—En otra vida, quizás; pero en esta no. Vamos, vámonos a casa.

Cuando abrimos la puerta, Daisy viene corriendo y Jamie se agacha para acariciarla.

—Voy a sacarla —dice, tomándola en brazos.

Nuestras miradas se cruzan y mi cabeza empieza a reproducir lo que hicimos hace unas horas contra la puerta. Se le oscurece la mirada y sé que está pensando en lo mismo. Siento un golpe de calor en el estómago.

Estoy tentada. Estoy muy tentada, maldición.

Aunque la noche que Donna tuvo el ataque de pánico, después de que Jamie usara conmigo el juguete, él estuvo a punto de rechazarme con mucha amabilidad, y yo lo interrumpí rápidamente porque no podía soportar que volvieran a hacerme eso.

Seguro que esa es la cara que tendrá cuando me diga que no podemos seguir con esto. Es solo cuestión de tiempo. Sé que él jamás me dejaría como lo hizo Zach. Lo haría bien. Lo haría mirándome a la cara, con cariño y respeto.

Me estremezco al imaginármelo. ¿Por qué eso duele más?

Porque ese es precisamente el motivo por el que me gusta. Es bueno, y jamás haría daño a alguien a propósito, pero eso no quiere decir que no me vaya a hacer daño sin querer.

—No puedo tener algo informal —le digo.

Mis palabras se quedan flotando en el aire y mi mensaje es claro. Tenemos que parar esto. Aunque sea divertido. Aunque esté teniendo los mejores orgasmos que he tenido en mi vida. Aunque no podamos quitarnos las manos de encima.

Él se me queda mirando un instante, y se le mueve la nuez.

—Ya.

Siento algo extraño en el pecho, apretado y tenso, con una intensidad desagradable.

—Buenas noches.

Él asiente con una expresión muy seria.

—Buenas noches, Pippa.

«En otra vida», le dije sobre la guitarra. Puede que también se lo aplique a él.

Capítulo 42
Pippa

Miro la hora en el teléfono frente al edificio donde está la oficina de marketing del equipo. Tengo una llamada perdida de mis padres. Todavía me quedan unos minutos, así que les llamo.

—Hola, tesoro —responde mi madre—. Solo queríamos desearte buena suerte para la gran entrevista.

Se me retuerce el estómago. Está muy entusiasmada y optimista.

—Espera un momento. Ken —dice, llamando a mi padre—, toma el otro teléfono, es Pippa.

Un instante después, mi padre también está al teléfono.

—Hola, cariño. Buena suerte. Estamos seguros de que lo harás genial.

Fuerzo una sonrisa, aunque no puedan verme.

—Gracias.

—Estamos muy orgullosos de ti —dice, y me lo imagino con una gran sonrisa y los ojos brillantes.

—Orgullosísimos —añade mi madre—. Cuando consigas este trabajo, todo se irá poniendo en su sitio poco a poco. Ya verás. —Está muy segura—. En un par de años, puede que incluso puedas permitirte un departamento en las afueras.

No quiero vivir en las fueras. Ni siquiera quiero pensar en comprarme un departamento todavía.

—Acuérdate de preguntar por las prestaciones —dice mi padre—. Pregúntales por las opciones de jubilación.

—¡Y por el dentista!

—Sí, es verdad, que no se te olvide —confirma mi padre—. No todos los seguros lo cubren.

Frunzo el ceño.

—Pero si ya he llevado aparato.

—Para ti no —dice mi madre—. Para tus hijos, cuando los tengas.

¡¿Para mis hijos?! Me estremezco y la cabeza empieza a darme vueltas. Apenas soy capaz de imaginarme en este trabajo en un futuro cercano, ni puedo imaginarlo en, yo qué sé, quince años. Por el amor de Dios. Esta conversación lo está empeorando todo. En unas semanas vuelvo a casa por Navidad y tengo la sensación de que esta entrevista va a ser el tema de conversación principal durante todo el tiempo que esté allí.

—Tengo que entrar —les digo—. Luego les cuento.

—Está bien. Adiós, tesoro. ¡Buena suerte! —dice mi madre con un tono alegre.

—No te olvides de hablar de lo responsable que eres —dice mi padre a modo de despedida.

Yo suspiro y me quedo mirando la puerta del edificio. No quiero hacer esto, pero no me queda otra.

Capítulo 43
Jamie

Ward sopla el silbato mientras salgo de la pista a la mañana siguiente.

—Vaya paliza te han dado hoy —comenta, y yo hago un ruido, de acuerdo con lo que dice.

Mi concentración ni está ni se la espera hoy. Me duelen los músculos y me pesan todas las extremidades. Me he pasado toda la noche dando vueltas pensando en Pippa cabalgando sobre mi mano, en los dulces y suaves gemidos que intentaba amortiguar sobre mi camiseta cuando se vino.

Nunca he sido celoso, pero con Pippa pierdo la cabeza cuando pienso en ella con otros hombres. No soportaba la idea de que saliera con Miller.

Odio esa idea.

Un pensamiento intrusivo se pasea por mi cabeza. Erin pasaba muchísimo tiempo con otros tipos y jamás me sentí de esta forma.

Se me activa una alarma por todo el cuerpo. Se acabó el tonteo. Esta vez de verdad.

Me la imagino preparándose para salir anoche y tengo que aguantar un gruñido. Esas botas. Carajo.

Pippa Hartley no tiene ni idea de lo preciosa que es.

—Streicher, ¿me estás escuchando?

—¿Hmm? —Vuelvo a realidad. Ward me está mirando con una cara extraña—. Perdona, ¿qué decías?

—La gala benéfica. Todavía no has confirmado.

Hago un esfuerzo por no poner los ojos en blanco. El Vancouver Storm es uno de los donantes principales del hospital infantil, y han organizado una gala a finales de enero en Whistler, un pueblo de montaña a un par de horas de Vancouver. El equipo va a ir con otros donantes. Habrá un montón de famosos con los que no me gustaría estar. Apoyo la obra benéfica, voy a los eventos del hospital e incluso hago donaciones anónimas, pero odio ir a las galas.

Es evidente que todo eso se me refleja en la cara, porque Ward me mira con severidad.

—La asistencia es obligatoria, Streicher. No te lo estoy preguntando.

Maldición.

Me controlo, porque tengo que tener a Ward contento si quiero quedarme en Vancouver. He estado jugando bien, incluso mejor que bien cuando Pippa está sentada detrás de la portería, algo que odio admitir, y no voy a darle ningún motivo para que me venda.

—Está bien —le digo—. Allí estaré.

—¿Vas a traer algún invitado?

Estoy a punto de decir que no. Debería decir que no. Pippa puede quedarse en Vancouver con Daisy y, si pasa algo con mi madre, podrá llegar rápido.

Pero la idea de ir con Pippa lo hace más llevadero. Me la imagino con un vestido de noche, sintiéndose preciosa. Con su mano sobre mi brazo. Bebiendo champán, riéndonos.

—Sí. Llevaré una invitada.

Él me analiza y el fantasma de una sonrisa aparece en su cara.

—Bien. Me alegro.

Me paso el resto de la tarde en el gimnasio, intentando no pensar en ella ni en la forma en la que dijo: «No puedo tener algo informal».

Ahí está la confirmación de lo que yo ya pensaba. Pippa quiere más de lo que puedo darle, exactamente igual que Erin.

Ahora soy más maduro y sé que no debo jugar con los sentimientos de alguien. La culpa me apuñala el pecho cuando recuerdo cómo destrocé la carrera de Erin. Ahora trabaja en una serie de televisión de bajo presupuesto cuando, en realidad, lo que quería era ser modelo, y es culpa mía.

No cometeré el mismo error con Pippa.

Pienso en su entrevista, que ya debería haber terminado.

«¿Qué tal ha ido?», le escribo.

Aparecen los tres puntos suspensivos antes de que llegue su respuesta.

«¡Genial! Lo he logrado».

Entorno los ojos. Me creo lo que dice, pero no me creo la alegría con la que lo dice. No ha dicho que no quiera el trabajo, pero hay algo ahí, merodeando en sus palabras. Cuando canta y toca la guitarra, emana luz propia y llena la habitación, iluminándolo todo. Es un contraste muy llamativo con la versión de Pippa que veo cuando habla del puesto en marketing.

«Vamos a cenar esta noche», sugiero antes de pensarlo demasiado. Quiero que me cuente qué tal ha ido la entrevista. Quiero pasar tiempo con ella.

No vamos a coquetear más, pero parece que no puedo separarme de mi bonita asistente.

Capítulo 44
Pippa

Esa noche vamos a un restaurante mexicano a unas cuantas manzanas de casa, y compartimos unos nachos con guacamole. Queda poco para Navidad y hay decoraciones por todas partes.

—Deberíamos averiguar cuándo es el cumpleaños de Daisy —digo entre sorbos de mi margarita.

—La encontré en la calle, así que seguramente no tenga una fecha exacta.

Se me hunde el corazón.

—Todo el mundo debería tener cumpleaños.

Su mirada me recorre la cara, tan suave y amable que casi puedo sentirla.

—Tienes razón. Es inaceptable. —Saca el teléfono y mira el calendario con el ceño fruncido—. ¿A mediados de enero? Podemos hacerle una fiesta.

—¿Una fiesta? Quieres organizarle una fiesta.

Le brillan los ojos.

—Solo si vas tú.

—Claro que iré. Pero sabes que tienes que ir disfrazado de perro, ¿verdad?

Pone los ojos en blanco y yo me río.

—Te quiero preguntar una cosa. —Duda mientras me mira—. Hay una gala benéfica a finales de enero, y el equipo tiene que ir. Es en Whistler.

Me encanta Whistler. Hace años que no voy, desde que Hazel y yo éramos adolescentes.

—Bien. —Chupo la sal de mi bebida antes de dar un sorbo—. Me quedaré con Daisy el fin de semana. El trabajo de marketing no empieza hasta febrero, como pronto. Si es que me aceptan, claro.

Desliza su mirada a mis labios, destellando calor. Pienso en anoche, en cómo estaba sobre mí mientras Rory esperaba al otro lado de la puerta. En la forma en la que se le oscurecieron los ojos posesivamente mientras apretaba los dedos dentro de mí.

No podemos volver a hacerlo, pero eso no quiere decir que no pueda pensar en ello.

—No... —Aparta la mirada de mi boca, parpadeando—. Quiero que vengas conmigo. Como mi asistente.

—No hay problema. —Mi voz suena contenta y alegre, pero por dentro me desinflo un poco. No debería, porque ambos sabemos que no podemos ser nada más que esto, pero una pequeña parte de mí ha estallado cuando ha dicho «como mi asistente».

—Reservaré una *suite* y me encargaré de conseguirte un vestido —añade.

—Perfecto. —Me termino la bebida, y cuando pasa el mesero detrás de Jamie, le hago un gesto para que me traiga otra.

Empezamos a hablar de las próximas fiestas. Durante la semana entre Navidad y Fin de Año, iré a visitar a mis padres a Silver Falls, el pueblito del interior de la Columbia Británica donde viven desde que se jubilaron.

He estado pensando en algún regalo de Navidad para Jamie, pero es imposible.

—¿Vamos a hablar de la entrevista? —me pregunta, interrumpiendo mis pensamientos.

Tomo aire y se me retuerce el estómago.

—Ha salido bien.

Levanta las cejas y siento el peso de sus ojos, así que aparto la mirada y echo un vistazo por el restaurante: las botellas de colores y los azulejos detrás de la barra, las otras mesas, a lo que sea menos a sus ojos.

Por fin estoy preparada para admitirlo: cuando me imagino en el puesto de marketing, se muere una parte de mí.

—Pippa —dice, y mi decisión se derrumba.

—Ha salido bien. —Tengo la boca seca.

Jamie me mira, esperando.

—Seguramente me contraten —digo llevándome el vaso a la boca.

—Lo dices como si fuera algo malo.

Aprieto la boca y me esfuerzo por tomar aire. Me quedo en silencio porque no tengo ni maldita idea de qué decir. Parece algo malo.

—Pajarillo.

Mi decisión vuelve a tambalearse. Me encantaría que dejara de llamarme así, porque me gusta demasiado. Es imposible fingir con él cuando me llama así.

Sacude la cabeza.

—No quieres ese trabajo, Pippa. Admítelo.

—Está bien —digo por fin. Tengo la sensación de que voy a vomitar—. No quiero ese trabajo. Mis padres hacen que parezca la opción más segura, pero... —Me muerdo el labio de abajo. Lo que estoy a punto de decir va a sonar muy estúpido.

A Jamie le brillan los ojos.

—La opción más segura es aburrida.

Me quedo sin aliento.

—Exacto.

Él se me queda mirando durante un buen rato antes de suavizar la cara.

—Bien.

—¿Bien? —Me inclino hacia delante y lo miro desconcertada—. ¿Me estás escuchando? Es un desastre, Jamie.

Tiene los ojos clavados en mi cara.

—No es un desastre.

Todo para lo que mis padres se han esforzado tanto, tirado por el desagüe. Todo lo que ahorraron para poder pagarme la universidad, todas las esperanzas que tienen depositadas en mí, a la basura. Pienso en mi madre dando clases de *ballet*, un recordatorio diario de que no consiguió bailar a nivel profesional.

«El fracaso duele», me dijo una vez.

Jamie se inclina hacia delante y busca mi mirada. Siento la necesidad de subirme a su regazo y engancharme a él como un koala, enterrando la cara en su cuello e inhalándole. Es lo único que me haría sentir mejor ahora mismo.

—¿Y qué pasa con la música? —pregunta con cariño.

—¿Qué pasa? —Se me acelera el corazón. Solo decir esas palabras, duele. No son sinceras. Son crueles y traicioneras conmigo misma, lo que no tiene sentido, porque nunca fue una opción.

«No tienes lo que hay que tener», me dijo Zach.

Siento cómo crece la ira dentro de mí y aprieto los puños. ¿Y si sí que lo tengo? El deseo de tomar el control, de dejar de ser la chica a la que le pasan cosas se aferra a mi garganta y la aprieta.

—Tienes el impulso, Pippa. —Lo dice con una ligera frustración y me atraviesa con la mirada—. Tienes muchísimo talento, y la única persona que no lo ve eres tú.

Pongo los ojos en blanco con una risa amarga.

—Zach tampoco lo veía.

—Claro que lo veía —dice Jamie—. No me cabe ninguna duda.

El entorno se desvanece cuando nuestras miradas se clavan. Lo veo todo dentro de sus profundos ojos verdes; veo que quiere esto para mí, que odia lo que me hizo Zach y que está enojado porque mis padres tengan esta influencia inconsciente sobre mí.

—¿Y qué pasa con mis padres?

Se le tensa la mandíbula, como si estuviera enojado.

—¿Y qué pasa contigo?

Cierro los ojos un instante. Me imagino su decepción y siento que me derrumbo.

—Los mataría.

Le arden los ojos, concentrados y furiosos. Es la misma mirada que he visto en las reposiciones de los partidos, cada vez que hacen un primer plano de su cara en los momentos más álgidos.

—Te quieren y lo superarán —lo dice como una amenaza,

como si él mismo se fuera a asegurar de que es así, y me late el corazón con más fuerza—. ¿Sabes cuánta gente me dijo a mí que no lo conseguiría? —Frunce el ceño con frustración—. Pregúntale a Owens, o a Miller, a cualquier otro atleta profesional. Todos los que han intentado hacer algo valiente han tenido a alguien que les ha dicho que no. Ignora esas voces. La única opinión que importa es la tuya.

—Tu opinión me importa —digo sinceramente.

Aletea la nariz.

—Pues yo sé que eres capaz de conseguirlo, ¿por qué no me haces caso?

Quiero creerle. Creo que yo también lo pienso. No sé si estoy preparada para fracasar estrepitosamente en algo que me importa, pero hay una diminuta parte de mí que es terca y todavía no pretende rendirse.

Cuando Jamie dice cosas como: «Sé que eres capaz de conseguirlo», esa parte terca florece. Al otro lado de la mesa, me analiza con una expresión seria y se me ensancha el corazón.

Jamie es muy bueno. Ojalá todo el mundo conociera esta faceta suya. Me pregunto si su ex la vio alguna vez.

—¿Qué pasó entre Erin y tú? —pregunto suavemente. No es asunto mío, pero tengo curiosidad. Me dijo que no quiere tener ninguna relación seria, y quiero saber si tiene algo que ver con ella. Seguro que sí.

Él parpadea y aparta la mirada.

—No tienes que contármelo —me apresuro a decir—. Si es demasiado personal.

—No. —Frunce el ceño—. No pasa nada. Es personal, pero... —Me mira desde el otro lado de la mesa, me mira de verdad y, en este momento, tengo la sensación de que somos mucho más de lo que somos—. Quiero contártelo. Hace tiempo que quiero contártelo, pero no sabía cómo. —Se cruza de brazos—. Pensó que estaba embarazada.

Se me para el corazón.

—Teníais diecinueve años.

—Sí. —Traga con fuerza—. Yo todavía era un novato y su carrera estaba despegando. —Me mira fijamente—. Era modelo.

Asiento, intentando disimular la cantidad de veces que la he buscado en Google.

—Tuvo un retraso de dos semanas y, cuando me contó que a lo mejor estaba embarazada, parecía muy contenta. —Agarra aire y la culpabilidad se le refleja en la cara—. Me acobardé.

—Normal. No quiero ni imaginarme quedándome embarazada a los diecinueve. Me habría muerto de miedo.

—Cada vez que tenía tiempo libre, iba a visitar a mi madre. —Se le desconcentra la mirada, como si hubiera vuelto a sus recuerdos—. Pensaba que lo mío con Erin no era serio, pero para ella sí que lo era.

—¿Qué pasó?

Deja escapar un suspiro muy largo.

—No estaba embarazada, pero después de ver mi cara cuando pensó que sí lo estaba, todo cambió. Rompimos. —Levanta la mirada hacia la mía, llena de preocupación y culpabilidad—. Y, unos días después, leí en internet que había dejado su carrera de modelo. Tenía contratos con varios eventos de semanas de la moda y los rompió. Tenía una carrera prometedora y la dejó, y sé que lo hizo por mi culpa. —Sacude la cabeza—. La destrocé, Pippa.

Siento mucha pena por Jamie, porque se nota que esto todavía le afecta.

—Jamie. —Nuestras miradas se cruzan y le sonrío con cariño—. No puedes cargar con tanta culpa. La gente sufre rupturas constantemente.

—Zach te dejó y destrozó tu autoestima.

Por eso no tiene relaciones. Me pongo muy triste al darme cuenta. Jamie lleva años castigándose por eso.

—Puede que Zach me rompiera el corazón y me dijera que no sirvo para la música, pero eso no quiere decir que lo crea. En su momento lo hice, pero creo que ya no. —Le sonrío—. Y tú tienes mucho que ver en eso. ¿Has hablado con Erin de lo que pasó?

Se me queda mirando un buen rato.

—No.

Cambia la música del restaurante y mis pensamientos se

paran en seco al escuchar a Zach cantar los primeros versos. Se me hunde el estómago hasta el suelo.

—¿Qué pasa? —La voz de Jamie suena muy lejana.

La letra flota a mi alrededor, y vocalizo el estribillo mientras Zach canta. Apenas soy consciente de que la mano de Jamie está sobre la mía encima de la mesa, y solo soy capaz de concentrarme en Zach cantando mi canción.

Mi canción. La que toqué para su mánager y para él. La que les hizo tanta gracia.

Dijeron que no era buena y me la robaron.

Capítulo 45
Pippa

Me suben las náuseas por la garganta.

—Pippa. —Jamie ahora está a mi lado, rodeándome con el brazo por encima de los hombros, con cara de preocupación—. ¿Qué pasa?

—Es mi canción. —Mi voz suena plana—. Es mi canción —repito.

Parte de la letra es diferente. Las estrofas tienen otra melodía, pero el estribillo es el mío.

Jamie llama a la mesera, saca un billete de la cartera y se lo da.

—¿Puedes cambiar la canción, por favor? Rápido.

Al cabo de un instante, la voz de Zach desaparece de pronto, sustituida por los primeros acordes de otra canción.

Se rio de mí. Y todo este tiempo he estado pensando que valía.

«Claro que lo veía. No me cabe duda», había dicho Jamie sobre Zach.

—Pippa —murmura Jamie con la mano en mi nuca, cálida, fuerte y tranquilizadora. El contacto me trae de vuelta al presente, y lo miro parpadeando. Parece enojado y preocupado, con la mandíbula tensa y los ojos en llamas.

Estoy confundida, impactada y tremendamente enojada,

pero estar aquí con Jamie mejora un poco la situación. Jamie, que cree en mí. Que está furioso por mí.

Hace meses estaba llorando en el aeropuerto y solo quería desaparecer. Sin embargo, esta noche hay una llama ardiendo en mi interior. Algo testarudo y enojado.

Zach me ha fastidiado muchísimo, pero no quiero que me arruine esta noche.

—Estoy bien —le digo, y puede que sea verdad.

—Ven —dice, envolviéndome en un abrazo, y me dejo llevar.

Mi pulso vuelve a la normalidad y apoyo la mejilla en el pecho de Jamie. Me acaricia la espalda y yo inhalo su olor cálido y especiado.

—Lo odio por lo que te hizo. —Noto cómo las palabras salen desde su pecho.

—Yo también —susurro.

—¿Quieres que nos vayamos a casa?

Sacudo la cabeza.

—Quiero quedarme.

No quiero saber nada más de Zach y no pienso seguir permitiendo que me pisotee.

Unos minutos más tarde, estoy llenándome el estómago con otra ración de tacos que Jamie ha insistido en que me coma, y se ilumina la pantalla de su teléfono con un mensaje. Es una de las fotos que le he enviado, mía con Daisy en el parque, sentadas en un tronco gigante. Le pedí a una persona que nos la hiciera.

La ha puesto de fondo de pantalla. El pulso se me desboca. No me permito tener esperanzas. Ve hacia dónde se me va la mirada, y se guarda el teléfono en el bolsillo trasero antes de apoyar los codos sobre la mesa, observándome.

—Prométeme que no permitirás que esto te frene. Prométeme que volverás a subirte a un escenario.

Parpadeo, y esa duda perenne levanta la cabeza dentro de mí.

—Prométemelo —dice Jamie, rogándome con la mirada.

¿Qué he dicho antes? No pienso dejar que el pasado me pisotee.

—Está bien —digo—. Lo haré.

Capítulo 46
Pippa

Un par de días antes de irme a casa de mis padres para pasar las fiestas de Navidad, me siento en el sofá con mi guitarra, pensando en lo que le prometí a Jamie. Tengo el cuaderno abierto en la mesita de café con una pluma en el pliegue. Me pongo a pensar en la canción que escuché en el restaurante, en la forma en la que Zach se rio de mí y en cómo me preguntó: «¿Conoces a Layla?», la noche de la fiesta de fin de gira. Miro por la ventana el cielo gris. Pequeño imbécil.

Se me acumula la ira en el estómago y empiezo a componer una canción sobre el enojo. La letra se detiene y fluye a medida que encuentro el ritmo, pero, en cuestión de minutos, he escrito media página de letra y varios acordes.

«Seguro que creías que te saldrías con la tuya», canto tranquila, pero siento un escalofrío.

No suena bien, demasiado suave.

Lo vuelvo a intentar, pero esta vez a voz en grito. Estallan unas chispas bajo mi piel y sonrío de oreja a oreja.

Eso es. Esa es la sensación que busco.

La actitud añadida abre algo dentro de mí, y las palabras me van saliendo más rápido de lo que puedo escribirlas. Estoy enojada, pero la canción no habla de que te pisoteen, si no de volver a levantarte. Es una canción sobre vengarme a mi manera, de dejarlo marchar. De decirle adiós al tipo que me hizo daño, pero demostrando que se equivocaba. Habla de que el dolor y la incomodidad merecen la pena porque voy a ser mejor y mucho más feliz que antes.

Escribir esta canción me sienta de maravilla. Se me llenan los ojos de emoción al tocar los acordes, conectando con la siguiente estrofa, y cuando la canción ya está lo bastante pulida, coloco el teléfono sobre la mesa y grabo una versión para no olvidar la melodía. Me siento como una niña otra vez, corriendo colina abajo sin ninguna preocupación. Esto sienta bien, como si fuera mi propósito.

Me encanta esta canción, y me siento orgullosa por componerla. Creo que Jamie también estaría orgulloso.

En un impulso, le envío la grabación. El corazón me late con fuerza en el pecho y tomo aire. ¿Ha sido raro que se la mande? Seguramente esté ocupado entrenando. Me quedo mirando al teléfono durante un instante antes de apartarlo a un lado y levantarme de un salto para sacar a Daisy a pasear.

Cuando volvemos a casa, veo un mensaje suyo.

«Así me gusta —dice el mensaje, y algo cálido estalla en mi pecho—. Deberías tocar esta canción cuando volvamos a The Filthy Flamingo».

«Quizás», le respondo, sonriendo.

«Lo harás», dice, y me río.

«Mandón».

Responde con un emoji guiñando y me muerdo el labio antes de recuperar la compostura. ¿Qué me había dicho hace tan solo unas semanas, cuando hizo que me viniera contra la puerta?

No puedo enamorarme de Jamie Streicher. Es casi perfecto, y no puedo soportar ver cómo se convierte en un imbécil como Zach. Si solo somos amigos, no podrá hacerme daño.

«Voy a empezar a entrenar —me dice—. Luego hablamos, pajarillo».

Cada vez que me llama así, siento un subidón de felicidad en el pecho. Me lo imagino sonriéndome con esa sonrisa extraña, amplia y brillante que hace que quiera quedarme mirándolo a la cara para siempre.

No es justo que esté tan bueno. No es justo que tenga que verlo todos los días.

Aparece un ritmo en mi mente y me río.

«No es justo que estés tan bueno», canto, tocando unos acordes y volviendo a reírme.

Escribo una canción sobre lo bueno que está Jamie. No paro de reírme, garabateando la letra y probando diferentes combinaciones. En cuestión de una hora, ya tengo el boceto.

Por la tarde, tengo un montón de canciones en bruto. Una es sobre querer a alguien que sabes que no te conviene. Otra, sobre sufrir por culpa de las expectativas de la gente y elegir lo que te hace feliz. Otra es sobre disfrutar del sexo bueno de verdad con una persona nueva. Esa me gusta: es seductora y coqueta, y la he escrito pensando que estoy sentada entre las piernas de Jamie mientras hace que me venga.

Estoy avivando esa llama en mi pecho, añadiendo hierba seca para que arda con más intensidad. Es el disco falso que siempre soñaba con escribir cuando estábamos en un avión viajando a una nueva ciudad de la gira o cuando Zach estaba grabando en el estudio.

Una canción habla de cómo cuida Jamie de todo el mundo menos de sí mismo, ¿y quién lo cuida a él? Es muy serio y protector. Hay un verso de esa canción que casi se me cayó de la boca, y no sé muy bien cómo me siento al respecto.

«Yo lo haría para siempre, si no me importara que me rompieras el corazón».

Siento cómo se me cierra la garganta al tragar mientras leo ese verso. Debería tacharlo, pero no puedo. Las mejores canciones son las más honestas.

Daisy me está mirando, moviendo la cola para que vuelva a sacarla a dar un paseo largo. No paro de pensar en Jamie y en la canción que he escrito.

El bosque está oscuro, así que nos quedamos en las calles iluminadas. Los árboles que se alinean en la banqueta están decorados con luces de Navidad, y la preocupación se me aferra al estómago. Todavía no le he comprado un regalo a Jamie.

Puede comprarse cualquier cosa que quiera. Tiene un departamento precioso. No necesita ropa ni equipamiento de hockey.

Parece que le gusta la cocina, pero ¿qué le voy a comprar? ¿Un batidor de varillas? Me estremezco. Es penoso y no me parece lo más adecuado para nosotros. Trabajo para él, pero también somos amigos.

Si le pregunto, me dirá que no le compre nada, pero eso es solo porque no es consciente de que vale la pena.

Pasamos por la tienda de guitarras y junto las cejas. La guitarra de mis sueños ha desaparecido y en su lugar hay una Fender eléctrica negra.

Algo se me hunde en el pecho. No me la podía permitir, no sé por qué estoy tan decepcionada.

Aparecen en mi cabeza los ojos brillantes de Jamie y su expresión determinada. Una vez que solucione las cosas —de la manera que sea— ahorraré para comprarme una guitarra nueva. Algo especial, solo para mí. Jamie se alegrará de oír eso. Estaría orgulloso de mí si supiera que llevo toda la tarde componiendo.

Entonces, caigo en una cosa.

He compuesto el disco para Jamie. He estado pensando en él todo el tiempo y, cuando apareció el síndrome de la impostora más fuerte que nunca, recordé sus palabras de ánimo y sus cálidas miradas de afecto, y me aliviaron. Nunca he escrito una canción para nadie, y mucho menos una colección, y nadie me ha animado jamás de la forma en la que lo ha hecho Jamie.

Es como si pensara que puedo hacer cualquier cosa.

La verdad es evidente, y da igual cuánto intente negarlo o intente compararlo con Zach, esto no va a desaparecer nunca.

Siento algo por Jamie Streicher.

Ahora solo tengo que decidir qué hacer con eso.

Capítulo 47
Jamie

Han pasado cuatro días desde Navidad. Estoy en casa de mi madre, sentado en el sofá con Daisy, viendo otra vez el video de Pippa. Se me tuerce la boca con una sonrisa boba mientras hace sonar los versos y da golpes con el pie para marcar el ritmo con el que toca la guitarra. Le brillan los ojos con travesura, como si no debiera estar cantando sobre enojarse con su ex y pasar página a algo mejor.

Está preciosa. Siempre lo está, pero cuando canta con el corazón en la mano, tan feliz, lo está mucho más.

Hace cinco días que no veo a Pippa y me estoy volviendo loco. Nos enviamos mensajes constantemente, pero no es lo mismo que tenerla al lado. El mejor lugar en el que puede estar Pippa es donde yo pueda tocarla.

Después de cinco días, es evidente. Siento algo por el precioso pajarillo, y estoy cansado de negármelo. Solo el hecho de pensar en ella ya me hace feliz.

Vuelvo a mis viejas excusas, pero algo las interrumpe. ¿Y si encuentro la forma de que esto funcione?

Hazel y ella se fueron la semana pasada a Silver Falls, y como mi vuelo de Minnesota a Vancouver se retrasó por el mal tiempo, ya se había ido cuando llegué a casa. No pude despedirme, ni darle los regalos de Navidad que tengo para ella. Se los podría haber enviado a Silver Falls, pero quiero verle la cara cuando los abra.

¿Y si le hago una visita? ¿Y si soy impulsivo por una vez y voy a verla?

Se me levanta algo en el pecho, pero recuerdo la vez que Pippa y yo nos acostamos y luego tenía un montón de llamadas perdidas de mi madre. No estuve ahí cuando me necesitaba. Estaba distraído. Me froto la cara, apartando las ensoñaciones. No voy a ir a Silver Falls. Ya la veré la semana que viene, cuando vuelva a casa.

Una sombra pasa sobre mí y mi madre se inclina desde detrás del sofá, donde estoy sentado lloriqueando por mi asistente. Me quito los auriculares.

—¿Es Pippa? —pregunta antes de que me dé tiempo a guardar el teléfono.

Asiento.

Me señala los auriculares.

—Ponlo para que lo escuche yo también.

Cuando pulso el *play* después de desconectar los auriculares, la voz de Pippa llena la habitación mientras la miramos en la pantalla. Daisy se acomoda en el sofá, apoyando la cabeza sobre mi brazo, y suspira.

Mi madre acaricia a Daisy.

—Echa de menos a Pippa.

Daisy y yo nos miramos. «Yo también, amiga».

Mi madre me mira de reojo y me analiza con un brillo de curiosidad en los ojos.

—Yo puedo quedarme con Daisy si quieres salir en Fin de Año.

La única persona a la que quiero ver en Fin de Año es a Pippa.

—No pasa nada.

—Jamie. —Me mira fijamente con un destello de tristeza y algo más en los ojos. Vergüenza, quizás.

—No pasa nada —repito—. No me gusta salir de fiesta. —Y me necesitas, pienso.

Se me queda mirando un buen rato.

—He empezado a buscar psicólogo.

Salgo de mis pensamientos y me giro para verla mejor.

—¿Qué?

Ella asiente, haciendo girar uno de sus anillos.

—Pippa me lo comentó la noche que vinieron. Lo dijo como si fuera lo más normal del mundo.

Me estalla el corazón de orgullo y cariño hacia mi Pippa.

—Es normal. Mucha gente va a terapia.

Ella se encoge de hombros.

—Todavía no he encontrado nada, pero estoy en ello.

—Muy bien. —Se aligera el peso de mi estómago—. Me alegro mucho.

—Me imaginaba que lo harías. —Se sienta al lado de Daisy y le pasa los dedos por el pelo—. ¿Qué va a hacer Pippa en Fin de Año?

—Va a un bar con Hazel.

Me imagino a Pippa en el bar lleno de gente, con el pelo suelto y ondulado, como en la fiesta de fin de gira. A lo mejor se pone un vestido, pero seguramente se vestirá más informal, porque es un antro del centro y no le gusta destacar. Cuando me lo contó, me reí, porque no hay ningún sitio en el que Pippa no vaya a destacar.

Aparece en mi cabeza una imagen que no me gusta. Un tipo apoyado en la barra, hablando con ella. Sonriéndole. Se le va la mirada a su boca, a sus pechos. A lo mejor le coloca un mechón de pelo detrás de la oreja y coquetea con ella. Me aletea la nariz.

Odio esa idea. La odio muchísimo, carajo. Muevo la rodilla mirando a la nada.

—¿Jamie?

Salgo de mis pensamientos.

—¿Hmm?

Mi madre se encoge de hombros, despreocupada.

—¿Por qué no vas a ver a Pippa? Silver Falls es muy bonito, tesoro, y seguro que le encantaría enseñarte su pueblo.

Sigo moviendo la rodilla mientras lo considero. Estoy fuera de mí sin ella.

En estas últimas semanas, parece que mi madre está mejor. La noto menos preocupada, menos ansiosa, como si tuviera más control. A lo mejor no pasaría nada.

La madre de Miller vive cerca de aquí, y estoy seguro de que él está pasando las vacaciones allí. Tengo la extraña sensación de que vendría en un abrir y cerrar de ojos si se lo pidiera. Y está buscando psicólogo. Es un gran paso.

—Está bien. —Asiento—. Iré a Silver Falls.

Capítulo 48
Pippa

Esta ha sido la semana más larga de mi vida.

—Pippa. —Hazel abre los ojos en la silla junto a la ventana, mirando al jardín. Está en pijama y despeinada.

Yo estoy tirada en el sofá, también en pijama y despeinada, mirando embobada los árboles cubiertos de nieve por la misma ventana. Están muy bonitos, pero me da igual.

—¿Qué?

—Estoy intentando meditar, pero no paras de suspirar. —Me mira enojada pero divertida.

Arrugo la nariz.

—Perdón.

Me observa con una ceja arqueada y se me tensa el estómago. Mañana es Fin de Año y pasado mañana volvemos a casa.

No tengo ni la menor idea de lo que hacer con el enamoramiento que tengo por el chico de la escuela, que se ha transformado en un enamoramiento de pies a cabeza. Me gusta. Puede que incluso sienta algo más, pero ahora mismo no estoy pendiente de eso. Solo quiero averiguar qué hacer.

Mi instintito me dice que él siente lo mismo, pero ¿después de lo que me contó de Erin? A lo mejor no está preparado para escucharlo. Contárselo y no obtener ninguna reacción sería la devastación definitiva.

No sé qué hacer, así que estoy aquí sentada, mirando por la ventana, sacando de quicio a Hazel mientras pienso.

Se ilumina la pantalla de mi teléfono con un mensaje.

«Hola».

Siento un estallido de emoción en el pecho. No puedo evitarlo. Es la reacción de mi cuerpo cuando me escribe. Nos hemos escrito muuucho durante las vacaciones, y una parte de mí espera que él esté igual de aburrido y miserable sin mí.

«Hola», respondo con los ojos pegados a la pantalla, observando los tres puntos.

«He pensado en hacer un viaje».

«¿Sí? ¿A algún sitio calentito?».

Un deseo idiota e ingenuo se me arremolina en el pecho. Los tres puntos aparecen, desaparecen y vuelven a aparecer.

«No conozco Silver Falls», escribe.

Me da un vuelco el corazón y sonrío mirando el teléfono.

—¿Qué pasa? —pregunta Hazel, sonriéndome.

—Nada. —«Está precioso en esta época del año», escribo. «Aunque te vas a congelar».

«Perfecto. ¿Puedo pasar a saludar?».

«Sí, por favor».

«Genial. Aterrizo en dos horas».

Me quedo boquiabierta. «¿¡Cómo!?».

«Estoy en el aeropuerto. ¿Te parece bien?».

«¡Claro!». Tengo una sonrisa de oreja a oreja.

Hazel se sienta a mi lado y mira mi teléfono para leer los mensajes.

—¿Qué? —vuelve a decir—. ¿Qué pasa?

Me da igual tener todas mis emociones escritas en la cara.

—Jamie viene de visita.

Ella suspira, pero sonríe.

—Cómo no.

Suena el timbre y doy un salto del sofá antes de respirar hondo delante de la puerta. Hazel resopla desde la cocina, donde está haciendo algo con la computadora.

Abro la puerta y lo veo ahí de pie, con una sonrisa apenas

perceptible, lo que significa que está tan emocionado como yo. Demonios, qué alto es. No sé qué decir y lo miro fijamente con una sonrisa idiota en la cara.

—Hola —digo como una estúpida.

Tiene las mejillas sonrojadas por el frío. Lleva un gorro verde que destaca el color de sus ojos. A lo mejor es mi imaginación, pero me está mirando como si fuera lo mejor que ha visto nunca.

—Hola —dice él, y el tono grave de su voz me da un escalofrío en la espalda.

Hay mucha tensión entre nosotros y sus ojos se caen hasta mis labios. Parece que quiere besarme, y se me retuerce el estómago, pero de un modo agradable.

—Ya estamos aquí —dice mi padre detrás de Jamie, y nos apartamos.

Mis padres suben los escalones, charlando, y se paran cuando ven a Jamie. Estaban en casa de unos amigos y creía que llegarían más tarde.

Mi padre abre mucho los ojos, como si hubiera visto un fantasma.

—Caramba. —Extiende la mano con una sonrisa enorme—. ¿Qué demonios hace Jamie Streicher en la puerta de mi casa? Ken Hartley.

Jamie le da un apretón de manos.

—Encantado de conocerlo, señor. —Mira a mi padre con una sonrisa y, desde la cocina, Hazel me mira confundida.

«¿Señor?», vocaliza Hazel, y yo me encojo de hombros.

—Vaya, ¡el famoso jugador de hockey! —Mi madre da una palmada—. Nos han hablado mucho de ti.

Él vuelve a sonreír y a mí me arde la cara. Tampoco les han hablado «tanto» de él. Lo he mencionado alguna que otra vez, ¿y qué?

—Hola, señora Hartley —dice Jamie, dándole un apretón de manos.

Mi madre lo envuelve con un abrazo. Jamie le saca más de una cabeza.

—Llámame Maureen, cariño. Vamos dentro, que vas a atrapar frío.

Entramos y mi padre vuelve a señalar la sorpresa de tener nada menos que a Jamie Streicher en casa, algo que me resulta encantador y vergonzoso a partes iguales, pero parece que a Jamie no le importa. No para de sonreír y de responder a las preguntas de mi padre.

Entra Hazel y Jamie la saluda con un movimiento de cabeza.

—Hazel.

Sorprendentemente, ella no lo mira mal.

—Hola. Has venido.

Él asiente.

—Así es.

Hazel me mira y parece contenta.

—Bien.

—Siéntense, vamos —dice mi padre, señalando la sala—. Voy a sacar algo de botana. Jamie, ¿quieres una cerveza?

Jamie hunde la cabeza.

—Me encantaría, gracias.

—¿Cuál te gusta? —Tengo la sensación de que mi padre va a salir corriendo a comprar cualquier cerveza que mencione Jamie.

—La que tengas —dice Jamie—. No soy quisquilloso.

—¿Una Miller Lite?

—Perfecto.

—Así me gusta. —Mi padre desaparece y, sorprendentemente, Jamie vuelve a sonreír.

Mientras nos sentamos en la sala, se me va la mirada a los muebles y la decoración anticuados, a las baratijas en las estanterías y a las fotos estúpidas de Hazel y mías de niñas. Jamie se para enfrente de una foto mía con siete años en la que salgo muy sonriente con un peinado de dos colas. Me faltan dos dientes.

Jamie inclina la cabeza mirando la foto.

—¿Te dieron con un disco en la boca, Hartley?

Refunfuño y mi madre se ríe.

—Se me olvidó que le iban a hacer la foto —le dice mi madre—. Deberías haber visto mi cara cuando llegó Pippa a casa y me lo dijo.

Jamie pasea los ojos por la foto y creo que vuelve a sonreír.

—Muy linda.

Mi padre entra en la sala con una bandeja de bebidas e insiste para que Jamie se siente en el sillón en el que él suele ver los partidos de hockey. Por dentro, me estoy arañando la cara, pero Jamie es muy educado y simpático, y consiente a mi padre con todas sus preguntas y su charla sobre hockey.

Media hora después, mi madre mira la hora.

—Voy a ir metiendo el pollo en el horno. —Mira a Jamie—. ¿Comes pollo?

—Eh. —Me mira—. ¿Sí?

Yo le sonrío.

—Espero que no pensaras que ibas a irte sin cenar.

—Tienes que quedarte a cenar, Jamie —dice mi padre.

—¿Dónde te quedas? —pregunta mi madre.

Jamie se pasa una mano por el pelo.

—Todavía no lo sé. He visto un hotel en Main Street, intentaré agarrar una habitación ahí.

Mi padre abre mucho los ojos. A veces es superdramático.

—¿No has reservado nada? —Sacude la cabeza—. Pues lo tienes muy difícil. En esta época del año, está todo lleno.

Mi madre asiente.

—Tendrás que quedarte con nosotros.

—¿Qué? —Me ahogo. Jamie está acostumbrado a quedarse en hoteles de cinco estrellas con camas gigantescas y HBO en la tele, no en casas con muebles más viejos que yo. Mi cama y la de Hazel son de cuando éramos adolescentes, y la cama de invitados es aún más vieja—. Jamie no quiere quedarse con nosotros. Seguro que encontramos algún Airbnb o algo así.

—¿A estas horas? —pregunta mi padre, mirándome como si estuviera loca—. Pippa, son casi las cinco de la tarde. Sé que no es gran cosa —dice mirando a Jamie—, pero tenemos una habitación de invitados con tu nombre.

Abro la boca para volver a protestar, pero Jamie asiente.

—Me encantaría quedarme aquí. —Me quedo mirándolo, y él me devuelve la mirada, provocador—. Si a Pippa le parece bien.

—Sí. —Lo miro parpadeando—. Claro.

—¡Genial! —Mi padre se pone de pie de un salto—. Voy a

ayudar a Maureen con el pollo y ahora mismo vuelvo. ¿Otra cerveza?

Jamie asiente.

—Claro. Gracias, Ken.

Mi padre le sonríe, y sé que es porque Jamie le ha llamado por su nombre. Me quedo mirando a Jamie impactada, pero el corazón me da saltitos en el pecho.

¿Quién es este chico y qué ha hecho con mi portero gruñón?

Capítulo 49
Pippa

Por la noche mi madre se lleva a mi padre para darle un respiro a Jamie, y Hazel está arriba, en su habitación, así que estamos Jamie y yo solos en la sala viendo *Elf*. Estamos bebiendo sidra caliente, una tradición de mi familia, y la canela, la nuez moscada, el clavo y el anís estrellado hacen que nuestra casa huela de maravilla.

—Tenemos que hacerlo en casa —dice Jamie, y me derrito.

Me encanta cómo dice «en casa».

Me encanta que haya venido a Silver Falls.

Me encanta estar con él así, en la sala, aunque yo esté en pants. Parece más a gusto y relajado que nunca.

—¿Estás a gusto? —pregunto, señalando la sala—. Podemos irnos a un bar o algo.

Jamie me da un golpecito.

—Aquí es exactamente donde quiero estar.

En la pantalla, Will Ferrell da brincos disfrazado de elfo, chillando por lo emocionado que está de conocer a Papá Noel, y yo me río.

—Mi madre está buscando psicólogo —dice Jamie.

Se me ilumina la cara.

—¿En serio? Qué bien.

Él asiente, aliviado.

—Sí. —Se frota la nuca, mirándome—. Gracias a ti.

—Bueno, eso no lo sabemos.

—Claro que sí. Me dijo que ha sido por una conversación que tuvieron.

Se me cierra la garganta de emoción.

—¿En serio?

Él vuelve a asentir y me recorre la cara con la mirada.

—Gracias.

Quiero subirme a su regazo y darle un abrazo.

—Me alegro mucho, Jamie. En serio.

—Yo también.

Desliza su mano sobre la mía y aprieta. Algo dulce y brillante me baila en el estómago, y le miro la boca. Casi puedo sentir sus labios contra los míos, exigentes e imparables. Se le oscurece la mirada, y siento una presión y un calor entre las piernas.

—Quiero darte tu regalo de Navidad —dice de pronto, apartando la mano y mirándome nervioso a los ojos—. ¿Te parece bien?

—Claro. —Parpadeo—. El tuyo no está terminado.

Él sacude la cabeza.

—No pasa nada.

—O sea, está casi terminado. Lo bastante terminado como para enseñártelo esta noche. —Me muerdo el labio. Estoy muy nerviosa.

¿Y si lo odia? ¿Y si me he pasado? Tengo un millón de mariposas en el estómago, como si intentaran escapar.

Jamie me sonríe, se pone los zapatos y va al coche. Al cabo de unos instantes, aparece con dos cajas: una enorme y otra del tamaño de una caja de zapatos. Tiene que girar el regalo grande para que quepa por la puerta. Están envueltos en un papel de regalo precioso con lazos rojos brillantes.

—Madre mía. —Me quedo mirando las cajas aterrorizada. Mi regalo va a parecer una porquería—. ¿Puedo darte yo a ti el tuyo antes?

Él sacude la cabeza con una risa mientras despeja la mesita de café y los deja encima.

—No. Estoy nervioso. —Sonríe y me da el regalo pequeño—. Toma.

Suelto una respiración larga y analizo el regalo mientras los nervios me bailan en el estómago. Jamie arquea las cejas mientras mira impaciente el reloj, y yo me río.

—Para —le digo antes de deshacer el lazo. Mueve la rodilla mientras abro el regalo y quito la tapa. Sonrío de oreja a oreja—. ¿Me has hecho una camiseta de hockey?

Él me analiza la cara con una mirada graciosa.

—¿Te gusta?

Saco la camiseta azul marino y blanca, y le doy la vuelta. Dice «STREICHER» con letras blancas grandes y el cuerpo me canturrea con algo agradable, orgulloso y posesivo.

—No tienes por qué llevar mi nombre —dice tranquilo, observándome detenidamente—. Podemos quitarlo.

—Ni se te ocurra. —Le sostengo la mirada y mi interior se derrite en un charco—. Quiero llevar tu nombre.

—Bien. —Esboza una sonrisa y se le calientan los ojos—. Yo también quiero que lo hagas.

No puedo decirle la verdad: que llevar su camiseta, con su nombre, hace que sienta que somos mucho más de lo que somos, y que me encanta. Me encanta cada centímetro de este regalo.

Señala con la cabeza el regalo grande.

—El siguiente.

Siento muchísima curiosidad mientras lo abro con cuidado. El tamaño de la caja se parece mucho...

No. No quiero hacerme ilusiones.

—Espero que sea una moto. —Lo miro subiendo y bajando las cejas.

Le brillan los ojos como si estuviera disfrutando mucho viéndome abrir los regalos que me ha comprado. No sé qué pensar. Hace que me sienta especial y querida, y noto otro golpe fuerte en el pecho. Quito el último trozo de papel y se me corta la respiración.

—Jamie —susurro mirando la caja. Se me ha estrechado la garganta.

Me acaricia el dorso de la mano con el pulgar.

—Ábrela.

Aprieto los labios antes de quitar la tapa.

Sí. Ahí está. En lugar de en el escaparate de la tienda, la guitarra está sobre la mesa.

Es preciosa. Pero es mucho más que eso. Esta guitarra es algo que yo pensaba que jamás podría tener, y aquí está. Se me llenan los ojos de lágrimas y parpadeo rápido para aclarármelos.

—Te has pasado. —No puedo mirarlo. Si lo miro, voy a llorar. O a besarlo. No lo sé muy bien.

—No me he pasado.

—Es muy cara. —Mis sentimientos hacia él aumentan por segundos, expandiéndose como un globo.

—Pippa. —Tiene la voz firme, sin dejar espacio para la risa—. Te compraría todas las guitarras de la ciudad si me dejaras.

Carajo. Este hombre me va a romper el corazón.

Cuando por fin consigo mirarlo, tiene cara de estar muy orgulloso y sé que lo dice de verdad, que me compraría todas las guitarras del mundo.

Demonios.

—Gracias se me queda muy corto. Me estás mimando. —Paso los dedos por encima de su nombre en la camiseta.

Él se encoge de hombros.

—Pues deja que te mime.

—Gracias —digo, inclinándome hacia delante para abrazarlo, y él me rodea con los brazos. Hundo la cabeza en su hombro e inhalo su olor cálido y especiado. Me pasa una mano por el pelo y con la otra me sujeta contra él.

—No hay de qué, pajarillo. —Siento su voz grave contra mi pecho, y me encantaría que pudiéramos quedarnos así para siempre—. Bueno, ahora tienes que sacarla a pasear.

Me aparto y me quedo mirando la guitarra.

—Es demasiado bonita para tocarla.

—Ni de broma. Las guitarras, ¿no hay que domarlas?

Suelto una carcajada.

—Para eso hacen falta años.

Él señala la guitarra.

—Pues más vale que vayas empezando.

Los nervios me recorren todo el cuerpo. No lo tengo claro, pero es ahora o nunca.

—Me gustaría darte tu regalo antes. —Tomo mi teléfono y abro una carpeta que comparto con él.

Me acaricia la espalda.

—No hacía falta que me regalaras nada, Pippa.

—Sabía que dirías eso. —Le suena el teléfono en el bolsillo y le hago un gesto con una sonrisa—. Es mío. Ábrelo.

Cuando abre el email, se ríe sorprendido y encantado. Ese sonido me derrite el corazón. Se le ilumina la cara mientras se desliza por las fotos profesionales que mandé hacer a Daisy en la playa de perros, y le brillan los ojos.

—Las voy a imprimir —digo—. Iba a enmarcar una y a colgarla en casa.

Sonríe mucho con una foto de Daisy en pleno salto con la lengua fuera y los ojos de loca.

—Son increíbles. Me encantan.

Ve una mía con Daisy.

Siento un poco de vergüenza y se me calienta la cara.

—No pensaba imprimir ninguna en la que saliera yo. Ahí está la carpeta entera, pero hay alguna más.

Él sigue sonriendo mirando una foto mía con Daisy.

—Me encanta.

Me muerdo el labio, nerviosa por el siguiente regalo.

—Tengo otra cosa más —le digo, sacando otra vez el teléfono. Me tiemblan las manos. Nunca he hecho algo así.

Jamie me pone la mano en la rodilla, y su calor traspasa la tela, trayéndome de vuelta al presente. Me está sonriendo con una sonrisa suave y preciosa que hace que quiera besarlo.

—He compuesto un disco —suelto, y sus cejas salen disparadas hacia arriba.

—¿Qué?

Asiento.

—Sí. Te he compuesto un disco. O sea... —muevo la cabeza de atrás hacia delante—. También es para mí, espero que no te importe que compartamos este regalo. Pero tú me animaste y me hiciste creer que podía hacerlo, así que seguí escribiendo porque quería tener una colección entera de canciones para enseñarte.

Le brillan los ojos con orgullo.

—Enséñamelas.

Resoplo por su tono.

—Ahora, Pippa.

Me vuelvo a reír y abro otra carpeta en el teléfono.

—Espera un momento. Qué impaciente.

No ha quitado la mano de mi rodilla y mueve el pulgar de atrás hacia delante mientras voy compartiéndole los videos. Normalmente solo habría grabado el audio, pero me gustaba la luz que había en la sala al atardecer y dejé el video grabando. Cuando terminé, corté todas las canciones en videos independientes.

El teléfono de Jamie se ilumina y, un instante después, mi voz suena en la sala. Su boca se tuerce en una sonrisa feliz y me mira.

—Has compuesto un disco —dice suavemente.

El pecho me estalla con presión y vértigo e incredulidad.

—He compuesto un disco.

Él sacude la cabeza, maravillado, sin quitarme la vista de encima mientras se reproduce la canción.

—Es fantástico, demonios. Estoy muy orgulloso de ti.

Yo sonrío mirándome las manos sobre las piernas.

—Gracias. —Siento la garganta muy estrecha al tragar y tomo mi nueva guitarra. Cuando la levanto, se me acelera el corazón.

Hay algo perfecto en esta guitarra: el peso, la forma en la que siento el cuello entre las manos, la curva del cuerpo sobre mis muslos al colocármela sobre las piernas.

—Esta guitarra es mi alma gemela —le digo a Jamie, que sonríe.

—¿Me vas a tocar el resto del disco?

—Si te parece bien.

Él se inclina hacia atrás en el sofá, mirándome, colocando las manos detrás de la cabeza mientras yo toco. Estoy tocando estas canciones y Jamie sonríe con determinadas letras porque sabe exactamente sobre qué estoy cantando. En los últimos meses, Jamie se ha convertido en uno de mis mejores amigos, y tocar la guitarra para él, cantar para él, me resulta íntimo y especial.

Termino la canción que habla de venganza, la que le envié hace unas semanas, y mis dedos planean sobre las cuerdas.

La única canción que queda es la sexi. Levanta una ceja, retándome, como si viera que estoy dudando.

Debería terminar aquí. Deberíamos dar por finalizada la noche y subir a la cama. Debería, de verdad. La canción habla de Jamie y es imposible que no se vaya a dar cuenta.

Algo arriesgado y atrevido me recorre todo el cuerpo, y empiezo a tocar la canción.

Algunos versos son, emm, muy específicos. Eso es lo que más me gusta de componer, lo específicas que son algunas partes, sobre comer helado de chocolate y cereza y pasear por delante de tu escuela, o algo así, y poder imaginarme dentro de la canción.

«Me siento entre tus piernas mientras me haces temblar sobre ti. Haz que mi cuerpo sienta cosas nuevas, los dos lo queremos».

Enfrente de mí, Jamie se pone tenso y se le oscurece la mirada. Dejo de tocar.

—Pajarillo —me advierte, arqueando una ceja. Hay una ligera inclinación deliciosa en su boca cruel, y noto la cara caliente.

Se podría cortar la tensión con un cuchillo ahora mismo.

—Deberíamos dejarlo aquí —murmuro.

—Ni de broma. —Su voz es densa.

Se me desvía la mirada al regazo de Jamie. Está completamente erecto y la erección tensa la tela del pantalón del pants. La excitación me late en el estómago, pero sigo tocando.

—¿La has compuesto para mí? —pregunta cuando acabo. No me quita los ojos de encima.

Yo asiento. Nos sostenemos la mirada y la tensión se rompe entre nosotros. La mirada de Jamie se oscurece aún más y se le tensa la mandíbula mientras yo me paso la lengua por el labio de abajo. La tensión se acumula entre mis piernas y noto la piel caliente. Lo deseo muchísimo.

Me clava los ojos con determinación.

—Ha sido el mejor regalo de Navidad que me han hecho jamás.

—A mí también —digo en un suspiro.

Durante unos instantes, lo único que hacemos es mirarnos, hasta que Jamie aparta la mirada.

—Será mejor que me vaya a la cama.

«No», quiero gritar. Sin embargo, asiento.

—Buenas noches.

—Buenas noches. —Se levanta, se alisa los pantalones y sube la escalera sin decir nada más.

Yo me quedo sentada en el sofá unos minutos, con una sensación de calor y agitación, llena de energía. Apago las luces y voy a mi habitación, cargando con mis regalos de Navidad. Una vez en la habitación, me quedo mirando la camiseta y sonrío.

Me encanta. Voy a ponérmela para todos los partidos, y ya me imagino la sonrisa de Jamie cuando se gire y me vea detrás de la portería, llevándola con orgullo.

Capítulo 50
Pippa

—¿Dónde han ido Jamie y tú hoy? —me pregunta Hazel al día siguiente, sentada enfrente de mí en el antro.

Es Fin de Año, y el único bar del pueblo está abarrotado. Miro a mi alrededor, observando a toda la gente, las decoraciones de Navidad que siguen puestas y a Jamie esperando en la barra para pedir otra ronda de bebidas. Me descubre mirándolo, me guiña un ojo y yo sonrío automáticamente.

—Le he enseñado el pueblo y luego hemos ido a la sierra. —Intento contener una risa al recordar su cara cuando le tiré una bola de nieve.

—Esta noche te ha defendido —dice, mirándolo. Hay un grupo de chicos hablando con él mientras espera las bebidas con los ojos iluminados.

—Sí. —Se me encoge el corazón. En la cena, cuando mis padres sacaron el tema del trabajo de marketing, Jamie les contó lo buena compositora y cantante que era. Ellos se rieron y dijeron que era muy importante tener aficiones.

«Pippa tiene lo que hay que tener para triunfar en la música», les dijo, y ellos se quedaron petrificados hasta que cambié de tema.

Hazel se inclina hacia delante, bajando la voz, con una mirada traviesa.

—Intenten no hacer mucho ruido esta noche, ¿está bien? Las paredes son de papel.

Abro mucho los ojos y tomo aire.

—No va a pasar nada.

¿Con toda la familia en casa? Ni de broma.

Ella pone los ojos en blanco.

—«¡Oh, Jamie!».

Le tapo la boca desde el otro lado de la mesa, riéndome.

—¡Cállate!

—«¡Um, dame más fuerte con tu *stick* de hockey!». —Parece una actriz porno y la gente nos mira.

Yo estallo en una carcajada.

—¡Qué tonta eres!

Ella hace un gesto con la mano y me sonríe.

Dos enormes cuerpos masculinos aparecen a nuestro lado, poniendo fin a nuestra conversación.

—Feliz Año Nuevo, señoritas. —Hayden me pasa el brazo por los hombros, empujándome.

Se me escapa una risa de sorpresa. Al otro lado de la mesa, Rory sonríe a Hazel, que lo mira como si fuera una cucaracha que acaba de subirse a la mesa.

—¿Qué hacen aquí? —pregunta.

—Streicher nos dijo que venía —nos dice Hayden—. Así que se nos ocurrió venir a verlo. —En la puerta, empieza a aparecer el resto de los jugadores—. Le rogamos al equipo que nos dejara usar el autobús.

Suelto una carcajada al ver la cara de confusión de Jamie cuando sus compañeros lo rodean en la barra. Están llamando mucho la atención.

Hayden le pasa un portavasos a Rory.

—Y a este le caemos mejor nosotros que los de su equipo.

Rory no aparta la mirada de Hazel, y me da la sensación de que él sabía que ella estaría aquí.

En ese momento, Jamie vuelve a la mesa con las bebidas. Me mira con cara resentida, como si le molestara que los jugadores nos hubieran fastidiado la noche, pero también un poco contento en secreto, porque es evidente que lo consideran un colega.

—Tenemos compañía —le digo.

—Ya he visto. —Pone los ojos en blanco antes de hacerle un gesto a Hayden para que se aparte.

Cuando Jamie se sienta a mi lado, encajándome, apoya un brazo sobre el respaldo del asiento y me roza el hombro con los dedos. Siento los nervios en el estómago y contengo una sonrisa. Todo el mundo nos mira con curiosidad.

—No entiendo por qué sales tanto con estos —le está diciendo Hazel a Rory. Tiene la frente arrugada, pero le brillan los ojos y le cuesta mirarlo a la cara.

Él la mira como si no hubiera nadie más.

—Me caen bien. No hay ninguna regla que diga que no podemos salir con nuestros amigos, aunque sean de un equipo rival. Simplemente no hablamos de los partidos. —Inclina la barbilla hacia Jamie, retándole con la mirada—. Aunque eso no le serviría de nada a Streicher. Podría enterarse de todas mis estrategias antes de cualquier partido y, aun así, seguiría marcándole goles.

Jamie tensa la mano agarrando el vaso y se le ponen los nudillos blancos mientras mira a Rory. Rory le está haciendo rabiar, intentando que reaccione.

Una parte de mí quiere que hablen las cosas. O que se peleen. Que se desahoguen de alguna forma. Aunque dudo que eso les viniera bien para sus carreras. La gente sacaría los teléfonos en cuestión de segundos, lo grabarían todo y saldrían en las noticias.

Dejo descansar la mano sobre el muslo de Jamie y nuestras miradas se encuentran. Le tiembla la mandíbula y lo miro con una sonrisa suave.

—Ignóralo —le digo.

Él me mira y me sonríe y, al cabo de un instante, sus dedos juegan con las puntas de mi pelo.

Según los estándares de Fin de Año, estar en un bar de pueblo escuchando tocar al grupo local mientras bebes cerveza barata es poca cosa. Pero ¿estar aquí sentada, pegada a Jamie?

Es el mejor Fin de Año que he tenido nunca.

Capítulo 51
Pippa

Dos horas más tarde, estoy un poco contentilla, rodeada de jugadores de hockey muy escandalosos. Jamie está pegado a mi lado, y se ha tomado varias cervezas. Tiene un brillo rosado en las mejillas, parecido a cuando sale de la regadera, e incluso sonríe varias veces. Varios de los jugadores siguen con el *shotski,* una serie de tragos pegados a un esquí para que todos los participantes beban a la vez, y Hayden ha pedido un trago especial con el que ha conseguido que la mesera le dé azotes con un remo mientras el resto de la barra vitorea. En una esquina hay un grupo tocando y, a medida que nos acercamos a la medianoche, aumenta el ambiente festivo del bar.

—¿Vas a besarme a medianoche? —le pregunta Rory a Hazel.

Ella le sostiene la mirada, con una sonrisa engreída.

—Que te bese tu muñeca inflable.

—La he dejado en casa.

Aguanto la risa y parece que Hazel también.

Rory me mira.

—¿Y tú, Pippa? ¿Me permites un baile?

A mi lado, Jamie se pone tenso.

—No.

Yo lo miro. Sigue con el brazo sobre el respaldo y noto su calor.

—Ya tengo el cupo de bailes cubierto esta noche. Pero gracias por la invitación.

Jamie mira furioso a Rory, pero antes de que pase nada, aparece Hayden a su lado.

—Streicher, ven a jugar al billar con nosotros.

Jamie nos mira a Rory y a mí, inseguro.

—Ve —le digo, señalando las mesas de billar con la barbilla—. Hazel me protegerá con sus dientes afilados.

Hazel enseña los dientes a Jamie, y yo me río. Rory se queda mirando a Hazel con un interés indecente.

—Vuelvo enseguida. —Jamie me roza la espalda y se va con Hayden.

—Bueno —dice Rory al otro lado de la mesa—. Ustedes dos.

Tengo una sonrisa tensa y me encojo de hombros.

—¿Qué?

Me mira con ojos curiosos y traviesos.

—Le gustas.

Me río en voz baja y noto la cara caliente.

—Es verdad —continúa, asintiendo—. Nunca había visto que le gustara tanto alguien.

Sus palabras hacen que una emoción me recorra todo el cuerpo, y escondo una sonrisa. Puede que sienta algo por él, pero no estoy preparada para decírselo a nadie. Todavía ni se lo he admitido del todo a Hazel.

—Soy solo su asistente —miento.

Él hace un ruido de incredulidad.

—Eres su «algo», eso desde luego.

Afortunadamente, llegan más jugadores con bebidas y nos interrumpen. Yo entablo conversación mientras veo a Jamie jugar al billar con Hayden y Alexei.

—Bueno, gente —dice el cantante de la banda al micrófono unos minutos después—. Vamos a hacer un pequeño descanso antes de medianoche, pero les hemos preparado algo muy especial.

Jamie y Hayden vuelven con el grupo y Jamie no para de mirarme.

—Hay otra música en la sala y nos va a cantar una canción —dice el cantante, y la boca de Jamie se levanta en una sonrisa.

Se me para el corazón.

—¡Denle un fuerte aplauso a Pippa Hartley!

Abro mucho los ojos mientras todo el bar grita y aplaude. La mitad de los clientes se gira para mirarme y yo me quedo paralizada.

—¿Qué? —le pregunto a Jamie mientras recupero el pulso, que agarra velocidad y lo siento en los oídos.

Baja la boca hasta mi oreja.

—Sube ahí, pajarillo. Quiero escuchar en directo mi regalo de Navidad.

Lo miro a los ojos y separo los labios. Parpadeo, aferrándome a su mirada.

Cuando toqué en The Filthy Flamingo en Vancouver, había unas treinta personas, la gran mayoría del equipo. Este bar está abarrotado. Solo alrededor de la barra hay ocho filas de personas. Todas las mesas y taburetes están ocupados, y solo queda algún hueco para estar de pie. Hay, al menos, unas doscientas personas.

Me va a dar algo.

—No puedo —susurro, sacudiendo la cabeza.

Todo el mundo me está mirando.

Él me sostiene la mirada, fuerte, firme y llena de afecto. Se le curva la boca en una sonrisa preciosa.

—Sí puedes. Yo sé que puedes.

Miro alrededor, a las caras conocidas que me observan y esperan. Jamie siempre cree que puedo hacerlo y, hasta ahora, ha tenido razón. Una sensación extraña me corta el pánico y el miedo escénico: determinación. Si no lo hago, pondré de manifiesto que no valgo para dedicarme a la música. Que solo soy esa chica que fue novia de un cantante famoso.

Quiero demostrar que se equivocan y, sobre todo, quiero demostrar que Jamie tiene razón.

—Está bien —susurro, asintiendo a Jamie—. Lo haré.

Su sonrisa va de oreja de oreja, y mi pulso se tambalea.

—Perfecto.

Cómo me gusta hacer que se sienta tan orgulloso.

Voy hacia el escenario, saboreando el tacto de sus dedos sobre mi espalda cuando paso por su lado. El público aplaude y yo tomo la guitarra que me ofrecen en el escenario, pasándome la correa sobre el hombro antes de colocarme ante el micrófono y mirar a la multitud.

Es como la primera vez que me puse ante un micrófono en el bar después de que Jamie me hiciera aceptar el trato. El corazón me late como un tambor y soy muy consciente de que todo el mundo está esperando.

La gente grita, emocionada y borracha, y miro a Jamie a los ojos. Él asiente con firmeza, sin borrar la sonrisa de la cara, y me lanzo. Canto la canción que habla de levantarse después de que alguien te pisotee, la que hace que me sienta fuerte y poderosa. Mi voz resuena y yo profundizo aún más, dándolo todo en la canción. En el último estribillo, dejo de tocar la guitarra y sigo cantando. El público aplaude y yo sonrío sin dejar de cantar.

Una mujer cerca del escenario grita para animarme y le guiño un ojo. Me estalla el pecho de energía y orgullo, estoy volando. Termino la canción y, tras tocar el último acorde, el escándalo es tal que parece que se va a caer el techo.

Es euforia. Estoy flotando, volando más alto que nunca, con el corazón a mil y la piel de gallina. Nunca me había sentido así y ya sé que soy adicta.

Capítulo 52
Jamie

El público ruge encantado con Pippa y yo la observo sonreír tímidamente, con las manos en la guitarra, mientras baja del escenario.

Después de verla ahí arriba es más que evidente: estoy perdidamente enamorado de esta chica, desde hace mucho tiempo. Mucho más de lo que pensaba.

Pippa Hartley me tiene comiendo de su mano, haría lo que fuera por ella, y ni siquiera me molesta. Quiero hacerle cosas horribles, hacer que se venga con mi boca y mis manos y mi verga, hacerle gritar mi nombre y demostrarle lo increíblemente maravilloso que puede ser el sexo. Sé que hundirme en su vagina húmeda y estrecha va a cambiar mi vida.

Pero no es solo el sexo. Quiero despertarme con ella, pasar mis tardes libres viendo una película en el sofá y yendo a pasear con Daisy por el monte.

No sé cómo, pero nos las arreglaremos. Lidiaré con lo que pasa con mi madre, con mi preocupación por hacerle daño a Pippa igual que se lo hice a Erin. Lo solucionaré. No quiero seguir sintiendo ese peso.

Solo quiero a Pippa.

Llega al grupo y la envuelvo en un abrazo, enterrando la cara en su pelo, inhalando su olor cálido.

—Eres increíble —le digo al oído y, cuando se aparta para sonreírme, le brillan los ojos.

—Gracias por animarme —dice—. Ha sido... —Se calla, negando con la cabeza—. Una locura. Parecía que estaba volando.

Mis sentimientos me golpean el pecho pidiéndome salir. Los nervios me recorren todo el cuerpo y busco sus ojos. Carajo, es preciosa y perfecta.

Ha subido al escenario de un bar abarrotado aunque tuviera miedo, aunque el imbécil de su ex intentara aplastarla. Siempre animo a Pippa para que sea valiente, y ha llegado el momento de aplicarme el cuento.

—Estoy enamorado de ti, pajarillo. —El corazón me late con fuerza y el resto del bar se desvanece—. Me gustas muchísimo. No quiero seguir fingiendo que no es así. He venido hasta aquí por ti. —Algo se expande en mi pecho, llenando cada rincón con un calor intenso. Tenemos las miradas clavadas el uno en el otro y sigo rodeándola con los brazos, manteniéndola muy cerca—. No quiero luchar más contra esto.

Tiene los ojos brillantes y llenos de vulnerabilidad.

—Yo tampoco.

—¿En serio?

Ella asiente, riéndose como si se hubiera quitado un peso de encima.

No sé qué hacer con todos estos sentimientos que rebotan en mi interior. Es como si me estallaran petardos en la sangre. Por fin, carajo. Ya puedo dejar de evitarlo.

—Lo solucionaremos juntos.

Ella sonríe y me enamoro un poco más.

—Ya lo sé.

Casi me pierdo esto. He estado demasiado tiempo luchando en contra. Increíble.

—Diez, nueve, ocho... —A nuestro alrededor, todo el bar empieza la cuenta atrás y me doy cuenta de que quedan segundos para medianoche. Pippa parpadea y mira a nuestro alrededor antes de volver a mirarme a mí.

—Feliz Año Nuevo, Jamie —susurra.

La atraigo hacia mí. Algo se ha movido en mi pecho y se

ha quedado fijo. Esto está bien. Así es como debe ser. Llevo todos estos años pensando en ella y hemos encontrado el camino.

—Tres, dos, uno... —La gente cuenta y el bar estalla de nuevo en gritos y aplausos.

—Feliz Año Nuevo, Pippa —murmuro, antes de deslizar mi mano sobre la suya y atraer su boca hacia la mía.

Capítulo 53
Pippa

—¿Necesitas algo más? —Le pregunto a Hayden más tarde aquella noche en la sala de mis padres.

Los chicos no tenían dónde quedarse, porque Hayden es un novato de veintitrés años al que se le da fatal organizar cosas. No podíamos dejarles durmiendo en el autobús —se habrían congelado—, así que se quedan en casa de mis padres. Los más borrachos ya están roncando en el suelo, cubiertos con mantas que les he tirado encima.

Mi padre se pondrá loco de contento mañana por la mañana. Seguro que hará hot cakes para todos.

Hayden me hace un gesto con la mano.

—Claro que no. —Mira por encima de hombro a Jamie, que está esperando detrás de mí.

Se me retuerce el estómago. Todo el mundo nos vio besarnos a medianoche. Luego, Rory me miró con una cara de: «Te lo dije».

—Muy bien. —Me despido con la mano de Hayden y de Rory, que está en el sofá—. Buenas noches.

Rory me guiña un ojo.

—Buenas noches, Pips. No dejes que Streicher te tenga toda la noche en vela.

Me arde la cara y me pongo muy roja mientras subimos la escalera. Los nervios me recorren todo el cuerpo, llevo horas vibrando de expectación.

Escondo una sonrisa cuando llegamos al rellano de arriba, y su mano se desliza sobre la mía. Nos paramos delante de la puerta de mi habitación y la tensión en el ambiente aumenta cuando me observa con una mirada coqueta.

—Hola —susurro.

Sus ojos se calientan y me da un beso en los labios. Me separa los labios con la lengua y me inclino hacia él mientras entra en mi boca, cálido y cuidadoso. Me empuja hacia atrás hasta que me choco con la puerta de mi habitación y, cuando lleva la mano hasta mi pelo, me echa la cabeza hacia atrás para poder profundizar más.

La excitación late entre mis piernas.

Rompe el beso con un ruido grave de frustración y apoya la frente contra la mía.

—No podemos —murmura—. Aquí no. Tus padres están en la habitación de al lado.

—Podemos no hacer ruido. —Me muerdo el labio de abajo, hinchado de besarlo, y lo miro con una mirada pícara.

—A lo mejor tú puedes, pero no sé si yo lo conseguiría. —Respira hondo y, durante un instante, tengo la sensación de que va a ceder, pero sacude la cabeza—. No podemos, pajarillo. Lo deseo con todas mis ganas, no te haces una idea. —Me agarra la mano y se la lleva a la verga.

Está muy erecto y, cuando le acaricio sobre la tela, cierra los ojos.

—Maldición —dice entre dientes antes de apartarse de mi mano—. No. —Me da un beso firme sobre los labios—. Buenas noches.

Lo miro con una ceja arqueada y él señala la puerta de mi habitación.

—Entra —dice con tono firme, aunque sus ojos me provocan.

Suelto una risilla en voz baja.

—Buenas noches, mandón.

Un minuto más tarde, me estoy quitando la ropa para ponerme la pijama, cuando veo la camiseta de hockey y, en lugar de dormir con una camiseta vieja, me la pongo sobre la piel desnuda.

La excitación que estaba latente bajo mi piel empieza a hervir a medida que la camiseta me roza los pezones, que se me erizan. Ignoro el deseo entre las piernas y me meto en la cama.

Al otro lado de la pared, escucho crujir la cama de invitados cuando Jamie se mete y, al imaginármelo con los pies sobresaliéndole por el borde, me río.

«¿Qué te hace tanta gracia?», me escribe.

Sonrío mirando el teléfono. «Siento que estés en la cama más pequeña del universo».

«No pasa nada».

«Gracias otra vez por la camiseta. Me encanta».

Abro la cámara del celular, me hago una foto con la camiseta y se la envío. Solo se me ven los hombros porque estoy tapada.

Al otro lado de la pared, oigo un susurro grave. «¿Te la has puesto para dormir? Carajo, pajarillo, que estoy intentando no ponerme cachondo en casa de tus padres».

La lujuria me recorre todo el cuerpo y miro la pared que nos separa. Me lo imagino tumbado al otro lado, con los ojos cerrados y la respiración profunda, intentando controlarse. Se me acumula el calor en el estómago y aprieto las piernas.

Tras el subidón de cantar en el escenario y de que Jamie y yo nos dijéramos la verdad, me siento muy atrevida y valiente.

«Es lo único que llevo puesto», le respondo.

«Demonios. Me estás poniendo mal. Por eso te la compré... y ahora es lo único en lo que puedo pensar».

Tuerzo la boca en una sonrisa engreída y encantada. Pasa un rato hasta que aparece un nuevo mensaje. «¿Seguro que puedes no hacer ruido?».

«Sí», respondo mientras el corazón me golpea el pecho.

Escucho crujir de nuevo la cama cuando se levanta con cuidado y viene hacia mi habitación. Se abre la puerta y entra, y se deja caer contra la puerta cerrada. Me observa, tumbada en la cama, con la camiseta con su nombre puesta, y me recorre de arriba abajo con los ojos antes de volver a mirarme a la cara. Siento un escalofrío al fijarme en la gruesa silueta de su miembro erecto debajo del pants.

—Hola —murmura.

—Hola. —Me muerdo el labio y sigue el movimiento con la mirada, cada vez más oscura. Viene hacia la cama y se hunde al colocarme una mano a cada lado, planeando sobre mí con una mirada caliente en los ojos.

Entre mis piernas, la presión se intensifica y no puedo dejar de mirarlo.

—Tienes que estar muy muy callada, pajarillo. No puedes hacer ni un ruido. —Me hace cosquillas en la cara con su aliento—. ¿Entendido?

Asiento y suspiro. Diría lo que fuera con tal de sentir su boca sobre la mía otra vez.

—Muy bien.

Se inclina para besarme.

Capítulo 54
Jamie

Deja escapar un susurro silencioso de alivio cuando le meto la lengua en la boca, y me muevo para quedar a horcajadas sobre ella.

—Demonios —le susurro en la boca, tan cálida y acogedora. Tiene un sabor tan dulce, tan perfecto que no puedo contenerme.

Aparto las mantas para mirarla y se me queda la mente en blanco cuando veo a Pippa solo con mi camiseta.

Siento algo en el pecho.

«Mía». Pippa es mía. No pienso renunciar a ella.

Me quedo sin palabras mientras le recorro todo el cuerpo con la mirada. Jamás olvidaré esta imagen de los muslos de Pippa, de su piel suave, de su escote bajo el cuello de mi camiseta. De las pecas esparcidas por su clavícula.

Aprieta los muslos y meto la mano entre ellos.

—Estás preciosa.

Lleva una mano a mi pecho y la sube hasta acariciarme el cuello. Me estremezco bajo su tacto. Le dije que estuviera en silencio, pero soy yo el que se está aguantando los gemidos cuando me acaricia el pelo. Me tira del pelo de una forma que hace que me endurezca aún más.

Levanto el dobladillo de la camiseta y se me para el corazón cuando veo que no lleva ropa interior.

No. Lleva. Calzones.

Me quedo mirando su vagina perfecta.

—Me has arruinado —le digo, sacudiendo la cabeza antes de llevar las manos a su entrepierna y arrastrar los dedos por la entrada hacia su clítoris. Le tiemblan las caderas y separa los labios y, cuando noto lo mojada que está, vuelvo a maldecir—. Estás empapada, Pippa. Carajo.

Se muerde el labio, observando todos y cada uno de mis movimientos. La acaricio, rodeándole el clítoris. Se tensa cuando acaricio el bulto lleno de nervios, y aparece en mi boca una sonrisa oscura. Me encanta lo sensible que es. Me encanta hacer que se sienta así, poder hacerle esto.

Mantengo la voz baja y los ojos fijos en ella.

—¿Ibas a tocarte tú?

Ella asiente, y la recompenso metiéndole un dedo, curvándolo y encontrando su punto G. Arquea la espalda, pero no aparta los ojos de mi cara y me encanta.

—Carajo, Jamie —susurra, jadeando.

—Shh. —Sigo acariciándola, mirándola mientras se lleva una mano a la boca con el ceño fruncido. Me coloco entre sus piernas y abre mucho los ojos—. ¿Él te hizo esto alguna vez?

Ella sacude la cabeza.

—Lo intentó, pero a mí no me gustaba.

La competencia late en mi sangre como un tambor, y entro y salgo de su estrecha entrada a un ritmo lento.

—¿Quieres volver a intentarlo?

Duda un instante, y curvo aún más los dedos, encantado por cómo cierra los ojos.

—Umm. —Suspira y empujo más los dedos—. Si quieres.

—Quiero. —Miro cómo mis dedos la penetran, cómo su preciosa vagina los absorbe—. Es lo que más quiero. No pienso en otra cosa.

Ella asiente con la mirada aturdida.

—Bien.

Besuqueo todas y cada una de las pecas que tiene en el interior de los muslos, despacio y suave, calentándola hasta que bajo la cabeza y le beso clítoris. Le acaricio con la lengua, y aguanto un gemido al notar lo dulce que está. Ella arquea la espalda, tensándose a medida que la acaricio, cubriéndose la boca con una mano. Se está esforzando muchísimo por no hacer ruido, mi pequeño pajarillo, y me encanta.

Mientras arrastro una y otra vez la lengua por su clítoris, escuchando sus preciosos gemidos amortiguados, le agarro la suave piel del trasero con la otra mano, empujándola hacia mi boca mientras le succiono con fuerza el clítoris hinchado. Le tiemblan los muslos y, un instante después, sus dedos me tiran del pelo.

—¿Te gusta? —susurro, y ella asiente con fervor—. ¿Quieres que lo haga otra vez?

—Por favor —jadea.

La urgencia fluye por mis venas. Me encanta cuánto lo desea.

—Shh. —Me late el pulso en los oídos cuando la miro—. No hagas ruido.

Ella asiente y, cuando vuelvo a entrar y a salir, separa los labios y vocaliza mi nombre. Me siento como un rey.

Levanto aún más la camiseta para poder verle los pechos. Me lleva el diablo, está buenísima ahí tumbada, con el pecho jadeante. Tiene la piel muy suave y los pezones erectos. Me levanto para meterme uno en la boca. Vuelve a llevar las manos a mi pelo mientras acaricio la punta con la lengua.

Contarle a Pippa lo que sentía ha sido la mejor idea que he tenido jamás, y venir hasta aquí para verla, la segunda mejor.

Respira con jadeos y sonrío al darle un beso entre los pechos.

—¿Quieres aprender algo nuevo, pajarillo?

—Todo esto es bastante nuevo para mí. —Su voz suena como un hilo cuando vuelvo a introducirle un dedo—. Dios —susurra.

Amortiguo una risa, y le acaricio la suave piel de la barriga con mi barba incipiente de vuelta hacia su entrepierna.

—Dime qué quieres. —Dibujo un camino de besos por su piel, bajando por los muslos, por todas partes menos por donde ella quiere.

—Por favor, Jamie —susurra.

—Dímelo.

—Haz lo que estabas haciendo hace un momento.

—¿Qué era? —Mi voz suena grave y traviesa—. Dilo, pajarillo, tú puedes.

Su frustración estalla.

—Quiero que me chupes la vulva.

Le sonrío.

—Eso es, nena. —Cuando me meto su clítoris en la boca y succiono, se le escapa un gemido grave—. No hagas ruido.

Se tensa alrededor de mi dedo, y noto cuánto necesita todo esto. Quiero ser el hombre que le llene de placer, quiero ver cómo se desmorona gracias a mí.

—No puedo —susurra, respirando con dificultad mientras vuelvo a pasarle la lengua por el clítoris.

Me paro. Estoy yendo demasiado rápido.

—Dime lo que sientes. —Mi boca vuelve a sus muslos. Está mojadísima...

—No. —Me entierra las manos en el pelo y me coloca la cabeza en el centro—. No puedo no hacer ruido, pero no quiero que pares. Necesito venirme. Por favor, Jamie.

Una satisfacción engreída y primaria me recorre todo el cuerpo. No iba demasiado rápido. Está desesperada por venirse.

—No voy a parar. —Vuelvo a su clítoris, lamiéndolo, succionándolo, arrastrando su propia excitación por su piel sensible e hinchada.

—Carajo. —Echa hacia atrás la cabeza—. Jamie, no puedo más.

Entierro la cara en su vagina. Los músculos palpitan alrededor de mis dedos mientras le acaricio el punto G. Está a punto. Con la otra mano le tapo la boca. Ella mantiene una mano en mi pelo, pero con la otra me agarra el brazo mientras aprieta contra mis dedos.

—Me vengo —gime contra mi mano sobre su boca, y me aferro a su clítoris, succionando con fuerza. Aprieta las piernas contra mi cabeza mientras tiembla debajo de mi boca, con los muslos contra mí, arqueándose sobre la cama para cabalgar en mi cara mientras suelta quejidos amortiguados. Tengo la verga tan dura que me arde cuando me empapa la cara con su orgasmo, respirando con dificultad.

Se deja caer hacia atrás, mientras recupera el aliento mirándome como si no pudiera creérselo.

—Bien hecho —susurra, y me río contra sus muslos, y le doy un beso antes de colocarme sobre ella.

Mi Pippa. Qué buena está, carajo. Es un ángel perfecto, sonrojada por el orgasmo que acaba de tener. Le paso el pulgar por la boca.

Se le va la mirada a la parte delantera de mi pants, donde mi verga está estirando la tela. Sus ojos adquieren un brillo travieso.

—Esta noche no —le digo, a sabiendas de que me voy a arrepentir—. Si seguimos así, Pippa, voy a romper tu cama.

Abre la boca para protestar, pero la tapo con un beso, entrando en su boca de la forma en la que quiero hacerlo con la verga. Me doy cinco segundos más de su boca antes de apartarme, me levanto y le agarro la cara con las dos manos.

—Eres perfecta —le digo—. Increíblemente perfecta.

Me mira con una sonrisa dulce y somnolienta. Me resulta muy especial descubrir el sexo con Pippa de esta forma. Como si ambos descubriéramos cómo puede ser, porque para mí jamás ha sido así, desde luego.

Es mía, carajo.

La cubro con las mantas, sonriendo mientras se acomoda sobre la almohada, todavía con mi camiseta, despeinada por haberle tocado el pelo.

La quiero. Tengo las palabras justo encima de las cuerdas vocales, pero me las aguanto, porque todo esto es demasiado nuevo. Laten en mi sangre, navegan por mi corazón, y estoy seguro de que las tengo escritas en la cara.

—Buenas noches, pajarillo —digo.

Capítulo 55
Pippa

«¿Podemos hablar?».

Diez días después de Fin de Año, estoy de pie junto a la barra de la cocina, mirando el mensaje de Zach que acabo de recibir.

Se me seca la boca al leerlo una y otra vez. No puede ser verdad y, aun así, es su número. Los últimos mensajes que nos enviamos fueron en agosto, un par de días antes de que me dejara. Estaba tomándome un café y le pregunté si quería algo.

Siento asco. Tuvo la desfachatez de robarme la canción, ¿y ahora quiere que hablemos?

Lo bloqueo y elimino el historial de mensajes.

Jamie abre la puerta de casa y me sobresalto. Me mira con esa sonrisa preciosa y encantadora a la que soy adicta, y los pensamientos sobre Zach se desvanecen.

En cuando Jamie volvió a casa después de Silver Falls tuvo que marcharse para una serie de partidos en diez días, pero ya ha vuelto. Voy corriendo a darle un abrazo. A nuestros pies, Daisy da saltitos felices en el suelo, agitando la cola a un kilómetro por hora de la emoción.

—¡Ya estás aquí! —digo contra el cuello de Jamie mientras me da un beso en la cabeza. Sus brazos rodeándome, empujándome contra su pecho fuerte... son el consuelo definitivo.

—Por fin. —Me da otro beso en la frente y, cuando me inclino hacia atrás para mirarlo, se le suaviza la mirada—. Llevo diez días deseando hacer esto.

Me vuelve a besar y suspiro contra él. Su boca sobre la mía es un alivio, dulce y delicada, hasta que gruñe y desliza la lengua entre mis labios. Me araña un poco con la barba incipiente, y la excitación palpita por todo mi cuerpo.

—Te he echado de menos —murmura contra mis labios entre besos—. Me encanta llegar a casa y encontrarme contigo.

Se me dispara el corazón como ocurrió en Fin de Año, cuando canté en el escenario. Como cuando nos dijimos que sentíamos algo el uno por el otro. No puede ser sano que el corazón lata tan fuerte tan a menudo, pero me da igual.

Jamie se aparta, mira a Daisy y la agarra.

—A ti también te he echado de menos —le dice. Ella le lame la oreja, agitándose entre sus brazos, y él hace una mueca mientras yo me río.

Este hombre con un perro es tan lindo que casi roza la ilegalidad.

—Estaba a punto de sacarla a dar un paseo.

Daisy escucha la palabra «paseo» y gira la cabeza hacia mí. Jamie sonríe y la acaricia otra vez.

—Voy con ustedes.

Veinte minutos después, estamos paseando por el parque Stanley. Hay una ola de frío en Vancouver y cae lentamente la nieve sobre nosotros, cubriendo los árboles verde esmeralda. Todo el mundo odia conducir cuando Vancouver está cubierta de nieve, así que a excepción del crujir de nuestras botas al pisar el hielo, el centro y el parque están muy silenciosos.

—El otro día vi a tu madre muy bien. —Hazel y yo llevamos a Daisy a pasear con Donna hace un par de días, antes de que nevara.

Él hace un ruido agradable con la garganta y sonríe mirando al suelo mientras andamos.

—El martes tiene cita con un doctor.

Se me ilumina la cara y le sonrío.

—¿En serio? ¿Para que le recete algo?

Él asiente, visiblemente aliviado.

—Sí.

—Qué bien. —Demonios, cuánto me alegro de oír esto. No solo porque Jamie lleva demasiado tiempo cuidándola. Donna es una persona encantadora, y ha sufrido mucho. Se merece encontrarse mejor y tener las herramientas para lidiar con sus ataques de pánico.

Caminamos en un silencio cómodo durante un rato antes de que Jamie me dé un golpecito.

—El video tiene más de tres millones de visualizaciones.

Se me revuelve el estómago.

—Ya lo sé. No me lo recuerdes.

Hayden hizo un video mío cantando en Fin de Año y, después de pedirme permiso, lo subió a su TikTok. Se hizo viral, pero yo estoy haciendo como que no existe. Solo con pensar en tanta gente viéndome cantar una de mis canciones me pongo mal de los nervios. Cometí el terrible error de leer los comentarios del video y, aunque la mayoría eran cumplidos, no puedo quitarme de la cabeza los más desagradables.

«No tiene nada de especial. Qué aburrimiento. Ni siquiera toca la guitarra. Es puro postureo. La canción es una porquería. Solo la dejaron subir porque está buena».

Pasé meses sin poder componer porque Zach hirió mis sentimientos. ¿Cómo voy a tener una carrera musical con miles de Zachs diciendo cosas aún peores? Puede que incluso a la cara. Todos los días.

—Oye. —Jamie se para y me pasa el brazo por los hombros para empujarme a su lado—. Estoy muy orgulloso de ti. Le echaste ganas para subirte ahí.

Asiento con un ruido de reconocimiento, pero mi ansiedad por todo este asunto se derrama por mi sonrisa forzada. Se me queda mirando un buen rato.

—Con una de las psicólogas del equipo hacemos un ejercicio de visualización —dice, analizándome—. Hace que me imagine el partido. Me imagino al delantero del otro equipo intentando marcarme un gol y cómo noto el disco en el guante o al golpear el *blocker*. Me imagino a todos los miembros del otro equipo y todas las diferentes puntuaciones que se me ocurren. Cuanto más específico soy, mejor. —Arquea una ceja—. Creo que deberías intentarlo, pero con la música.

Frunzo el ceño al pensar en aguantar comentarios crueles durante el resto de mi vida.

—La verdad es que no quiero imaginarme a gente abucheándome. —Se me escapa una risilla para ocultar la incomodidad.

—Eso no. Imagínate la carrera que quieres tener. Imagínate tu sueño, pajarillo. —Su mano se desliza de mi hombro hasta mi mano enguantada, y la aprieta—. Llevas meses atascada en este bucle. Ya es hora de imaginarte algo nuevo.

Me doy cuenta de que tiene razón. Lo único que hago es pensar en el pasado, y me está reteniendo. Cada vez que me planteo dedicarme a la música, pienso en lo que me pasó como forma de advertencia y para quitármelo de la cabeza. No paro de ponerme barreras a mí misma en mi camino.

Se me cierra la garganta al tragar y lo miro dubitativa. Su expresión cálida y segura me anima y asiento.

—Está bien.

—Cierra los ojos.

Miro a nuestro alrededor. Solo estamos nosotros y Daisy, que está entretenida olfateando un lateral del sendero. Tomo aire y dejo caer los párpados.

El bosque está casi en completo silencio, menos por el olfateo de Daisy. Los fríos copos me caen sobre las mejillas y la nariz, y el aire huele limpio y fresco.

Me imagino en el escenario. Es un concierto pequeño. Soy la telonera de un artista más importante. Hay un par de cientos de personas en el público.

No. Me recompongo, abro los ojos y parpadeo a Jamie, que sigue mirándome con una pequeña sonrisa. Quiero ser más que telonera. Cierro los ojos y lo vuelvo a intentar.

Estoy en el escenario de un estadio. Soy la cabeza de cartel y llevo la guitarra de mis sueños colgada sobre el pecho. Estoy de gira con mi nuevo disco, que grabé con la productora de mis sueños, Ivy Matthews. Es famosa en la industria musical por ser excéntrica y quisquillosa en exceso, pero tiene un talento inmenso para crear músicos únicos y auténticos. Detrás de mí, ya está preparada la banda. Unos músicos buenísimos y talentosos. La ropa que llevo hace que me sienta fuerte y guapísima, y llevo el pelo suelto sobre los hombros.

«Soy Pippa Hartley —digo al micro, y todos gritan. Toda la gente que hay en el estadio ha comprado entradas para verme a mí, pero me gusta presentarme al principio de todos los conciertos. Es mi sello—. Y esta canción habla de enamorarse».

En mi cabeza, me lanzo a la canción, la banda empieza a tocar y el estadio se llena de luz y sonido. Es espectacular, carajo.

Abro los ojos y sonrío a Jamie. Se me acumulan las lágrimas en los ojos, porque lo que me acabo de imaginar ha sido muy bonito. Incluso me duele el pecho.

—No quiero el puesto de marketing. —Mi voz suena tranquila.

Él asiente, serio.

—Ya lo sé.

Siento un peso en el estómago. Cuando les dije a mis padres que pasé de sobra la segunda entrevista, notaron la alegría falsa en mi voz.

Ojalá estuvieran orgullosos de mí. Ojalá no tuviera que aguantarme con un trabajo que no quiero para ganarme su aprobación. Se me constriñe la garganta ante esa visualización tan fea. Sé que tienen buenas intenciones; relacionan la felicidad con la estabilidad económica, porque ellos no la tuvieron de pequeños.

Pero yo sí. Trabajar en algo que no me gusta no me hará feliz, aunque pague las facturas. Se me retuerce el corazón y, como si él pudiera sentirlo, Jamie me pone una mano en la espalda y me acaricia formando círculos.

Me he dejado arrastrar por lo que ellos quieren, igual que con Zach. Jamie me está mirando como me mira cada vez que estoy a punto de subirme a un escenario: como si pudiera hacer cualquier cosa. La llama de mi pecho es una luz piloto alimentada por los recuerdos de cantar en Fin de Año y grabar las canciones que compuse en la sala. Ese fuego es mi amor por la música, me siento como si estuviera volando cuando canto con todas mis fuerzas. Es el motivo por el que no puedo alejarme del sector musical aunque lo haya intentado. Algo brillante y afilado me corre por la sangre, y respiro hondo.

Ya veré cómo se lo digo a mis padres. La idea de decepcionarlos me retuerce el estómago, pero es lo que necesito.

—¿Quieres decirme qué te has imaginado? —Jamie tuerce la boca—. No hace falta si no quieres.

Jamie no es Zach. Él nunca se reiría de mí, nunca me diría que mis sueños son estúpidos o que debería quedarme en mi terreno.

—Quiero contártelo.

Se lo cuento todo y, cuando acabo, tiene los ojos iluminados por el cariño y la emoción.

—¿Hablarías con ella?

Me pongo blanca.

—¿Con quién? ¿Con Ivy Matthews?

Él asiente.

—Umm. —Parpadeo. Mi instinto me dice que diga no, pero me recompongo de nuevo.

Se acabó el ponerme trabas a mí misma. Se acabó el dejar que las palabras de Zach me repriman. Si quiero conseguir lo que me acabo de imaginar, tendré que hacer cosas que me den miedo... como enviar mi música a gente que podría rechazarme.

—Podría hacerlo, supongo. —Siento la determinación inundándome la sangre y asiento a Jamie—. Sí. Lo haré.

Tiene una sonrisa tan grande que me explota el corazón.

—Así me gusta.

Me río y me pasa un brazo por los hombros mientras seguimos paseando.

Por la tarde, mientras Jamie está en el gimnasio, consulto la página web de Ivy Matthews. Hay una dirección de email, pero no dice nada sobre si se aceptan propuestas. Lo más probable es que no quiera trabajar conmigo si no tengo un contrato con alguna discográfica. Ni siquiera quiso trabajar con Zach. Su mánager intentó concertar algo con ella y le dijo que no. Se enfadó muchísimo.

Esto sería marcarse un triple, ni siquiera me hace gracia, pero le dije a Jamie que lo haría. Escribo un mensaje corto y profesional sobre mi experiencia en la industria musical y enlazo mi video viral y las canciones que le escribí a Jamie por Navidad.

La duda no para de asomar la cabeza, pero cada vez me cuesta menos apartarla.

Le doy a enviar y respiro aliviada. Aunque no consiga nada con esto —y estoy segura de que ese será el caso—, lo he intentado. He dado un paso hacia delante.

Por la noche, cuando estoy a punto de darle de cenar a Daisy, suena mi teléfono con un número desconocido y lo tomo.

—¿Eres Pippa Hartley? —pregunta una mujer.

—Sí. —Suelto el vaso de pienso en el comedero interactivo de Daisy y ella va corriendo a comer.

—Soy Marissa Strong, la asistente de Ivy Matthews.

Mi cerebro deja de funcionar.

Hay una pausa.

—¿Sigues ahí?

—Sí —me apresuro a decir—. Estoy aquí. Solo estaba intentando averiguar si estoy alucinando.

Ella se ríe.

—Ya, no es la primera vez que me dicen algo así. He visto tu propuesta y se la he enviado a Ivy. Está en la ciudad grabando y el grupo ha terminado antes de tiempo, así que mañana está libre. Si tú también lo estás, le encantaría grabar un demo contigo.

Estoy mirando a la nada. Creo que ahora mismo no tengo ni pulso.

—No hay garantías de absolutamente nada —continúa Marissa, muy seria, aunque cambia a un tono algo más considerado—. Pero tienes algo interesante y siente curiosidad.

«Yo» tengo algo interesante. Se me acelera el pulso e intento respirar.

—Mañana estoy libre —digo, sin poder respirar. No me lo puedo creer—. Allí estaré.

Capítulo 56
Pippa

Ivy Matthews me atraviesa con la mirada en la entrada del estudio de grabación del este de Vancouver, y se me pone la piel de gallina, cohibida.

¿Por qué me he puesto tenis? Parezco una niñera. Los nervios me pellizcan el estómago y lucho contra la necesidad de morderme el labio.

Ivy Matthews es famosa por preferir un estudio cerrado con la menor gente posible, así que estamos solas. No están ni la recepcionista ni Marissa, su asistente.

Ahora mismo, me encantaría que hubiera alguien más para apartar la atención de mí. Ser su único foco es demasiado para mí, y no tengo ni idea de si lo estoy arruinando todo.

Esta es mi gran oportunidad. No puedo cagarla.

—¿Has comido algo? —Su voz suena afilada y sin tonterías, un contraste bastante grande con las pecas que tiene por toda la piel oscura. Lleva el pelo canoso recogido en un moño, va vestida de negro de la cabeza a los pies y lleva unos lentes de montura de pasta de color naranja fluorescente. Parece una exigente profesora de arte.

Yo asiento rápidamente.

—Una tostada de aguacate con un huevo pochado. —Me la preparó Jamie esta mañana para obligarme a comer a pesar de que tenía el estómago totalmente revuelto por los nervios—. Y un café.

Se queda analizándome un rato.

—Bien. —Se cruza de brazos y suprimo una sonrisa al tiempo que me viene una imagen de Jamie haciendo lo mismo.

Me pregunta por mi historial en el sector musical y le hago un resumen rápido de la formación que he recibido y del tiempo que estuve de gira con Zach. Menciono su nombre para que entienda la magnitud de la gira, pero no le menciono el contexto de nuestra relación.

Al oír en nombre de Zach, arruga la nariz.

—Ese tipo nunca me dio buena impresión. Parece que no canta en serio. —Desliza su mirada hacia la mía, estudiándome a través de la montura naranja, y pone una sonrisa fanfarrona—. Sin embargo, tú sí que cantas en serio. Lo noto. —Asiente, sin apartar la mirada de mí, registrándome, y tengo la sensación de que tengo un foco encima—. Y siempre confío cuando noto algo así.

Aunque estoy asustada, aunque siento cada gramo de presión sobre mis hombros, quiero demostrarle que tiene razón.

Quiero demostrar que no tengo nada que ver con él.

Siento algo en el pecho. Este momento no es por él; es por mí. Quiero demostrarle quién soy, lo que puedo hacer, y voy a hacerlo de la mejor forma que sé.

Soy suficiente, y si ella no lo ve, es que no es el momento adecuado. Pero lo seguiré intentando. Lo que le dije el otro día a Jamie iba en serio: estoy preparada para ganarme la vida con la música. Muerta de miedo, pero preparada.

Me pongo recta echando los hombros hacia atrás, y le pongo una sonrisa cálida, igual que la que le puse a Jamie el día que me planté en su departamento. Ya me encuentro mejor. Que sea intimidante no quiere decir que tenga que encogerme de miedo.

—¿Empezamos? —pregunto, alegre, y ella me mira parpadeando antes de soltar una carcajada y señalarme el estudio.

—Ahí dentro, cariño. —Hay cierto tono de sorpresa en sus

palabras, pero desaparece por la puerta de la cabina de sonido, y es el momento de que acuda a mi puesto.

—Muy bien —dice Ivy, dos horas después al micrófono conectado a mis auriculares—. Otra vez.

Doy un sorbo de agua antes de lanzarme de nuevo a la canción. No tengo ni idea de cómo está yendo. Simplemente estoy tocando mis canciones y haciéndolo lo mejor posible, porque eso es todo lo que puedo controlar. Estoy intentando no emocionarme con lo profesional que es el estudio: todo, desde los micrófonos hasta la iluminación y la acústica, es de la mejor calidad, y entiendo que le guste grabar aquí. En la sala de control, la expresión de Ivy al otro lado del cristal no me dice nada mientras el técnico de sonido graba. A veces, veo que mueve la boca y le da alguna instrucción sobre la consola. Pero, por lo general, solo me mira.

Colgada sobre mi pecho, mi guitarra de ensueño es como una extensión de mí. El hecho de que Jamie me la comprara hace que este momento sea un poco más especial, como un círculo perfecto. Es como una de esas imágenes del ejercicio mental que Jamie me obligó a hacer en el bosque ayer. Es casi demasiado bonito para ser verdad.

—Bien —dice otra vez cuando acaba la canción—. Siguiente.

Tomo aire y agacho la mirada a la moqueta mientras decido qué canción tocar. Me decanto por la que escribí sobre Jamie, sobre cómo cuida de todo el mundo menos de sí mismo.

Cuando toco la canción esta vez, es diferente, porque ahora que la madre de Jamie está mejor, creo que él también estará bien. Puede vivir su vida ahora que ella tiene la suya bajo control.

«Lo haría toda la vida si no fuera a romperme el corazón», canto. Se me estrecha la garganta a medida que salen las palabras, y se me quiebra la voz.

La siento diferente porque sé que Jamie no es Zach. Las cosas entre nosotros han cambiado. Es todo muy nuevo y me aterra pensar en el futuro con él, pero eso no significa que no pueda tener esperanzas.

Cierro los ojos, porque no quiero ver la expresión de Ivy. Es poco profesional emocionarse en el estudio.

Mantengo los ojos cerrados toda la canción y me permito sentir todos los sentimientos. Jamie aparece en mi cabeza y sonrío para mí, porque su ánimo es la razón de que esté aquí y siempre le estaré agradecida.

—Preciosa. —La voz entrecortada de Ivy suena en los auriculares y abro los ojos.

Jamie está detrás de ella en la cabina de sonido, con los brazos cruzados, observándome con esa mirada intensa y brillante, y se le curva la boca. Está muy serio incluso cuando sonríe.

Está aquí, y estoy tan sorprendida y agradecida que lo único que puedo hacer es dejar que una sonrisa se abra camino de oreja a oreja mientras el corazón me da vuelcos en el pecho.

Está aquí, y me enamoro un poco más de Jamie Streicher.

—Interesante —dice Ivy, en el recibidor, por la noche, después de dar por terminada la grabación. Son las ocho y me muero de hambre, pero me quedaría días aquí si me lo pidiera. Me estudia durante un buen rato, sin apenas mirar a Jamie—. Muy interesante. Gracias. Hemos acabado por hoy.

Y se marcha, desapareciendo otra vez por la sala de control. Por su reacción, no sé si la he impresionado o la he cagado, pero no sé cómo podría haberlo hecho mejor.

—Pajarillo. —Siento la mirada de Jamie en la cara como si me acariciara con los dedos. Tiene unos ojos suaves como el terciopelo y siento un pellizco en el corazón al sonreírle—. Lo has conseguido.

Las emociones me inundan y le sonrío con una sonrisa aún más grande.

—Creo que sí.

Hay algo entre nosotros. Todos esos sentimientos que estoy experimentando por el chico que se ha convertido en mucho más que Jamie Streicher palpitan en el aire, reclamando atención. Su mirada se desliza a mis labios, y no es solo excitación lo que veo en sus ojos. Vuelve a mirarme y me sonríe, orgulloso.

—Vamos a que comas algo —dice, y yo asiento—. Y luego a casa.

Capítulo 57
Jamie

Llegamos a casa después de cenar y de darle un paseo a Daisy, y creo que nunca he estado tan enamorado de mi preciosa asistente.

Qué valiente es. Cantó con toda su alma en esa cabina de sonido, se abrió el pecho y dejó que todo el mundo viera su corazón latiendo detrás de las costillas, aunque tuviera miedo.

Volvió al hielo, como le dije hace tantos meses.

—Gracias por venir —dice mientras se quita los tenis.

—No me lo habría perdido por nada del mundo. —Casi me salto el entrenamiento para ir, pero al final salí corriendo en cuanto sonó el silbato—. Estoy muy orgulloso de ti, pajarillo.

Pestañea mirándome a la cara. Tiene unos labios preciosos, exuberantes, y siento un picor en los dedos por la necesidad de acariciarlos.

—Me encanta que me llames así.

Se me dispara el pulso mientras algo muy grande se expande en mi pecho. Me doy cuenta de que ese mote es mi forma de decirle que la quiero. Llevo meses haciéndolo, mucho antes de ser consciente de la realidad. Tengo las palabras en la punta de la lengua, pero las retengo.

Es nuevo, y no quiero apresurarla.

Una sonrisa triste me tuerce la boca.

—Me encanta llamarte así.

Me quedo mirando a Pippa, a sus cautivadores ojos azules. Nunca voy a encontrar a nadie como Pippa Hartley. Es una entre un millón y, después de lo que he visto hoy, por fin ella se está dando cuenta.

—Quiero pedirte una cosa. —Le coloco un mechón de pelo detrás de la oreja. Llevo pensando en esto desde Fin de Año, cuando mis sentimientos hacia Pippa me golpearon como un tren de mercancías—. Me gustaría hablar con Erin. —La expresión devastada de Erin aparece en mi mente, y la culpa me arroya—. Quiero hacer las cosas bien con ella... —Se me cortan las palabras cuando miro a Pippa, tan receptiva y curiosa. Demonios, cómo la quiero. Haría lo que fuera por evitar destrozarla como destrocé a Erin—. Quiero arreglarlo.

Pippa me sonríe con tristeza.

—Siempre quieres arreglarlo todo.

Asiento.

—Esto es importante. ¿Te parece bien?

—Claro.

Sabía que no pondría ningún problema, pero ahora que estamos como sea que estemos —juntos, en una relación, saliendo, todas esas palabras que me resultan demasiado flojas y rebajadas para describir lo que siento por Pippa—, quiero ser lo más abierto posible con ella.

Le doy un beso en la frente y cierra los ojos. Tiene la piel cálida y suave, y le paso los labios por la mejilla y la oreja. Su olor es embriagador, reconfortante, y muy excitante.

—Deberíamos intentar una cosa —digo, porque no la he tocado en condiciones desde Fin de Año. He tenido muchos viajes y anoche estuvo practicando con la guitarra sus canciones en su habitación hasta medianoche.

Se le corta la respiración cuando le muerdo suavemente el lóbulo de la oreja.

—¿El qué?

Enredo los dedos entre su pelo y le inclino la cabeza hacia atrás para que me mire.

—Quiero hacer que te vengas dos veces.

Pippa abre mucho los ojos y se le separan los labios mientras busca mi mirada.

—Nunca he...

—Ya lo sé.

—No creo que pueda.

Arqueo una ceja y sonrío mientras una satisfacción engreída me recorre todo el cuerpo. Puede. Puedo hacerlo. Sé que puedo.

Haré lo que haga falta para que ocurra.

—Dices eso muy a menudo, pero no recuerdo la última vez que tuviste razón.

Se le llena la mirada de preocupación.

—No quiero que te decepciones.

Sacudo la cabeza, porque no podría estar más equivocada.

—Pippa, esto no funciona así. Tocarte es un sueño. Si no lo disfrutaras, solo me sentiría decepcionado por mí, por no lograrlo. No por ti. Jamás por ti.

La preocupación se desvanece de su mirada, dejando únicamente lujuria y deseo, y mi necesidad aumenta.

—Bien —susurra, y dejo caer la boca sobre la suya.

Capítulo 58
Jamie

Nos besamos con urgencia y la tomo en brazos para subirla por la escalera. Me aprieta con los muslos la cadera y le agarro el trasero, dándole un azote. Su gemido me vibra en la boca y succiona mi lengua. Gruño en la suya, sujetándola contra la pared.

—Maldición —gimotea mientras doy en el lugar perfecto con mis caderas—. Carajo.

—Justo ahí, ¿verdad?

Ella asiente, con los ojos cerrados y los labios separados, y mi sangre late con la necesidad primaria de satisfacerla.

—Jamie. —Abre los ojos con esa mirada embriagada perfecta mientras me froto contra su clítoris—. Tengo que tocarte.

Me muevo para llevarla a su dormitorio.

—No —dice, y me paro. Me pone una sonrisa tímida y avergonzada—. En tu cama.

Dios, eso me gusta.

Al cabo de un momento, la bajo sobre mi cama, me quito la camiseta y los pantalones y apoyo todo mi peso sobre los codos a sus costados mientras la beso. Desaparece otro jirón de control mientras mi lengua acaricia la suya, con urgencia y exigencia.

Mi sangre canta con la verdad: Pippa es mía.

—¿Te gusta estar en mi cama? —murmuro mientras paseo

los dedos por debajo de su camiseta, subiendo por su vientre. Tiene la piel muy suave.

—Sí. —Se le corta la respiración mientras le acaricio la piel detrás del sostén, provocándola, a sabiendas de lo que quiere, pero sin terminar de dárselo.

—A mí también me gusta.

Arquea la espalda a mi tacto. Me aparto para provocarla y ella gruñe, agarrándome el brazo.

—¿Qué pasa? —pregunto en voz baja, sonriéndole. Me muevo para apoyarme sobre un lado, y la miro.

—Jamie. —La forma en la que dice mi nombre, irritada y excitada, hace que mi sonrisa se vuelva traviesa.

Se incorpora y se quita la camiseta, y me encuentro de frente con sus pechos perfectos, convertidas en algo increíble dentro de un brasier de encaje blanco bordado con flores.

La lujuria fluye por todo mi cuerpo.

—No es justo —murmuro, pasando los dedos por el encaje.

Hago un círculo sobre la tela, por encima del pezón, sintiendo el pico rígido. Le brillan los ojos y separa los labios antes de que pase al otro. Estoy muy erecto, tumbado con Pippa, jugando con ella, provocándola, excitándola.

Es el paraíso.

—Hablemos del plan, pajarillo. —Hablo en voz baja mientras paso una y otra vez los dedos por los pezones sensibles cubiertos de encaje—. ¿Cómo vamos a hacerlo?

Tiene las mejillas sonrojadas.

—Creo que deberías bajar al río.

Arqueo una ceja.

—¿No me digas?

Ella asiente, y los dos pensamos en lo que pasó hace unas semanas en casa de sus padres, cuando tenía puesta mi camiseta.

—Te gustó, ¿verdad? —Ella asiente de nuevo, y algo eléctrico atraviesa el ambiente en nuestro alrededor—. A mí también.

La sorpresa pasa por sus ojos y se me acelera el pulso.

—¿Acaso lo dudabas, Pippa? —Paso los dedos por el bulto de sus pechos, por encima del brasier—. ¿Acaso dudabas que tu vagina es una de las cosas más dulces que he probado jamás? —Levanto la copa del brasier y me encuentro el pezón erecto, y ella gime suavemente—. Porque lo es, nena. Pienso en él cada vez que me acaricio la verga, en lo mojada que estabas. En cómo sonabas, gimiendo por mí mientras yo te lamía.

Vuelve a arquear la espalda a mi tacto y se desabrocha el brasier. Llevo la boca hacia sus pechos, rodeando el pezón erecto con la lengua. El ruido que sale de su garganta, demandante y aliviado al mismo tiempo, hace que me duelan las bolas de tanto deseo.

—¿Vamos a usar el juguete esta noche, Pippa?

Ella sacude la cabeza.

—¿No? —Arqueo una ceja mientras succiono, y se le corta la respiración.

—Quiero probar sin —susurra, mordiéndose el labio.

Me mira como si pensara que puedo hacerlo, que puedo hacer que se venga otra vez sin el juguete. Mi miembro crece, estirando los calzones.

—Esto me está volviendo loca —dice mientras pellizco y retuerzo el otro pezón—. Tócame.

La miro y sonrío.

—Te estoy tocando.

—Más —exige.

—¿No quieres decirme cinco cosas que estés sintiendo?

Su mirada frustrada me hace temblar de la risa. Nunca me he reído cogiendo. Mi pajarillo está furiosa y cachonda, y yo estoy en el paraíso. En este momento, creo que es mi mejor amiga y, aun así, la tengo dura como una piedra al pensar en complacerla. El sexo nunca ha sido tan divertido, y no soy capaz de pensar en otra ocasión en la que me sintiera tan cómodo con alguien.

Soy consciente de que debe de ser siempre así.

—Deja. De. Provocarme. —Tiene los dientes apretados mientras le acaricio los pezones lo más suave que puedo, observando su reacción.

—Ruégamelo.

Cuando los ojos le hierven de deseo y un suspiro se cae de su boca, mi sangre fluye con fuerza.

—Por favor, Jamie —susurra—. Por favor, haz que me venga.

La excitación me recorre la espalda y se me acumula en la parte de abajo. Tomo aire, aferrándome a los últimos restos de control.

—Cuando me ruegas así pierdo la cabeza.

Le brillan los ojos de lujuria, pero tiene una mirada segura.

—Pues piérdela.

La desnudo por completo en cuestión de segundos. Pongo las manos en el interior de sus muslos para separarlos mientras bajo y meto la cabeza entre sus piernas.

Está mojada, empapada, reluciente con los muslos húmedos, y el orgullo fluye por mis venas. Es cosa mía. He hecho que se sienta bien. No ha sido nadie más.

Pippa es mía.

La primera caricia de mi lengua por su entrepierna mojada hace que Pippa arquee la espalda.

Esto. El sabor de Pippa enciende mi hambre de nuevo, prende fuego a la avaricia que siento por ella, y la necesidad posesiva de mi interior se intensifica. Entierro la cara entre sus piernas, lamiendo, acariciando, succionando el pequeño bulto de nervios. Los ruidos que se le escapan a Pippa por la boca son ásperos, susurrantes, sin filtro, y mi miembro palpita con la necesidad de penetrarla con fuerza.

Cuando deslizo un dedo dentro de ella y encuentro el punto rugoso, cierra los muslos con fuerza alrededor de mi cabeza.

—Jamie. —Se ahoga y me late el pecho con orgullo.

—Estabas buenísima con mi camiseta —digo antes de succionarle el clítoris. Le tiemblan los muslos a ambos lados de mi cabeza. Tiene la vagina tan mojada que se escuchan los ruidos de la succión mientras meto y saco el dedo—. Estabas buenísima, carajo. ¿Sabes lo que siento al ver mi nombre en tu espalda, Pippa?

Le vuelvo a succionar el clítoris y lleva las manos a mi pelo, agarrando y tirando. La sensación lanza más excitación por mi espalda. Me duele la verga, que chorrea líquido.

—Hace que sienta que eres mía —le digo.

Se le nubla la vista.

—A mí también me pasa.

Noto el pulso en los oídos. Nunca he sentido esta necesidad salvaje, este deseo primario, fuera de control, instintivo. La imagen de Pippa tumbada debajo de mí, completamente abierta de piernas para mí, con el pelo por toda mi cama, agarrándome el pelo mientras tira fuerte, hace que se disipe cualquier tipo de duda.

—Carajo, Jamie —gime cuando le introduzco otro dedo y le froto el punto G.

Conozco ese tono. Lo he memorizado, reproducido una y otra vez mientras me masturbo pensando en ella.

—Estás a punto —digo antes de pasarle la lengua por el clítoris.

Ella asiente con los ojos muy cerrados.

—Ajá.

Algo cachondo y petulante se me asienta en el pecho y cierro los labios alrededor del clítoris, succionando y trabajando en todos los nervios con la lengua mientras meto y saco los dedos. Se tensa a mi alrededor: el abdomen, las piernas rodeando mi cabeza, la vagina alrededor de mis dedos.

—Di mi nombre cuando te vengas, como una buena chica.

—Dios —dice casi ahogada, y noto su clímax. Me tira tanto del pelo que me hace daño. El dolor me quema el cuero cabelludo y me encanta—. Jamie.

Tiembla conmigo entre sus piernas, chillando mi nombre, viniéndose sin parar, y yo no paro hasta que he escurrido hasta la última gota de la vagina de mi preciosa asistente. Conforme el orgasmo va disminuyendo, le beso el clítoris. No soy capaz de alejarme de ella.

Deja caer las piernas mientras recupera el aliento, sin soltarme el pelo. Me peina con los dedos mirando al techo.

—Jamie —suspira—. ¿Qué demonios?

Me río y le beso el interior del muslo, cubierto de su excitación. Recorro con la lengua la piel suave y sensible y ella deja escapar un ruido agudo cuando llego al clítoris.

—Está sensible —dice entre jadeos.

—Lo siento, nena. —Gateo sobre ella y coloco los codos a

ambos lados de su cabeza, enjaulándola. Le levanto la barbilla y la beso, y su aliento me hace cosquillas en la cara, allí tumbada sobre un charco—. Es que no puedo evitarlo. —Le doy un beso tras otro en la cara, en las mejillas, en la frente, en la nariz, en los ojos, en la boca suave, dócil y tentadora.

Mi Pippa es perfecta.

Sus manos suben y bajan por mis brazos, sobre mi pecho. Me araña con las uñas la barba incipiente del cuello, el pelo del pecho, el abdomen, el final de la espalda. Estoy tan erecto que me duele, pero no interrumpiría este momento por nada. Me encanta cuando está así, saciada, satisfecha y relajada.

En este momento, somos las únicas personas del universo. No importa nada más. No hay ningún drama familiar, ni ningún ex, ni preocupaciones sobre carreras o el futuro, sin miedo a que nos rompan el corazón.

Estamos solo nosotros.

—Pajarillo —susurro, porque la quiero.

Sus ojos encuentran los míos, completamente atentos y, por un instante, pienso que igual ella también me quiere. La beso apasionadamente, hundiéndome en su boca cálida y dócil, y, cuando estoy absorto en mi precioso pajarillo, gimiendo sobre ella, ella me saca la verga de los calzones y la acaricia con firmeza.

—Demonios —gruño en su boca antes de quitarme los calzones—. Espera un momento, nena.

Estoy a punto, y quiero que esto dure. Con Pippa nunca dura, y quiero estar con esto el mayor tiempo posible.

Coloco la verga entre sus piernas. Todavía tiene la vagina mojada, cálido, y la electricidad me recorre la espalda, atontándome el cerebro, permitiendo el control a los instintos más básicos.

Arrastro la verga por su humedad, y la necesidad urgente de venirme silencia todos los pensamientos de mi cabeza.

Nirvana. Lo he alcanzado. Está entre las piernas de Pippa.

—Hazlo otra vez. —Me convence, levantando las caderas, arrastrando la fricción y la excitación por mi erección.

Me palpita la verga y no puedo evitar deslizarla contra

ella otra vez. Tiene la vagina empapada, caliente, cubriéndome de líquido.

—Dios —gime, mirándome como si fuera un dios—. Qué gusto. Me encanta.

Una electricidad me fluye por la sangre, y lo vuelvo a hacer, deslizando la verga por ella, contra su clítoris. Pone los ojos en blanco y yo siento el pulso en los oídos.

—¿Así? —Tengo la voz ronca. No sé cuánto más voy a aguantar así. Es demasiado intenso.

—Sí —jadea, retorciéndose mientras yo sigo frotándome contra ella—. Jamie. Así. Carajo. —Esa última palabra suena con sorpresa, como si no se lo creyera.

—Cuando te coja por fin, Pippa, me voy a venir muchísimo dentro de tu vagina angosta. —Encuentro el ritmo, masturbándome contra ella.

No le digo que, cuando por fin me la coja, me romperá. Me arruinará. Creo que ya lo ha hecho.

—Quiero que me cojas —jadea, moviendo las caderas para seguir el ritmo de las mías.

—Yo también quiero cogerte. No tienes ni idea del tiempo que hace que quiero hacerlo.

Me clava las uñas en la espalda y el placer se enciende en la base de mi espalda. Gime más agudo, susurrante, y abre aún más los ojos.

—Demonios, Jamie. Por favor.

—¿Por favor, qué? —Estoy aguantando con todas mis fuerzas mientras me deslizo contra ella.

—Por favor, cógeme —jadea—. Lo necesito, Jamie.

Tiene cara de súplica, pero llena de afecto y amor.

Quiero a esta chica. No estoy preparado para decírselo, porque creo que es peligroso y arriesgado y, sobre todo, quiero que lo que tengo con Pippa dure.

No puedo decirle que la quiero, pero puedo demostrárselo.

Tengo la mandíbula apretada y asiento.

—Bien. —La palabra me araña como un papel de lija—. De acuerdo.

Por fin. Voy a enseñarle a Pippa a quién pertenece.

Capítulo 59
Pippa

El corazón me late con tanta fuerza que puedo escucharlo. Jamie toma un condón de la mesita de noche y, una vez que se lo ha colocado en la verga erecta, se sitúa en mi entrada.

Duda, pendiente de mi reacción, y sonrío, porque Jamie es tierno, amable y cariñoso. Levanto la cadera contra la suya, animándolo, y aprieta la mandíbula mientras empuja dentro de mí, buscando en mis ojos alguna señal de incomodidad.

Dios mío. Se me escapa un gemido mientras me estiro alrededor de su grosor. Tiene cuidado al introducir despacio la verga dentro de mí, y en mi cabeza revolotean todas las palabrotas que se me ocurren ante la sensación de placer entre mis piernas.

—Qué apretada está —dice Jamie. Solo ha metido la mitad.

—Ha pasado bastante tiempo... —La presión aumenta y ahogo un grito cuando toca todos los nervios de mi interior.

—Eso es. —Su voz suena como un murmuro grave y reconfortante, pero sus ojos destellan excitación mientras sigue empujando. Me pone una mano sobre el pecho y juega con el pezón mientras empuja más adentro.

La sensación de tenerle dentro de mí es impresionante, altera el ADN y ambos estamos temblando.

Llega hasta el final y todos los pensamientos desaparecen de mi cabeza. Una sensibilidad me recorre todo el cuerpo, radiando desde donde nos hemos encontrado. Tenemos las caderas apretadas el uno contra el otro, y yo le rodeo la cintura con las piernas. Se me escapa otro gemido de placer a medida que la excitación me sube por la espalda. Demonios, qué bien huele.

—Buena chica. —Me quita un mechón de pelo de la cara—. Te estás portando muy bien, abrazas muy bien mi verga. —Tiene la voz tensa y las mejillas sonrojadas—. ¿Estás bien?

Yo asiento, mirándolo a los ojos, y su mirada desprende calor, desesperación y admiración, todo a la vez.

Ya soy adicta a esa mirada.

—¿Te gusta?

—Sí —digo, pero se mezcla con un gemido—. Está muy apretada.

—Sí, ya lo sé. —Su miembro palpita dentro de mí y se me corta la respiración mientras ardo de deseo a su alrededor.

—Tenía razón —susurro, y él arquea una ceja—. Eres demasiado grande para mí.

Se le tuerce la boca en una sonrisa traviesa y me muerdo el labio.

—Llevo muchísimo tiempo pensando en este momento, Pippa. —Me da un beso íntimo y suave en los labios y su pelo me roza la frente—. ¿Estás lista para que me mueva? Podemos quedarnos así todo el tiempo que quieras.

Está temblando encima de mí, y con lo duro que está dentro de mí, estoy segura de que se está aguantando. Incluso en una situación así, es controlador y prudente. Inclino la cadera contra él, moviéndome de atrás hacia delante sobre su verga, y ese pequeño movimiento hace que me aturda la necesidad.

—Estoy lista.

La saca, despacio, desesperadamente despacio, y luego vuelve a empujar. Gimo por el delicioso deseo y, cuando vuelve a meterla hasta el fondo —muy al fondo—, ahogo un grito.

—¿Bien? —dice, con un hilo de voz.

Asiento con vehemencia.

—Bien. Muy bien. Otra vez. —No soy capaz ni de formar frases completas. Ese es el efecto que tiene Jamie Streicher sobre mí.

Vuelve a empujar y ambos gemimos.

—Me lleva el diablo, Pippa.

Entra y sale de mí con cuidado hasta que me ajusto, entonces acelera el ritmo. Verlo moverse encima de mí con la mandíbula tensa es fascinante. Esa boca preciosa y cruel, esos profundos ojos verdes que arden de deseo por mí. No quiero ni parpadear.

Que te coja Jamie Streicher es una experiencia religiosa. La presión aumenta en mi interior, pero el placer es más profundo, más bajo, una acumulación más lenta que cuando Jamie tenía la boca sobre mí hace un momento. En lugar de un pinchazo agudo, las sensaciones se me expanden por todo el cuerpo. Ahora mismo, mi cuerpo no me pertenece: es todo suyo. Y lo está usando como quiere.

—No puedo creer lo agradable que es esto —jadeo, y él empieza a empujar más rápido y con más fuerza. La excitación de mi entrepierna se intensifica, y mi mundo se estrecha alrededor de Jamie y de mí, aquí, en su cama, conectados.

Hoy me ha acompañado en el estudio de grabación. Me ha acompañado siempre. Trago saliva mientras lo miro. Surge una emoción en mi interior, mezclada con el deseo y la presión que aumentan entre mis piernas, y puede que llegue al paraíso antes de que acabemos.

Nunca ha sido así.

—Pippa —dice Jamie entre dientes, y suena como si estuviera perdiendo el control—. Te necesito. Siempre te he necesitado.

La base del placer se expande, y estoy a punto. Estoy a punto, carajo.

Se le nubla la vista, pero no aparta la mirada penetrante de mí.

—¿Crees que puedes venirte otra vez?

No tengo la capacidad de decir: «Dios, sí», así que simplemente asiento, y lleva la mano hasta mi entrepierna, acariciándome el clítoris, pendiente de mi reacción. Qué atento es este chico, en todos los aspectos de la vida. Y es muy prudente conmigo.

Una nueva ola de excitación nos inunda y, mientras me

toca el clítoris con esa perfección a la que ya me tiene acostumbrada, tan suave, tan rápido, se me tensan los músculos alrededor de su miembro.

—Estoy a punto —consigo decir mientras empiezo a arquear la espalda.

—Sí. —Jamie me incita con el ceño fruncido. Todavía estoy escalando, el placer sigue aumentando, y siento que floto. Jamie empieza a empujar de forma errática—. Estás a punto. Lo sé. Enséñamelo. Necesito verlo.

Se me tensa el cuerpo en cuanto empieza la ola intensa, irradiando desde donde Jamie entra en mí. La vulva me empieza a convulsionar, agarrándolo como un puño, y me tiemblan las piernas alrededor de su cintura a medida que una presión me estalla en el bajo vientre. Escucho un gemido agudo, jadeos, el nombre de Jamie, y me doy cuenta de que soy yo. Estoy cayendo, agarrándome a su fuerte pecho y a sus hombros mientras me vengo, repitiendo su nombre una y otra vez mientras se me desgarran las costuras. Apenas soy consciente del fuego de su mirada observando cómo pierdo la cabeza. Esa mirada satisfecha y oscura mientras yo me desmorono a su alrededor.

Más tarde escribiré una canción sobre este momento: estar tan conectada con alguien, sentir que nadie más existe, solo Jamie y yo.

Su expresión se vuelve agonizante, incrédula y dolorosa, y siento cómo se hincha dentro de mí.

—Carajoooo. —Entierra la cara en mi cuello—. Me voy a venir muchísimo.

Le araño suavemente la espalda con las uñas. El placer ha culminado dentro de mí, pero todavía estoy temblando, cabalgándolo mientras sus caderas se mueven contra mí.

—Me vengo. —Su voz suena densa mientras palpita en mi interior, y memorizo el momento en el que Jamie Streicher se entrega a mí por completo. Gruñe, cogiéndome con tanta fuerza que me botan los pechos, hasta que ralentiza el ritmo y respira con más profundidad.

Nunca he sentido nada tan real y tan bueno.

—Carajo, Pippa. —Con la boca contra mi cuello, respirándome, mientras yo dibujo suaves líneas que suben y bajan de su pecho, sus brazos, su espalda.

Me da un beso en las mejillas y vuelvo a flotar.

Nuestras bocas se encuentran, y sonreímos contra nuestros labios.

No puedo creer que alguna vez pensara que no podría tener esto.

Capítulo 60
Jamie

Dos días después de que Pippa reorganizara todo mi estado consciente, me acerco al restaurante donde he quedado con Erin.

—Señor Streicher —dice el portero, abriendo la puerta. Yo le saludo.

Para mi sorpresa, Erin estaba dispuesta a hablar conmigo. Afortunadamente, está en la ciudad, y su serie está de descanso. El restaurante donde he reservado la mesa es famoso por ser discreto y privado, así que no nos molestarán, aunque nos reconozcan. Lo último que necesito es que salgan fotos nuestras y empiecen a circular los rumores. Lo que tenemos Pippa y yo todavía está formándose, y no quiero crear ningún problema tan pronto.

Pippa. Se me relaja el pecho en el instante en el que pienso en ella.

Mi bonito pajarillo. Mi Pippa fuerte, preciosa y valiente, que canta en el escenario pese a estar muerta de miedo y vuelve al hielo.

Ahora que la tengo, perderla no es una opción. No pienso arruinar esto.

La mesera me lleva a la mesa y Erin ya está allí esperándome, escribiéndole un mensaje a alguien. Tiene la cara más rellena, se ha cortado el pelo y le brilla la piel. Siento un pinchazo en el corazón. No estoy enamorado de Erin, pero me alegro de ver a una antigua amiga, aunque le hiciera daño.

Y vuelve a aparecer la culpa.

—Erin.

Levanta la cabeza y, cuando me ve, dibuja una sonrisa de oreja a oreja. Se levanta y los ojos se me van a su barriga.

Está embarazada.

—Hola, tú. —Se me acerca y le doy un abrazo. Sigue oliendo igual, a champú de frutas.

Nos separamos y nos sentamos. Carraspeo conforme aumentan los nervios.

—¿Has encontrado bien el sitio?

Hace un gesto despreocupado con la mano y sonríe.

—Claro. He venido alguna vez con mi agente.

Un mesero nos toma nota de las bebidas y, cuando se va, se me acelera el pulso. Voy a ir al grano para que Erin no pierda el tiempo. Tomo aire y, al otro lado de la mesa, me da la sensación de que ella está haciendo lo mismo.

—Siento... —empiezo.

—Quiero agradecerte... —dice al mismo tiempo.

Me hace un gesto.

—Tú primero.

—Bien. —Vuelvo a tomar aire. Cada gramo de culpa y arrepentimiento se anudan en mi estómago—. Siento lo que pasó entre nosotros. Sé que tiene mucho tiempo y éramos jóvenes, pero... —Me cruzo de brazos, pensando en todas las veces que me dije «no» a mí mismo—. Estas cosas pueden tener un efecto duradero. —Levanto la mirada para encontrar la suya—. No fui claro contigo sobre lo que podía o no podía soportar en una relación, y es culpa mía.

Ella arruga la nariz, confundida.

—¿Eh?

—La forma en la que reaccioné cuando me dijiste que a lo mejor estabas... —Se me van los ojos a su barriga. He leído en internet que está casada, y lleva un anillo en la mano izquierda. Seguro que su marido no se quedó mirándola aterrado cuando le dijo que estaba embarazada—. No debí reaccionar así. No debí hacerte creer que éramos algo que no éramos. Te arruiné la vida. Erin, vi todo lo que dijeron de ti. —Se me retuerce el corazón de dolor—. Ibas camino de ser una supermodelo hasta que te rompí el corazón.

Se me queda mirando, inmóvil, y siento un pinchazo extraño en el cerebro.

La miro a los ojos, inseguro.

—¿No es así?

Al otro lado de la mesa, Erin estalla en una carcajada.

Yo parpadeo, confuso, mientras ella se agita con una risa alegre y sorprendida.

—Jamie. —Sacude la cabeza con los ojos brillantes—. No arruinaste nada.

Frunzo el ceño mientras paseo por mis recuerdos. La emoción que sintió ante el posible embarazo, la devastación por mi reacción. Su retirada de los siguientes desfiles, desaparecer de la faz de la tierra durante años. Su perfil de IMDb con una lista de producciones de bajo presupuesto.

—Primero —empieza—, ser modelo fue lo que me hizo miserable. Tú leías que iba a ser supermodelo, pero lo único que yo leía era que pesaba demasiado, que estaba demasiado delgada, demasiado fea, demasiado alta, demasiado baja. —Traga saliva y veo el dolor en sus ojos mientras sacude la cabeza—. Nunca era suficiente. —Tuerce la boca en una sonrisa sin gracia—. Cuando me di cuenta de cuánto se me había retrasado la regla, lo primero que pensé fue: «Por fin voy a poder dejar la moda». Vaya porquería, ¿no? No es un buen motivo para tener un hijo.

Me viene a la cabeza un recuerdo de Erin saltándose la cena porque al día siguiente tenía una reunión con un diseñador.

Se acaricia la barriga y me mira con una sonrisa divertida.

—Ya quiero a esta criatura más que a la vida misma, pero con diecinueve años quedarme embarazada y tener un bebé habría sido muy duro.

La cabeza me da vueltas.

—Desapareciste.

Se encoge de hombros.

—Tenía que alejarme. Era una adolescente con una vida

de locos y con más dinero del que sabía gestionar. Ni siquiera me caían bien la mayoría de mis amigos, pasaba hambre y odiaba mi vida. Así que me compré una casa en la playa en un pueblo pequeño e hice yoga durante varios años. No tenía internet ni televisión por cable, de modo que leía, pintaba y salía con las mujeres jubiladas de mi calle. —Vuelve a sonreír y, esta vez, de verdad—. Cuando me sentí preparada para volver a la vida real, lo hice, pero con mis condiciones.

Hay una pausa larga que aprovecho para asumir toda esta información. Me imagino su vida en la casa de la playa y siento un pinchazo en el corazón por ella. Era miserable y yo no lo vi.

—A ver —continúa, tomando el vaso de agua—. No eres el primero que se compadece de mí porque trabajo en una serie de porquería. —Pone una cara irónica—. Aunque a mí me gusta. A Josh y a mí nos encanta vivir en Vancouver, y el horario es bastante bueno. Ceno en casa todos los días y tengo los fines de semana libres. El elenco y el equipo son muy lindos, y se han adaptado muy bien a mi embarazo.

Al tragar, noto la garganta cerrada.

—Siento no haberme dado cuenta de lo infeliz que eras.

Ella me mira con una sonrisa triste.

—Tú tenías lo tuyo aquel año. Y, además, si te hubieras dado cuenta, habrías intentado solucionarlo, y la única persona que podía hacer eso era yo.

Sus palabras resuenan en mi cabeza y asiento. Tiene razón, habría intentado solucionar su situación sin tener ni idea de cómo hacerlo.

—¿Qué tal está tu madre?

—Mejor. —Ya han pasado varias semanas y mi madre evita hablar de la terapia, pero no pasa nada. Le estoy dando su espacio. Ya me contará los detalles cuando esté preparada.

—Qué bien. —Erin me sonríe—. Me alegro.

Nos quedamos un rato en silencio y, al intentar buscar otra vez aquella culpa por lo que hice, no encuentro nada.

Ya no siento ese peso.

No rompí a Erin. No la destrocé. La mujer sentada enfrente de mí es una versión más fuerte y feliz de la chica a la que pensé que había lastimado.

Erin es más resiliente de lo que yo pensaba. Lo pasó mal y lo superó. En los últimos meses, Pippa ha superado sus miedos una y otra vez. La imagino sobre el escenario en Fin de Año y una sensación intensa y cálida se me expande por el pecho.

—Vaya —dice Erin, parpadeando como si estuviera sorprendida—. ¿Jamie Streicher sonriendo? Debe de ser mi día de suerte.

Resoplo y sonrío aún más.

—Muy graciosa.

—Bueno, ya está bien de hablar del pasado. —Me estudia la cara—. ¿Qué cuentas tú?

—He conocido a alguien.

Digo las palabras sin pensar. Pippa es lo mejor y más bonito de mi vida, y estoy emocionado. Estoy cómodo contándoselo a Erin.

Su mirada se suaviza y me sonríe.

—¿Es la chica que salió en las noticias de deportes?

Se me escapa una risa. Después de mi último partido, las cadenas de deportes empezaron a mostrar imágenes de Pippa sonriéndome detrás del cristal.

«¡Un bloqueo de Streicher después de *estrei-char* una sonrisa!», dijeron.

Era la primera vez que me veían sonreír en público, bromearon los comentaristas.

—Sí. —Asiento a Erin y mi boca se tuerce en una sonrisa—. Esa es.

Erin me estudia con esa expresión suya amable y cariñosa, y sé que se alegra por mí.

—Quiero saberlo todo.

Nos pasamos el resto de la comida hablando de todo un poco. Le enseño a Erin el video de Fin de Año, le cuento lo de la guitarra que le compré a Pippa, el viaje a Silver Falls, y le enseño todas las fotos que tengo de Pippa y Daisy en el teléfono. Ella me enseña fotos de su boda en Bali el año pasado. Cuando le hablo de la gala benéfica y le digo que voy a llevar a Pippa de compras, me envía una lista de recomendaciones.

—Ahí es donde me compro yo los vestidos. —Erin me habla de un sitio cerca de mi casa—. Si llamas a la dueña, puede organizarlo para que tengan la tienda para ustedes solos. —Me guiña un ojo—. Así se siente especial de verdad, ¿me entiendes?

—Perfecto. —Algo se enciende en mi pecho al pensar en la gala. Es imposible que Pippa y yo vayamos a algún sitio sin que la gente sepa que estamos juntos, y eso me emociona.

Cuando terminamos de comer, me despido de Erin con un abrazo y voy a casa caminando por las calles de Vancouver de un humor más ligero que antes.

Mi relación con Pippa va a durar. Lo presiento.

Capítulo 61
Pippa

Por las mañanas, Jamie Streicher es cálido, está medio dormido y sexi a más no poder. Me despierta con los labios por el cuello, dándome besos suaves mientras me recorre el cuerpo con las manos. Me aparto para mirarlo, tan relajado y cómodo.

Me encanta verlo así.

Se le van los ojos a mi boca y siento un latido de deseo entre las piernas al ver la lujuria que destella en sus ojos. Tiene el pelo despeinado, los ojos hinchados, y una barba incipiente le cubre la mandíbula. Soy capaz de imaginarme perfectamente cómo sentiría esa barba en el interior de mis muslos.

En la cama, así, Jamie Streicher está tremendamente cogible. Jamie enreda la mano en mi pelo y empuja mi boca contra la suya, dejando escapar un ligero gemido que parece de alivio.

—Vamos a bañarnos —susurra, y asiento.

Unos minutos después, bajo el agua caliente, Jamie hace que me venga con los dedos enterrados en mi interior.

—Así —murmura mientras empiezo a llegar al clímax, agarrándome a su pecho, tensándome contra él—. Cabalga mi mano, pajarillo. Cabálgala.

Cuando termino, toma el condón que dejó en el alféizar junto a la regadera, me da la vuelta, me coloca las manos en los azulejos y empuja dentro de mí. Es un poco demasiado para mí, pero envía olas de excitación por todo mi cuerpo mientras nos venimos a la vez.

—No me canso de ti. —Sus palabras suenan como un susurro desesperado en el oído y me estremezco con un calor feliz y satisfecho.

Yo siento lo mismo.

Jamie insiste en lavarme el pelo, masajeándome el cuero cabelludo con movimientos lentos, firmes y embriagadores.

—¿Te gusta?

—Estoy muy mojada —le digo con los ojos cerrados, derritiéndome mientras me masajea los músculos de la nuca. Su risa grave me hace sonreír.

—Bien.

Podría acostumbrarme a esto. Podría acostumbrarme muchísimo a esto.

—Recuérdame por qué tengo que desayunar sentada encima de tus piernas —le digo, girándome hacia Jamie entre sorbos de café. Daisy está desayunando, yo estoy leyendo las noticias musicales y Jamie está viendo un partido antiguo contra Calgary. Esta noche tienen otro partido, por eso ha tenido la mañana libre, y sé que está nervioso por jugar otra vez contra Rory.

—Es bueno para ti —miente, apretándome la cadera.

—Es bueno para ti, quieres decir. —Me río y me recompensa con uno de esos besos dulces en la frente.

Comemos en silencio durante unos minutos y me acaricia la espalda.

—¿Sabes algo de Ivy?

—Claro que no. —Los primeros días miraba continuamente el email, pero estar siempre al límite era agotador y ahora solo lo miro de vez en cuando—. Pero no pasa nada —le digo, y es verdad—. Me alegro de haberlo hecho. No puedo controlar lo que pasa al otro lado, pero si a ella le interesé, puede que a otros también.

Jamie me observa, atento.

Me encojo de hombros y sonrío para mí.

—Estoy orgullosa de mí por hacerlo. Fue difícil y me daba miedo, pero lo hice.

—Lo hiciste. —Tiene un tono complaciente y me coloca un mechón de pelo detrás de la oreja—. Yo también estoy orgulloso de ti. —Mira la hora en el teléfono—. Deberíamos ir moviéndonos.

Lo miro con curiosidad.

—¿Adónde vamos?

Él sonríe.

—A comprarte un vestido para la gala.

La pequeña tienda está vacía cuando llegamos, solo hay una mujer de unos cuarenta años con el pelo oscuro y corto y una sonrisa resplandeciente. Desde fuera, la tienda parece modesta, con un único vestido colocado con esmero en el escaparate, pero en el interior un montón de vestidos despampanantes cuelgan del techo, adornados con plumas, lentejuelas y abalorios. Algunos vestidos son más simples, con una tela más fluida y suave. Algunos son auténticas obras de arte, con miles de flores diminutas cosidas a la falda. Uno tiene un escote que llega hasta el ombligo y me asusta.

—Bienvenida —dice la mujer, dirigiéndose a mí—. Tú debes de ser Pippa.

Se presenta como Miranda, la dueña.

—Jamie, ¿te importa cerrar la puerta? —pregunta. Ante mi mirada confusa, se explica—. Tu chico nos ha pedido que cerremos la tienda para ustedes esta mañana.

Jamie me guiña un ojo. Cuando dijo que quería comprarme un vestido, pensé que se refería a que iría yo sola a comprarlo con la tarjeta que me dio. No me esperaba esto.

—Todos los vestidos son únicos y especiales. —A Miranda le brillan los ojos. Tiene una energía muy calmada y agradable en la voz, como cuando Hazel enseña yoga, y me siento cómoda de inmediato—. ¿Buscamos un vestido tan bonito como tú?

Me sonrojo y asiento rápidamente. Me lleva a la parte de atrás, a una zona con espejos y cortinas de terciopelo rojo. Hay un sofá de cuero café fuera del probador. Unos cuantos vestidos ya me esperan colgados en sus perchas. Uno llama mi atención: una pieza azul grisáceo, un poco más oscuro que mis ojos. Unas flores oscuras fluyen hacia abajo en la falda, dando la ilusión de que salen del corpiño. En la percha, es complicado verle la forma, pero los colores ricos brillan bajo la iluminación cálida de la tienda.

Miranda ha sacado varios vestidos que pensaba que podían quedarme bien y encajar en el evento, así que Jamie se sienta en el sofá mientras yo entro en el probador y me quito la ropa. Ella entra de vez en cuando para añadir alfileres y ajustar la talla, para ayudarme con alguna cremallera o para quitarme algún vestido, pero ninguno termina de encajar conmigo.

Guardo el vestido azul para el final, pero en cuanto me lo pongo por la cabeza, lo sé.

La tela es suave contra mi piel y hay algo en su peso que me hace sentir divina. En el espejo, analizo los detalles, los atrevidos trozos de colores llamativos, la forma delicada. Este es el definitivo. El corpiño es de terciopelo, y cuando Miranda cierra la cremallera, me queda perfecto. Las flores gigantes hacen que me sienta guapa, especial y feliz. Este vestido es una versión mejorada del que llevé a la fiesta de fin de gira. Miranda sale del probador y me estalla el corazón de emoción al pensar en llegar a la gala benéfica con este vestido y Jamie.

—¿Pippa? —La voz grave de Jamie llega desde fuera, en el sofá—. Enséñamelo.

Salgo y, en cuanto me ve, los ojos le destellan con excitación. De pronto me pongo tímida, pero no puedo ignorar las chispas que siento por toda la piel mientras él me devora con los ojos. Miranda se ha marchado para darnos intimidad.

—Este me gusta —digo con voz baja.

Él se queda mirándome un rato y cierra los ojos, como si estuviera recomponiendo.

—Carajo. —murmura, moviéndose en el sofá—. Pippa. —Lo dice como si fuera una palabrota.

Yo me río.

—¿Qué?

Vuelve a mirarme con el vestido y se le tensa la mandíbula

al levantarse. Me da vuelcos el corazón mientras lo veo acercarse a mí, con la mirada fija en mis ojos, y me da un beso cariñoso y suave en los labios.

No puedo dar una respiración completa y la cabeza me da vueltas.

—Estás preciosa —dice tranquilo.

Yo le sonrío.

—Haces que me sienta preciosa.

Me mira como si quisiera decirme miles de cosas amables y cariñosas. Sin embargo, solo sonríe.

—Me alegro. —Me mira intencionadamente el vestido—. ¿Lo quieres?

—¿Cuánto cuesta? —pregunto primero.

Resopla y niega con la cabeza, divertido.

—Dímelo.

—No. —Se ríe con los ojos y le aparece una sonrisa en la boca que antes pensaba que era cruel—. ¿Lo quieres? —pregunta otra vez.

La guitarra ya le costó mucho dinero, ¿y ahora esto? No sé qué hacer.

—Pippa. —Baja la cabeza para mirarme a los ojos, y me agarra por la barbilla para levantarme la mirada hacia la suya—. Creo que no lo entiendes. —Tiene una mirada firme, cálida, amable y seria—. Pajarillo, ¿lo quieres? Es tuyo. Aunque a ti te preocupe, el dinero no es un problema, porque hacerte feliz vale la pena.

No debería gustarme esto. No soy materialista, y el dinero no me importa.

Sin embargo, ¿que Jamie sea generoso y quiera complacerme? Hace que me derrita.

—Voy a comprarte el vestido y no me lo vas a discutir. Voy a comprarte más cosas y tampoco me lo vas a discutir. —Me sostiene la mirada—. ¿De acuerdo?

Asiento sin decir nada, intentando sonreír a su expresión satisfecha y posesiva. Dicha: creo que este sentimiento se llama así.

—Bien. —Me roba un beso y vuelve al sofá, y por milésima vez admiro cómo se mueve, con tanta fuerza y gracia. Creo que nunca me cansaré de eso. Me señala el probador con la barbilla—. Ahora ve a cambiarte para que pueda llevarte a comer.

Contengo una sonrisa. Miranda vuelve para marcar y señalar algún cambio antes de ayudarme a quitarme el vestido. Me estoy atando los cordones cuando suena la notificación de un email en mi teléfono. Podría ser Ivy Matthews, así que lo miro, pero cuando veo de quién es, se me hunde el estómago.

«¿Podemos hablar? Te envié un mensaje, pero creo que has cambiado de número».

Me tiemblan las manos agarrando el teléfono mientras leo el mensaje una y otra vez.

—¿Pippa? —La voz grave de Jamie llega desde el otro lado de la cortina—. ¿Estás bien?

Me doy cuenta de que llevo aquí un rato. ¿Cuánto tiempo hace que estoy mirando el mensaje, inmóvil? Se me forma un nudo en la garganta al tragar. Sigo temblando de rabia.

—¿Puedo entrar?

Es como si pudiera sentir que estoy enojada.

—Sí —digo, tranquila.

Entra en el pequeño espacio.

—¿Qué pasa?

Su voz es tan cariñosa y preocupada que me rompo.

—Zach me ha enviado un email —le digo, enseñándole el teléfono. La ira y el resentimiento me arrollan, y resoplo frustrada—. Me mandó un mensaje el día que volviste de tu viaje y lo bloqueé. —El corazón me late con fuerza mientras Jamie mira enojado el teléfono, y lee el mensaje—. No quiero hablar con él. No sé por qué me escribe. —Niego con vehemencia con la cabeza—. No quiero nada de esto.

—¿Por qué no me lo contaste?

—Lo bloqueé. Pensaba que eso bastaría. —Respiro hondo, intentando apartar toda la rabia relacionada con Zach, pero no funciona—. Fue el día antes de grabar con Ivy. Solo quería olvidarme de él y concentrarme.

Él suspira.

—Ya. Lo entiendo. —Pone toda su atención en mí—. Puedes hablar conmigo de todo esto. Lo resolveremos juntos.

Lo miro y sus ojos buscan los míos con preocupación.

—Ya lo sé. —Agarro el teléfono, abro el email y bloqueo su dirección—. Ya está —le digo a Jamie, asintiendo con firmeza—. Tendremos que tener las ventanas cerradas por si decide usar una paloma.

Una risa ronca le rasga la garganta y me da un beso rápido en la mejilla antes de volver con Miranda. Ninguno de los dos me dice cuánto cuesta el vestido, y Miranda y yo quedamos en que vendré a recogerlo cuando termine con los arreglos.

Mientras Jamie y yo le damos las gracias y nos despedimos de ella, Miranda se inclina hacia mí.

—La ropa interior va incluida con el vestido. —Me guiña un ojo con complicidad y yo le sonrío. Miranda es muy buena, pero no sé si quiero que me elija la ropa interior.

Después de comer, volvemos a casa para que Jamie se eche una siesta antes del partido, y yo escribo a Hazel para hablarle del evento en Whistler. Como forma parte del equipo, ella también va a venir.

«Uh. Tenemos un problema —me escribe—. Acabo de ver la lista de invitados».

«???», le respondo. La última vez que la vi yo, todavía no estaba terminada.

«Te la envío al email. Todavía están organizando las últimas mesas. La mesa dieciséis va a ser un problema».

Suena la notificación de mi email. Vuelve a surgir esa náusea ya familiar cuando veo quién se sienta en la mesa dieciséis.

Zach Hanson.

Capítulo 62
Jamie

Esa noche, la energía en el estadio está muy tensa. Los jugadores, los entrenadores, los aficionados... Todo el mundo está al límite, yo incluido.

Le ha escrito. El recuerdo de la cara de Pippa esta mañana se reproduce en mi cabeza, y me late la sangre con fuerza. Pippa es mía, y tiene las agallas de contactar con ella.

Antes del partido, Pippa me enseñó a regañadientes la lista de invitados. Él va a ir a la gala, y sé que es por ella.

«No tienes que ir», le dije. Yo estoy obligado, pero ella no.

En lugar de acobardarse, aleteó la nariz, levantó la barbilla y le brillaron los ojos con determinación. «Pienso ir —dijo—. No voy a permitir que me espante».

Mi corazón. Pippa lo tiene en la palma de su mano.

En el hielo, el otro portero sujeta el disco y suena el silbato. Se me tensan los hombros al ver a Miller y a Volkov intercambiar unas palabras acaloradas.

No sé a qué está jugando el entrenador del Calgary, pero nuestro equipo lleva toda la noche aguantando golpes sucios. El árbitro parece no darse cuenta, y eso hace que los aficionados se enciendan y nuestro equipo mucho más. Miller ha vuelto a ser el altanero y provocador de siempre.

La energía negativa sobrevuela el ambiente como una niebla. Va a haber una pelea, lo presiento.

Uno de los defensas del Calgary cruza nuestra tercera línea de defensa tras pasar el disco.

Sigue sin sonar el silbato.

Volkov le grita algo al otro equipo, y la tensión aumenta. Miller patina entre ellos, sonriendo como un gato travieso, pero no hay nada de buena vibra en su cara. Esta noche está diferente. Más frío. Infeliz. Enojado.

Se parece a su padre, que es un imbécil rico y miserable y, mientras observo como se encara Miller con Volkov, me pregunto cuánto de eso ha heredado él.

Continúa el juego. Nuestro equipo intenta colar el disco en la portería del Calgary, pero Miller mete el *stick* entre las piernas de Owen. Los aficionados están de pie, abucheando y pidiendo penalti.

Suena el silbato justo cuando el portero del Calgary atrapa el disco, y yo me giro para beber un poco de agua, clavando los ojos en Pippa detrás del cristal. Me sonríe y me saluda con la mano, yo asiento, echándome agua por la máscara, pensando en lo bien que le queda esa camiseta. Mi camiseta. Se me tensa el pecho al verla, aquí, apoyándome, llevando mi nombre con orgullo.

Esta chica lo es todo para mí.

Los jugadores se colocan en sus posiciones para retomar el partido, y me coloco en la portería. Suena el silbato y Miller hace tropezar a uno de nuestros jugadores.

Es como si ni siquiera se esforzara. Como si le diera igual el hockey. Cuando le importa, es imparable, y seguramente por eso siga en su equipo. Aunque la chispa que se le encendía antes por el deporte ya no está.

Por fin lo mandan a la banca, y el estadio grita y aplaude. La gente golpea el cristal y él se quita los guantes para hacerles una seña.

Yo tomo aire con fuerza. Ahora me doy cuenta. Hacía esto a menudo cuando éramos adolescentes. Su padre decía algo que lo enojaba y salía a jugar de mal humor. Hostiga a los demás jugadores, calienta a los aficionados, se convierte en el villano para que todo el mundo lo vea como se ve él. Se odia, y se revuelca en el hielo esperando a que alguien le dé lo que se merece.

Al acabar su penalización de dos minutos, vuelve patinando a la pista, se hace rápidamente con el disco y se dirige directo a mi portería. Me lanza el disco. Choca con el poste —qué suerte— y, un instante después, me golpea con su *stick*.

Me pongo de mal humor y me zumban los oídos. Oigo el silbato distante porque los aficionados rugen a nuestro alrededor, haciendo temblar el cristal.

—¿Qué demonios? —grita Owens, encarándose con Miller.

Miller me reta con la mirada. La energía cruje a nuestro alrededor, chispeando y vibrando de tensión.

—¿Qué te pasa, Streicher?

—Estás impertinente hoy. —Le doy un golpecito a Owens en el hombro para que se aparte, y se retira sin apartar la mirada de nosotros. El resto de los jugadores nos están rodeando, esperando, observando.

«Pelea, pelea, pelea, pelea», cantan los aficionados detrás del cristal.

Solo nos hemos peleado una vez. Con dieciséis años. Vino a entrenar con un humor de mierda por algo que le había dicho su padre, y se comportó exactamente igual que hoy.

—¿Qué? —Me dirige una horrible sonrisa engreída—. ¿Me vas a pegar? ¿Desde tu torrecita de marfil? Jamie Streicher, el chico más responsable de la sala.

Se disipa el ruido a nuestro alrededor y lo miro con rabia, apretando los dientes ante su provocación.

—Vamos —me escupe con los ojos brillantes—. Me lo merezco, ¿no?

Cierro los puños con fuerza. Ha sido él el que ha cambiado. Ha sido él el que se ha convertido en un idiota. Antes le importaba el hockey. Ahora no es más que un maldito chiste para él.

Todo es un chiste para él.

—Adelante —me incita.

Me zumba la sangre en los oídos. En la NHL, los dos jugadores tienen que estar de acuerdo para pelear; si no, el jugador que incita recibe una penalización y el otro no.

Toda la ira que he retenido en mi interior todos estos años

contra quien solía ser mi mejor amigo empieza a salir a la superficie, rebosante, y me quito los guantes.

El público ruge. Los porteros casi nunca se pelean.

Me quito el casco, y el cristal a mi espalda tiembla por los golpes de los aficionados. Los árbitros y los linieres nos rodean, preparados para separarnos cuando la pelea llegue demasiado lejos. Hasta entonces, nos dejarán que sigamos, porque así es como se establecen los marcadores en el hockey.

No me atrevo a mirar a Pippa. Me las puedo arreglar bien en una pelea, pero no quiero pensar en su preocupación mientras lo hago.

—Ya era hora, carajo —suelta Miller.

Me quito los protectores y los tiro a un lado.

Patino hacia él y su puño sale volando. Bloqueo el golpe antes de lanzar yo el mío. Le doy en la barbilla y, un segundo después, él me da otro golpe al lado del ojo.

Duele, y me gusta.

Estalla el caos a nuestro alrededor. Vuelan puños mientras los jugadores sueltan toda la presión acumulada, tirándose de las camisetas y dando puñetazos. La energía en el estadio se calienta. Nunca había escuchado tanto ruido aquí. Me late la sangre con fuerza, inundada de adrenalina mientras Miller y yo nos agredimos mutuamente.

La pelea es puro instinto, una rabia primaria. Lo estoy agarrando de la camiseta, él me agarra de la mía, nos estamos pegando. El dolor me resulta catártico y tengo la cara mojada. Me sangra la boca, y a Miller, la ceja.

Suena el silbato a la izquierda y a la derecha, hay un revuelto de extremidades, los cascos salen rodando por la pista, tipos sentados encima de otros, camisetas rotas.

Los aficionados se están volviendo locos.

Doy otro puñetazo y espero que Miller se levante mientras el linier se esfuerza por separarnos. La pelea se desvanece de sus ojos cuando recupera el aliento, mirándome.

—¿Has acabado? —pregunta.

Se refiere a la pelea, pero yo creo que en realidad habla de estos siete años de tensión acumulada. Me paso el dorso de la mano por la boca. Se me llena la piel de sangre. Me jadea el pecho en busca de aire, y la adrenalina silba por mis venas.

Algo cambia entre nosotros, y se me calma la rabia. No quiero seguir enojado. Quiero pasar página. Miro a Pippa, que observa con las manos en la cara de preocupación, y siento un pellizco en el corazón.

No quiero guardar rencor, porque la vida es demasiado corta y demasiado bonita. Asiento a Pippa para que sepa que estoy bien.

En la banca, supongo que Ward estará furioso a medida que van entrando los jugadores; sin embargo, tiene una sonrisa de oreja a oreja.

—Sí —le digo a Miller, mirándolo a los ojos—. He terminado.

Capítulo 63
Pippa

—¡El ojo! —Ahogo un grito cuando Jamie me encuentra en uno de los pasillos del personal en el estadio después del partido. Llevo la mano automáticamente a su pómulo, con cuidado para que no le duela. Tiene toda la zona alrededor del ojo hinchada y morada, y un corte en el labio.

—Estoy bien, pajarillo. —Levanta la parte intacta de la boca. Pese a los moratones, parece más ligero que antes del partido, menos estresado—. ¿Estoy horrible?

—Eres demasiado guapo para estar horrible. Estás incluso más bueno con un ojo morado.

Le brillan los ojos, divertidos.

—¿Te parezco guapo?

—Sabes que sí. Mandón y exigente, pero indecentemente guapo.

Su sonrisa se hace aún más grande, y presto atención a cómo me coloca la mano en la espalda y me lleva hasta el final del pasillo, al estacionamiento. Lo vuelvo a mirar, tan alto, con el pelo todavía húmedo de la regadera. Se me van los ojos a los labios y noto que tengo cara de preocupación.

Él se ríe y deja de caminar.

—Te lo prometo. —Me toma la mano y se la pone sobre el pecho, apretando la suya encima para que note el latido firme de su corazón—. ¿Lo notas?

Me está mirando a los ojos, observándome con una diversión cariñosa. Yo asiento sin poder apartar la mirada.

—Sigue latiendo. —Me analiza y me da la sensación de que quiere decir algo más.

—¿Qué ha pasado?

Me acaricia el dorso de la mano con el pulgar y aparta la mirada.

—Miller y yo hemos arreglado lo que llevábamos demasiado tiempo acumulando.

Nunca había escuchado el estadio como hoy. Los aficionados estaban rabiosos y sedientos de sangre. Ver a Jamie pelearse me ha roto el corazón, pero también me ha provocado algo entre las piernas. Parecía un guerrero lleno de energía, fuerza y brutalidad.

Ha sido excitante.

Vuelve a acariciarme y me acuerdo de la otra noche, cómo se movía sobre mí, y la expresión agonizante en su cara al venirse. Me palpita la entrepierna al pensarlo.

—Vámonos a casa. —Me recorre la cara con los ojos, y mi mirada vuelve a fijarse en el labio cortado.

Esta noche voy a cuidar de mi portero.

Jamie frunce el ceño al ver la enorme bañera llena de burbujas. Su aseo huele a mi baño de burbujas de chai con vainilla. Está sin camiseta, solo con unos pantalones de deporte de tiro muy bajo, y estoy intentando no distraerme con la V profunda que entra por la cintura elástica.

—Entra —le digo, señalándole la bañera.

Levanta las cejas y pone una mueca. El cardenal del ojo se le está poniendo más oscuro.

—Quieres que me dé un baño de burbujas. —Tiene un tono plano.

—Ajá. Te sentará bien.

Le arde la mirada y vuelve a aparecer en mi mente otra imagen suya de anoche, empujando dentro de mí sin pensar, gimiendo contra mi pelo. Se le desvía la mirada a mis labios y se pasa la lengua por el corte.

—Solo si tú entras conmigo.

La palpitación entre mis piernas se intensifica y me sube el calor por el cuello.

—Está bien —digo, y los ojos le destellan con un brillo oscuro.

Cuando se baja los pantalones y los calzones, ya está erecto, proyectándose grueso y orgulloso. Hay algo en sus ojos que me gusta, un poco de orgullo, mucha excitación, y una posesión que hace que sienta un escalofrío. Se le mueven los músculos mientras se mete en la bañera, con los hombros fuertes a medida que se introduce en el agua. Se echa hacia atrás y se le afila la mirada, perforando la mía.

—Te toca —dice, y la forma en la que se le dobla la boca parece peligrosa.

Las venas me laten con ansia. Me quito la camiseta y la dejo en la barra antes de empezar a sacarme el jersey por la cabeza.

—Más despacio.

Apoya el codo en el borde de la bañera mientras me observa, y aunque su lenguaje corporal es relajado, tiene la mirada determinada. Atento, registrándome. Así luce en el hielo, observando cada movimiento.

Mi ropa cae despacio y la excitación se aferra a mi entrepierna a medida que sus ojos se oscurecen. Por fin estoy desnuda y se le mueve un músculo de la mandíbula.

Meto un pie en la bañera y se me corta la respiración.

—Está caliente —susurro.

—Ven aquí. —Se inclina hacia delante y me guía entre sus piernas, con la espalda contra su pecho, igual que aquella vez con el juguete. Tiene la verga contra el abdomen, presionándome la espalda, excitándome todavía más. Suspiro de placer cuando me rodea con sus brazos y tira de mí contra él—. Así mejor.

Siento su voz grave a través de su pecho, y nos quedamos ahí sentados en un silencio cómodo mientras el baño se llena de vapor. Paseo los dedos arriba y abajo por sus muslos, y se relaja, respirando con calma. Al cabo de un rato, me acaricia por los hombros y calma la tensión en los músculos.

—¿Te duele la cara?

Su risa es grave.

—Ahora apenas la siento. —Me da un beso en el hombro y sonrío—. Eres la distracción perfecta.

Me acaricia la piel entre los pechos, ligeros como una mariposa, pero los nervios bailan con su tacto, y lo siento en todas partes. Nunca he hecho esto con un hombre, estar así, sentados en una bañera, explorando nuestros cuerpos. Me pasa los dedos por un pezón, rodeándolo, y se me escapa todo el aire de los pulmones al sentir el deseo punzante entre mis piernas.

Contra mi espalda, su verga palpita, y me da otro beso en el hombro.

—Deberías estar descansando —susurro. Tira y retuerce el pezón y luego pasa al otro. La cabeza me da vueltas, es muy agradable.

—¿Te gusta? —pregunta en voz baja, ignorándome.

—Sí. —Cierro los ojos mientras sigue pellizcándome. La entrepierna se me tensa alrededor de nada. El agua está muy caliente, su cuerpo me resulta muy cómodo contra el mío y me encaja perfectamente la cabeza contra su hombro mientras me derrito sobre él.

Me habla con la boca contra la frente.

—¿Dónde estás sintiendo esto, pajarillo? Dímelo.

—En el pecho. —Suspiro mientras sigue moviendo los dedos, llevándome a un estado difuso de deliciosa excitación.

—Mhm. ¿Dónde más?

Carajo, qué voz más sexi tiene cuando me murmura así al oído.

—Entre las piernas.

—No me digas. —Lo dice como si no le sorprendiera.

Yo asiento, con los ojos cerrados, y suspiro otra vez cuando me agarra un pecho con esa mano tan grande, sopesándolo, masajeándolo.

—No puedo parar de pensar en lo de anoche —me dice, acariciándome la oreja con los labios. Me estremezco.

—Yo tampoco —digo casi sin aliento—. Y en esta mañana.

—Ver cómo te vienes es un sueño, Pippa. Soy adicto. —Lleva la mano a mi vientre, acariciándolo con tal suavidad que lo noto en todas y cada una de las terminaciones nerviosa—. Me he imaginado que hago que te vengas de mil formas diferentes. Sobre la barra de la cocina. En el asiento trasero de mi coche. En mi cama. En tu cama. —Al notar sus dedos sobre el clítoris, me tenso.

Me agarra la vagina y, por instinto, levanto la cadera en busca de fricción. El clítoris me arde de deseo al abrir las piernas contra las suyas.

—Estás cachonda. —Sin mover la mano, me muerde el hombro y vuelvo a subir la cadera—. Estás cachondísima.

—Estás jugando conmigo.

Se ríe con una risa grave y engreída.

—¿Qué quieres?

—Tócame. Cógeme. Lléname, Jamie.

No puedo creerme las palabras que salen de mi boca. Nunca he dicho nada parecido, pero tampoco me había sentido así antes.

Deja escapar un rugido ronco.

—Esa boca. Esa boca sucia y preciosa. —Me recorre el borde de la oreja con la boca. Mi excitación aumenta y sé que, haga lo que haga, no tardará en hacer que me venga—. ¿Y ahora? Enséñamelo.

Pongo la mano sobre la suya, y la deslizo más abajo, presionando dos de sus gruesos dedos cerca de mi entrada. Él los introduce y ahogo un grito, arqueándome contra él por el delicioso deseo.

—¿Así? —pregunta, presumido.

—Sabes que sí —digo mientras él entra y sale.

—¿Qué más? ¿Qué más necesitas para llegar?

—Clítoris. —Mi voz suena contenida, como un hilo, y estoy agarrándome a sus muslos, intentando respirar.

Me aprieta la palma de la mano contra el clítoris, arrastrándola con el movimiento de los dedos, y pongo los ojos en blanco. La cabeza me da vueltas con tanta intensidad.

—Eso es —murmura contra mi frente, y su tono hace que me sonroja—. Qué buena eres. Qué rápido aprendes. ¿Estás lista para venirte?

Asiento frenéticamente.

—Dilo tú.

—Por favor. —Se me escapa por los labios como un gemido—. Necesito venirme.

Su gruñido vibra por mi espalda y su verga se aprieta contra mí con intensidad.

—Me encanta cuando me ruegas.

Curva los dedos dentro de mí, encontrando el punto que me nubla el pensamiento. Tiene los dedos demasiado gruesos, pero el ligero pinchazo de deseo me empuja cada vez más cerca de la descarga. Con la otra mano me agarra el cuello, con suavidad, pero de forma posesiva, y yo lo único que quiero es ser suya.

Grito con los primeros temblores.

—Así. —Tiene un tono engreído y me encantaría verle la cara—. Es justo ahí, ¿verdad?

Tiemblo a medida que se intensifica la presión. Cuando toca ese punto, mi cuerpo se llena de una sensación brillante e intensa.

—Jamie —gimoteo.

Es demasiado bueno. Demasiado. La fricción en el clítoris, su brazo alrededor de mi cintura, clavándome a él, sus labios contra mi frente, los dedos gruesos castigándome, enviando electricidad por mis músculos a medida que la ola gana fuerza.

Alcanza su máximo y estallo.

—Me vengo. —Las palabras son nubes de aire mientras tiemblo, suspendida mientras el placer palpita en mi entrepierna.

Estoy aferrada a sus dedos, apretada contra él de la cabeza a los pies, retorciéndome bajo el éxtasis puro que es un orgasmo inducido por Jamie Streicher.

—Muy bien —murmura cuando me vengo—. Buena chica. Perfecto. Sigue así, nena. Estás apretadísima contra mis dedos.

Me desvanezco y Jamie me acaricia el interior del muslo mientras recupero el aliento.

Deja escapar un suspiro irregular.

—Me encanta hacer eso.

—Se te da muy, pero que muy bien —digo sin aliento, y cuando me vuelve a acariciar el clítoris, me retuerzo, riéndome—. Demasiado sensible.

Su risa es grave contra mi pelo, y eso hace que yo sonría con una sonrisa tonta mientras me vuelve a colocar contra su cuerpo.

Cuando salimos de la bañera, Jamie insiste en secarme. Sigue erecto y, mientras me pone una toalla sobre los hombros, sonriéndome, le agarro esa verga preciosa.

Él gruñe y le sonrío mientras paso el pulgar por la punta, sobre la gota de líquido que sobresale. Me lo llevo a los labios y cierro los ojos al saborearlo. Cuando los abro, tiene una cara agonizante, con un brillo oscuro en los ojos y la mandíbula tensa.

Cada vez me gusta más este momento en el que tengo todo el control sobre él.

Se me ocurre una idea y me muerdo el labio antes de tomar la camiseta de la barra. El ansia me enciende, porque creo que le va a gustar. Con la camiseta en una mano, lo llevo al dormitorio.

—Qué... —Deja de hablar mientras me pongo la camiseta, y sus ojos me recorren todo el cuerpo destellando lujuria—. Carajo.

Me pongo de rodillas y se le oscurece la mirada.

Capítulo 64
Pippa

—Carajo —vuelve a murmurar Jamie, apretando la mandíbula.

La lujuria y el cariño ondean juntos en mi pecho mientras le acaricio, observando su ceño fruncido. Jamie es muy especial y se merece que lo cuiden de la forma que él cuida a todos los demás. ¿Y con la expresión que tiene ahora mismo en la cara, tan confiado y desesperado por mí?

Cuánto lo quiero.

Se pasa una mano por el pelo mientras juego con su erección. Tiene una verga innegablemente perfecta: gruesa y larga, suave y dura y, cuando chupo el líquido de la punta, aparece aún más.

—Vas a llevar mi camiseta mientras me comes la verga —dice, como si no pudiera creérselo, y yo vuelvo a sonreír.

—Sí.

Deslizo los labios a su alrededor, mirando cómo le brillan los ojos con intensidad y concentración. Lo siento grueso en mi boca, apretado, y se estremecen mis músculos íntimos. La introduzco todo lo que puedo antes de que mis mejillas empiecen a succionar, y su cabeza se cae hacia atrás con un gruñido torturado.

Sonrío con él dentro de mí y lo vuelvo a hacer. Despacio, muy despacio. Sé que ya le han chupado la verga antes, pero esa llama en mi pecho que se ha intensificado cada vez más estos últimos meses quiere que esta sea la mejor mamada que le hayan hecho a Jamie Streicher en su vida.

Succiono la verga de Jamie a un ritmo agonizante. Quiero que piense en esto durante mucho tiempo.

—Pajarillo, me estás matando. —Su voz suena gutural y torturarlo está haciendo que vuelva a estar muy mojada.

—Antes dijiste que despacio.

Resopla con una risa afilada.

—Demonios.

Mantengo un ritmo lento y firme, pasando la lengua por la punta cada vez que retrocedo, antes de volver a metérmela hasta la campanilla.

Él jadea, y me pone las manos en la cabeza, con amabilidad, pero apretando cada vez que succiono.

—Me voy a venir a lo bestia. —Se le van los ojos a la camiseta—. Que me chupes la verga con mi camiseta puesta es lo más excitante que he visto en mi vida.

El placer se retuerce por mi cuerpo y sonrío. Me encanta. Me encanta hacer que se sienta así. Me encanta tenerlo a mi merced.

Suelta un gemido grave y palpita en mi boca. Pero no acelero. Mantengo el ritmo, sigo llevándomela hasta el fondo, sigo bailando con la lengua sobre él. Los ruidos que hace son increíbles: gemidos graves de angustia, como si estuviera herido, como si jamás fuera a recuperarse de esto.

—Sí —ahoga en un aliento, gimiendo de nuevo, observándome con fascinación—. Sí. Ya. Me vengo, Pippa.

Lo animo con la mirada mientras emito un ruido de aprobación, y se tensa, con los abdominales marcados.

—Carajo, nena, carajo. Sí. —Aprieta los dientes, derramando un líquido salado en mi boca. Retuerce los dedos en mi cabeza—. Pippa. Me encanta, carajo.

Me llena la boca y me lo trago. Me observa como si le hubiera robado el alma y no estuviera enojado por ello. Se retira, recuperando el aliento, sin apartar la mirada de mí mientras me paso un dedo por los labios para agarrar cualquier sobra.

Me levanta del suelo apresuradamente y aprieta los labios

contra los míos, acariciándome con la lengua, con las manos en mi pelo, caminando hacia la cama.

—Eres la mejor —gruñe contra mi boca entre besos—. Nunca me había venido tan fuerte. Me tiemblan las piernas. Quítate esto. —Me saca la camiseta por la cabeza, nos baja a la cama y me encaja en su pecho, con un brazo por debajo de mí y el otro por encima.

Nos quedamos mirándonos un buen rato.

Quiero decirlo, pero ahora que estamos así, la idea de perderlo me aterra. Sé que jamás haría las cosas que hizo Zach, pero no hay ninguna garantía de que lo que tenemos ahora no se vaya a desvanecer algún día. Decirle que lo quiero haría que la ruptura fuera muchísimo peor. Estoy inmóvil, como si estuviera al borde de un precipicio y viera cómo caen las rocas a mi alrededor, y cualquier movimiento repentino lo derrumbara todo.

Mañana es la gala en Whistler. Ya me lo imagino: su mano en mi espalda, la sonrisa privada que guarda solo para mí. Se me tensa el corazón. Quiero que sea real y para siempre.

Los ojos de Jamie brillan con una emoción que no identifico.

—Quiero decirte una cosa —murmura.

Me da un vuelco el corazón.

—Te... —Se detiene, buscando mis ojos.

Espero, y siento que vuelvo a estar al borde de ese precipicio, aferrándome a él. Estoy aterrada y emocionada a partes iguales por lo que sea que esté a punto de escaparse de sus labios.

Parpadea como si se arrepintiera, como si lo frenara.

—Tengo muchas ganas de ir a la gala contigo.

«Aunque ese imbécil vaya a estar allí», es lo que no decimos ninguno de los dos.

—Yo también —susurro.

Me da un beso en la frente y nos quedamos dormidos.

Capítulo 65
Pippa

Al día siguiente, Jamie se estaciona en el hotel en Whistler y me quedo boquiabierta al ver ese castillo tan elegante. Es el hotel más lujoso del pueblo, donde se instalan todos los famosos, y con las luces invernales y los árboles cubiertos de nieve, parece sacado de un cuento de hadas.

La ansiedad se abre paso en mi cabeza, porque Zach estará aquí esta noche. A lo mejor incluso se hospeda en el hotel. Se me tensa el estómago. Esta mañana me vibró el teléfono con un número desconocido, pero lo ignoré. Nadie dejó ningún mensaje, pero tengo la sensación fría y profunda de que era Zach.

No quiero encontrarme con él, pero más que eso, no quiero dejar tirado a Jamie. Me ha comprado un vestido precioso, hemos dejado a Daisy con Donna todo el fin de semana, y este es nuestro primer viaje juntos. No quiero que el imbécil de mi ex se interponga.

—Bienvenido, señor Streicher —dice el valet, y toma las llaves del coche de Jamie cuando salimos.

Jamie le da las gracias y, cuando el valet rodea el coche para abrir mi puerta, Jamie niega con la cabeza.

—Yo me encargo, gracias. —Me abre la puerta y me mira con las cejas levantadas y la boca torcida.

Salgo del coche y le sonrío con timidez.

—Gracias.

Tiene una mirada suave.

—No hay de qué.

—Nosotros nos encargamos de las maletas —dice el valet—. Espero que usted y su mujer disfruten de una estancia agradable.

Abro la boca para corregirlo.

—Gracias —le dice Jamie, llevándome hasta la puerta. Lo miro sorprendida y él me guiña un ojo.

¿Su mujer?

Ni siquiera me he planteado esas palabras. Solo tengo veinticuatro años, pero oír eso estando con Jamie hace que se me corte la respiración. Su mujer. La mujer de Jamie. Aparece una sonrisa en mis labios y la muerdo. Los pensamientos de alerta saltan por mi cabeza en busca de atención, pero yo finjo no verlos.

Después de registrarnos, Jamie nos lleva hasta la última planta y, cuando abre la puerta de nuestra *suite,* me quedo boquiabierta.

—Encantador —digo como una estúpida, mirando la habitación, decorada como una elegante cabaña, con ventanales del suelo al techo, una decoración acogedora y unas vistas increíbles de las montañas nevadas. La chimenea está encendida, de modo que la sensación es aún más acogedora, y en la habitación, junto a la sala, hay una cama enorme con un edredón esponjoso blanco que me ruega que vaya a tumbarme.

Jamie sonríe con los ojos llenos de provocación.

—¿Cuándo viajas con el equipo te hospedas en sitios así? —pregunto.

Él resopla.

—No. Suelo compartir habitación con otro jugador. Mejoré la reserva cuando aceptaste venir conmigo.

Algo dulce me burbujea en el pecho y lo miro con aire travieso.

—Solo hay una cama.

Sus ojos destellan excitación.

—Mmm. —Viene hacia mí y me acaricia los antebrazos—. ¿Te parece bien?

Nuestros ojos se clavan y es complicado respirar bien bajo la intensidad de esa afilada mirada verde.

—Muy bien. —Me aguanto una sonrisa y señalo con un gesto el enorme sofá en forma de ele—. El sofá es bastante grande para ti.

Suelta una carcajada y consigo una de esas sonrisas raras y embriagadoras de Jamie Streicher. Dormimos en la misma cama desde el día de la grabación.

Le vibra el teléfono, interrumpiéndonos.

—Hola —responde, y hace una pausa para escuchar—. Sí, cuando quieras. Gracias. —Cuelga y me mira con las cejas arqueadas—. Va a venir la masajista.

Oh. No sabía que había reservado un masaje para él. Tengo una sensación de duda.

—¿Una mujer?

Resopla de forma burlona, como si fuera evidente.

—Claro.

Odio la idea de que lo toque otra mujer. Sé que probablemente sea una profesional, y que él tiene contracturas y le duele todo después del juego de ayer. Un masaje le vendrá bien.

Pero sigue sin gustarme. Jamie es guapísimo y está buenísimo. Parece un dios de la cabeza a los pies. Ni siquiera me gusta que una mujer tenga pensamientos calenturientos con él.

Me mira y se le desvían los ojos a mi pecho. Llevo una sudadera suya; me queda enorme, pero me mira el cuerpo como hizo esta mañana en la regadera.

—Soy paciente, Pippa, pero no quiero que otro hombre toque lo que es mío.

Arrugo la cara con confusión. ¿Quiere decir, no sé... su verga? Estamos en un hotel increíble en Whistler. Dudo que tengan masajes con final feliz.

—Jamie, una masajista profesional no va a hacerte un masaje con final feliz —suelto.

Se me queda mirando, igual de confundido que yo.

—Espero que no, la verdad. —Junta las cejas—. El masaje es para ti.

—Ah. —Suelto una risita aguda y me arde la cara—. Perdón.

Inclina la cabeza y estrecha los ojos.

—¿Qué? —pregunto, girándome para ocultar lo roja que me estoy poniendo, pero me pone la mano en un hombro y me da la vuelta.

—Estás celosa —dice, estudiándome la cara con la boca torcida.

Pongo los ojos en blanco.

—Para.

—Lo estás. —Le brillan muchísimo los ojos. Presumido. Muy presumido—. Estás celosa porque pensabas que iba a darme un masaje una mujer.

Me encojo de hombros y él tira de mí hacia él.

—Qué linda eres —murmura—. Como si tuviera ojos para alguien más.

Al cabo de un momento, llaman a la puerta y Jamie abre para que entre la masajista.

—Los de peluquería y maquillaje llegarán a las cuatro —me dice mientras ella se prepara. Me da un beso en la cabeza. Sonríe al ver mi cara, y agarra las cosas para irse un rato al gimnasio—. Solo quería que te sintieras especial.

—Ya lo hago —le digo sinceramente—. Gracias.

—No es nada. —Está en la puerta, pero vuelve a acercarse a mí para darme otro beso, como si no pudiera evitarlo—. Si no voy ya, no me voy a ir nunca.

Sonrío contra su boca, empujándolo amablemente en el pecho mientras me río. Estoy abrumada de placer y no puedo parar de sonreír.

Se va y, más tarde, mientras la masajista trabaja en mis trapecios, reproduzco mentalmente las últimas semanas con Jamie.

Algo me azota el pecho, desesperado por salir. ¿Y si le digo cómo me siento? El daño ya está hecho; estoy enamorada de él. He estado diciéndome que mantenerlo en secreto me mantendrá a salvo. Dolerá menos si se acaba.

Pero ¿es eso verdad? ¿O me arrepentiré toda mi vida de no decirle cómo me siento?

Pienso en cómo me ha animado en los últimos meses. ¿Qué sentido tiene aprender a salir de mi zona de confort si no lo hago con lo que de verdad importa?

Jamie importa. Creo que puede importar más que nadie.

Tocar «lo que es mío», ha dicho antes, y se me estira algo en el pecho.

Flotar en esta zona contenta, feliz, intermedia ya empieza a no ser suficiente para mí.

Tengo que decirle a Jamie cómo me siento.

Jamie vuelve justo cuando termino de ponerme la ropa interior que Miranda me ha dado con el vestido.

Bueno, yo no lo llamaría ropa interior.

Es lencería. Llevo lencería. Lencería de encaje, cara, muy seductora, fabricada en Francia. Tengo el pelo suelto sobre los hombros con ondas brillantes, y la maquilladora me ha dado un aspecto discreto pero sexi que me hace parecer una modelo de Victoria's Secret.

Lo admito: estoy buenísima.

—¿Pippa? —me llama Jamie, y oigo sus pasos.

—En el dormitorio.

He estado sola hasta ahora, así que no me he molestado en cerrar la puerta. Jamie aparece en el quicio y se detiene de golpe al verme.

—Hola. —Le sonrío, avergonzada por estar aquí sola, en lencería, mirándome en el espejo—. Me estaba vistiendo.

—Me lleva el diablo, Pippa. —Se le oscurecen los ojos, recorriéndome con los ojos la cara, el cuerpo y luego otra vez hacia arriba—. No te muevas.

—¿Qué vas...?

Se acerca corriendo a mí, se pone de rodillas enfrente de mí y me baja los calzones.

—Oh... —Se me cortan las palabras cuando me da un lametón firme en la vulva—. ¿Quieres... debería...? —Pongo los ojos en blanco mientras me rodea el clítoris con la lengua en círculos rápidos. Demonios. Es complicado pensar cuando hace eso. Ya estoy mojada—. ¿Quieres que me tumbe en la cama?

—No —gruñe, enterrando aún más la cara entre mis piernas. Me engancha una de sus enormes manos por detrás del muslo, colocándoselo sobre el hombro, y yo me agarro a su pelo para sujetarme—. No quiero que te estropees el pelo. Es mejor que lo hagamos así.

—Bien. —Suspiro, cerrando los ojos cuando me mete dos dedos.

Más tarde, después de venirme en la boca de Jamie, le devuelvo el favor alegremente.

—Vas a volver a ponerte eso —dice, recuperando el aliento, aleteando con la nariz mientras pasa los dedos por la tira de la liga.

—Me parece bien. —Le doy un beso y le paso las manos por el pelo—. Deberíamos terminar de vestirnos.

Cuando termino de arreglarme, y Jamie de bañarse y vestirse, entro en la sala con el vestido puesto. Se me corta la respiración al verlo de pie junto a los ventanales, mirando las montañas cubiertas de nieve con las manos en los bolsillos, fuerte y guapísimo con ese esmoquin. Se gira al oír mis pasos.

—Pippa. —Dice mi nombre como si fuera una oración, absorbiéndome. Me mira parpadeando, como si fuera un sueño—. Estás preciosa. —Saca una de las manos de los bolsillos y tiene una cajita—. Te he comprado una cosa.

La abre y me quedo boquiabierta. Es una delicada cadena de plata con una piedra azul grisácea que atrapa la luz y brilla con intensidad. Es del mismo color que el vestido. Algo cálido me inunda el pecho y me cuesta hacer una respiración completa.

—Es preciosa. —Miro a Jamie, que me mira con interés—. Es demasiado —le digo, porque mi corazón está explotando con confeti ahora mismo.

—¿Te gusta?

Asiento mirando el collar. No puedo evitar sonreír. Es preciosa.

—Me encanta.

—Entonces no es demasiado. —Saca con cuidado el collar y abre el broche con una destreza sorprendente. Es muy gracioso ver sus manos tan grandes sujetando algo tan delicado. Me hace un gesto con la barbilla—. Date la vuelta. —Su voz suena grave y un escalofrío me recorre la espalda.

Hago lo que me dice y me coloca el collar. Me bajan más

escalofríos por la espalda cuando me roza el cuello con los dedos.

—Listo —dice, y me giro. Baja la mirada al collar y, cuando me sonríe así, serio, el estómago me da un vuelco lento, hacia delante—. Guapísima.

—Gracias. —Me muerdo el labio, mirando el collar, pasando los dedos por la delgada cadena—. Me encanta.

—Me alegro.

Miro el vestido con una sonrisa tímida. Todo el día de hoy, mi vida en este momento, me parece de cuento. La princesa va al baile con un vestido precioso, embelesada con el guapísimo príncipe.

No es solo el vestido, o el collar, o la lencería, o el pelo, o el maquillaje. Me siento preciosa cuando estoy con Jamie. Nunca me había sentido tan especial y guapa como me sentí la otra mañana sentada en el regazo de Jamie, sin maquillaje, con el pelo húmedo y despeinado, y su vieja sudadera de hockey. La seguridad que me ha ayudado a conseguir en los últimos meses me ha calado en las venas: cada vez que me ha dicho: «Tú puedes», o «Creo en ti», o «Tienes mucho talento»; y ahora forma parte de mí.

Le ofrezco a Jamie mi sonrisa más luminosa.

—Vámonos, guapo.

Se ríe, sorprendido, y noto que le gusta que lo llame así.

Capítulo 66
Pippa

Fuera de la sala de la gala, Jamie desliza su mano dentro de la mía, y su mirada seria y vigilante busca mi cara.

El corazón me late a mil. En el ascensor no ha querido estropearme el maquillaje, así que me ha dado un beso delicado y tortuoso en el cuello mientras yo miraba nuestro reflejo en el espejo, sin aliento. Una parte de mí quería quedarse en ese ascensor para siempre para no tener que ver a Zach. Otra parte de mí no podía creerse que ese enorme chico guapísimo con esmoquin fuera mío. Y parte de mí gruñía de rabia y resentimiento porque Zach haya conseguido volver a mi vida después de lo que me hizo.

Jamie me acaricia la mano con el pulgar. Estamos a punto de encontrarnos con la persona que me hizo daño, y sus instintos protectores están activados, como en la fiesta de fin de gira. Solo que esta vez es peor, porque Zach me ha robado una canción y la ha hecho suya.

Arrastro una respiración profunda, mirándolo, contando cada una de las oscuras pestañas que enmarcan sus ojos verdes. Sus ojos me lo dicen todo: Jamie no va a permitir que nadie me haga daño esta noche.

Recuerdo las palabras de Jamie en la puerta de la fiesta sobre volver al hielo, y que cada vez que me daba miedo hacer algo atrevido me ha llenado de valentía.

—Sé que nunca dejarás que me pase nada —le susurro a Jamie. Una sensación energizada, fuerte y terca me llena el pecho, y me pongo más recta—. Y yo tampoco.

Ahora ya puedo defenderme. Jamie me ha ayudado a desarrollar esa capacidad, y ahora está floreciendo.

—Vamos a fingir que no está aquí —le digo a Jamie. Aprieta la mandíbula y yo le sonrío—. Me he arreglado para ti, y no voy a dejar que arruine esto.

Por su cara, parece que quiere discutir, pero se le suaviza la expresión.

—Está bien.

—Ven aquí, guapo. —Cuando se agacha, le doy un beso en la mejilla antes de llevarlo adentro.

—La virgen, Hartley —dice Hayden en cuanto nos ve entrar. Va de esmoquin, como Jamie, también con un ojo morado—. Buenota a la vista.

Me río y Jamie gruñe.

—No te pases, Owens —le dice a Hayden, que simplemente sonríe y le da un golpe en el hombro.

El resto de los jugadores de hockey nos encuentran y nos rodean. Me siento como un elefante bebé rodeado de elefantes adultos. Miro entre ellos para ubicar a Zach. Nunca he visto a tanta gente guapa junta. la sala está llena de jugadores de hockey en esmoquin, y veo alguna cara familiar del Vancouver y del Calgary, la mayoría con marcas de la pelea de anoche. Reconozco a unos cuantos famosos, actores y músicos. Se me para el corazón al ver a una mujer con el pelo largo y rubio platino, pero se da la vuelta y respiro, aliviada. No es Layla. Es una mujer de un *reality show*.

Hazel me ve y se me ilumina la cara al ver su vestido magenta.

—Estás guapísima.

Me señala con un gesto, repasándome con los ojos de la cabeza a los pies.

—Tú sí que estás guapísima.

Le doy un golpecito a Jamie, a mi lado.

—Alguien ha contratado un servicio de peluquería y maquillaje para ponerme guapa para esta noche.

Él me mira sonriendo, y asiente.

—Hazel.

—Jamie. —Nos mira a los dos. Jamie tiene la mano en mi espalda, tranquilizadora pero posesiva, y Hazel sonríe para sí mientras lo mira con aprobación—. Buen trabajo, Streicher. Pero me temo que no te libras de mi paliza en la sesión de fisio.

Él asiente.

—Me lo temía.

Se sonríen como si fueran amigos, y me da un vuelco el corazón.

—Bien —añade antes de mirarme de nuevo, con cara de pena—. Todavía no lo he visto.

Me inclino hacia ella y bajo la voz.

—¿Cuál es la mesa dieciséis?

Me indica la mesa al otro lado de la sala.

—Nosotros estamos al otro extremo, menos mal. —Niega con la cabeza y le aletea la nariz—. Cuando lo vea, voy a acabar con él.

—Ponte en la fila —le dice Jamie con los ojos destellantes.

—Nadie va a acabar con nadie —les digo, y sonrío porque los quiero—. No vamos a montar un numerito, porque quedaremos como unos imbéciles. —Me pongo recta y levanto la barbilla—. Vamos a ignorarlo.

—Pero... —empieza a decir Hazel.

—A ignorarlo. —Asiento y le sonrío.

Ella estrecha los ojos y, al cabo de un rato, cede.

—Vamos por algo de beber.

Unos minutos después, Hazel, Jamie y yo estamos sentados en nuestra mesa, charlando con los jugadores y bebiendo champán, cuando aparece Rory.

Un cardenal morado le rodea el ojo izquierdo, y tiene un arañazo rojo en la barbilla. Incluso con esas heridas de anoche, está muy guapo con su esmoquin y el pelo recién cortado.

—Hola, Pips. —Me rodea con un fuerte abrazo—. Estás mucho más guapa cuando no llevas esa camiseta tan fea del Vancouver.

No puedo evitar soltar una carcajada. Miro a Jamie, que pone los ojos en blanco. Aunque tuerce un poco la boca.

Rory me suelta y asiente a Jamie.

—Streicher. —Se mete las manos en los bolsillos, analizando los daños que le infligió a Jamie en la cara—. Te han dado una buena.

Jamie lo mira levantando la barbilla.

—Lo mismo digo.

Pasa un instante y me quedo esperando a que surja la típica tensión entre ellos, pero no llega.

Jamie carraspea.

—Vamos a la clase de yoga de Hazel los domingos —le dice a Rory. Hazel no nos oye, está hablando con Alexei—. Puede que te venga bien para ponerte más en forma.

Rory se ríe.

—Qué imbécil eres.

Jamie casi sonríe. Los miro a los dos, fascinada. Qué raros son los hombres.

—¿Hartley? —Rory levanta la voz mirando a Hazel. Pone una sonrisa traviesa, pero hay algo más en esa expresión. Sinceridad, como si quisiera asegurarse de que a ella le da igual que vaya—. ¿Te parece bien si voy a tus clases de yoga?

Ella lo estudia un instante y luego se encoge de hombros con una expresión fría, de indiferencia.

—A mí qué me cuentas.

En una mano tiene una bebida, pero la otra la tiene libre y se está rozando en círculos la huella del pulgar con el índice. Está nerviosa.

Rory le gusta. La emoción se me acumula en el estómago. A Hazel nunca le gusta nadie, prefiere utilizarlos y descartarlos.

Rory tiene una mirada suave cuando la mira. Su expresión se parece mucho a la de Jamie cuando me mira a mí.

—Estás preciosa —le dice Rory delante de todo el mundo, y no hay ni una pizca de broma en su tono.

Ella parpadea, sorprendida por ese lado suyo.

—Gracias. —Se está sonrojando y apenas puede mirarlo a los ojos. Yo escondo mi sonrisa girándome para mirar a Jamie.

Él me guiña el ojo. También se está dando cuenta.

El maestro de ceremonias pide a los invitados que ocupen sus asientos y empieza la cena. En la mesa dieciséis hay un asiento vacío. Zach no ha llegado.

Retuerzo las manos sobre mi regazo. A lo mejor se ha echado para atrás.

Hay discursos, una presentación de la obra de caridad de este año y un video de los jugadores y otros famosos en el hospital infantil local. En un momento dado, Jamie aparece en la pantalla, sentado en una silla diminuta, dejando que una niña le ponga una tiara. Es tan encantador que me duele el corazón.

Me pone la mano en el regazo mientras escuchamos los últimos discursos y me sonríe con esa sonrisa tranquila e íntima.

Me da un vuelco el corazón, y sé que tengo que decirle cómo me siento. Pronto. Cuando llegue el momento.

Cuando terminan los discursos, empieza la fiesta de verdad. Suena música y fluye la bebida. Me como todos los postres que Jamie no para de traerme, y Hayden nos hace reír tanto a Hazel y a mí que no podemos respirar. El asiento de Zach sigue vacío y me relajo más. Miro a Jamie, y está hablando con el entrenador Ward, que está tan guapo con el esmoquin que no parece que haya sido alguna vez jugador de hockey. Jamie está a gusto, rodeado de toda esta gente que lo admira, y siento un subidón de gratitud porque pueda contar con ellos.

Me termino el champán y miro a Jamie. Le hago un gesto para decirle que voy a ir al baño. Cuando salgo del lavabo unos minutos después, Jamie está apoyado en una mesa cercana, esperando pacientemente.

—No hacía falta que me acompañaras —le digo.

Él se encoge de hombros.

—Parecías un poco torpe, pajarillo.

Me río.

—No estoy borracha, solo tengo un ligero puntito. —Zach no ha aparecido y siento que me he quitado un peso de encima. La cabeza me da vueltas, pero de forma agradable, aunque no estoy demasiado bebida.

—Puedes estar de las dos formas, no me importa. —Se acerca a mí y me aparta el cabello de los hombros. Le brillan los ojos con diversión—. Te sujetaré el pelo mientras bebes.

Se me agita el pecho con la risa. Me encanta este lado bromista suyo.

—No voy a beber. —Engancho la mano en su brazo, sintiéndome ligera y feliz. Zach no ha venido y esta gala ha sido muy divertida. Me siento preciosa y especial.

Justo al cruzar las puertas que dan a la sala, alguien se pone en nuestro camino, y se me para el pulso. En un instante, la sensación ligera y feliz se evapora, dejándome vacía.

Zach.

No puedo respirar. A mi lado, Jamie se pone tenso.

—Pippa —dice Zach. Me mira de arriba abajo, maravillado, como si me viera bajo una luz nueva.

La nueva Pippa. En lugar de jeans y tenis, llevo un vestido carísimo y ondas muy glamurosas en el pelo, y voy del brazo de un famoso jugador de hockey profesional. Zach me mira como si mi valor hubiera aumentado.

La rabia me retuerce el estómago, porque nada de esto importa. El vestido no importa, el pelo y el maquillaje no importan. Ni siquiera importa que Jamie sea un atleta profesional, porque él es mucho más que eso.

Yo soy mucho más que todo esto. A Jamie le importaba mucho antes de esta noche. Recuerdo cómo me miró después de que le tocara aquella canción para él en la sala, en mitad de la noche. Eso es lo que le importa a Jamie. Lo auténtico. No todo este artificio.

—¿Podemos hablar? —Zach mira a Jamie, torciendo la boca—. ¿A solas?

—No —decimos Jamie y yo a la vez.

Deslizo la mano en la de él, que la aprieta para tranquilizarme. Yo aprieto la suya enseguida.

—Bien. —A Zach se le cambia la cara con la irritación, y me resulta tan familiar que me dan náuseas.

En mi mente, busco el plan tranquilo y calmado que hice hace unas horas. «Ignora a Zach. No importa. No montes un numerito».

La rabia me retumba en la sangre y aprieto las muelas. Este tipo hizo que me sintiera como si no fuera suficiente. Me rompió el corazón, y luego me invitó a esa estúpida fiesta de fin de gira para poder restregármelo por la cara. «¿Conoces a Layla?». Tomó algo que había creado yo, se rio de mí y luego lo hizo suyo.

—Todo esto con Layla... —empieza a decir Zach, negando con la cabeza—. No funciona. Me equivoqué. —Cambia el peso de una pierna a otra—. Ella no es tú.

Algo se clava en la rabia que siento. Ella no es yo..., ¿lo dice porque le plantó cara? ¿Quería que la tratara como una igual, en lugar de como a una musa *groupie* a la que usar a su conveniencia?

Pensaba que este momento sería más agradable de lo que es. Pensaba que me sentiría vengada, pero lo único que siento es pena por Layla.

Y también estoy muy enojada.

Entorno los ojos mientras estudio su cara, observando que está cada vez más incómodo. Esperaba que me derritiera por él, estoy segura.

«Me equivoqué», ha dicho, pero me pregunto cuál cree que fue el error.

No lamenta haberme hecho daño. No lamenta lo que hizo. Solo lamenta que las cosas no hayan salido como él quería.

—¿Qué pasa aquí? —Hazel está a unos metros de nosotros, mirándonos a los tres.

—Pippa lo tiene bajo control —le dice Jamie, y cuando le miro a los ojos, veo que lo cree de verdad.

Jamie sabe que puedo defenderme sola.

Hazel se cruza de brazos y se coloca a mi otro lado. Jamie y ella son como dos guardaespaldas.

—Intentémoslo de nuevo. —Zach habla apresurado, con un ligero matiz de desesperación—. Será diferente. —Traga saliva y se aferra a mi mirada.

Carajo, sí que debe de estar arruinado. Hago cálculos: la gira ha terminado y es probable que la discográfica ya esté organizando la próxima. Y, mientras tanto, grabará un nuevo disco.

Oh. Claro. No tiene a nadie que le dé ideas sin que le importe que se las atribuya. Una pena que yo ya no sea esa chica. La rabia de antes se apodera de mí.

—Me robaste la canción. —Mi voz suena segura, y canalizo la mirada de ira de Jamie—. La he escuchado. ¿La canción que toqué para ti? La has sacado como si fuera tuya.

Zach se echa hacia atrás, divertido.

—Vaya, ¿eso? No era una canción, Pippa. Era un desastre, y nosotros lo limpiamos.

La ira vuelve a inundarme las venas y lo miro parpadeando.

Hace un gesto con la mano.

—Los artistas se roban continuamente. En el arte, nada es original.

Lo dice de una forma muy condescendiente, como si yo no supiera cómo funciona la industria de la música. El corazón me late con mucha fuerza, nunca había estado tan enojada. Todo el dolor de los últimos meses forma un torbellino en mi interior, recogiendo energía. Tengo la sensación de que estoy a punto de escupir fuego por la boca y a reducir el hotel a cenizas.

Hazel hace un ruido enojado con la garganta.

—Acaba con él —dice entre dientes, como cuando jugábamos a los videojuegos cuando éramos adolescentes.

Algo muy fuerte se apodera de mí y lo dejo salir.

—Tú no quieres lo mejor para mí —le digo a Zach, con una sonrisa torcida—. Quieres lo mejor para ti. Como siempre.

Él parpadea, sorprendido.

—Nunca fuimos iguales. —Aunque me tiemblan las manos, echo los hombros hacia atrás, y la llama que hay en mi pecho arde con más intensidad, con más calor—. Y seguimos sin serlo, ¿verdad? Te crees que me estás haciendo un favor.

Palidece y resopla. Nunca ha estado más feo que ahora, mirándome así, como si yo no fuera nada.

—Es que te estoy haciendo un favor. —Vuelve a resoplar. Eso me ha dolido—. ¿Qué estás haciendo ahora? Nada de música.

—Ha grabado un demo con Ivy Matthews —interrumpe Jamie con un tono cortante.

Esas palabras dan en el blanco, porque Zach vuelve a quedarse de piedra. Ivy es su ballena blanca, y la he conseguido yo. Aunque la grabación del demo no llegue a nada, me ha elegido a mí y a él no.

Sonrío a Zach con pena. No quiero seguir enojada con él, porque, aunque esta rabia me da energía, acabará por agotarme. Solo quiero deshacerme de él, pasar a una vida mejor.

—Adiós, Zach. —Miro a Jamie y veo el orgullo en sus ojos—. Vámonos —les digo a él y a Hazel, y Jamie me pasa el brazo por los hombros.

No miro atrás cuando nos alejamos.

Capítulo 67
Jamie

Estoy enloqueciendo con Pippa.

«Tú no quieres lo mejor para mí. Quieres lo mejor para ti». «Nunca fuimos iguales».

Tengo que decirle a esta mujer cuánto la quiero. Anoche, tumbados en la cama, casi se lo digo, pero me contuve. Ahora, en el ascensor de vuelta a la *suite*, me cuesta impedir que me salga.

Me encanta cuidar a Pippa, pero no me necesita. Puede cuidarse sola, y por eso la quiero. En mi mente veo nuestro futuro juntos, y quiero que se cumpla.

Pippa es mi persona. Ahora lo sé. Creo que siempre lo supe.

—Eres increíble —le digo, y sonríe.

—Gracias a ti.

—No. —Niego con la cabeza—. Has sido tú solita, pajarillo. —La apoyo contra la pared, sosteniéndole la mirada. La electricidad vuelve a surgir entre nosotros y me encanta su forma de mirarme, tan confiada y dulce—. ¿Te he dicho lo increíblemente preciosa que eres? —susurro, echándole el pelo hacia atrás antes de darle un beso en el cuello.

Ella se ríe en voz baja a mi tacto.

—Sí.

—Bien. —Le doy un mordisquito en el hombro. Se le corta la respiración y me encanta ese sonido.

Esta chica me tiene perdido. Adoro cada sonido que hace.

Las puertas se abren en nuestra planta y le agarro la mano, llevándola hasta la *suite*. Dentro, recorre el espacio con la mirada. La chimenea está encendida, hay una botella de champán esperando en un balde con hielo, y por las ventanas titilan las luces de la estación de esquí.

Se lleva las manos al pecho con una mirada soñadora.

—No quiero irme nunca de aquí.

Decido comprar una casa en Whistler, para los fines de semana. Algo como esto, del estilo de una cabaña muy acogedora, donde Pippa, Daisy y yo podamos venir a relajarnos. ¿Qué sentido tiene cobrar millones si no los gasto en la gente a la que quiero, haciendo las cosas que importan?

Esto es lo que importa.

En la habitación, enredo los dedos con los suyos, el corazón me late con fuerza mientras la beso, sumergiéndome en su boca cálida y acogedora, amando cada respiración suya, cada gemido silencioso. Le bajo la cremallera y dejo que el vestido caiga a sus pies.

Pippa se queda con esa lencería, increíblemente antojable. Todas las células de mi cuerpo gritan por esta diosa. Le paso la mano por el pelo mientras el deseo me inunda la sangre.

—Carajo —respiro, memorizando cómo se le hinchan los pechos bajo el encaje, cómo le abrazan las curvas los calzones, cómo apenas son visibles sus pezones rosas perfectos. Paso el pulgar sobre uno de ellos, y ella entrecierra los ojos.

Hay una tienda de lencería cerca de casa, he pasado por delante y he pensado en ella cientos de veces. Decido que voy a ir mañana para comprarle a Pippa media tienda. Se me tensa la mandíbula mientras me la imagino con los calzones que le regale. Sus gritos ahogados mientras se las arranco.

Esa imagen me pone muy cachondo.

Mi preciosa Pippa me deshace la pajarita y siento un remolino de cariño. Desvestirnos el uno al otro me resulta familiar y pienso en cuando el valet se refirió a ella como mi mujer.

Me gustó. Inclino la boca hacia arriba cuando empieza a desabrocharme los botones de la camisa. Me gustó mucho. Me imagino a esta mujer con mi anillo en el dedo, y algo posesivo me late en el pecho.

También me gusta esa imagen.

Me quita el saco y la camisa, que caen al suelo antes de que ella deslice la mano por mi verga.

—Me encanta que te excites tanto —dice en un aliento, mirando su mano acariciándome la verga por encima de los pantalones antes de mirarme a los ojos con una sonrisa traviesa.

Ya lo digo. Le voy a dar un anillo. Uno muy grande. Llamativo y ostentoso. Asquerosamente desmesurado. Lo odiará, estoy seguro, pero quiero que la gente lo vea a un kilómetro. Desde el espacio. Quiero que advierta a todo el mundo que no está libre.

—¿Por qué sonríes así? —me pregunta, sonriendo ella también.

Qué guapa es. No voy a obligarla a llevar un anillo que no le guste. Jamás haría algo así. Puede ponerse el anillo que quiera.

Apoyo la frente contra la suya mientras me acaricia. La necesidad se tensa en mi cuerpo y la sangre me late por ella.

—Espera.

Deja de mover la mano.

—¿Qué pasa?

Aleteo la nariz mientras arrastro una respiración profunda. Lo que siento por Pippa se hincha y se lanza, rompiendo como olas en el mar revuelto, desesperado por salir. Sin decirle la verdad de lo que siento —todo—, la intimidad entre nosotros me resulta incompleta. Doy un paso atrás y busco sus ojos.

—Te quiero. —Las palabras suenan como un murmullo silencioso mientras espero su reacción, y el corazón me golpea contra el pecho. Nunca le he dicho eso a una chica. Nunca me he sentido así, y es excitante y aterrador—. Te quiero muchísimo, Pippa. Estoy enamorado de ti. Lo quiero todo contigo.

Separa los labios y el pecho le sube y le baja muy rápido mientras asimila mis palabras. «Por favor, dime que tú también», le rezo al universo.

—Lo eres todo para mí. —Mi Pippa. Mi distracción, la chica ante la que siempre me he sentido impotente—. Quiero que formes parte de mi vida. Me haces increíblemente feliz, pajarillo, y espero hacerte feliz a ti también.

—Sí —dice inmediatamente, y me pone las manos en la nuca—. Me haces feliz. Tú también lo eres todo para mí. Yo también te quiero —susurra.

Me estalla el corazón, expandiéndose en mi pecho.

—Esperaba que dijeras eso.

Dejo caer la boca sobre la suya y el suave ruido de su garganta hace que me hierva la sangre. Me quiere, y ya no tengo que ocultarlo más. Me quiere, y vamos por todo.

Me quiere, y esto es para siempre.

Le pongo las manos sobre el pecho, y le rodeo los pezones con los pulgares sobre la tela del brasier. Ella se arquea a mi tacto y se mece sobre sus pies. Sale de mí una risa oscura y le meto una mano en los calzones.

Tiene la vagina empapada. Gime, retorciéndose de placer mientras la acaricio, arrastrando la mano despacio y con cuidado.

—Demonios —digo en un susurro—. Qué mojada estás.

Ella asiente, mirándome como si fuera un salvavidas. Se agarra a mí para equilibrarse, y le paso un brazo sobre el hombro para sujetarla recta mientras la toco. Está muy suave, muy mojada, muy caliente, y no puedo parar.

—Hoy te has venido dos veces —le digo con un tono grave y bromista—. Y mira lo cachonda que estás.

Ella asiente, humedeciéndose los labios, y esa imagen de su lengua hace que me chorree la verga. Le saco la mano de los calzones y miro su expresión mientras me chupo la humedad de las manos. Gruño al saborearla, con una sonrisa pícara, deleitándome con su mirada de incredulidad y asombro.

—Necesito que te desnudes, pajarillo —le digo, desabrochándole el brasier y bajándole los calzones—. Te necesito desnuda para mí, para conseguir que vuelvas a venirte. —La llevo hasta la cama, al borde, me coloco sobre ella y busco uno de sus pezones erectos con la boca, mientras retuerzo el otro con los dedos.

—Me encanta cuando haces eso. —Sus palabras suenan graves, como un susurro tensado, y me arden las bolas de necesidad por el tono de placer en su voz.

Me encanta darle placer a Pippa. Me encanta hacer que se sienta bien, y me encanta ser el único que lo ha hecho tan bien. Su pelo se extiende por la almohada, y es una de las imágenes más hermosas que he visto nunca: Pippa debajo de mí, mirándome así. Hace que me estalle el corazón.

—Abre las piernas para mí, nena —susurro contra su pecho—. Abre las piernas para que pueda seguir haciendo que te sientas bien.

Ella obedece y una satisfacción oscura me recorre todo el cuerpo cuando veo que sigue mis instrucciones sin rechistar. Tan segura, como si supiera que jamás le haría daño.

Se le tensa el abdomen cuando le froto el clítoris.

—Jamie —gime frustrada, y me río antes de bajar la boca hacia ella.

Su sabor me golpea en la lengua y gruño contra ella, abriéndole más las piernas para llegar más profundo. Muevo la lengua arriba y abajo por la raja, rodeándole el clítoris, hundiéndome en su apretada entrepierna, resbalándome por cada terminación nerviosa hasta que me tira del pelo.

—No me canso de esto —dice, ahogando un grito.

—Bien. —Le succiono el clítoris y arquea la espalda—. Porque yo tampoco.

Mientras le paso la lengua por todas partes, me desabrocho el cinturón y saco la verga, acariciándomela varias veces.

Estoy a punto. No puedo más.

—Estás jugando conmigo. —Su voz es delicada, un suspiro que me acusa—. Me estás provocando.

—Y tanto que sí. —Hago círculos lentos sobre el clítoris antes de succionar con fuerza, y levanta las caderas, apretando más contra mi boca—. Eres mía, puedo jugar contigo. ¿Verdad, pajarillo?

Ella asiente, tirándome del cabello, y una sensación me recorre la espalda. Le succiono el clítoris con ritmo, y le tiemblan los muslos alrededor de mi cabeza. Alrededor de mis dedos, se le tensan los músculos.

—Dilo tú, nena. Dilo para que yo te oiga.

—Sí —gime mientras le froto el punto G—. Soy tuya y puedes jugar conmigo. Soy tuya.

—Así me gusta. Eso es lo que me gusta oír. ¿Quieres venirte?

Me aprieta aún más el pelo.

—Sí.

—Pídemelo bien.

—Por favor —me ruega—. Por favor, haz que me venga. Por favor, bebé.

Cedo, succionándole con fuerza el clítoris mientras arrastro mi lengua por él, frotando el punto G con un ritmo firme que le hace perder la cabeza.

Meto la mano libre debajo de ella, entre las nalgas, provocándola, y levanta la cabeza para mirarme.

—¿Alguna vez te tocó él ahí, pajarillo?

Acaricio con el dedo la puerta de atrás, húmeda por la excitación, y ella grita, negando con la cabeza.

—¿Quieres que lo haga? —Rodeo la zona estrecha con una fricción suave.

Cierra los ojos y deja escapar un gemido agudo y desesperado que no había oído nunca.

—Sí, por favor.

Le meto el dedo por el trasero, despacio y con mucho cuidado, y, cuando empiezo a acariciarlo, se tensa a mi alrededor.

—¿Te gusta? —pregunto, sonriendo.

Asiente frenéticamente, con la respiración entrecortada, diciendo cosas como «por favor» y «sí». Deslizo la lengua otra vez sobre el clítoris, succionando, y, en cuestión de segundos, se inclina por el borde de la cama, soltando un gemido agudo y desesperado, y aferrándose a mis dedos. Tengo la cara empapada de su excitación y le tiemblan los muslos a mi alrededor. Estoy tan erecto que me duele.

—Jamie. —Me agarra con el pecho jadeante mientras recupera el aliento—. Te necesito aquí.

Me pongo de rodillas en la cama, me colocó sobre ella, y le beso el cuello y el pecho.

—Hoy te has venido tres veces —le digo, con una sonrisa.

Le brillan los ojos y me mira sonriendo.

—Tú has hecho que me venga tres veces.

El pecho me late con orgullo.

—Ya te digo —digo entre dientes, y bajo las caderas, deslizando la verga contra su entrepierna resbaladiza. Tiembla cuando me froto contra su clítoris y abre aún más las piernas.

Me agarra la verga para colocármela en la entrada y empujo inconscientemente dentro de ella, con el miembro palpitante por lo apretada y mojada y caliente que está.

—Madre mía. —Me pone las manos en la cabeza y su mirada de dicha agonizante hace que se me aprieten las bolas—. Madre mía —repite.

Y aparece un momento de lucidez.

—Condón —gruño. No lo llevo. Estoy medio metido en ella y temblando de necesidad, pero nunca haría esto sin su aprobación.

—Tomo la píldora. —Se serena y se lame los labios con la lengua—. Nunca lo he hecho sin condón.

Mi cerebro ruge y salen a la luz todos mis instintos más primarios. Lo que más quiero es venirme dentro de ella. Quiero hacerla mía, completamente.

—Yo tampoco —le digo, tragando saliva. Me palpita la verga dentro de ella y se le corta la respiración.

Asiente, insistiéndome en que lo haga, y se le tuercen los labios, buscando más. Me hundo hasta el final y todos mis pensamientos se desvanecen.

Cogerme a Pippa a pelo es como un avión directo al paraíso. El ruido que sale de mi garganta es sobrenatural. Cuando la saco y la vuelvo a meter, ella gime con fuerza.

—¿Lo hacemos otra vez? —pregunto con los dientes apretados mientras empujo. Su olor flota hasta mi nariz, y se me pone aún más dura. Está tan mojada que escucho cómo entro y salgo de ella, y los pinchazos de dolor de sus uñas clavándose en mi espalda me empujan cada vez más a la descarga.

No puedo aguantar mucho más.

—¿El qué? —dice en un susurro.

—El... —Busco las palabras, pero solo puedo pensar en lo

increíble que es esto. No creía que fuera posible sentir esta embriaguez de placer. Es más punzante que el dolor de cualquier herida. Venirme dentro de ella me va a reventar la cabeza—. Cuando eres consciente de todo —consigo decir—. Y me dices todo lo que sientes.

Ella sacude la cabeza con movimientos erráticos.

—No necesito ayuda. Estoy a punto, Jamie.

Menos mal, maldición, porque no puedo aguantar mucho más. La excitación se me acumula en el interior, retorciéndose y palpitando.

—Tócate. Enséñame lo que puedes hacer. Quiero ver cómo te vienes con tu mano mientras te cojo.

Mete la mano entre nosotros, y mi respiración se convierte en un siseo cuando se agarra a mí. Se acaricia el clítoris con círculos suaves y rápidos, y tiene una expresión gloriosa, retorciéndose de placer y desesperación mientras perseguimos nuestras descargas.

Hace una O con los labios mientras me mira como si no pudiera creérselo. Pierdo el control y entro en ella aún más fuerte. El collar que le he regalado bota al ritmo de sus pechos mientras me la cojo, y la sangre se me inunda de orgullo.

—Te quiero muchísimo. —Mi voz suena ronca. La presión en la base de mi espalda se acumula rápidamente—. Muchísimo, Pippa.

Ella asiente una y otra vez.

—Te quiero. Dios. —Abre mucho la boca—. Me voy a venir.

En un grito ahogado, se agarra a mi verga, y mi descarga la recorre a toda velocidad hasta la punta. Mi mundo se reduce a ella: a sus pechos llenos, sus labios apretados, sus preciosos ojos azul grisáceo, oscuros por la lujuria y aferrándose a mi mirada. Yo acelero el ritmo, incontrolado y decidido mientras noto que mi orgasmo se acerca.

Me desmorono en un millón de trozos al venirme dentro de Pippa. Apoyo la frente contra la suya y gimo mientras se me pone la visión en blanco. El placer más intenso que he sentido en mi vida irrumpe en todas las células de mi cuerpo cuando la lleno, gritando su nombre entre dientes.

Recupero la concentración y jadeo en busca de aire, mirando a Pippa incrédulo.

—Carajo.

Ella suelta una carcajada y yo empiezo a reírme, y nos reímos juntos. Ha sido la experiencia física más intensa de mi vida.

Cuánto la quiero. Nunca me había sentido más completo. Tengo todo lo que deseaba en secreto.

No pienso perderla nunca.

Capítulo 68
Pippa

A la mañana siguiente, me despierto en una cama cómoda y gigantesca, pegada al pecho de Jamie. La luz del sol entra por las ventanas y mi cuerpo está relajado y deliciosamente dolorido por lo que hicimos anoche... y luego otra vez en mitad de la noche.

—Buenos días —susurra Jamie contra mi pelo, y sonrío contra su piel, recorriendo con los dedos el camino del pelo del pecho hasta que se adentra en el bóxer.

—Buenos días. —Mi voz suena suave y un poco tímida después de anoche.

Me dijo que me quería.

Yo también se lo dije.

Lo miro a los ojos. Él me está mirando con una sonrisa, y me da un vuelco el corazón. Espero que esta sensación no se vaya nunca. Le paso los dedos por el ojo morado, analizando los tonos de gris de sus ojos mientras él me mira.

—¿Cómo estás? —pregunta, y desliza la mano por mi cadera.

Por la forma en la que lo pregunta, y porque es Jamie, que resulta ser una persona increíblemente cariñosa, sé que se refiere a todo: a Zach, el sexo, los «te quiero».

—Con un poco de contracturas —admito—, pero no me arrepiento de nada.

—Bien. —Me estudia la cara como no lo ha hecho nunca nadie, y me doy cuenta de que lleva haciendo esto desde el primer día que aparecí en su casa hace ya tantos meses.

Le recorro el pecho con los dedos y se le pone la piel de gallina.

—¿Y tú?

Se le mueve la nuez y veo un destello de vulnerabilidad en su cara.

—Solo me arrepiento de una cosa.

Me quedo inmóvil.

—Te quería pedir que vinieras conmigo a la graduación —lo dice antes de que me dé tiempo a desinflarme—. En la escuela.

Junto las cejas y soy consciente de mi cara de sorpresa.

—No.

La graduación es una cena y un baile muy grande para todos los estudiantes que se gradúan, la versión canadiense del baile de promoción. Los del último curso pueden llevar pareja.

—Sí —insiste, y su forma de parpadear y apartar la mirada me hace pensar que está un poco nervioso—. Te buscaba en las fiestas, Pippa. Fui a todos los conciertos de la banda solo para verte tocar y cantar. Le pregunté a un montón de gente si Zach y tú estaban juntos, pero nadie lo sabía. Pensé que igual había una posibilidad de que estuvieras soltera, y me armé de valor para pedirte que vinieras conmigo, y luego los vi agarrados de la mano.

En mi cabeza, estoy de vuelta en la cafetería de la escuela mientras Zach desliza su mano sobre la mía sin venir a cuento, y se me retuerce el corazón.

Jamie hace un ruido frustrado con la garganta y arruga las cejas. Qué guapo. Es guapísimo, demonios.

—Lo dejé ir, pero después de eso me pasé años pensando en ti. —Tuerce la boca—. Cuando apareciste diciendo que eras mi nueva asistente, pensaba que estaba alucinando.

Lo asimilo todo y se me escapa una risa de sorpresa.

—¿Ibas a pedirme que fuera contigo a la graduación?

Se le sonrojan los pómulos, como si estuviera avergonzado, y lo quiero. Lo quiero muchísimo. En mi boca aparece una amplia sonrisa y el pecho está a punto de explotarme de felicidad.

—En la escuela estaba flechadísima por ti —le digo.

Él frunce el ceño.

—No.

—Sí. —Sacudo la cabeza, sonriendo—. Jamie, no tienes ni idea del aspecto que tienes, ¿verdad?

Él se ríe, con una risa afilada, intensa y alegre de alivio y diversión que va directa a mi corazón.

—Ven aquí. —Me pone encima de él y las piernas me caen a ambos lados de sus caderas, montándolo a horcajadas.

Nos quedamos mirándonos un instante, su mano en mi pelo y la mía en el suyo, apartándoselo de la frente.

—¿Te acuerdas de cuando me tiré encima el raspado? —le pregunto.

Él se ríe.

—Sí. Estuve a punto de tomar unas servilletas para ayudarte, pero saliste corriendo.

Si me hubiera quedado unos segundos más, a lo mejor todo habría sido diferente. Aunque tampoco habría aprendido una lección, dura pero necesaria, con Zach.

Me agacho para besar a Jamie, y siento su sonrisa contra mis labios.

—¿Pajarillo?

—¿Mmm? —Paso los labios por su barba incipiente y la sensación me hace suspirar.

—Te quiero muchísimo.

Cuando abro los ojos, veo la sinceridad de su mirada. El corazón me late por el chico que pensé que jamás conseguiría.

—Yo también te quiero. —Le doy un beso en los labios—. Guapo —añado, y en una milésima de segundo, me pone bocarriba y estallo en una carcajada.

Capítulo 69
Jamie

Pippa y yo vamos de vuelta a casa por la serpenteante autopista 99, escuchando música, hablando y admirando las montañas frondosas y los lagos azules cristalinos.

Nunca había sido tan feliz. Nunca me había sentido así y, cuando pienso en cuánto me he esforzado para no caer en sus brazos, me río.

—¿De qué te ríes? —me pregunta Pippa desde el asiento del copiloto.

Me río por el hecho de haber pensado que podía huir de ella. Me río porque, en cierto modo, pensé que estar detrás de ella toda la vida era mejor opción que esto. Mejor que estar juntos. Mejor que decirnos cómo nos sentimos.

—Estoy contento —digo, y ella también me sonríe.

—Yo también.

—Genial.

Me suena el teléfono en el Bluetooth del coche. Es el número de mi madre.

—Hola —respondo—. Ya vamos de vuelta. Llegamos en hora y media o así.

—¿Eres Jamie? —pregunta la voz de una mujer, y Pippa y yo nos miramos con el ceño fruncido.

Se enciende una alarma en mi interior que inunda mis venas.

—¿Sí?

—Le llamo del servicio de Urgencias del hospital Lions Gate —continúa.

La alarma empieza a sonar y se me seca la boca. Es el hospital de North Vancouver. Nos estamos acercando a un mirador de la autopista, así que paro el coche.

—Tu madre ha tenido un ataque de pánico. Está bien, pero preferimos que alguien venga a recogerla.

La cabeza me da vueltas mientras sujeto el volante tan fuerte que se me ponen los nudillos blancos. Está mejor. Tiene una psicóloga, y estaba pensando en empezar a medicarse. No ha vuelto a tener un ataque de pánico desde la noche que Pippa y yo salimos. Ya lo hemos superado.

Está mejor.

Pippa me pone la mano en el hombro con una mirada preocupada.

—Está bien —digo, porque no sé qué otra cosa hacer.

—Se han llevado el coche al depósito municipal —continúa la mujer, y se me desmorona algo en el pecho.

—¿Iba conduciendo? —Me quedo mirando a Pippa, impactado. Se está mordiendo el labio inferior.

—Parece que le dio el ataque de pánico al volante y chocó con un coche de la policía.

Se me hunde el estómago. No lo puedo creer. No puede ser real.

—Carajo —murmuro, pasándome la mano por el pelo—. ¿Y la medicación? ¿No se la había tomado hoy?

Hay una pausa larga y el estómago se me hunde aún más.

—No estoy al tanto de ninguna medicación —dice la mujer—. No ha apuntado ninguna en el informe de ingreso.

Me mintió. En todas esas conversaciones evasivas en las que yo pensaba que solo necesitaba espacio, únicamente me contaba mentiras. Nunca empezó a tomar ninguna medicación. Me empieza a doler la cabeza detrás de los ojos. Es mucho peor de lo que podría imaginarme. Iba conduciendo y chocó con un coche de la policía. Se supone que estaba cuidando a Daisy...

Se me dispara el pulso.

—¿Había una perra en el coche?

Si le ha pasado algo a Daisy no podría soportarlo. No me lo perdonaría jamás.

—No —responde la mujer—. Ha dicho que la perra está en casa.

Pippa y yo nos miramos, aliviados. Algo es algo.

—Llegaremos lo más rápido posible —le digo a la mujer.

Cuelgo y miro a Pippa. Me siento perdido y confundido y, de pronto, vuelvo a tener diez años, estoy llegando a casa del colegio y mi madre está durmiendo a las tres de la tarde, con las persianas cerradas a cal y canto. Noto una sensación profunda de decepción y miedo en el estómago.

—Pensaba que estaba mejor —le digo a Pippa—. Pensaba que lo tenía controlado.

—Ya lo sé. —Asiente, todavía con esa mirada de preocupación—. Yo también. Aunque la mejora no es un proceso lineal.

Me quedo en silencio porque no quiero señalar que, quizás, nunca había empezado a mejorar.

En la siguiente hora y media, viajamos en silencio mientras yo repaso todo lo que creía que era verdad.

Pensaba que mi madre estaba mejor y que ya no necesitaba que controlara su vida.

Pensaba que podía con todo.

Por una vez, pensaba que podía tener algo para mí.

—Vete a casa —le digo a Pippa al llegar al hospital. Estoy muy estresado, preocupado y frustrado—. Tengo que encargarme de esto solo. Te voy a pedir un Uber.

Desde el asiento del copiloto, me mira fijamente, incrédula.

—No.

—Sí.

La tensión se me acumula en el estómago. Mis instintos de encargarme de todo y arreglar las cosas están en su máximo. Aunque hasta yo puedo ver que lo que he estado haciendo hasta ahora no funciona.

Estoy muy perdido. No sé qué hacer.

—No voy a irme a casa —dice Pippa, cruzándose de brazos. Lo dice con tono terco y yo exhalo una bocanada de aire muy larga.

Si mi madre no es capaz de progresar, o ni siquiera de intentarlo, no creo que lo mío con Pippa vaya a funcionar, y esa idea me está destrozando el corazón. A lo mejor no daña nuestra relación ahora mismo, pero en algún momento lo hará. No puedo hacerle eso a Pippa. No puedo seguir eligiendo a mi madre por encima de ella. No puedo poner cada gramo de mi energía en preocuparme por mi madre.

Se me retuerce el pecho de dolor. Todo lo que nos dijimos ayer, para nada.

—Como quieras. —Estoy estacionando en el hospital—. Pero quédate en el coche.

Sus ojos destellan de dolor.

—No.

No tengo energía para discutir con ella.

—Está bien.

En Urgencias, la enfermera de recepción nos indica dónde está la habitación de mi madre y corremos por el pasillo.

Llegamos a la puerta y Pippa me toca el brazo.

—Voy a esperar fuera —dice—. Estoy aquí si necesitas algo.

Me armo de valor para cualquier mierda que me espere dentro.

—Gracias.

En la habitación, mi madre está charlando despreocupada con las enfermeras, riéndose y sonriendo. Es una maldita fiesta. Me ve y suspira, poniendo los ojos en blanco.

—¡Vamos ya! —Mira a las enfermeras—. Candace, ¡te dije que no le llamaras! —Hace una mueca al verme el ojo morado—. Madre mía, vaya cara. ¿Qué tal el viaje?

Me quedo mirándola, incrédulo, y una sensación enojada y frustrada se me derrama en la sangre.

—¿Nos pueden dejar un momento a solas? —les pido a las enfermeras, y ellas se marchan.

Cuando nos quedamos a solas, mi madre se mueve, incómoda.

—Cariño, estoy bien...

—No digas que estás bien. —Tengo náuseas—. No digas que estás bien, que no ha sido nada, que no necesitas ayuda.

Se ríe sorprendida, pero no hay ni una pizca de humor en su risa.

—No necesito ayuda.

—Has chocado con un coche de la policía.

Nos quedamos en silencio un momento, mirándonos el uno al otro. Algo cambia en mi interior y, cuando voy a buscar esa paciencia infinita, no la encuentro. Pero sí encuentro traición y frustración.

Algo tiene que cambiar y, hasta ahora, he sido yo. Con mi madre siempre soy el que cede. He estado animando a Pippa a defenderse sola, a ponerse antes que nadie, a hacer lo que es mejor para su carrera y para su vida, pero yo no he seguido mi propio consejo.

—Me mudé aquí por ti —le digo, pero me lo estoy diciendo a mí también.

Ella hace un gesto despreocupado con la mano.

—Te mudaste aquí porque echabas de menos Vancouver.

—No. —Me cruzo de brazos. Noto lo rápido que me late el corazón—. Me mudé aquí porque empezaste a tener ataques de pánico y, evidentemente, no podías con ello tú sola.

Parpadea como si le hubiera dado una bofetada, y aunque me duele el alma de verla tan ofendida, tiene que oír la verdad. Lleva mucho tiempo huyendo de ella.

—Tuviste un ataque de pánico y un accidente de coche como consecuencia, así que traje de vuelta toda mi vida aquí para cuidarte.

Se le tensa la mandíbula y se queda mirando al suelo, es como mirarse en un espejo. Se me deshace un nudo en el pecho a medida que voy soltando la verdad. Se pasa los dedos por la pulsera y da vueltas a las cuentas. No puede mirarme a los ojos.

—La enfermera que me ha llamado me ha dicho que no estás tomando ningún medicamento.

—No lo necesito —murmura mi madre—. Lo he probado. —Se refiere a hace años, en el peor momento de su depresión—. Me dejaba boba.

—Eso fue hace quince años. —Mi voz está ronca—. Ahora hay más investigaciones y más medicamentos. Doctores especializados en ansiedad. —Hago una pausa, a punto de hacerle una pregunta de la que creo que sé la respuesta—. ¿De verdad tienes una psicóloga nueva, como dijiste?

Se queda mirando las cuentas de la pulsera mientras les da vueltas.

—No funcionó.

—O sea, que no. —Resoplo.

Lo veo todo muy claro, lo tengo justo delante. Va a seguir empeorando y yo seguiré socavando mi vida hasta que ya no quede nada porque no quiero herir sus sentimientos. Y, mientras tanto, me diré que no puedo estar con la mujer a la que quiero porque no tengo tiempo para ella.

Me duele el corazón. Quiero a Pippa, y no quiero rendirme con ella. Quiero a mi madre, y no quiero verla empeorar.

—¿Por qué ibas sola en el coche? —le pregunto suavemente.

Se le mueve un músculo en la mandíbula, pero mantiene la vista fija en la pulsera.

—Tenía que ir a comprar una cosa. Era un trayecto muy corto.

Podría haberse hecho daño de verdad, o a otra persona. Si Daisy hubiera estado en el coche...

No puedo ni pensarlo. Quiero muchísimo a esa perra.

—Sabes que conducir te produce ataques de pánico y, aun así, lo hiciste. ¿En qué se diferencia eso de lo que hizo papá?

Levanta la cabeza de golpe porque he dado en la diana. Bien.

—Jamie. —Tiene un tono firme.

Nunca le había hablado así. Nunca hablamos de él.

Doy un paso adelante con los brazos cruzados sobre el pecho.

—Estás ignorando el problema y está empeorando. Me mentiste sobre la psicóloga.

Su boca se convierte en una línea.

—Busqué. —Su voz suena como un hilo—. Busqué y... —Se calla, sacudiendo la cabeza—. No pude.

—¿Por qué?

Levanta las manos, incómoda, pero me da igual.

—No quiero seguir hablando del tema.

Se me acelera el pulso.

—Nunca quieres hablar del tema.

—No es problema tuyo. Deja que yo me encargue.

Está a punto de explotarme la cabeza.

—No quiero que te lo cargues a la espalda tú sola porque te quiero y te lo debo todo, pero tienes que darme algo. —Me paso una mano por la cara, y se me hunde aún más el pecho, derrotado—. Ya no sé qué hacer. Si no eres capaz de cuidarte tú sola, si estoy continuamente preocupándome por ti, no puedo tener una vida normal. ¿Sabes lo que me he estado diciendo durante años, mamá? Me decía que no iba a poder tener novia o casarme hasta que me retirara del hockey porque tengo que centrarme en mi carrera y en cuidar de ti.

Sus ojos destellan de dolor.

—Estoy enamorado de Pippa. —Se me suaviza la voz al pensar en la mujer que me espera en el pasillo—. La quiero y quiero estar con ella, pero me preocupa que eso influya en cómo cuido de ti. —Me froto el dolor del pecho—. No sé qué hacer.

A mi madre se le hunde la cara, está destrozada.

Trago el nudo que se me ha formado en la garganta y me siento a su lado en la cama.

—Te quiero muchísimo. Me mata verte así.

Vuelve a pasar los dedos por la pulsera y toma aire lenta y profundamente.

—Me sentía muy culpable por lo que le pasó a tu padre —susurra, apretando los ojos con dolor—. Si tú hubieras estado en el coche, jamás me lo habría perdonado.

—Ya lo sé. —Nunca lo había dicho en voz alta, pero, en cierto modo, yo ya lo sabía.

—Nunca he sido la madre que necesitabas. —Se le escapa una lágrima del ojo, y se la seca, negando con la cabeza para sí—. Pensaba que ya había dejado atrás todo eso. —Tiene los ojos llorosos cuando me mira, y traga con fuerza. Sé que se refiere a la depresión y a la ansiedad—. Deseaba haberlo dejarlo atrás.

—Siempre te has sentido culpable porque nunca conseguiste que papá buscara la ayuda que necesitaba, ¿verdad? —pregunto.

Me mira a los ojos y asiente.

—¿Y qué diferencia hay con lo que estás haciendo tú ahora? —Mi tono es suave porque esta verdad va a ser la más dura de digerir—. En el fondo sabes que necesitas ayuda y sigues ignorando el problema.

Lo veo todo en sus ojos: culpa, preocupación, arrepentimiento, autodesprecio y resignación.

—Sí —dice, desinflándose—. Tienes razón.

—No quiero tener razón.

Aparece una sonrisa arrepentida en su cara.

—Es muy duro admitir que hay un problema. —Deja de hablar—. Que yo tengo un problema.

—Ya lo sé.

Desvía la mirada hacia la mía.

—Quiero que lo tengas todo.

—Y yo quiero que vayas a terapia y aplaques esto como sé que puedes hacerlo. —Pienso en Pippa y en todo lo que ha pasado con su ex, en cómo intentó diezmar su seguridad, pero resurgió más fuerte y más brillante—. Tener estos problemas no te hace débil. Te hace más fuerte, y sé que puedes conseguirlo.

Nos quedamos mirándonos durante unos minutos. Las cosas han cambiado para mejor. Lo noto.

—¿Estás enamorado de Pippa? —pregunta suavemente, recorriéndome con los ojos con una admiración cálida.

Yo resoplo.

—¿Con eso es con lo que te has quedado?

Ella se ríe y suspira.

—Voy a ir a terapia, voy a consultar lo del tratamiento y voy a intentarlo de verdad. Porque no quiero seguir ahogándome en esta situación, y quiero que seas feliz. —Entre la tristeza y la vergüenza, le brillan los ojos con una chispa de provocación—. Bueno, qué, ¿estás enamorado de Pippa?

Sonrío y se me ensancha el corazón, llenando todos los rincones de la habitación.

—Sí. Estoy enamorado de Pippa.

—¿Y ella de ti?

—Sí —dice Pippa desde el pasillo.

Los dos estallamos en una carcajada.

Pippa asoma la cabeza por la puerta con una sonrisa vergonzosa. Está sonrojada.

—Perdón.

Mi madre le hace un gesto para que entre.

—Pasa, pasa.

Pippa entra en la habitación y se apoya en la mesa, junto a la puerta.

—¿Se la han pasado bien en la gala? —pregunta mi madre.

Pippa y yo nos miramos, sonriendo.

—Sí. —Amplía la sonrisa y me pregunto en qué parte estará pensando—. Jamie estaba muy guapo.

—Y Pippa estaba preciosa. —La miro levantando las cejas—. Como siempre.

—Quiero ver fotos —dice mi madre, mirándonos a los dos con una sonrisa—. Entonces, ¿están enamorados?

Le sostengo la mirada a Pippa mientras el corazón me da volteretas.

—Sí.

Mi madre hace un ruido de felicidad.

—Era lo que esperaba que pasara.

—Yo también —admito.

Desvío la mirada a la mano izquierda de Pippa y pienso en si es demasiado pronto para pensar en comprar un anillo.

Probablemente.

Pero a lo mejor no.

Salimos del hospital y llevamos a mi madre a casa. Cuando Daisy nos ve, viene corriendo hacia nosotros y salta a mis brazos, moviendo la cola como una loca mientras Pippa y mi madre se ríen.

Pippa no pensaba separarse de mí hoy, ni siquiera cuando le exigí que se fuera a casa en un momento de vergüenza y pánico. Ha estado para mí desde el día uno, incluso antes de que estuviéramos juntos, y sé que, aunque la recuperación de mi madre lleve más tiempo de lo esperado, no estoy solo.

Pippa no es solo el amor de mi vida; es mi familia.

Capítulo 70
Pippa

Un mes después, mis padres, Hazel, Donna y yo subimos al palco del estadio tras un partido de Jamie. Hemos estado sentados detrás de la portería y, cuando Jamie nos saludaba a través del cristal, yo tenía la sensación de que mi padre iba a empezar a llorar de emoción en cualquier momento.

Jamie sugirió que vinieran mis padres de visita e insistió en que se hospedaran en un hotel cercano. Anoche, nos llevó a todos a cenar. Es como si quisiera conocerlos mejor.

Anulé mi solicitud para el puesto de marketing y Jamie habló con el equipo para ampliar mi contrato hasta que tuviera un plan para mi carrera musical. No he vuelto a saber nada de Ivy Matthews y, aunque estoy un poco decepcionada, eso no va a impedir que siga componiendo.

He tocado en seis micrófonos abiertos en el último mes. Voy a hacer esto, y voy a darlo todo, porque me importa.

Los nervios me revolotean en el estómago al entrar en el palco. Estoy retrasando el momento de decirles todo esto a mis padres porque sé que no reaccionarán bien.

En el palco, mi madre charla con Donna, Hazel y alguien más. Los jugadores que vinieron a Silver Falls en Fin de Año saludan a mi padre como si fuera un amigo de toda la vida, y le vuelven a dar las gracias por el desayuno que hizo para todos, y los jugadores a los que no conoció se presentan rápidamente. Cuando por fin llega Jamie, no parece sorprendido de ver a mi padre inmerso en una conversación con Ward sobre las jugadas defensivas de esta noche.

—Hola, guapa. —Jamie me da un beso en los labios, y sonrío.

—Hola. ¿Les has dicho a todos que vengan a saludar a mi padre?

Se le curva la boca.

—Sí.

Qué hombre. De verdad. Es perfecto.

—Gracias.

Me sonrojo de placer. Soy muy feliz con él.

Donna y mi madre se ríen.

—Se llevan muy bien —le susurro a Jamie, sonriendo, y se le calientan los ojos al mirar a su madre.

Después del accidente de coche, Donna se tomó en serio lo de tratar la ansiedad y los ataques de pánico. Dos veces por semana, Jamie la lleva a terapia y espera pacientemente en el coche. Luego van a comer. Si no está en la ciudad, la llevo yo. Incluso él ha ido a algunas sesiones a petición del terapeuta de Donna y, aunque aún tienen mucho trabajo que hacer, parece que están avanzando. Donna habla más abiertamente de sus problemas. La he oído mencionárselo a mi madre durante el partido.

Sonrío a Jamie.

—Gracias por el hotel de mis padres.

—Es un placer. —Me acaricia la oreja con los labios y baja la voz—. No quiero que te contengas esta noche.

Un escalofrío me recorre la espalda y me reprimo una sonrisa. Aprieto los muslos al pensar en su lengua entre mis piernas anoche, y en cuando me empotró contra la pared después, con mis piernas alrededor de su cintura. Decirle que lo quiero desencadenó algo en Jamie, y me ha estado demostrando su amor de muchas muchas formas.

No me quejo.

—Vamos al bar —interrumpe Hayden. Señala a mis padres—. ¿Ken? ¿Maureen? ¿Donna? Vienen, ¿no?

Mi padre está a punto de desmayarse de felicidad.

The Filthy Flamingo está a tope. Ruido, risas, conversaciones y música, interrumpidos por el típico vaso que se rompe. Está todo el equipo, incluso Ward. Sigue hablando con mi padre, pero se le van los ojos a Jordan, detrás de la barra.

El amigo con derechos de Jordan está tocando la guitarra y cantando en el escenario, y escucho con atención la nueva canción que está probando. Habla de querer más de una chica que no está interesada, y también se le van los ojos a Jordan continuamente. Tiene que afinar la guitarra con urgencia.

—Chicos, voy a hacer un descansito —dice al micrófono, y me mira a los ojos—. Pero espero que mi amiga Pippa les toque algo mientras tanto.

Abro los ojos como platos y todo el mundo se gira hacia mí. Hazel me asiente para animarme.

—Eso, Pippa —dice uno de los jugadores. Otro jugador, más borracho, aúlla como un lobo.

Mis padres me miran, confundidos. Saben que toqué en Fin de Año —todo el mundo en Silver Falls lo sabe—, pero no saben que lo hago a menudo.

Hace años que no me oyen tocar. Se me acelera el pulso y los nervios me bailan en el estómago. Lo ven como una afición y siguen pensando que voy a trabajar en temas de marketing. Pero si quiero dedicarme a la música, tengo que tocar delante de gente, aunque me dé miedo.

Me levanto y todo el mundo aplaude a mi alrededor. Mis padres están perplejos por la reacción. Me late el pulso en los oídos mientras subo al escenario. Sé qué canción voy a tocar porque ahora todo está mucho más claro. Cuando compuse una canción tras otra sobre Jamie, era mi forma de decirle que lo quería. Cuando compuse una canción sobre llevar mal las expectativas de los demás, era yo dándole patadas a la jaula que habían colocado a mi alrededor.

—Hola —digo al micrófono, rasgueando la guitarra—. Soy Pippa Hartley.

Algunos se ríen porque soy amiga de toda la gente que hay aquí.

Me lanzo a la canción y, cuando miro a mis padres, me están observando con muchísima atención. Mi madre tiene una sonrisa dulce, pero triste, y mi padre me mira como si fuera un jugador de la NHL. Algo me pellizca el pecho. Mi madre le agarra la mano a mi padre y él le dice algo al oído. Ella asiente y sonríe.

Me dejo el alma cantando. Canto sobre querer más, querer creer en mí, querer ser libre y encontrar mi propio camino. Canto sobre perseguir lo que quiero porque no quiero arrepentirme de nada. No quiero perder ni un segundo haciendo algo que no sea seguir mi pasión y mi objetivo.

Estoy hecha para estar aquí arriba. Aunque no consiga nada. Aunque toque en antros el resto de mi vida.

Jamie me mira cantar con expresión de orgullo, como si lo fuera todo para él.

Canto sobre que, quizás, vale la pena arriesgarse y, cuando termino, el bar estalla en vítores y aplausos.

En la mesa, mis padres no saben qué decir. Llevaban desde la escuela sin verme actuar y, por aquel entonces, solo tocaba versiones, nunca algo de mi propia cosecha. Me siento y Jamie nos mira a mis padres y a mí, listo para intervenir si fuera necesario, pero yo sacudo la cabeza.

Jamie le plantó cara a su madre y yo puedo hacer lo mismo con mis padres. Si quiero dedicarme a la música, voy a tener que acostumbrarme a defenderme.

—No voy a aceptar el puesto de marketing —les suelto a mis padres.

Mi madre tiene una expresión precavida.

—¿Te ofrecían muy poco dinero?

—Tienes que negociar. —Mi padre se inclina hacia delante—. Esperan que negocies el sueldo, Pippa.

—No. —Niego con la cabeza—. Déjenme terminar, por favor.

Veo la preocupación en sus caras. A mi lado, Jamie espera, dándome espacio para que me encargue yo sola de la situación.

—No me hicieron ninguna oferta porque retiré mi solicitud. —Respiro hondo y observo cómo lo procesan todo. Mi madre está alucinando, pero lo oculta. Se lo veo en los ojos—. No quiero ese trabajo.

Mi padre parpadea.

—Dijiste que sí lo querías.

—Creo que no dije eso. —Hago una mueca—. Pensaba que era lo correcto. —Señalo el escenario y pienso en el ejercicio que Jamie me enseñó en el bosque y en todos los momentos increíbles que me imaginé—. Esto es lo que quiero hacer. Quiero dedicarme a la música. Quiero componer mis canciones y hacer giras por todo el mundo tocando para la gente. Me hace feliz. —Miro a Jamie a los ojos—. Y puedo hacerlo. Tengo talento y trabajo muy duro.

Mis padres se quedan en silencio mientras asimilan toda la información.

—Les agradezco muchísimo todo lo que han hecho por mí —continúo—. Han realizado un esfuerzo inmenso para pagarme los estudios, y se los devolveré. Todo.

—No —se apresura a decir mi padre, frunciendo el ceño—. No hace falta.

—Estoy de acuerdo —añade mi madre—. Ese dinero era para que tuvieras opciones.

—Exacto. Siempre hemos querido que tuvierais opciones. —Mi padre mira a Hazel, unas mesas más lejos—. Queríamos que lo tuvierais todo porque nosotros no lo tuvimos.

Mi madre respira hondo, moviéndose incómoda en su asiento. Sé que está pensando en que no consiguió entrar en la compañía de *ballet* cuando era joven. Se pasó décadas enseñando danza cuando no era su auténtica pasión.

—Sé lo que estás pensando —le digo, y arquea una ceja. Se me acelera el pulso porque odio tener conflictos con ellos—. Es muy arriesgado y no hay ninguna garantía de que salga bien. Todas las probabilidades están en mi contra.

Pasa un instante en el que simplemente me analiza, y nunca la había visto tan seria.

—Va a ser muy duro, Pippa.

—Ya lo sé.

—Va a ser lo más duro que hayas hecho nunca, y es muy probable que termines enseñando música a niños de cinco años. —Tiene un tono determinado, como si me estuviera explicando una receta. Sus ojos azul grisáceo destellan dolor—.

Es muy duro fracasar en algo que te gusta tanto. Duele muchísimo.

Se me tensa el pecho por ella y retuerzo las manos.

—Ya lo sé, pero tengo que intentarlo, o me arrepentiré toda mi vida.

Lo piensa durante un momento y me preocupa que no esté convencida, pero luego mira a mi padre. Algo pasa entre sus miradas, una especie de comunicación silenciosa perfeccionada durante décadas de matrimonio, y se le suaviza la expresión.

—No queremos que trabajes en algo que odias —admite—. Queremos que seas feliz. —Mira al escenario—. No tener dinero es muy duro, cariño.

—No tendrá ese problema —interviene Jamie, y su mirada me dice que va en serio.

Intento no reírme de su protección.

—No me importa lo difícil que sea —les digo—. Merecerá la pena.

Nos quedamos en silencio entre el ruido del bar.

—Tienes mucho talento, tesoro —dice mi padre con una mirada nostálgica—. Nunca te habíamos visto así. Se lo he dicho a tu madre mientras tocabas: parecías una profesional ahí arriba.

Mi madre asiente y me sonríe como si me viera bajo una luz nueva.

—Parecía que era tu sitio.

Algo se me desenreda en el pecho, hilo a hilo, hasta que me siento libre.

—Es que es mi sitio.

Jamie pone la mano sobre la mía en mi regazo, y entrelazo los dedos con los suyos. Me guiña el ojo y me da un vuelco el corazón.

—Ha grabado un demo con una productora —les dice.

—¿En serio? —Mi padre nos mira.

Yo asiento, sonriendo y sujetándole con fuerza la mano a Jamie.

—Sí, así es.

Mis padres intercambian una mirada.

—Sabemos que no lo decimos mucho —dice mi padre, y se le entrecorta la voz—. Pero estamos orgullosos de ti. Hagas lo que hagas.

—Lo estamos de verdad. —Mi madre asiente—. Te queremos muchísimo.

Sus palabras son todo lo que quería oír, y parpadeo para deshacerme del escozor en los ojos.

—Yo también los quiero —susurro, sonriendo.

Mi padre se levanta.

—¡Un abrazo en grupo! —Le hace un gesto a Hazel, que está unas mesas más allá—. Hazel, corazón, tú también. Ven.

Me río y mi padre nos funde a todos en un abrazo cálido.

—Oye, ustedes dos. —Jordan está detrás de mí, señalándonos a Jamie y a mí. Tiene una cámara Polaorid—. Vengan aquí, les quiero tomar una foto.

Jamie me atrae hacia él y se dispara el *flash* cegador justo cuando me da un beso en la frente, provocándome una sonrisa.

La cámara escupe la foto y, un minuto después, aparece nuestra imagen.

Me arrebatan la foto de las manos.

—Me la quedo —dice Jordan antes de meterse detrás de la barra y pinchar la foto en la pared.

—Salimos felices —le digo a Jamie, y me sonríe.

—Es que lo somos, pajarillo.

Por la noche estoy frente al lavabo del baño, preparándome para ir a dormir, cuando suena la notificación de un email en mi teléfono. Lo leo y se me va el corazón a la garganta.

—Pippa —grita Jamie desde nuestra habitación—. ¿Vienes o qué?

Leo el correo otra vez con las manos temblorosas.

Es una realidad. Lo he conseguido.

Oigo unos pasos y aparece Jamie a mi lado.

—¿Qué pasa?

Lo miro con una sonrisa, abrumada y eufórica.

—No pasa nada. La vida es increíble.

Suelto una carcajada porque Jaime está guapísimo ahí de

pie, con el bóxer negro, e Ivy Matthews me ha ofrecido un contrato en su nueva discográfica.

No reconozco mi vida ahora mismo.

Cuando le enseño a Jamie la pantalla del teléfono, aparece una enorme sonrisa en su cara.

—Pajarillo —lo dice igual que me dice «te quiero».

La emoción me inunda los ojos y estoy sonriendo tanto que me duelen.

—Sí.

—Lo has conseguido.

—Lo he conseguido gracias a ti. —Se me derrama una lágrima—. Porque tú me demostraste que podía hacerlo.

—Siempre lo has llevado dentro. —Me pone las manos en el pelo y me levanta la cabeza hacia él—. Siempre.

Suspiro cuando me besa, tengo el corazón lleno. Voy a componer una canción sobre este momento.

—Te quiero —le digo por décima vez hoy.

Él se aparta para mirarme a los ojos y tiene la mirada llena de cariño.

—Pippa, llevo queriéndote más tiempo del que pensaba.

Sin que me dé cuenta, me agarra, me carga sobre el hombro y me lleva a la habitación. Me río entre dientes y le doy una nalgada en el trasero.

Él me aprieta.

—Vamos a recuperar el tiempo perdido.

Epílogo
Pippa

Siete meses después

—La intro de Pippa ya está lista —dice el técnico en mi auricular.

El estadio vibra de energía. Contra las cegadoras luces del escenario, veo los *flashes* de los teléfonos del público. Miles de emociones me inundan la sangre a la vez y respiro hondo para concentrarme. Durante toda la gira, he estado haciendo un ritual antes de cada concierto.

Los últimos siete meses han sido una locura.

Ivy Matthews creó su propia discográfica y grabamos un disco juntas.

La guitarra de mis sueños me cuelga delante del cuerpo y reposo los dedos en las cuerdas y el cuello. Un tarareo grave empieza a sonar cuando los vítores se calman. Todo el mundo está observando, expectante.

Lanzamos el disco y empezó la locura. Dos canciones agarraron velocidad en las listas de éxitos, e Ivy movió algunos hilos para que fuera la telonera de esta gira. Normalmente es un progreso que tarda años en conseguirse, pero Ivy estaba determinada.

En este estadio hay diecinueve mil setecientos asientos y, esta noche, está completo.

Evidentemente, vienen a ver al artista para el que abro, pero estoy sobre un escenario con un vestido azul precioso, tocando música que he compuesto yo.

Una sonrisa amplísima me cruza la cara de oreja a oreja, y el corazón se me hincha. Estoy aquí, viviendo mi sueño, y estoy muy agradecida.

—Buenas noches, Vancouver —digo al micro, y el público estalla en vítores—. ¡Cuánto me alegro de estar en casa! Soy Pippa Hartley.

El público vuelve a gritar y miro a un lado del escenario, donde Jamie me está mirando con un pase VIP colgado del cuello. El cariño y el orgullo en sus ojos me encienden. Lleva todo el verano acompañándome en la gira, pero la temporada empieza esta semana en este mismo estadio, así que estaremos separados hasta noviembre, cuando acabe la gira.

Me paso los dedos por el collar, el de la piedra azul grisácea. Cuando estoy en el escenario o él en la pista, esta es mi forma de decirle que lo quiero. Me he dado cuenta de que lo hago constantemente cuando él no está.

—Y esta canción habla de enamorarse.

El público ruge y sonrío a Jamie.

—Pippa y la banda en cinco, cuatro, tres.

Dos, uno.

La banda y yo empezamos a tocar la canción que compuse sobre Jamie y tengo el corazón llenísimo.

Dos noches después, estamos en el mismo estadio, solo que esta vez el suelo está cubierto de hielo en lugar de un mar de aficionados a la música. Jamie y los otros jugadores están acabando de calentar, y yo estoy esperando junto a la entrada a la pista, con el micrófono en la mano. Los aficionados al hockey están rebosantes de emoción después de la última temporada. Aunque a los Storm los eliminaron en la primera ronda de los *playoffs*, tuvieron una temporada mejor de lo habitual, y el entrenador Tate Ward ha conquistado a los aficionados del Vancouver.

—¿Estás lista? —me pregunta la coordinadora, y le levanto el pulgar con seguridad. Me ruge el estómago con la emoción, ya familiar, que siento siempre justo antes de salir al escenario, pero me da energía.

La coordinadora dice algo al micrófono y atenúan las luces en el estadio. El público estalla en gritos mientras los jugadores se alinean en sus posiciones.

—Por favor, pónganse en pie para el himno nacional —dicen por megafonía.

La coordinadora me hace un gesto.

—Señorita Hartley, le toca.

Me miro con la camiseta de Jamie puesta, con su nombre en la espalda, y sonrío.

—La cantante de esta noche ha nacido y crecido en nuestra ciudad —continúa el presentador—. ¡Un fuerte aplauso para Pippa Hartley!

Salgo a la alfombra roja y el público aplaude. Mientras me dirijo a mi marca, me veo en la pantalla del estadio, sonriendo de oreja a oreja.

Jamie es el que más cerca está de mi marca, patinando para no enfriarse. Le sonrío y le saludo con la mano, antes de que se me vaya la mano automáticamente hacia el collar. Debajo de la máscara de portero, le brillan los ojos. Está contento de volver al hielo, se nota. Ha sido increíble que haya venido conmigo de gira todo el verano, pero este es su sitio.

Me coloco en mi posición y, cuando la cámara está colocada, asiento a la coordinadora. Un instante después empieza la música.

Mi voz suena potente entonando el himno nacional de Canadá. El corazón me late más fuerte que nunca y es una sensación increíble. Es un momento que no olvidaré jamás y, cuando tenga cien años, recordaré este momento en la pista de hielo, cantando con toda el alma mientras Jamie me mira con orgullo.

Cuando termino de cantar las últimas notas, el estadio estalla. Los jugadores del Vancouver gritan más de lo que se considera apropiado y no puedo evitar reírme.

Jamie y yo nos miramos, los dos con una sonrisa inmensa. Él vocaliza algo.

«Pajarillo».

—¡Un fuerte aplauso para Pippa Hartley! —dice el presentador, y saludo al público antes de salir de la pista—. Pippa, quédate ahí un momento.

Junto las cejas, confundida, pero dejo de andar. En la entrada, la coordinadora me sonríe con una mano levantada, vocalizando: «No te muevas».

El estadio murmura y yo miro a mi alrededor, confundida.

—Pippa.

Jamie está a mi lado, sin el casco ni las protecciones en las piernas, y yo me quedo mirándolo, parpadeando. Con los patines, está más alto de lo normal.

—¿Qué pasa? —pregunto, con el corazón a mil.

Todo el público está pendiente y murmura.

Se le mueve la nuez al tragar y aprieta la mandíbula. Lleva todo el día muy raro. Nervioso, un poco susceptible. Antes le di un susto de muerte al entrar en la habitación demasiado silenciosa.

Me toma las manos. Con la iluminación del estadio está incluso más guapo, la mandíbula fuerte, las pestañas largas y la nariz robusta.

—Primero —dice, en voz baja para que solo lo escuche yo—, fuiste la chica de la que me enamoré en la escuela. La chica que no veía lo guapa, talentosa, especial e interesante que era. —Traga. ¿Qué demonios está pasando?—. Y luego fuiste mi asistente, la mujer que me distraía y que me exigió que le devolviera su puesto de trabajo y que me llamó imbécil.

Suelto una carcajada y a Jamie le baila la mirada.

—Creo que no dije «imbécil» —susurro.

No, en serio, ¿qué hace? Todo el estadio nos está mirando.

—Sí —dice—. Sí que lo dijiste. Y ahora eres mi novia. —Mi mirada está clavada en la suya y no puedo apartarla—. Pero quiero que seas mi mujer, y quiero ser tu marido. Quiero que seamos una familia y que vivamos una vida plena juntos.

La comprensión de lo que pasa me atropella como un tren sin frenos, y Jamie se pone de rodillas para atarse el patín...

No se está atando el patín. Se me acelera el pulso. Me mira, con una pequeña caja negra de terciopelo en la mano, y hay algo brillante en ella. Desliza la mano libre sobre la mía y me da un apretón cálido y tranquilizador.

Ya oigo en mi cabeza la canción que voy a componer sobre este momento.

Una avalancha de ruido, vítores, gritos y aplausos crece a nuestro alrededor y mi mirada vuelve a salir disparada hacia la de Jamie. El ruido se va disipando con la espera del público.

Siento el corazón en la garganta y se me llenan los ojos de lágrimas.

—Yo también quiero todas esas cosas.

—Sé que somos jóvenes. —Su mirada busca mis ojos—. Y que no llevamos juntos ni un año. —Levanta la comisura de la boca—. Pero me da igual. Te quiero, pajarillo. No tengo ni la más mínima duda de que eres la mujer de mi vida.

No puedo ni hablar. Solo puedo sonreírle parpadeando, mientras se me desboca el pulso. Esto no parece real. Parece el mejor sueño que podría imaginar. Cuánto me alegro de que no tenga micrófono para esto. Aunque todo el mundo nos esté mirando, tengo la sensación de que este momento es solo para nosotros dos.

—Creo que deberíamos intentar algo nuevo —dice, torciendo la boca. Tiene los ojos más verdes que nunca, la cara suave, amable, cariñosa—. Deberíamos intentar casarnos. —Se le rompe la expresión cuando resopla, divertido—. Deberías ver qué cara tienes.

—Eh. —Me estoy riendo—. Estoy ocupada mirando otra cosa. —No soy capaz de tomar aliento mirándole a los ojos. Creo que estoy llorando. No estoy segura—. Yo también te quiero. —Me sale solo. Decirle a Jamie que lo quiero es como respirar, lo hago sin esfuerzo y de verdad. Se derrama una lágrima y levanta la mano para secármela—. Quiero casarme contigo.

A Jamie se le hincha el pecho y se le derrite la cara en algo precioso. Orgullo, felicidad, comodidad.

—Esperaba que dijeras eso.

Se levanta y su boca encuentra la mía de inmediato. Nos damos un beso suave, íntimo y cariñoso. A nuestro alrededor, el público grita, aúlla, aplaude, da golpes con los pies en el suelo y hace que tiemblen los cristales.

Ni siquiera me importa que haya tantos miles de personas mirándonos. Seguramente más, porque lo están emitiendo por televisión.

Todo ha valido la pena: el corazón roto, el dolor, el miedo. Todo ha valido la pena y volvería a pasar por ello miles de veces para poder acabar con Jamie Streicher.

—Deberías mirar el anillo —me susurra contra la boca.

Miro la caja que tiene en la mano y vuelvo a derretirme.

—Es igual que el colgante.

Una piedra azul grisácea reposa en una sortija de oro blanco con pequeños diamantes esparcidos alrededor de la circunferencia. Es delicado, único y perfecto.

—Mmm. Quería que fueran a juego para que también puedas llevarlo todos los días. —Lo saca con cuidado de la caja—. ¿Te lo quieres probar?

No puedo apartar la mirada de este anillo. Nunca había visto nada igual.

—Sí, por favor.

La risa grave de Jamie me hace sonreír, y me sonrojo de placer mientras desliza el anillo por mi dedo anular izquierdo. El estadio estalla con mucho ruido, y juraría que el hielo está temblando bajos mis pies. Los jugadores están dando golpes con los *sticks* en el hielo, sonriendo y gritando por nosotros.

—Me encanta. —Me muerdo el labio y el pecho se me encoge con un millón de emociones cálidas y nerviosas.

Jamie me sujeta la mano y, cuando le miro a los ojos, veo todo lo que nos espera. Esto es solo el principio y me muero de ganas de ver dónde nos lleva nuestra increíble vida.

—¿Estás preparado para ser mío? —pregunto.

—Pajarillo. —Me sonríe con esa sonrisa que me deja sin respiración y que guarda solo para mí. Me sonríe como si yo fuera adorable, y como si me quisiera más que nada—. Siempre lo he sido.

Hazel y yo estamos en el palco con Donna, esperando a que empiece el tercer tiempo. Donna no para de agarrarme la mano y de sonreír mirando el anillo, y se pone a llorar.

Está muy contenta. Es adorable.

El teléfono de Hazel vibra y lo desbloquea. A nuestro alrededor, los demás miembros del personal sacan también sus teléfonos cuando les suena una notificación. Los ojos de Hazel se mueven por la pantalla y se queda rígida.

—Hola. —Le doy un golpecito.

Cuando me mira a los ojos, parece que está a punto de vomitar. O de desmayarse. No lo sé muy bien.

—Ha llegado un informe de compraventa —dice tranquila. El personal del equipo recibe un email cada vez que se compra un jugador nuevo, para que se preparen todos los departamentos.

El tono vacío de emoción de su voz me tiene intrigada.

—¿Quién es?

Se guarda el teléfono en el bolsillo de atrás del pantalón con movimientos rígidos.

—Rory Miller.

A mi lado, empieza a trazar círculos en la yema del pulgar con el dedo índice. Está nerviosa.

La temporada va a ser muy interesante.

¡No te pierdas la próxima entrega de la serie *Vancouver Storm*, de Stephanie Archer!

Nota de la autora

¡Gracias por leer *Tras el hielo*! Si te gustó, te agradecería que me escribieras una reseña, lo calificaras en Amazon o lo compartieras con tus amigos.

Alguien me dijo que escribo muchos personajes femeninos que están descubriéndose o avanzando en sus carreras. El amor es importante, pero ¿sentirte realizada y quererte por el trabajo que inviertes en algo que te gusta? Eso también es muy importante. Nadie puede arrebatarte esas sensaciones. Espero que sepas, lectora, que tienes derecho a perseguir algo que te gusta. Tus sueños son válidos. Ignora a quienes te digan lo contrario y escucha a la gente que crea en ti.

¡Y ahora, unas palabras de agradecimiento! Ha sido divertidísimo escribir este libro. Gracias a Brittany Kelley y Grace Reilly, el título no es *Inclinada sobre las vallas* o *El disco entre la raja*. Gracias a las dos por animarme y escucharme pacientemente cuando entraba en pánico. Las quiero.

Millones de gracias a mis maravillosos, perspicaces y divertidísimos lectores beta: Jess, Esther, Marcie, Ycelsa, Brett, Sierra y Wren. Gracias a todos por hacer que este libro sea muchísimo mejor, y por dejarme acabar con la hermana desastrosa (lo siento, Esther, sé que te encantaba, a lo mejor la recupero algún día).

Gracias a Chloe Friedlein por otra ilustración impactante,

y a Echo Grayce por la tipografía perfecta. Las dos han sido infinitamente pacientes conmigo y les estoy muy agradecida.

A la supermujer que es mi asistente, Ally White, cuyo cerebro organizador está a otro nivel, y cuya pasión por el romance en el hockey me mantuvo a flote. Gracias por todo lo que haces.

A mis almas gemelas: Helen Camisa, Bryan Hansen, Alanna Goobie, Sarah Clarke, Anthea Song y Tim, que creían de verdad que un romance en el hockey era una mujer contra todo un equipo. Los quiero muchísimo a todos y me siento muy afortunada por conocerlos.

Y, por último, ¡gracias, lectoras! Por ustedes estoy viviendo mi sueño de ser escritora de novela romántica. Su emoción por mis personajes, mis portadas y mis futuros libros hace que me explote el corazón con chispas y arcoíris. Les estoy tremendamente agradecida.

Hasta la próxima,
Stephanie

Sobre la autora

Stephanie Archer escribe novelas románticas subidas de tono y muy divertidas. Cree en el poder de las mejores amigas, de las mujeres tercas, de un nuevo corte de pelo y del amor. Vive en Vancouver con un hombre y un perro.

instagram.com/stephaniearcherauthor

tiktok.com/@stephaniearcherbooks